Annis Bell
Die Orlow-Diamanten

TINTE
&
FEDER

Das Buch

Die unkonventionelle Lady Jane und ihr Mann Captain Wescott freuen sich auf ihre Reise nach Indien. Das Gepäck ist schon an Bord, am nächsten Morgen soll das Schiff in See stechen. Doch dann werden in London die berühmten Orlow-Diamanten gestohlen und ein russischer Attaché fällt einem heimtückischen Mord zum Opfer. Rasch verhaftet man einen ersten Verdächtigen: Es ist ausgerechnet Wescotts Diener Levi, der regelmäßigen Kontakt hatte zu russischen Emigranten-Kreisen. Notgedrungen verschieben Lady Jane und der Captain ihre Reise, um Levi zu entlasten und an der Aufklärung des Falles mitzuwirken.

Als der Captain plötzlich selbst unter Verdacht gerät, stellt Lady Jane sich mit dem ihr eigenen Selbstbewusstsein der Aufgabe, ihren Mann aus seiner schwierigen Lage zu befreien. Die Suche nach dem wahren Drahtzieher des Mordes von London führt sie mitten in die revolutionären Kreise von St. Petersburg …

Die Autorin

Annis Bell ist Schriftstellerin und Geisteswissenschaftlerin. Seit ihrer Jugend ist sie vom Schreib- und Reisefieber gepackt. Nach Jahren in den USA und England lebt und arbeitet Bell heute als freie Autorin in Deutschland und England. Besonders das viktorianische England hat es der Autorin angetan.

ANNIS BELL

Die Orlow-Diamanten

ROMAN

TINTE & FEDER

Deutsche Erstveröffentlichung bei
Tinte & Feder, Amazon Media EU S.à r.l.
5 Rue Plaetis, L-2338 Luxembourg
März 2017
Copyright © der deutschsprachigen Ausgabe 2017
By Annis Bell
All rights reserved.

Umschlaggestaltung: bürosüd⁰ München, www.buerosued.de
Umschlagmotiv: © www.buerosued.de; © Solodov Aleksey/Shutterstock; ©
Dutourdumonde Photography/Shutterstock; © Nejron Photo/Shutterstock;
© pashabo/Shutterstock
Lektorat: Cathérine Fischer
Korrektorat: Rainer Schöttle/DRSVS
Printed in Germany
By Amazon Distribution GmbH
Amazonstraße 1
04347 Leipzig, Germany

ISBN: 978-1-611-09734-4

www.amazon.de/tinteundfeder

1

LONDON, APRIL 1861

Es war bereits nach Mitternacht. Die letzten Glockenschläge von St. Andrew verhallten in den dunklen Gassen von Holborn. Zwei junge Frauen drückten sich vor dem Eingang des Black Angus herum. Aus dem Gasthaus, das in etwa so verrufen war wie das berüchtigte Seven Bells in St. Giles, dröhnten Musik und Gelächter. In Holborn traf man einen Querschnitt der Londoner Gesellschaft: Schuhputzer, Pastetenverkäufer, Ladenassistenten, Anwälte, die Söhne von Lords, die im Oberhaus saßen, und Menschen, die nirgendwo hinzugehören schienen. Jeder Krieg brachte viel Leid und viele Heimatlose hervor.

Glücksspiel und Gin versprachen Ablenkung und ließen manchen vergessen, dass es seine Familie und ein winziges kaukasisches Dorf nicht mehr gab. Andere wurden zu verbitterten Misanthropen und wieder andere entschieden sich für den blutigen Kampf gegen die Herrschenden. Die beiden jungen Frauen schienen weder an Revolutionen noch an Philosophie interessiert. Ihre Kleider waren etwas zu aufreizend, die Schminke grell und dick aufgetragen und ihr Lachen klang zu schrill, um echt zu sein.

»Sieh dir den an, Annie. Der wäre doch was für dich. Na los, gib dir einen Ruck. Schultern zurück und zeig, was du hast«, ermunterte die Rothaarige ihre blonde Freundin, die sich an der Mauer entlangdrückte.

Ein feuchter Wind zog durch die nächtlichen Straßen, die vom Licht aus den Fenstern der Gasthäuser und flackernden Gasleuchten spärlich erhellt wurden. Die Blonde zitterte und biss sich auf die trockenen Lippen. Nervös zog sie das wollene Tuch enger um die knochigen Schultern und zerrte an ihrem Korsett, um ihre Brüste vorteilhafter zu präsentieren.

Die von Annie erspähte Beute war ein elegant gekleideter großer Mann, der einen Gehstock mit vergoldetem Knauf schwang und selbstsicher die Straße entlangspazierte. Es schien, als hätte er kein Ziel, als wäre er auf der Suche nach einer Ablenkung, und ein zahlungskräftiger Kunde könnte die Miete und das Essen für zwei Nächte sichern.

Annie drehte ihre Hüfte vor und wollte sich dem Gentleman tänzelnd nähern. Dass es sich um einen Gentleman handelte, stand außer Frage, man musste nur den prachtvollen Zylinder und die glänzenden Stiefel betrachten. Sein Profil war überraschend ebenmäßig, die Nase so gerade wie bei einer der römischen Statuen im Museum und die Lippen von so schönem Schwung, dass manche Frau neidisch werden könnte. Plötzlich drehte er den Kopf und sein Blick streifte sie. Es waren hellblaue Augen, die kalt durch sie hindurchsahen, als wäre sie ein Teil der Mauer und kein Mensch.

Annie hielt in ihrer Bewegung inne und strich ihre Röcke glatt. Man musste auf seinen Instinkt hören und dieser Mann hatte etwas an sich, das sie abstieß. War das nicht merkwürdig? Sie fand diesen schönen Herrn abstoßend. Dabei war sein Hemd aus feinstem Leinen und wahrscheinlich roch er nach teurer Seife. Annie kicherte und lehnte sich wieder an die Mauer. »Der ist zu fein für mich, Lulu.«

Ihre Freundin verzog das Gesicht und stieß sie in die Rippen. »Du dumme Gans, den hätten wir haben können! Der stinkt doch vor Geld. Vergiss nicht, dass du mir die Miete für zwei Monate schuldest, von den Kleidern ganz zu schweigen. Und so ein hübscher Kerl ist das! Was ist denn los mit dir?«

Eine Kutsche fuhr über das holprige Pflaster und aus dem Eingang des gegenüberliegenden Inn torkelte ein Betrunkener, der ein Volkslied in einer fremden Sprache sang. Der Mann trug einen einfachen dunklen Anzug, unter dem ein breiter bunter Stoffgürtel zu sehen war.

Lulu verdrehte die Augen. »Hör dir die Russen an! Die sind immer so leidenschaftlich und traurig, immer so schrecklich traurig. Als gäbe es nur ihr Leid auf dieser Welt. Und keinen Penny haben die in der Tasche. Wollen, dass wir sie trösten, und können nicht bezahlen«, rief Lulu so laut, dass der Sänger sie hörte und ihr schwankend eine Kusshand zuwarf.

Das Haus neben dem Inn war kaum beleuchtet und die dunklen Holzbalken und zahlreichen schiefen Giebel ließen es noch düsterer wirken. »Pass auf, gleich kommen die Revolutionäre aus ihrem Loch gekrochen.« Lulu schürzte die Lippen und schnippte mit den Fingern. »Siehst du einen Russen, sind seine Landsmänner nicht weit. Ah!«

Annie lachte. »Du bist schon zu lange hier, Lulu. Dir macht keiner was vor. Lass dich doch von der Geheimpolizei anwerben. Dann spionierst du die Verschwörer aus und kassiert ein hübsches Sümmchen.«

Tatsächlich entwichen den Schatten des düsteren alten Tudorhauses, das sich bedenklich zur Straße neigte, nacheinander vier Gestalten, die den Betrunkenen in ihre Mitte nahmen und den Gesang zum Ersterben brachten.

»Glauben die wirklich, dass niemand weiß, was die da treiben? Revoluzzer, nichts als Ärger machen die mit ihren verqueren Ideen!«, sagte Annie und stellte überrascht fest, dass der hübsche Gentleman noch immer auf dem Gehsteig wartete.

Der hochgewachsene Mann lehnte an einem gusseisernen Laternenpfahl und malte mit seinem Gehstock unsichtbare Muster auf das Pflaster.

»Also, wenn du nicht willst, hol ich ihn mir. Sieh doch. Der wartet doch drauf!« Kokett leckte sich Lulu die roten Lippen und ließ ihren Schal über die Schultern gleiten, die rund und weiß in der Dunkelheit schimmerten.

Annie wollte etwas sagen, da schob sich auf der gegenüberliegenden Seite eine weitere Gestalt aus dem Schatten des Tudorhauses. Der Mann war nicht groß und bewegte sich schnell und kraftvoll, als wäre er jederzeit auf dem Sprung. Er schien den Russen folgen zu wollen, doch plötzlich ertönte Geschrei am Ende der Straße und die Trillerpfeife der Polizei schrillte durch die Nacht.

Erstaunt beobachtete Annie, wie der Gentleman mit dem Gehstock gegen den Laternenpfahl schlug. Als hätte der Mann auf der anderen Seite auf dieses Zeichen gewartet, duckte er sich, schaute sich um und rannte wieselflink über die Straße. Lulu schien von all dem nichts bemerkt zu haben, denn sie wollte noch immer zu dem gut aussehenden Herrn, doch einem Impuls folgend, packte Annie ihre Freundin grob am Arm. »Nicht!«, zischte sie. »Lass ihn gehen!«

In diesem Augenblick flackerte die Laterne auf und ließ das Gesicht des fliehenden Mannes erkennen.

Annie erschauerte. Noch nie hatte sie eine solch furchterregende Fratze gesehen. Ängstlich krallte sich ihre Hand noch fester um den Arm. Lulu verstand die Besorgnis ihrer Freundin nicht, verärgert versuchte sie, sich aus dem Griff zu lösen.

»Lass mich doch. Was soll das denn, Annie? Hast du zu viel Gin getrunken?«

Der Flüchtige starrte sie an, als wollte er ihr drohen. Er versuchte, seine Hände unter seiner Jacke zu verstecken, doch sie sah etwas aufblitzen. Nur für den Bruchteil einer Sekunde blinkte und glitzerte es. Dunkle Augen fixierten sie und große Nasenlöcher blähten sich auf.

Mit vor Angst zitternder Stimme flüsterte Annie: »Hast du die Teufelsfratze eben bemerkt? So etwas habe ich noch nie gesehen …«

Lulu seufzte. »Du bist ja ganz flattrig, Annie. Wirst dich schon noch dran gewöhnen. Jetzt komm, für eine heiße Suppe reicht unser Geld noch.«

2

Hettie schwenkte ein hauchdünnes Musselinkleid durch die Luft, das sich prompt um einen Bettpfosten wickelte. »Nichts geschehen!«

Vorsichtig löste sie den zarten Stoff und legte das Unterkleid sorgsam aufs Bett. »Ist das nicht wundervoll, Ma'am? Wir benötigen keine Mäntel, keine Wollkleider, keine dicken kratzigen Schals ...«

Jane unterbrach lachend ihre Zofe. »Ja, aber du wirst dich noch nach den kühlen, verregneten englischen Sommern sehnen, Hettie. Indien ist nichts für zartbesaitete Naturen, und für Romantiker schon gar nicht. Die Hitze ist oft unerträglich. Man schwitzt, wenn man nur den Arm hebt. Es gibt wilde Tiere, Schlangen und Krokodile, von Spinnen und Skorpionen mal ganz abgesehen.«

Doch Hettie ließ sich die Vorfreude auf ihr größtes Abenteuer nicht verderben. »Aber Sie sind dort aufgewachsen und erzählen immer, wie schön es war. Oh, verzeihen Sie.« Hettie senkte peinlich berührt den Kopf. »Ich weiß ja, dass Sie Ihre Familie dort verloren haben, Ma'am.«

Doch Jane, Lady Allen, nahm ihrer Zofe das unüberlegte Plappern nicht übel. Manchmal entstand aus einem Unglück auch ein Glück. Wäre sie nicht als Vollwaise im Haushalt ihres seligen Onkels, Lord Henry of Pembroke, aufgenommen worden, der ihr Vater und Mutter ersetzt hatte und den sie noch heute schmerzlich vermisste, hätte sie ihren Ehemann nicht kennengelernt. In Gedanken an Captain David Wescott umspielte ein Lächeln ihre Lippen. Er war äußerlich stets auf Beherrschung bedacht, doch Jane hatte entdeckt, dass in seinem Inneren eine Leidenschaft brodelte. Er wusste seine Frau mit Zärtlichkeiten zu überraschen und zu entzücken. Allerdings hatte sie auch die andere Seite seiner tiefgründigen Natur kennengelernt. Es gab Tage, an denen er kaum mit ihr sprach und ganz einer düsteren Stimmung verfallen schien. Meist flüchtete er sich dann in seinen Club und tauchte erst nach ein oder zwei Tagen wieder auf. Sie hatte es aufgegeben, ihn nach den Gründen für seinen Stimmungswechsel zu fragen, denn er murmelte fadenscheinige Entschuldigungen, sprach von diplomatischen Verwicklungen, die der Geheimhaltung unterlagen.

Seufzend strich Jane über ein duftiges, blauweiß gestreiftes Kleid, das Hettie vom Bügel genommen und über einen Stuhl gelegt hatte. Der maritime Stil entsprach ganz der diesjährigen Sommermode. Jane wünschte sich, David würde sich ihr mehr öffnen und ihr sagen, was ihn bedrückte. Denn wie sollte sie ihn jemals ganz verstehen, wenn er ihr nur bruchstückhafte Einblicke in sein Leben gewährte? Sie wusste, dass der Krimkrieg ihm nicht nur äußere Wunden verursacht hatte, doch aus Blount, seinem treuen Diener und Weggefährten, war keine Silbe über dieses Kapitel herauszubringen. Und seinen Vater, den Duke of St. Amand, durfte sie nach wie vor nicht erwähnen, ohne einen Streit zu provozieren. Beide Männer schienen peinlichst darauf bedacht, einander zu meiden, weshalb sie sich bislang auf keinem gesellschaftlichen Ereignis begegnet waren.

Nun, die Überfahrt nach Indien dauerte Wochen und Jane hoffte auf die räumliche Enge, die ein Schiff nun einmal mit sich brachte. Allerdings machten sie keine Vergnügungsfahrt und sie musste zugeben, dass sie Davids Sorge um ihre Sicherheit nachvollziehen konnte. Wenn sie an den mysteriösen Drohbrief von Charles Devereaux im vergangenen Winter dachte, stellten sich ihre Nackenhaare auf und sie sah sich automatisch um, wenn sie sich außerhalb des Hauses bewegte.

Als hätte Hettie ihre Gedanken gelesen, fragte sie plötzlich: »Ma'am, wenn wir in Bombay gelandet sind, wohin müssen wir dann? Weiß der Captain schon, wo sich dieser verdammte Mr Devereaux aufhält? Es ist doch wirklich ein Jammer, dass wir ihn damals in London nicht mit den anderen Lords erwischt haben! Ich freue mich ja auf Indien, aber nicht auf diese ungehobelten, gefährlichen Kerle, die Leute hinterrücks erdrosseln!«

Jane nahm Hetties Hand. »Mach dir keine Sorgen, Hettie, der Captain hat schon eine Strategie entwickelt und arbeitet mit dem Militär in Indien zusammen. Aber du hast ganz recht, ich möchte wirklich keinem Thug begegnen, denn das wäre sicher eine einmalige Angelegenheit …« Sie machte ein Würgegeräusch und Hettie lachte, wenn auch nervös.

»Wirklich, Hettie, eine Spezialeinheit hat die mörderischen Täuscher zerschlagen und momentan ist es ruhig in Indien. Mein Gott, es ist so lange her, dass ich dort war, und noch immer weiß ich, wie es dort gerochen hat, welche Farbe die Sonne über den Bergen von Radjastan hatte.«

Sie schloss kurz die Augen, um die Tränen nicht aufsteigen zu lassen, die mit den Erinnerungen an ihre Familie und ihre verlorene Kindheit in Indien verbunden waren. »Was ist eigentlich mit Levi? Ich muss mit ihm sprechen. Sieh doch mal nach, wo er steckt, Hettie. Es ist gar nicht seine Art, mich so lange warten zu lassen.«

»Ja, Ma'am.« Die junge Zofe legte einen Stapel Strümpfe zur Seite und verließ den Raum.

So groß die Vorfreude auf die Reise auch war, so anstrengend waren die Vorbereitungen, denn die Garderobe musste auf das Klima Indiens abgestimmt und die Angelegenheiten im Haushalt während ihrer langen Abwesenheit geregelt werden. Da Blount sie begleitete und Butler Floyd im cornischen Mulberry Park nach dem Rechten sah, hatten sie und David beschlossen, Levi im Londoner Haus mit dem Posten des Butlers zu betrauen. Bisher hatte Blount der Dienerschaft vorgestanden, doch Levi war gewissenhaft und kümmerte sich verantwortungsvoll um Josiahs Erziehung. Die beiden Tscherkessen hatten sich eingelebt und vor allem der Junge konnte durchaus eine Karriere als Ladengehilfe oder Kontorassistent anstreben.

Jane verließ das Schlafzimmer und ging in den kleinen Salon, in den sie und David sich gern mit einem Buch oder der Tageszeitung zurückzogen. Die aufgeschlagene Zeitung, der *Daily Telegraph*, lag noch auf dem Tisch und Jane wollte sie zusammenfalten und weglegen, doch ihr Blick fiel auf eine Überschrift: »Russischer Attaché ermordet – wo sind die Orlow-Diamanten?«

Orlow? Boris Orlow, der Attaché des Zaren? David hatte ihr den hochgewachsenen Mann mit dem Vollbart kürzlich in der Oper vorgestellt. Stirnrunzelnd schlug sie das Blatt auf und überflog den knappen Artikel.

> *London. In der Nacht zu Dienstag wurde in ein Haus in der Audley Street, nahe dem Grosvenor Square, eingebrochen. Soweit bekannt, handelte es sich um den Wohnsitz des russischen Attachés Boris Orlow. Der Hausherr selbst war zur Tatzeit anwesend und hat die mutmaßlichen Einbrecher beim Diebstahl der berühmten Orlow-Diamanten überrascht. Im Verlaufe dieser Tat kam es zu einem Kampf, bei dem der Attaché*

durch einen Messerstich tödlich verwundet
wurde. Der oder die Täter konnten unerkannt
fliehen. Lord Palmerston äußert sich zutiefst
entsetzt über die abscheuliche Tat, bestreitet
jedoch einen politischen Hintergrund.

Erschüttert ließ Jane die Zeitung sinken. David hatte den Vorfall ihr gegenüber nicht erwähnt, war nach dem Frühstück aber sofort in die Stadt gegangen. Da die Tscherkessen Levi und Josiah zu ihrem Haushalt gehörten, wusste Jane um die schwierigen Zustände in Russland. Zar Alexander II. war den rebellierenden Bauern entgegengekommen und hatte erst im Februar dieses Jahres die Leibeigenschaft abgeschafft.

Keine politischen Hintergründe, stand dort und Jane hoffte inständig, dass es sich tatsächlich um einen Raubmord handelte. Wenn es um Fragen der Russlandpolitik und Verhandlungen mit Russen ging, wurde David stets dazugeholt. Er sprach nicht nur exzellent Russisch, sondern war ein Kenner der komplizierten Verhältnisse auf dem Kontinent.

Bitte nicht, dachte Jane. Wir wollen doch übermorgen nach Indien abreisen. Die Passage war gebucht und einige Truhen und Koffer waren bereits an Bord gebracht worden. Doch ihr ungutes Gefühl vertiefte sich, als Hettie die Tür öffnete und ein besorgtes Gesicht zeigte.

»Ma'am, es tut mir leid, aber Levi ist verschwunden! Josiah sitzt in seinem Zimmer und weint. Oh, Ma'am, ich fürchte, da ist was passiert!«

Ein strahlend blauer Himmel wölbte sich über den West India Docks im Londoner Eastend. Die Sonne ließ das Wasser glitzern, in dem die imposanten Drei- und Viermaster dümpelten. Handelsschiffe aus aller Welt lagen hier vor Anker und wollten be- oder entladen werden, um wieder auf große Fahrt gehen zu können. Ein großer Mann, dem man eine Vergangenheit beim Militär an seiner Haltung ansah, ging langsam an einem Kistenstapel vorbei. Seine kräftigen Schultern wurden von dem gut geschnittenen doppelreihigen Mantel betont. Als ein Windstoß ihm den Zylinder vom Kopf zu wehen drohte, nahm er den Hut ab, blieb stehen und wandte sich an seinen Begleiter.

»Was halten Sie von der Silver Moon, Blount? Wird sie uns sicher nach Indien bringen?«

Der Angesprochene, ein etwas kleinerer, drahtiger Mann in einem dunkelbraunen Anzug und Bowlerhut, nickte, während er auf ein stattliches Dreimastvollschiff sah, das vor ihnen am Kai festgetaut war. »Ein solider Klipper, robust und schnell. Sie ist in zweiundneunzig Tagen von Bombay nach London gesegelt, Captain.«

Die beiden Männer schwiegen, so als hing eine schwerwiegende Frage über ihnen und keiner von beiden wollte das Thema zuerst anschneiden. Aus der vertrauten, selbstverständlichen Art, in der die Männer miteinander umgingen, war ersichtlich, dass sie sich schon lange kannten. Vertrauen und Respekt prägte die Beziehung von Captain David Wescott und seinem Weggefährten und Diener Blount.

Schauermänner, kräftige, zum Teil völlig heruntergekommene Gestalten, trugen Kisten über eine wackelige Gangway an Bord des Klippers. Ihre Hemden waren verschwitzt und die Hosen so schmutzig, dass man die ursprüngliche Farbe nicht mehr erkennen konnte. Sie mussten hart arbeiten, um sich eine Mahlzeit und ihre Ration Gin für den Abend zu sichern. Spanische, französische und russische Sprachfetzen drangen zu ihnen herüber.

David Wescott schluckte und wandte sich ab. Er dachte an Myron, einen kleinen Straßenjungen, den er im letzten Winter im Gefängnis aufgelesen hatte. »Ich hätte ihn im Gefängnis lassen sollen, dann wäre er heute vielleicht noch am Leben«, sprach David Wescott seine Gedanken laut aus.

Blount, der bei dem Mordanschlag durch Devereaux' Mörder in den Docks dabei gewesen war, schüttelte den Kopf. »Es war nicht Ihre Schuld, Captain. Myron hat gewusst, worauf er sich einließ. Der Kleine war die Wochen vor dem Unfall so glücklich wie nie zuvor in seinem Leben gewesen.«

David warf seinem Begleiter einen dunklen Blick zu. »Verfluchter Devereaux. Ich muss ihn einfach finden und …« Er hielt inne, fuhr sich mit der behandschuhten Hand durch die dunklen Haare und setzte den Zylinder wieder auf.

»Wir werden ihn finden, Captain. Und wenn wir ihn nicht töten, wird er niemals aufhören, Sie und Lady Allen zu verfolgen. Er gehört zu dieser Sorte Mensch, die Freude am Quälen haben. Solche Menschen gibt es. Leider.« Blount sprach verhalten und mit einem kaum wahrnehmbaren osteuropäischen Akzent.

Wescott seufzte. »Ich wünschte, wir hätten schon vor Tagen abgelegt, Blount.«

»Ja, Captain, das wäre sicher von Vorteil gewesen.«

Eine Möwe segelte kreischend über ihre Köpfe hinweg. Der Geruch von Meer und Algen mischte sich mit dem Gestank von Teer und fauligem Fisch.

»Sie werden jeden, der Kontakt mit den russischen Revolutionären hat, festnehmen und befragen«, sagte Wescott. »Verflucht, warum hat Levi sich nicht an meine Anweisung gehalten? Er war doch wieder in Holborn, nicht wahr?«

»Ich habe ihn ausdrücklich gewarnt, aber er hat mir versichert, dass es sich nur um Treffen mit Landsleuten handelt. Sie singen gemeinsam und erzählen sich Geschichten aus der Heimat.« Blount hob drohend seinen Gehstock, in dem sich ein Degen verbarg, als ein Schauermann ihnen zu nahe kam, doch der Mann spuckte aus und kümmerte sich nicht weiter um sie.

»Ich war selbst zweimal dort, wie Sie wissen, und damals konnte ich keine kriminellen Umtriebe feststellen.«

Wescott warf einen langen Blick auf den Klipper, in dessen Takelage sich die Seeleute zu schaffen machten. »Jane wünscht sich diese Reise so sehr, und nach dem langen Winter und den furchtbaren Wochen in Northumberland wird ihr die indische Wärme guttun. Ich habe bereits mit dem Gouverneur telegrafiert. Er stellt uns eine Eskorte zum Schutz und für unsere Nachforschungen zur Verfügung.«

»Es wird nicht leicht sein, sie dort zu beschützen, wenn Devereaux es tatsächlich darauf anlegt ...« Blount brach ab, als er Wescotts düstere Miene sah.

»Ihr wird nichts geschehen, weil es nicht sein darf, Blount. Es darf nicht sein!« Wescott umklammerte seinen Gehstock fester. Er war der Letzte, der für möglich gehalten hatte, dass er wegen seiner eigenen Frau in solcher Sorge sein könnte. Aber genauso war es.

»Mylady ist vernünftig genug einzusehen, dass mit jemandem wie Devereaux nicht zu spaßen ist. Außerdem ist sie in Indien aufgewachsen und verfügt über eine scharfe Beobachtungsgabe«, bemerkte Blount.

Wescott verzog den Mund zu einem kaum merklichen Lächeln. »Ihre Intelligenz macht mir die größten Sorgen. Kommen Sie, Blount, wir wollen noch bei Rooke vorbeischauen. Der Superintendent hat vielleicht noch Nützliches für uns herausgefunden.«

Etwas wehmütig betrat David mit Blount das Revier in Brompton. Das Eckhaus südlich des Hyde Park war ihm zu einer vertrauten Anlaufstelle im Laufe einiger Ermittlungen geworden. Vor allem aber schätzte er Martin Rooke, den Leiter des Kriminalamtes.

»Guten Tag, Captain, Mr Blount«, begrüßte sie Sergeant Berwin. Die Miene des sonst fast immer gut gelaunten jungen

Polizisten war ernst. »Es tut mir leid, aber wir haben Befehl von oben. Der Superintendent ist in seinem Büro.«

Blount blieb stehen und schien Berwin etwas fragen zu wollen, doch David machte eine scharfe Kopfbewegung in Richtung des Büros am Ende des dunklen Flurs. »Kommen Sie, Blount!«

Die Tür zu Rookes Büro stand offen und David klopfte kurz, bevor er sie aufstieß. Sein Freund stand mit nachdenklicher Miene am Fenster. Rooke wirkte nicht wie ein Gentleman und legte keinen großen Wert auf Manieren. Er hasste Scheinheiligkeiten und hatte aufgrund seiner Erfahrungen im Milieu und beim Militär einen untrüglichen Instinkt für die dunklen Seiten der Menschen entwickelt.

»David, gut, dass du kommst!« Tiefe Sorgenfalten hatten sich auf seiner Stirn eingegraben, als er David die Hand schüttelte. »Du bist viel schneller hier, als ich gedacht hätte. Ich hatte den Boten erst vor einer Stunde losgeschickt.«

»Zufall. Wir kommen von den Docks, haben die Silver Moon begutachtet.« David holte tief Luft und legte den Zylinder auf den Tisch. »Es geht um den Orlow-Fall, nicht wahr?«

Blount knirschte hörbar mit den Zähnen und murmelte einen Fluch auf Russisch.

Martin Rooke rümpfte die mehrfach gebrochene Nase. »Wenn das bedeutet, die verdammten Russen sind schuld daran, dass wir unser Schiff verpassen, hat er recht.«

»Mach es nicht so spannend, Martin. Haben sie aus dem Ministerium nach mir geschickt? Soll ich als Berater fungieren?« David ballte die Hände zu Fäusten. »Das kann doch auch mal jemand anderes übernehmen. Es gibt doch junge aufstrebende und fähige Männer, die des Russischen mächtig sind, und …« Er hielt inne, als er Martins schmale Lippen und das angedeutete Kopfschütteln wahrnahm.

»Sie haben einen Mann aus deinem Haushalt festgenommen, David.« Martin sah ihm direkt ins Gesicht, schien ihn zu studieren.

»Levi«, murmelte David leise. »Es ist doch Levi Atalay, ein Tscherkesse?«

Rooke hob die Brauen. »Ja, genau der. Du wusstest davon? Er wurde heute Nacht aufgegriffen und hat seitdem mit niemandem sprechen können.«

»Ich habe es geahnt. Dieser Dummkopf. Gewarnt habe ich ihn, sich nicht in Holborn mit den Revolutionären herumzutreiben. Was hat er getan?« Erschüttert wartete David auf eine Erklärung.

»Wir wissen es noch nicht. Aber an seinem Mantel war Blut und er wurde in der Nähe von Orlows Wohnung gesehen«, sagte Rooke.

»Er allein? Levi ist Musiker! Er spielt Geige, Martin, er ist kein Mörder!« In David stieg wachsende Verzweiflung auf, gepaart mit Wut über die Dummheit des Tscherkessen, dem er ein neues Heim gegeben hatte.

»Undankbares Pack«, murrte Blount.

»Das mag sein, David, aber Musiker sind leidenschaftliche Menschen, er ist Tscherkesse, wahrscheinlich von den Russen aus seiner Heimat vertrieben. Hat er seine Familie verloren?« Martin fragte das beinahe mitfühlend und nickte, als David ihn stumm bestätigte. »Viele Gründe, einen Russen zu töten. Aber das ist nicht der Grund, warum ich dich herbestellt habe.«

David wurde blass. »Nein?«

»Ich will dich warnen, mein Freund. Jemand will deinen Kopf. Jemand von ganz oben. Und diese Russengeschichte ist genau die richtige Gelegenheit.« Martin räusperte sich. »Es ist bereits ein Gerücht im Umlauf, dass du nicht nach Indien, sondern nach Sankt Petersburg fährst, um die Diamanten den Verschwörern zu überbringen. Du willst dich dort angeblich mit Fürst Belevsky treffen, einem engen Freund von Sergej Gundo-

19

rov, dem Kopf einer neuen revolutionären Gruppe von Leuten, die sich Nihilisten nennen.«

»Gundorov, wie könnte es anders sein! Belevsky ist der Bruder meiner verstorbenen Mutter«, knurrte David. »Kaum jemand weiß davon. Wer?«

Martin Rooke hob die breiten Schultern. »Ich weiß es nicht. Und ich dürfte dir nichts sagen, aber ich spüre böse Kräfte, die dir eine Schlinge um den Hals legen und nur darauf warten, sie zuziehen zu können.«

»Captain, ich gehe ins Gefängnis und spreche mit Levi. Und wenn ich ihm jeden Knochen einzeln brechen muss, er wird mir alles sagen«, sagte Blount.

»So einfach wird es nicht sein, Blount. Levi ist nur der Köder. Gibt es schon eine Spur in der Mordsache?«, wollte David wissen.

»Nicht wirklich. In Holborn wurde heute Morgen die Leiche einer Prostituierten gefunden. Die Frau hatte sich vor ihrem Tod regelmäßig gegenüber dem Treffpunkt der russischen Emigranten aufgehalten. Ob ihr Tod mit dem Mord an Orlow in Verbindung steht, wissen wir noch nicht. Ihre Freundin ist verschwunden und die könnte uns vielleicht helfen. Was willst du tun? Heute Nachmittag legt die Serendipity nach Indien und China ab.«

Rooke war an seinen Schreibtisch getreten und schob eine Zeittafel mit den Abfahrtszeiten der Handelsschiffe in die Mitte.

»So schlimm steht es?«, fragte David heiser.

»Wenn du dich zum Bleiben entscheidest, kannst du auf mich zählen, aber leicht wird es nicht. Wir wissen ja nicht einmal, gegen wen wir hier kämpfen!«

Der Kriminalbeamte hob den Blick. In seinen Augen glitzerte es angriffslustig.

David nahm seinen Zylinder. »Danke, Martin. Aber wie zum Teufel bringe ich Jane bei, dass wir nicht fahren?«

3

Seit Stunden hockte Josiah nun schon im Speiseraum der Dienerschaft und gab außer einem gelegentlichen Schluchzen keinen Ton von sich. Ruth, die resolute Köchin, hatte dem verängstigten Jungen sogar von dem noch warmen Früchtekuchen und dem Orangenpudding gegeben, doch es half alles nichts. Josiah schien die Sprache verloren zu haben. Unglücklich starrte er vor sich auf den Tisch. Ein schmächtiger Junge mit großen verweinten Augen und dem gehetzten Ausdruck eines in die Enge getriebenen Tieres im Gesicht.

Jane setzte sich auf einen der Holzstühle und reichte Josiah ein Taschentuch. »Bitte, wir wollen doch nur von dir wissen, ob du weißt, wo Levi ist. Niemand hier glaubt, dass er etwas Böses getan hat, Josiah.«

Der Junge nahm vorsichtig das spitzenbesetzte Taschentuch und strich es glatt. »Meine Mutter hat genäht. So schöne bunte kleine Tücher hat sie genäht.«

»Josiah, es ist doch normal, dass du Heimweh hast, dass du dein Land, deine Familie vermisst. Ich kann verstehen, dass du mit Levi mitgegangen bist. Da seid ihr unter Landsleuten und Levi hat sicher wunderschön Geige gespielt.« Jane redete mit ruhiger Stimme, um dem Jungen seine Angst zu nehmen.

»Waren da noch andere Musiker? Irgendwann muss ich euch mal begleiten und mir anhören, wie sie spielen. Was meinst du, würden sie mich überhaupt hereinlassen?«

»So feine Damen sieht man da nicht. Aber …« Er biss sich auf die Zunge und seine Lippen zitterten.

»Aber gut gekleidete Herren waren schon mal dabei? Meinst du das? Josiah, es sind doch viele Russen hier in England. Und ich kann mir gut vorstellen, dass manchmal auch ein Gentleman Sehnsucht nach den Klängen der Heimat hat. Vielleicht nicht der Attaché selbst, aber junge Aristokraten, die schon zu lange fort …«

Plötzlich hob Josiah den Blick und Jane sah Zorn in seinen Augen aufglimmen. »Die lügen doch alle! Unsere Familien sind tot, unser Dorf niedergebrannt, aber die haben alles! Ich habe Levi gesagt, dass er denen nicht trauen soll.« Wieder brach der Junge in Tränen aus und vergrub sein Gesicht in den Händen.

Jane sah zu Hettie, die mitfühlend über Josiahs Rücken strich.

»Ist schon gut, Kleiner«, sagte die Zofe leise. »Aber du solltest mehr Vertrauen zu Mylady haben. Sie kann dir helfen. Die Polizei wohl kaum.«

Erschrocken hob Josiah den Kopf. »Die Polizei ist hier?«

»Noch nicht«, sagte Hettie vieldeutig, wurde jedoch von Jane mit einem Räuspern zum Schweigen gebracht.

»Hettie, schau doch mal, ob Agnes die Unterkleider schon gebügelt hat«, bat Jane ihre Zofe. »Und schau nach dem apricotfarbenen Kleid. Das mit dem Mediciband!«

»Ja, Ma'am.« Hettie warf Josiah einen strafenden Blick zu, bevor sie den Speiseraum verließ.

Aus der angrenzenden Küche waren verhaltenes Flüstern und leises Klappern zu hören und Jane konnte sich vorstellen, wie die Köchin und die Küchengehilfen ihre Ohren spitzten. Jane schloss die Tür und ging zurück zum Tisch.

»Josiah, willst du mir nicht sagen, warum du weinst? Ist Levi etwas zugestoßen? Kann der Captain ihm helfen?«

Bei der Erwähnung ihres Mannes zuckte Josiah zusammen und schüttelte den Kopf. »Ich schäme mich so. Der Captain hat uns gerettet und nun das ...«

»Na schön, dann wartest du hier, bis Captain Wescott zurück ist. Ihm wirst du mit Sicherheit einige Fragen beantworten müssen.« Jane trat vom Tisch zurück, ordnete ihre Röcke, die der Mode entsprechend in à la Watteau-Falten herabfielen, und ging in die Küche, wo Ruth konzentriert in einer Schüssel rührte.

»Ruth, bitte sorgen Sie dafür, dass Josiah noch einen Tee bekommt, den Raum aber nicht verlässt.«

»Ja, Ma'am.« Die roten Wangen der kräftigen Frau, deren hellbraune Haare von ersten grauen Strähnen durchzogen waren, glühten förmlich. Sie wischte sich die Hände an ihrer Schürze ab. »Hat er gesagt, wo Levi ist? Ma'am, wir machen uns alle Sorgen. Es ist doch wegen dieser Russen, nicht wahr? Zu denen hat sich Levi immer nach Holborn geschlichen. Man hört ja 'ne ganze Menge. Nichts als Ärger machen solche Leute. Einer muss doch regieren. Was soll denn werden, wenn jeder machen kann, was er will?«

»Machen Sie sich keine Sorgen, Ruth, das wird sich alles aufklären.« Selten hatte Jane die Köchin so außer sich erlebt. Ruth sprach sonst nur über den Speiseplan, die Utensilien für die Küche und vielleicht ab und zu über Ärger mit einer Dienerin.

Die Köchin murmelte etwas und scheuchte ein junges Mädchen fort, das ihnen mit offenem Mund zugehört hatte. »Was stehst du hier so untätig herum? Schneid die Zwiebeln und sei froh, dass du hier arbeiten darfst und nicht in einer der Fabriken!«

Jane konnte die Sorge der fleißigen Frau verstehen, denn

gute Anstellungen waren rar und der Überlebenskampf in Londons Straßen hart. Sie ging durch die Eingangshalle in den kleinen Salon, in dem auch ein Schreibtisch stand. Sie hatte sich schon in einem Brief von Alison, ihrer liebsten Freundin, für den Zeitraum ihrer Indienreise verabschiedet und vermisste sie bereits. Lady Alison hatte im Winter ihr drittes Kind zur Welt gebracht. Die Umstände waren dramatisch gewesen und Jane konnte sich eines Schauers noch immer nicht erwehren, wenn sie an Winton Park und den exzentrischen Hausherrn, Sir Frederick, dachte. Rastlos lief Jane im Salon auf und ab und überlegte, wie sie mehr über Levis Verbleib herausfinden konnte. Sie konnten doch nicht nach Indien abreisen, wenn Levi verschwunden war!

Als kurz darauf die Türglocke schellte und sie Davids Stimme hörte, eilte Jane sofort in die Halle und erschrak, als sie seine ernste Miene sah. Blount folgte ihm mit ebenso finsterem Gesichtsausdruck, nahm ihm Mantel und Zylinder ab und verschwand wortlos.

»Jane, meine Liebe, ist hier alles in Ordnung?« David nahm ihre Hand und führte sie in den Salon, wo er die Türen hinter sich schloss.

Sie schüttelte den Kopf und drückte sich an ihn. Er legte die Arme um sie, zog sie an sich und küsste sie sanft. »Was ist geschehen?«

»Levi ist verschwunden. Und ich habe den Artikel über den Mord an Orlow gesehen, den du mir heute Morgen vorenthalten hast.« Sie strich über den Wollstoff seiner Weste und sah ihn mit schief gelegtem Kopf an. »Levi, Holborn, die Russen und nun ein toter Attaché und verschwundene Diamanten.«

Er nahm ihre Hände in seine. »Levi ist nicht verschwunden, Jane, man hat ihn festgenommen, weil er in der Nähe des Tatorts gesehen wurde.«

»Oh nein! Aber er ist doch kein Mörder! Er ist Musiker!«, entfuhr es ihr.

David lächelte schwach. »Das eine schließt das andere leider nicht aus, aber ich kann es mir auch nicht vorstellen. Solch eine brutale Tat passt nicht zu Levi, jedenfalls nicht zu dem, den wir kennen.«

»Was können wir tun, um ihm zu helfen?« Sie stellte sich den schweigsamen, sensiblen Mann im Gefängnis zwischen bulligen Gewaltverbrechern vor und schauderte.

Davids Blick wurde weich und er strich ihr eine Haarsträhne aus der Stirn, denn ihre Locken wollten sich nicht dem akkuraten Modediktat beugen. »Wenn es nur das wäre.«

»Um Himmels willen, David, sag doch endlich, um was es hier geht!«

Er gab ihr eine abgeschwächte Version von Rookes Warnung. »Es sind nur Gerüchte, aber irgendjemand streut sie und die Frage ist, warum.«

»Das ist ungeheuerlich!«, rief Jane. »Wer könnte dir denn so etwas anhängen wollen?«

David rieb sich die Schläfennarbe und runzelte die Stirn. »Ich weiß es nicht, noch nicht, aber ich werde es herausfinden. Dessen kannst du dir sicher sein, Jane.«

In seiner dunklen Stimme schwangen Entschlossenheit und ein Hauch Bitternis, die sie zutiefst berührte. »Ich werde veranlassen, dass unser Gepäck vom Schiff geholt wird.«

Er strich zärtlich über ihre Wange, als die Türglocke läutete. David erstarrte und seine Hand ruhte schwer auf ihrer Schulter. »Ich danke dir, Jane. Aber ich bitte dich um Diskretion und Zurückhaltung in dieser Angelegenheit. Wir wissen noch nichts und ich möchte keine vorschnellen Schlüsse ziehen und Leute verärgern.«

Obwohl sie bereits Ideen hatte, mit wem sie ganz unverbindlich plaudern könnte, nickte sie. »Ich werde nichts auf eigene Faust unternehmen, versprochen.«

Er lächelte sie an. »Ach, Jane …«

Sie erhob sich auf die Zehenspitzen und küsste ihn auf die Lippen. »Du glaubst mir nicht, solltest du aber. Ich werde mein Versprechen nur unter außergewöhnlichen Umständen brechen.«

»Als da wären?« Er hob eine Braue und seine Kinnmuskeln zuckten.

»Das entscheide ich dann.«

David schnaufte halb verärgert, halb scherzhaft.

Es klopfte leise und Blount trat mit einem Tablett herein, auf dem ein Brief lag. »Der wurde eben für Sie abgegeben, Captain.«

Jane staunte immer wieder über die Wandlungsfähigkeit von Blount, der als Butler eine genauso tadellose Figur machte wie als Straßenkämpfer oder Beschützer.

David nahm den Umschlag und Blount wollte sich entfernen, doch David winkte ihn zu sich. »Bleiben Sie.«

Er riss den Umschlag auf. »Sie wollen mit mir über Levi sprechen, inoffiziell.«

»Was bedeutet das? Wer will mit dir sprechen?«, fragte Jane. »Wo wird Levi festgehalten?«

»Newgate.« Davids Blick glitt von ihr zu Blount, der den Kopf neigte und verschwand.

»David, bitte, lass mich nicht so im Ungewissen hier zurück!« Ärger stieg in ihr auf, weil Blount anscheinend mehr wusste und ihren Mann begleiten würde, während sie hier im Haus warten musste.

»Heute Abend weiß ich mehr, Jane. Bitte kümmere dich um das Gepäck und die Stornierung unserer Überfahrt. Selbst wenn es mir gelingt, Levi aus dem Gefängnis zu holen, will ich wissen, wer mich öffentlich verleumdet. Und das herauszufinden wird mir kaum bis übermorgen gelingen.« Er griff nach ihren Händen. »Vielleicht können wir in zwei Wochen fahren.«

Sie spürte seine Wärme und auch das nervöse Zucken seiner

Muskeln. Inzwischen kannte sie ihn gut genug, um zu wissen, dass seine Ehre ihm alles bedeutete. Wenn jemand seinen Ruf zerstörte, würde ihn das zerbrechen. Er sprach mit Verachtung von Verrätern und dem unehrenhaften Verhalten von Soldaten und Offizieren im Krimkrieg und er verabscheute die durch Geburt Privilegierten, die sich menschenverachtend verhielten und ihr Vermögen verschleuderten. Diese Einstellung machte ihn zu einem unbestechlichen, loyalen Mann und Freund, doch nicht jeder verhielt sich ehrenvoll. Und wer sich ertappt oder durchschaut sah, konnte leicht zum Feind werden.

»Gut, aber das hat Zeit, David.« Da fiel ihr ein, dass sie Josiah vergessen hatte. »Oh, was machen wir mit Josiah? Er ist vollkommen verstört und wartet im Speisezimmer. Dass er etwas weiß, steht fest, nur will er mir nichts sagen. Willst du nicht mit ihm sprechen, bevor du nach Newgate gehst?«

Er hatte ihre Hände losgelassen und die Falte über seiner Nasenwurzel vertiefte sich. »Du hast Josiah ausgefragt? Zum Henker ... Jane, jetzt ist die gesamte Dienerschaft in Aufregung. Das wäre wirklich nicht nötig gewesen. Warte einfach auf mich, bevor du alles durcheinanderbringst!«

»Das ist wieder typisch! Ich versuche nur zu helfen!« Sie raffte ihre Röcke und schob ihre Schultern zurück. »Josiah saß in seinem Zimmer und hat geweint! Ruth und Agnes haben mich gebeten, nach ihm zu sehen. So war das! Und als ich merkte, dass er mir gegenüber verschlossen bleibt, habe ich auf dich gewartet, denn du hast ihn schließlich aus Russland oder vom Kaukasus oder was weiß ich woher mitgebracht und er schuldet dir wohl eine gewisse Dankbarkeit. Das waren meine Überlegungen.« Wütend wollte sie sich umdrehen und hinausrauschen, doch David hielt sie am Arm fest.

»Jane, jetzt beruhige dich bitte. Es tut mir leid. Das habe ich nicht gewusst und du musst zugeben, dass du manchmal etwas impulsiv handelst.« Doch in seiner Stimme lag kein Vor-

27

wurf.

Sie sah ihn an und biss sich auf die Unterlippe. »Pax?«

»Pax.« Er lächelte. »Ich rede mit Josiah und dann fahre ich mit Blount nach Newgate, um nach Levi zu sehen. Die Nachricht kam von Bethell, Jane. Er will im Old Baily mit mir sprechen.« Das Lächeln verschwand und er holte tief Luft.

Sir Richard Bethell war der Stellvertreter des Generalstaatsanwalts und einer der wichtigsten Berater der Krone. Sein Büro hatte die Kontrolle über die Strafverfolgungsbehörden. Wenn Bethell rief, bedeutete das Schwierigkeiten.

4

Der Hansom fuhr von Holborn Hill auf die Newgate Street zu, überquerte einen großen Platz und bog in Richtung Themseufer ab. Newgate, das große Gefängnis, erhob sich düster über den Platz, an dem die Hinrichtungen stattfanden. Drum herum wob sich ein Geflecht aus engen Gassen. Das Leben in den Straßen blieb unbeeindruckt von den drohenden Gitterstäben, den unterdrückten Klagelauten und den regelmäßig stattfindenden Hinrichtungsspektakeln. Die Straßenhändler schrien und feilschten, die Kinder spielten, Hunde bellten, Pferdefuhrwerke ratterten über das Pflaster und Gaukler versuchten die Leute mit ihren derben Späßen zu unterhalten.

Das Old Bailey, der Gerichtshof, befand sich direkt neben dem Gefängnis und edle Karossen und fein angezogene Herren waren kein seltener Anblick. Richter, Anwälte und die Mitglieder der Jury gingen hier ein und aus und entschieden, oft in beachtlichem Tempo, ob Fälle abgelehnt oder verhandelt wurden. Und so wunderte es weder den Polizisten noch den Pastetenverkäufer, dass der Hansom vor dem Haupteingang von Old Bailey hielt und ein großer eleganter Mann mit militärischer Haltung die Treppen hinaufeilte.

David Wescott kam selten in den Gerichtshof. Seine Untersuchungen führten ihn in alle Gesellschaftsschichten, doch wenn die Personen seines Interesses vor einen Richter traten, war seine Aufgabe zumeist beendet. Zudem befasste er sich mit Fällen, in denen es um Hochverrat oder politische Intrigen ging, deren Beteiligte selten öffentlich in Erscheinung traten und noch seltener vor ein Gericht zitiert wurden. David hatte Blount nach Holborn geschickt, um sich umzuhören. Das erschien ihm sinnvoller, denn es galt, keine Zeit zu vergeuden.

Ein Gerichtsdiener trat ihm entgegen. »Guten Tag, Sir. Sind Sie als Zeuge geladen? Dann würde ich Sie bitten, sich dort in den Warteraum …«

»Sir Bethell erwartet mich. Captain Wescott«, unterbrach David den Beamten.

Der Mann hob die Augenbrauen und kratzte sich den Backenbart. »Sir Bethell ist hier? Davon weiß ich gar nichts. Mir sagt wieder niemand etwas. Sir Bethell persönlich!« Eifrig klopfte er seinen schwarzen Frack ab, zupfte an seiner zerknitterten Kopfbedeckung und sah sich um.

Das Gebäude war beengt, baufällig und dem immer größer werdenden Aufkommen von Verhandlungen nicht länger gewachsen. Am anderen Ende des Flures öffnete sich eine Tür und ein junger Anwalt, erkennbar an seiner Robe und der Perucke, kam mit energischen Schritten heraus.

»Fields! Ich erwarte einen Gast«, rief der Anwalt und erspähte David. »Ah, sind Sie Captain Wescott?«

Wescott nickte.

Der junge Mann entließ Fields, den Gerichtsdiener, mit einer kurzen Handbewegung. »Woodward, Merrill Woodward. Es ist mir eine Ehre, Captain.«

Er gab Wescott die Hand und fuhr fort: »Ich arbeite für Sir Bethell. Das heißt, ich arbeite als Anwalt im Büro des Generalstaatsanwaltes, was aber im Grunde dasselbe ist, denn Bethell ist schließlich der Stellvertreter des Generalstaatsanwalts … Nun, das wissen Sie ja. Ich rede zu viel, aber das liegt an meinem Beruf. Bitte, hier entlang.«

Sein Umhang flatterte auf, während er mit großen Schritten den Flur entlangging. Das Profil des ehrgeizigen jungen Mannes wurde von einer leicht gebogenen Nase und einem breiten Kinn geprägt. Die langen dunkelblonden Koteletten waren modisch getrimmt und liefen scharf bis an die Mundwinkel aus.

»Haben Sie es schon gehört? In Übersee ist ein Bürgerkrieg ausgebrochen. Eine schwierige Situation.« Der junge Anwalt verlangsamte seine Schritte. »Wie soll sich die Regierung Ihrer Majestät verhalten? Gerade erst ist der Krimkrieg vorüber, es gibt Frieden mit Russland, aber ob der von Bestand sein wird, muss sich zeigen. Der Zar hat große Schwierigkeiten im Inland.«

Es war zu erwarten gewesen, dass die Nord- und Südstaaten auf dem neuen Kontinent ihren Konflikt nur mit Gewalt würden lösen können. David überraschte diese Nachricht nicht, doch sie erfüllte ihn mit Besorgnis, denn sollte sich die Regierung für eine Parteinahme entscheiden, würde ein Truppeneinsatz unvermeidlich sein. Krieg war grausam, egal, welche Ziele man verfolgte, wie ehrenhaft gekämpft wurde. Krieg bedeutete sinnloses Töten, das Vergießen von Blut, zerfetzte Körper, verschmutzte Feldlager, stinkende Lazarette, die Schreie von Sterbenden und Verwundeten, Seuchen, Hunger und Elend. Er stieß die Luft aus und musste sich von den Erinnerungen befreien, die ihn überwältigten. Er hatte Jane nie von seiner Zeit als Offizier auf der Krim, von seinen Albträumen, die ihn noch immer heimsuchten, erzählt. Nur Blount wusste, wie es um ihn stand. Eine Frau konnte das nicht verstehen und sollte nicht mit solchen schrecklichen Dingen belastet werden.

»Captain?«

»Verzeihung.«

Woodward nickte, als verstünde er, dass David seinen militärischen Erinnerungen nachhing. »Kriege sind beängstigend.

Ich habe nicht gedient, aber ich habe den höchsten Respekt vor jedem, der für die Krone sein Leben riskiert hat. Bitte, hier ist es.«

David trat durch die geöffnete Tür in ein kleines Besprechungszimmer. Sir Richard Bethell erwartete ihn stehend neben einem Bücherregal. Auf einem Tisch lagen Aktenstapel und juristische Fachliteratur. Der Raum wirkte nüchtern und die Ledersessel waren abgewetzt.

Bethell war ein Mann in den Sechzigern, mit einer eher behäbigen Statur und keinerlei militärischem Habit. Ein weißer Haarkranz, nach außen gelockt, umgab seinen kahlen Schädel und ein frisierter Backenbart rahmte die vollen Wangen ein. Der schmale ernste Mund und die energischen, durchdringenden Augen, die sein Gegenüber unter schweren Lidern musterten, zeugten von einem überaus scharfen Verstand. Als Sohn eines Arztes hatte Bethell sich früh auf eine juristische Laufbahn konzentriert und sein Oxfordstudium mit Auszeichnung abgeschlossen. Der Jurist hatte als Kronanwalt gearbeitet, war als Kandidat der liberalen Whigs ins House of Commons gewählt worden und unter Premierminister Palmerston zum stellvertretenden Generalstaatsanwalt aufgestiegen. Derzeit galt er als eine der einflussreichsten Stimmen, wenn es um die Beratung der Krone ging.

Bislang hatte David nicht persönlich mit Bethell zu tun gehabt und er fragte sich, was den bedeutenden Mann dazu bewog, ihn ins Old Bailey zu zitieren.

»Captain Wescott, es freut mich, dass Sie meiner Einladung gefolgt sind, die überraschend kam, wie ich wohl weiß. Doch die Umstände sind prekär«, sagte Bethell, noch bevor David seine Hand zum Gruß erfasst hatte.

»Sir?«

»Hat Woodward Sie eingeweiht?«

Der junge Anwalt schüttelte geflissentlich den Kopf. »Diese

Freiheit habe ich mir nicht genommen, Sir.«

Bethell hakte einen Daumen in seine Jackentasche und räusperte sich gewichtig. »Nun denn. Männer Ihres Schlages sind selten geworden, Captain Wescott. Sie haben unser Land ruhmreich verteidigt und nicht nur Mut auf dem Schlachtfeld, sondern auch absolute Ehrenhaftigkeit bewiesen. Ich meine selbstverständlich Ihre Haltung im Fall Lord Lucan. Dazu gehören Integrität und ein moralisches Rückgrat, das nicht oft zu finden ist. Mancher wäre eingebrochen aus Angst vor Lucans Rache. Wir haben das beobachtet und zur Kenntnis genommen.«

Während des Krimkrieges hatte es Lord Lucan durch schwere Fehlentscheidungen in der berüchtigten Schlacht von Balaklawa zu zweifelhaftem Ruhm gebracht. David, der Lucan als Kavallerieoffizier unterstellt gewesen war, hatte später gegen die Befehlshaber ausgesagt, deren Fehleinschätzungen der Situation Hunderte von Soldaten das Leben gekostet hatten.

»Danke, Sir«, erwiderte Wescott knapp. »Ich habe nur meine Pflicht getan.« Wenn Bethell im Plural sprach, bezog er die Königin mit ein, was seiner Aussage unerwartete Bedeutsamkeit verlieh und Wescott befürchten ließ, dass es nicht bei dieser Lobrede bleiben würde.

Bethell stand am Fenster, von dem aus man nach Ludgate Hill zur Themse blickte. Der Fluss machte hier eine scharfe Kurve, an deren gegenüberliegendem Ufer Westminster und St. James lagen. »Unsere Stadt verändert sich, die Menschen verändern sich, gesellschaftliche Schranken brechen auf oder werden gewaltsam aufgebrochen. Diese Entwicklung ist beängstigend, aber nicht aufzuhalten. In solchen Zeiten braucht ein Land stabile Werte, die öffentliche Ordnung muss durch Einhaltung der Gesetze geschützt werden. Sonst kann es leicht zu chaotischen Auswüchsen kommen.«

Bethell war um einiges kleiner als David. Er hob das mas-

33

sige Kinn und musterte Wescott abschätzend. »Wir brauchen nur nach Russland zu sehen, wo Zar Alexander gerade erst die Leibeigenschaft aufgehoben hat. Und wie dankt ihm das Volk diese neue Freiheit? Mit einer Horde unberechenbarer brutaler Revolutionäre, die mehr und immer mehr Rechte wollen. Aber man kann ein Land nicht über Nacht reformieren. Die Menschen müssen lernen, mit mehr Freiheit umzugehen.«

Er machte eine Pause und Wescott sagte: »Worauf wollen Sie hinaus, Sir?«

»Der Mord an Orlow bereitet uns Schwierigkeiten. Große Schwierigkeiten, um ehrlich zu sein, denn er bringt uns in eine diplomatische Zwickmühle. Orlows Haus ist sozusagen russischer Boden auf englischem Land. Man erlaubt uns nicht, die Mitglieder des Hauses zu befragen. Dabei sind wir uns ziemlich sicher, dass die Verbrecher einen Verbündeten in Orlows Haushalt gehabt haben müssen. Es gab keine Einbruchsspuren, die Diebe wussten, wo sich die Diamanten befanden, und nur, weil Orlow früher als geplant von einem Ball zurückkehrte, überraschte er die Täter. Mit tragischem Ende, wie Sie wissen. Er wurde niedergestochen.« Sir Bethell schnaufte unwillig. »So eine unnötige Grausamkeit. Das russische Temperament ist wohl mit Orlow durchgegangen, sonst hätte er die Gauner mit dem Schmuck entwischen lassen und sein Leben gerettet. Ein englischer Gentleman hätte das getan.«

Wescotts Lippen wurden schmal. »Es käme wohl auf die Umstände an.«

»Sicher, ja. Nun, unglücklicherweise wurde ein Diener Ihres Haushalts in der Nähe des Tatorts aufgegriffen. Zeugen haben beobachtet, wie der Mann aus Orlows Haus kam, und er verhält sich äußerst verdächtig.«

»Inwiefern?«, wollte Wescott wissen.

Jetzt mischte sich Woodward ein. »Er schweigt! Man wirft ihm Mord und Raub vor, er …«, der Anwalt unterbrach sich,

»Levi Atalay, das ist doch Ihr Mann?«

Wescott nickte kurz.

»Wie gesagt, er bringt keinen Ton heraus!«, entrüstete sich Woodward. »Das ist doch nicht normal! Jeder Mann, der halbwegs bei Verstand ist, würde sich verteidigen. Jedenfalls wenn er unschuldig ist. Und jeder Gauner würde sich ebenfalls verteidigen und lügen, so lange, bis man ihm das Gegenteil beweisen kann. Aber Ihr Diener sitzt zitternd in seiner Zelle und schweigt.«

»Das klingt gar nicht nach dem Mann, den ich kenne. Verzeihen Sie mir, Gentlemen, aber ich würde gern selbst mit ihm sprechen, bevor man ihn vorverurteilt«, bat Wescott.

Woodward wollte protestieren, doch Bethell hob die Hand. »Das sollen Sie, Wescott. Ich vertraue Ihrem Urteil und Ihrer Menschenkenntnis. Sie müssen verstehen: Derzeit ist die Lage für Russland äußerst schwierig. Vor wenigen Stunden erst erreichte uns die Nachricht von einem weiteren blutigen Aufstand in Warschau. Revolutionäre und Nationalisten haben erneut gegen die russische Besatzung protestiert. Während beim Februaraufstand nur fünf Menschen durch die Kosaken erschossen worden waren, mussten diesmal über hundert ihr Leben lassen! Es hängt alles mit der Agrarreform zusammen, die den Revolutionären als willkommener Auslöser für weiterreichende Reformen dient. Ach, was heißt Reformen, diese Studenten sind radikal, sie sind von den Ansichten aus Frankreich infiziert und wollen einen Umsturz des alten Regimes. Die Ideen von einer neuen Freiheit bringen viel Blut mit sich.«

Alexander II. bemühte sich seit dem polnischen Februaraufstand um eine friedliche Konfliktlösung, aber es schien, als wäre die Agrarreform ein Brandsatz, der nun flächendeckend das Land entzündete. Die Zusammenkünfte der Exilrussen und anderer vom Kaukasus Vertriebener in Holborn wurden von genau jenem Feuer genährt, wenn es stimmte, was man sich erzählte.

»Von hitzköpfigen Diskussionen am Stammtisch zu einer

Bluttat ist dennoch ein weiter Weg, vor allem für einen Musiker. Levi Atalay ist eigentlich Geiger, spielt aber seit dem Krimkrieg nicht mehr öffentlich«, sagte Wescott.

Der junge Anwalt hob die Augenbrauen. »Ein Musiker? Und er arbeitet jetzt als Diener? Warum? Welcher Volksgruppe gehört er an?«

»Er ist Tscherkesse, genau wie Josiah, ein etwa zwölfjähriger Junge, der auch in meinem Haushalt tätig ist. Beide haben ihre Familien, ihr ganzes Dorf verloren und ich habe sie mit nach England genommen.« Wescotts Augen wurden schmal, als er Woodward fixierte. »Der Krieg hat ihnen alles genommen und hier haben sie eine neue Heimat gefunden. Sie würden mich nicht hintergehen. Das wäre gegen ihre Ehre.«

Bethell schwieg und Woodward verzog leicht den Mund. »Ich hoffe, Ihr Vertrauen in diesen Atalay ist gerechtfertigt, Captain. Die Indizien sprechen gegen ihn und immerhin hat er sich in revolutionären Kreisen herumgetrieben.«

»Die Menschen sitzen zusammen und singen Lieder ihrer Heimat. Sie tauschen Erinnerungen aus und hoffen auf Nachrichten aus ihren Dörfern. Lassen Sie mich zu ihm, und die Sache wird sich aufklären.« Wescott war beinahe erleichtert, dass man nicht auf seine familiären Beziehungen zu Russland anspielte, doch Bethell schien seine Herkunft nicht vergessen zu haben.

»Sie sprechen Russisch, nicht wahr, Captain?«, fragte der Vertreter des Generalstaatsanwaltes.

»Passabel, ja.«

»Nun untertreiben Sie nicht. Haben Sie nicht russische Wurzeln?«, fragte Bethell.

Bestimmt erwiderte Wescott: »Mein familiärer Hintergrund ist nicht von Belang.«

Welche Impertinenz, auf intime Familienverhältnisse anzuspielen, in die er grundsätzlich niemandem Einblick gewährte. Nicht einmal mit Jane hatte er über seine verstorbene Mutter, eine russische Fürstentochter, gesprochen.

Bethell und Woodward wechselten einen bedeutungsvollen Blick, bevor der Ältere sagte: »Beginnen wir mit der Befragung Ihres Dieners. Woodward wird Sie begleiten, Captain. Ich werde in St. James erwartet. Sie machen sich keine Vorstellung von den Formalitäten und diplomatischen Fallstricken, die ein solcher Mordfall mit sich bringt.«

Sie verabschiedeten sich von Sir Bethell und machten sich auf den Weg ins Gefängnis. Woodward wandte sich im Plauderton an David: »Sehr ärgerlich solch ein Vorfall, wenn man sich auch noch wegen krimineller Umtriebigkeiten der Dienstboten von wichtigen Aufgaben abhalten lassen muss. Ich bewundere Ihre Erfolge als Ermittler. Der Fall der Orchideenmorde war in den Zeitungen.«

»Hm, tragische Verwicklungen«, erwiderte Wescott kurz angebunden.

»Ich hörte, dass auch Lady Allen einen nicht unerheblichen Anteil an der Aufklärung des Falles hatte. Außergewöhnlich.« Woodward ging nicht zum Haupteingang, sondern führte Wescott in den hinteren Teil des verwinkelten Gebäudes. »Bitte, hier entlang.«

»Wobei genau hat wer Atalay denn gesehen? Es werden wohl kaum alle Exilanten verhaftet worden sein, die sich in Holborn versammelt haben.« Wescott trat hinter Woodward in einen schattigen Hof, auf dessen gegenüberliegender Seite die Mauern von Newgate emporragten.

Um das Gefängnis rankten sich übelste Schauergeschichten, doch es hatte kürzlich eine Reform gegeben. Eine gewisse Grundversorgung der Gefangenen war nun gewährleistet und wenige Gefangene teilten sich seither die einzelnen Zellen. Die Willkür der Wärter war eine andere Sache, genau wie die uneinheitliche Erhebung von Strafen. Für den Diebstahl eines Taschentuches war ein junger Kistenmacher zu sieben Jahren Strafkolonie verurteilt worden. Derselbe Richter hatte einen anderen Taschendieb für den Diebstahl von zwei Taschentüchern zu zwei Monaten in einer Besserungsanstalt verurteilt. Ein Bigamist war zu vierzehn Tagen in Newgate verurteilt worden, während ein anderer sechs Monate absitzen musste. Was auch immer man Levi vorwarf, es durfte nicht zu einer Verhandlung wegen Beihilfe zum Mord oder Raub kommen, denn dann waren dem Tscherkessen eine Deportation oder sogar die Todesstrafe gewiss.

»Der Zeuge, Pawel Baranow, hat Ihren Mann zusammen mit zwei anderen in der Nacht des Mordes in der Nähe von Orlows Haus gesehen. Am Morgen darauf wurde die Leiche eines Unbekannten im Hyde Park gefunden. Der Mann war erstochen worden und trug eine silberne Schnupftabakdose mit Orlows Initialen bei sich.« Woodward klopfte an eine schmale Tür des Newgate-Gefängnisses, und eine vergitterte Luke wurde geöffnet, sofort wieder geschlossen und die Tür aufgezogen.

»Guten Tag, Mr Woodward«, begrüßte sie ein stämmiger Wärter in schwarzer Uniform, der leicht humpelte. Als er Wescott erblickte, erhellte sich sein zerfurchtes Gesicht, das von Pockennarben und einer riesigen Narbe quer über Stirn und Wange entstellt war.

»Sir, Captain, Sie sind es doch, nicht wahr? Captain Wescott? Sie haben gegen Lucan ausgesagt. Ich habe nicht unter Ihnen gedient, aber ich war auf der Krim dabei. Thomas Buchan, 23rd Fusiliers, Adjutant von Somerville«, stellte sich der Wärter stolz vor.

Wescott schüttelte dem ehemaligen Soldaten die Hand. »Dann hatten Sie Glück, Buchan, Somerville war ein hervorragender Offizier.«

»Das war er, Captain. Es soll eine Gedenksäule an der Westminster Abbey geben, habe ich gehört. So viele gute Männer sind gefallen, zu viele. Verzeihung. Captain, ist mir eine Ehre.« Buchan nahm Haltung an und ließ Wescott und Woodward passieren.

»Ich lasse den Gefangenen holen.« Woodward öffnete seitlich die Tür zu einem schmalen Raum. Vor ihnen versperrte ein massives Gitterwerk den Durchgang zu den Zellen. Der strenge Geruch von Ausdünstungen von auf engstem Raum eingesperrten Menschen und Urin stach in der Nase, doch Wescott war Schlimmeres gewöhnt.

Bevor Woodward die Tür schloss, um Levi holen zu lassen, sagte er: »Diese Kameradschaft unter Soldaten muss etwas ganz Besonderes sein. Hätten Sie nicht die Befehle von Lucan vor Gericht angezweifelt, trügen Sie heute vielleicht sogar das Viktoria-Kreuz.«

Wescott stutzte, denn die unterschwellige Kritik missfiel ihm. »Sie waren nicht dabei, als Lord Lucan falsche Order erteilte, was in der Folge sinnlose Todesopfer gefordert hat. Ich stelle das Leben meiner Männer jederzeit über stumpfe Pflichterfüllung und würde sie niemals in ein sinnloses Gemetzel laufen lassen.«

»Verzeihung, Captain, so war es nicht gemeint. Ich habe größten Respekt vor Ihrer Haltung. Bitte, warten Sie kurz.«

Wescott verschränkte die Hände auf dem Rücken und wippte auf den Stiefeln vor und zurück, um seine Erregung im Zaum zu halten. Die Erinnerungen an den Krieg wühlten ihn auf und es machte ihn wütend, wenn ein Zivilist sich eine Meinung anmaßte, ohne die Umstände zu kennen. Das Viktoria-Kreuz war der höchste Orden des Empires, von der Königin eigens 1856 ins Leben gerufen, um Soldaten für besondere Tapferkeit oder außerordentliche Pflichterfüllung während des Krimkrieges zu ehren. An solchen Tand dachten Männer wie Lucan, für die Soldaten nur Material waren.

Wescott hatte sein Leben für seine Soldaten riskiert und setzte sich auch für Männer wie Levi ein, wenn er davon überzeugt war, dass sie es verdienten. Und heute fragte er sich zum ersten Mal, ob er sich vielleicht in diesem Mann getäuscht hatte.

5

Jane war beunruhigt, denn Wescotts Unterredung mit Josiah hatte kein Ergebnis erbracht. Der Junge war völlig verängstigt gewesen und hatte kein Wort gesprochen. Wenn er sich nicht einmal dem Mann anvertraute, der ihm und seinem Landsmann das Leben gerettet hatte, musste es eine nicht zu unterschätzende Bedrohung geben. Und ein unbekannter Feind war weitaus schlimmer als einer, bei dem man wusste, mit wem man es zu tun hatte.

Hier im Haus war sie niemandem eine Hilfe und untätig herumsitzen und auf Davids Rückkehr warten wollte sie nicht. Nachdem sie also die Reederei über eine Verzögerung ihrer Abreise informiert und das Gepäck zurückbeordert hatte, sagte sie zu ihrer Zofe: »Was hältst du von einem Besuch der Royal Academy? Die Ausstellung der jungen Künstler dort soll herrlich skandalös sein.«

Hettie kicherte. Sie befanden sich in Janes Salon, wo Hettie mit dem Ausbessern eines Hutes beschäftigt war, den sie zufrieden in die Höhe hielt. »Die Blüten sitzen wieder fest. Die wird selbst ein Sturm nicht herunterreißen!«

Jane begutachtete die sorgfältig angehefteten Seidenblüten und nickte anerkennend. »Gut gemacht, Hettie. Wollen wir hoffen, dass er sich nicht im Sturm erproben muss. Er passt perfekt zu meinem Havannah-Kleid. Und das ist ganz hervorragend für einen Besuch in der Royal Academy geeignet.«

Eine Stunde später saßen Jane und Hettie in einem Hansom, der sie vor dem prächtigen Portal der National Gallery am Trafalgar Square absetzte. Das von einer Kuppel bekrönte Gebäude war von William Wilkins errichtet worden und beeindruckte mit riesigen Säulen am Haupteingang und prächtigem Innendekor. Doch die Werke der wachsenden Zahl von Künstlern fanden schon jetzt kaum Platz in den hohen Räumen.

Der Andrang zu jeder neuen Ausstellung war groß. Eine Gruppe junger wilder Künstler, die sich Präraffaeliten nannten, hatte vor wenigen Jahren erst einen Aufruhr in der Kunstwelt verursacht. Ihre Werke strebten nach größtmöglicher Naturnähe und zeigten neben mittelalterlich romantisierenden Szenen auch das Leid der Armen und das Elend des Krieges. Erst als sich der renommierte Kunstkritiker John Ruskin für die jungen Künstler einsetzte und vor allem John Everett Millais protegierte, wandte sich das Blatt zugunsten der Künstlerbewegung.

Jane liebte die Bilder von Millais, Holman Hunt und Dante Gabriel Rossetti und die Gedichte seiner Schwester Christina Rossetti. Für Mary, das von ihr gerettete Waisenmädchen, hatte sie zum Geburtstag ein kleines Bild von Millais erworben, das eine Weide mit Schafen und Kindern zeigte. Heute jedoch interessierte sich Jane weniger für die ausgestellten Kunstwerke als vielmehr für die illustren Besucher, die sich durch die Gänge schoben.

»Oh, sehen Sie doch, Ma'am, das ist ein schönes Bild. Die Frau hat wunderschöne Haare und ihr Kleid fließt ganz eng um ihren Körper. Die trägt keinen Reifrock!«, stellte Hettie angesichts der Darstellung eines mittelalterlichen Burgfräuleins fest.

»Hm«, murmelte Jane, während sie die Menge nach bekannten Gesichtern absuchte. »Hettie, lass dir Zeit, trink eine Schokolade und wir treffen uns in einer Stunde vorn in der Halle.«

Jane streckte den Hals, nahm die Schultern zurück und wedelte sich langsam mit ihrem curryfarbenen Fächer Luft zu, denn es wurde immer wärmer in den überfüllten Ausstellungsräumen. Die Gemälde hingen in Reihen über- und nebeneinander, wobei die begehrtesten Plätze auf Augenhöhe den bereits renommierten Künstlern vorbehalten waren. Jane steuerte auf eine in ein viel zu aufdringliches Orphelian gewandete Frau mittleren Alters zu. Der neue Rotton stand nur wenigen Frauen, dachte Jane und setzte ein einnehmendes Lächeln auf.

»Lady Rutherford, was für eine angenehme Überraschung«, begrüßte sie die große dunkelhaarige Frau, deren kleiner mit Früchten dekorierter Kopfschmuck die lange Nase und das spitze Kinn eher noch betonte als davon ablenkte.

Lady Rutherford war für ihre scharfe Zunge bekannt und gehörte nicht zu den beliebtesten, sondern zu den gefürchtetsten Mitgliedern der Gesellschaft. Da ihr Mann Mitglied des Oberhauses und ein Freund von Palmerston war, genoss sie großes Ansehen und noch größeren Einfluss. Ihre Beziehungen konnten Türen öffnen und schließen, weshalb ihr Kreis an Bewunderern gemessen an ihrer kaltherzigen Art unverhältnismäßig groß war. Auch heute befanden sich in ihrem Gefolge drei Frauen der Gesellschaft, von denen Jane zwei kannte und bei der dritten rätselte, wo sie sie schon einmal gesehen hatte.

Lady Amelia Rutherfords kühle graue Augen maßen sie kritisch, doch ihr Urteil schien positiv auszufallen, denn sie klappte ihren Fächer zusammen und lächelte ebenfalls. »Lady Allen, die Freude ist ganz auf meiner Seite. Sie sehen hinreißend aus, auch wenn Havannah die Farbe der letzten Saison war.«

»Danke, Mylady, ich kann mich einfach nicht von diesen Erdtönen trennen. Sie schmeicheln meinem Teint, und welche Frau lässt sich nicht gern schmeicheln, nicht wahr?«, erwiderte sie diplomatisch.

Die anderen Damen verfolgten gespannt den Wortwechsel.

Lady Parthena, die Frau des Duke of Rayfield, nickte beifällig. »Fürwahr, Mylady, ich kann mich für das neue helle Grau auch noch nicht erwärmen, obwohl ich bereits ein Kleid in Auftrag gegeben habe.«

»Meine liebe Parthena, Sie sprechen mir aus der Seele. Amelia, es kann nicht jeder so von Mutter Natur gesegnet sein, dass ihm diese extravaganten Farben stehen.« Die kleinste der Damen war Lady Flora, die Frau des Earl of Flandringham, der in diplomatischen Missionen nach Italien und Russland reiste.

Welch ein Glück, dass ausgerechnet Lady Flora heute zugegen war, dachte Jane. Sie hatte die rundliche Frau mit dem verschmitzten Puppengesicht auf verschiedenen Gesellschaften kennen- und schätzen gelernt. »Lady Flora, welche Freude! Und selbstverständlich ist es mir auch ein Vergnügen, Sie hier zu sehen, Lady Rayfield, und – entschuldigen Sie, wir sind uns schon begegnet?«

Jane wandte sich an die geduldig wartende blonde junge Frau, die in ihrem türkisfarbenen Kleid viele Blicke auf sich zog. Sie mochte Anfang zwanzig sein, war sehr zierlich und ihr Teint von vornehmer Blässe. Doch ihre Augen versprühten eine unerwartete Energie und die vollen Lippen kräuselten sich gern kokett, wie Jane beobachtet hatte.

Lady Amelia Rutherford stellte ihre Begleitung vor: »Unsere liebe Myrtle, Mme Molineaux. Ihr Gatte ist der Sohn des Earl of Bronham.«

»Aber ja, wir sind uns auf Floras Teeparty begegnet, aber nicht vorgestellt worden. Es war so viel los und wir haben uns die Köpfe heißgeredet!«, lachte Jane. »Es ging um Bildung für Frauen und die neue Schule, die Lady Stanley of Alderley einrichten will, eine großartige Sache, finde ich.«

Myrtle teilte Janes Begeisterung anscheinend nicht und nickte höflich. »Selbstverständlich, ich entsinne mich. Ich habe mich gewundert, mit welchem Enthusiasmus sich Lady Stanley für die Frauen einsetzt. Herrje, viele wollen doch gar nicht zur Schule gehen. Wir haben doch unsere naturgegebenen Vorteile, die wir nur richtig nutzen müssen, und dann bekommen wir schon, was wir wollen, nicht wahr?« Sie hob ihr Kinn und ignorierte den herausfordernden Blick eines vorbeischlendernden Gentlemans. Blonde Locken kringelten sich um ihr Gesicht und unter dem türkisfarbenen Hut hervor.

Jane überlegte, wo sie die Bronhams einordnen musste, und erinnerte sich an den alten Earl, der mit ihrem Onkel Henry zur Jagd gegangen war. »Nun, ich finde, dass wir Frauen mehr zu bieten haben als nur unser Aussehen und unseren Liebreiz und Wesentliches zur Gesellschaft beitragen könnten.«

Flora fächelte sich Luft zu. »Aber ja doch, denken wir doch nur an all die armen Mädchen, die ohne Schulbildung in einer dieser schrecklichen Fabriken landen, sich ihre Augen beim Nähen verderben und ihren Kindern nicht genug zu essen geben können, weil der Mann kaum etwas mit nach Hause bringt.«

»Bitte, meine Damen, ich bin durchaus Ihrer Ansicht, wenn auch nicht ganz so radikal, wie unsere kanadischstämmige Freundin es propagiert«, sagte Amelia und meinte Lady Stanley of Alderley, die aus Kanada stammte. Ihr Gatte war der amtierende Postminister und mancher empfand das politische Engagement der Lady als einen Affront. Im günstigsten Fall entschuldigte man ihren Einsatz für die Bildung der Frauen mit ihrer Herkunft. Kanada galt als unzivilisiert.

»Ach, wenden wir uns doch den angenehmeren Dingen zu«, schlug Lady Rayfield vor und drehte sich zu einem Gemälde, das einen jungen Offizier und ein Mädchen in verträumt wehmütiger Pose zeigte. »Das ist doch sehr hübsch!«

Jane trat näher. Der Offizier auf dem Bild trug eine dunkle Uniform, ähnlich der Husarenuniform, die David bei festlichen Anlässen anzog. Die heutigen Husaren hießen damals Dragonerregimenter. Der Soldat schien die junge Frau im weißen Kleid trösten zu wollen, denn in dem Gesichtsausdruck der beiden lag Trauer über den nahenden Abschied. »Zwei schöne junge Menschen, die der nahende Krieg auseinanderreißen wird. Und was die Zukunft bringt, ist ungewiss«, sinnierte Jane laut, was ihr ein unwilliges Schnauben von Parthena Rayfield eintrug.

Lady Amelia schien wenig berührt von dem Gemälde. Überhaupt wirkte sie immer eher distanziert und kontrolliert. »Ich kann Sie gut verstehen, Lady Allen, Ihr Gatte war auf der Krim. Was mich daran denken lässt, dass uns bald eine Festivität ins Haus steht, zu der Sie und Captain Wescott sicher geladen sind.«

»Ach ja?«, fragte Jane ehrlich überrascht.

»Sie wissen es nicht? Es wird ein Monument zu Ehren der Krimkriegsopfer in St. James enthüllt werden. Der Bildhauer John Bell hat es geschaffen und die Königin selbst wird anwesend sein und ...« Amelia machte eine bedeutungsvolle Pause. »Ich habe gehört, dass Ihre Majestät das Viktoria-Kreuz verleiht.«

Jane hielt ihren Fächer fester als nötig. »Es gibt viele verdienstvolle Offiziere und Soldaten, die eine solche Auszeichnung verdienen.«

»Dieses Land hat gute Männer in Russland verloren. Und in Übersee kämpfen nun Brüder gegeneinander«, sagte Flora leise und schüttelte missbilligend den Kopf.

Amelia wandte sich an Myrtle. »Ist nicht der Bruder Ihres Gatten auf der Krim gefallen?«

»Der Earl und auch mein Gatte kommen kaum über den Schmerz hinweg, den Henrys Tod hinterlassen hat. Ich habe ihn nur wenige Monate vor meiner Eheschließung kennengelernt, aber er war ein ehrenhafter Mann, ein guter Offizier, der eine große Karriere vor sich hatte.« Myrtle senkte den Blick.

»Mein aufrichtiges Mitgefühl, Myrtle«, sagte Jane. »Mein Mann kam verwundet von der Krim zurück und spricht auch jetzt kaum über den Krieg. Es muss traumatisierend für die Männer gewesen sein.«

»Mein Neffe hat auf der Krim sein Bein verloren«, sagte Amelia Rutherford. »Armer Junge, aber er hält sich vorbildlich, hat sein Studium der Jurisprudenz beendet und wird es zum Staatsanwalt bringen. Es kommt eben auf die Konstitution des Einzelnen an.«

Parthena war an diesem Tag eine elegante Erscheinung in Kleidern in gedeckten Ambertönen. Ihr dunkelblondes Haar trug sie in der Mitte gescheitelt, am Hinterkopf üppig aufgesteckt und von einer gewagten federgeschmückten Hutkreation gekrönt. Sie stützte sich auf ihren Sonnenschirm. Wie nebenbei betrachtete sie weiterhin das Gemälde und sagte: »Furchtbar, und nun müssen wir uns auch noch mit den Russen plagen, die sich bei uns durchschlagen und nichts als Ärger verursachen. Ich meine, wer tötet denn einen russischen Ambassador? Das können doch nur Landsleute gewesen sein, die irgendwelchen revolutionären Hirngespinsten hinterherjagen!«

Schwungvoll drehte sich Parthena zu Jane um. »Es wird gemunkelt, dass ein Diener aus Ihrem Haushalt inhaftiert wurde. Stimmt das etwa, Lady Allen? Eine Katastrophe! Kann man da noch ruhig schlafen?«

Die Augen der vier Damen richteten sich interessiert auf Jane, die nicht damit gerechnet hatte, dass sich Levis Verhaftung so schnell herumsprechen würde. »Nun, das ist insofern richtig, als einer unserer Diener, übrigens ein sehr gebildeter Mann aus Tscherkessien, zur Befragung eingeladen wurde. Er spielt besser Geige als mancher Hofmusiker!«

»Zur Befragung eingeladen?« Myrtle hob süffisant eine Augenbraue.

»Wo quartiert man denn Diener ein, die von der Polizei befragt werden, und warum wird er befragt?« Parthena liebte Tratsch und Klatsch und sie hatte ein dankbares Thema gefunden.

»Nun, im Gefängnis, nehme ich an. Captain Wescott kümmert sich bereits um die Sache. Solange es keine Beweise gibt, glaube ich an die Unschuld unseres Dieners«, verteidigte Jane Levi.

»Selbstverständlich glaubt niemand, dass Sie einen Mörder unter Ihrem Dach wohnen haben. Man stelle sich das vor! Man sieht die Diener ja kaum, aber sie sind da, schleichen durchs Haus und wissen doch genau über alles Bescheid, da darf man sich nichts vormachen«, seufzte Parthena. »Aber ohne sie geht gar nichts! Und deshalb machen mir diese Fremden mit ihren irren Ideen Angst! Sie hetzen brave englische Dienstmädchen und Diener auf, setzen den armen Leuten Flöhe ins Ohr, dass sie glauben, zu Höherem bestimmt zu sein! Wo kommen wir denn da hin?!«

»Und dann soll auch noch die Schulbildung für Frauen gefördert werden? Nein, nein, das kann nicht gut gehen. Man soll nicht am Bestehenden rütteln. Es hat schon seinen Grund, warum die Dinge sind, wie sie sind«, sagte Myrtle und wickelte sich eine Locke um den Finger.

»Und wollten Sie nicht nach Indien abreisen?«, fragte Flora und legte Jane mitfühlend die Hand auf den Arm.

Jane hatte sich bereits vor Tagen offiziell von ihren Bekannten und Freunden verabschiedet.

»Wir haben unsere Abreise verschoben. Diese Angelegenheit muss erst geklärt werden. Wenn mein Mann sich nicht um die Verteidigung unseres Dieners kümmert, wird es niemand tun. Aber ich frage mich die ganze Zeit über, ob es sich bei der Tat nicht auch um einen Raubmord gehandelt haben könnte. Schließlich wurden die Orlow-Diamanten gestohlen!« Jane sah von einer der Frauen zur anderen.

Parthena sog scharf die Luft ein. »Aber ja! Die berühmten Diamanten! Orlows Frau ist damit einmal auf einem Ball bei Hof erschienen. Diese Steine waren von einer Reinheit und hatten einen Glanz, dagegen verblassten sogar die Kronjuwelen.«

Myrtle hörte mit offenem Mund zu. »Wirklich? War es ein Collier, ein Diadem?«

»Madame Orlow trug ein Diadem mit einem gelben Diamanten, ein Collier, in dem ebenfalls ein großer gelber Diamant eingefasst war, hängende Ohrringe, und auch ihre Ringe waren exquisit.« Parthena hatte, was Schmuck und Kleider betraf, ein beeindruckendes Gedächtnis. »Allein das Diadem hatte einen enormen Wert.«

»Wenn es so wertvoll ist, muss Orlow es gut bewacht haben. Wie konnte es nur zu dem Raubmord kommen? Vielleicht kannte er die Leute …«, überlegte Jane.

»Also wirklich, Jane!« Flora machte eine wegwerfende Bewegung mit ihrem Fächer. »Sie meinen, der Botschafter hat Freunde ins Haus gelassen, die ihn dann beraubt und getötet haben? Er war ein sehr vorsichtiger Mann. Und mit Waffen konnte er ebenfalls umgehen. Auf einer Jagd im letzten Herbst hat er mehr Enten geschossen als mein Archie, und das soll etwas heißen.«

»Ja, aber auf Enten schießen oder sich gegen einen Messerangriff zu verteidigen, ist doch ein Unterschied«, stellte Jane fest. Das konnte man doch nun wirklich nicht vergleichen.

»Ich muss schon sagen, Sie stellen Überlegungen an, die für eine Dame sehr ungewöhnlich sind.« Myrtles blonde Locken wippten aufgeregt.

Amelia Rutherford entgegnete: »Bei einer Dame, die sich um sterbende Waisenmädchen kümmert, dabei einen Mädchenschlepperring aufdeckt und eine gesuchte Giftmörderin aufspürt, überrascht mich das nicht.«

Jane war sich nicht schlüssig, ob Amelias Betonung des Wortes »Dame« zweideutig und ihre Bemerkung tadelnd oder nur erklärend gemeint war. Sie entschied sich für die positive Sichtweise und lächelte. »Äh, ja, Myrtle, sehen Sie, die Umstände zwangen mich dazu, selbst nachzuforschen.«

Myrtle hob erschrocken die Brauen. »Wirklich? Das müssen Sie mir bei Gelegenheit erzählen, Lady Allen. Das klingt abenteuerlich. Und Abenteuer sind doch sonst nur den Männern vorbehalten.«

»Liebes Kind, das ist auch gut so.« Parthena tätschelte Myrtles Hand.

Janes Blick fiel auf Parthenas Geschmeide und sie sagte: »Wenn die Orlow-Diamanten unverkennbar sind in ihrem außergewöhnlichen Aussehen, kann man sie wohl kaum hier in England verkaufen.«

Flora, die Janes detektivische Ambitionen im Stillen bewunderte, spann die Überlegung weiter: »Man müsste die Steine herausbrechen und sie einzeln verkaufen. Aber dann verlören die Stücke an Wert.«

»Flora, du verbringst zu viel Zeit mit dieser kanadischen Frauenrechtlerin«, echauffierte sich Amelia Rutherford. »Kommen Sie, liebe Myrtle, Parthena, trinken wir einen Mokka.«

Flora blieb bei Jane. »Ach, sollen sie ruhig schon vorgehen. Es tut mir so leid, dass Sie Ihre Indienreise verschieben müssen, Jane. Ich weiß, wie sehr Sie sich darauf gefreut hatten.«

Ein tiefer Seufzer entfuhr Jane. »Die glücklichen Jahre meiner Kindheit habe ich in Indien verbracht. Bis zum Tod meiner Eltern und meiner Schwester. Sie waren selbst dort, Sie verstehen mich. Diese Farben und Düfte.«

»Oh ja, ein zauberhaft exotisches Land. Aber in meinem Alter ist das nichts mehr für mich. Das Klima machte mir schon damals zu schaffen. Und nun muss sich Ihr Gatte um den Diener kümmern. Ein Dilemma. Obwohl er ja auch einen Anwalt damit hätte beauftragen können, oder nicht?« Floras helle Augen sahen sie freundlich prüfend an.

Jane sah der hohen Gestalt von Lady Rutherford nach, die wie eine stolze Fregatte durch die Menge segelte. »Würde ein bezahlter Anwalt sich so engagiert um das Schicksal eines Tscherkessen kümmern?«

6

Wescott erschrak, als er Levi erblickte, der von einem der Gefängniswärter grob in den Raum gestoßen wurde.

»Mach keinen Ärger, hast du verstanden?«, schnauzte der Wärter den Tscherkessen an.

Levis Miene blieb ausdruckslos. Er hatte dunkle Schatten unter den Augen und wirkte wie versteinert. Man hatte ihn geschlagen, über seine Schläfe zog sich ein dunkelroter Bluterguss und er biss bei jeder Bewegung die Zähne zusammen.

»Lassen Sie uns allein!«, forderte Wescott den jungen Anwalt auf, der zu ihnen trat.

Woodward zögerte, nickte jedoch und sagte: »Der Wärter steht vor der Tür. Fünf Minuten. Mehr würde gegen die Regeln verstoßen und nach Vetternwirtschaft riechen.«

Nachdem die Tür hinter Woodward und den beiden Bewachern ins Schloss gefallen war, zog Wescott einen Stuhl an den schmalen Tisch und bot ihn Levi an. Er sprach russisch mit ihm. »Bitte, setz dich.«

Der hagere Mann ließ sich langsam auf den Stuhl sinken und richtete seinen Blick auf den Boden.

»Levi, sprich mit mir! Ich kann dir nicht helfen, wenn du mir nicht sagst, was geschehen ist. Man hat dich in der Nähe von Orlows Haus gesehen, in der Nacht des Mordes. Du warst doch nicht allein dort, und warum zu dieser Stunde?«

Der Mann hob den Blick und es lag ein seltsamer Ausdruck von Qual, Angst und Stolz darin, der David betroffen machte. Er glaubte, Levi lange genug zu kennen, um zu sehen, dass er etwas vor ihm verbarg, sich für etwas schämte. Levi Atalay hielt seine schmalen Hände gefaltet, sein Anzug war verschmutzt und seine Haare hingen ihm strähnig in die Stirn.

»Man behandelt dich nicht anständig. Haben sie dir überhaupt zu essen gegeben? Durftest du dich waschen?«

Die Lippen des Inhaftierten zitterten, als er leise zu sprechen begann. »Bitte, gehen Sie, Captain. Vergessen Sie mich. Ich habe Sie enttäuscht. Ich bin es nicht wert, dass Sie sich für mich einsetzen. Grüßen Sie Josiah von mir und sagen Sie ihm, er soll sich von Holborn fernhalten. Er hat sein Leben noch vor sich und seine neue Heimat ist England.«

Wescott beugte sich vor und sagte eindringlich: »In was auch immer du da hineingeraten bist, du weißt doch, dass ich helfen kann. Ich habe Verbindungen. Blount kennt viele Leute. Aber du musst uns sagen, was los ist. Levi, so sprich doch!«

Doch der Mann schüttelte den Kopf und setzte sich kerzengerade auf, den Blick zum Fenster gerichtet.

»Sag mir nur eins, Levi. Hast du den Botschafter umgebracht?«

Levi Atalay sah Wescott direkt an. »Bei allem, was mir heilig ist, das habe ich nicht, Captain.«

»Warst du in Orlows Haus?«

Levi schüttelte verzweifelt den Kopf und legte die Hände vors Gesicht.

»Was ist mit dem Schmuck? Weißt du, wo er ist?«

»Nein, ich schwöre es, Captain!« Doch Levi wich seinem Blick aus.

Wescott stand auf und ging zur Wand unterhalb des

51

schmalen Fensters. Wut und Enttäuschung kämpften in ihm, doch es ging hier nicht um seine verletzten Gefühle, sondern um die Aufklärung eines Verbrechens. Abrupt wandte er sich wieder dem Tscherkessen zu.

»Habe ich dir je ein Unrecht getan, Levi?«

Entsetzt sprang Levi auf. »Nein, Captain!«

»Warum vertraust du mir dann nicht?«

»Ich vertraue Ihnen. Aber ich kann nichts sagen, weil ich nicht dabei war.« Levis schmales Gesicht zeigte einen neuen Zug von Entschlossenheit und Härte.

David hätte den Aktivitäten seines Dieners mehr Beachtung schenken sollen, denn anscheinend hatten die Versammlungen in Holborn oder einer der Redner dort großen Eindruck auf Levi gemacht. Wescott konnte sich die Veränderung, die in Levi vorgegangen war, nicht anders erklären. Der ehemals resignierte Mann schien von einem inneren Feuer beseelt und es gab kaum etwas Gefährlicheres als Ideen, die zur Besessenheit, zu einer Religion, einer neuen Wahrheit wurden.

»Kennst du einen Pawel Baranow?«

Levis Kiefermuskeln zuckten. »Nein.«

»Er hat dich gesehen und verraten.«

Die Lippen des Musikers wurden schmal.

»Gehört er zu eurem Kreis, Levi? Du warst doch in Holborn und hast dich mit der russischen Intelligenzija herumgetrieben. Was ist mit Sergej Gundorov?«

Ein Ruck ging durch Levi, doch er murmelte nur leise: »Es gibt viele russische Adlige, die genug von der Gewaltherrschaft des Zaren haben, und viele Vertriebene, die sich aus verschiedenen Gründen in Holborn treffen. Das ist nicht gegen das Gesetz.«

»Hör auf, Levi. Verkauf mich nicht für dumm. Was die jungen Revolutionäre machen, geht über das Reden hinaus. Das weißt du genauso gut wie ich. Aber einen Botschafter im Ausland zu töten, ist ein schweres Verbrechen, das weitreichende Folgen hat. Orlow hat eine Familie.«

Levi unterbrach ihn mit schneidender Stimme. »Ich hatte auch eine Familie.«

»Du lebst unter meinem Dach, ich bin für dich verantwortlich. Was du tust, beschmutzt den Namen meines Hauses.« David sprach leise, doch mit fester Stimme.

Levi ließ sich nicht aus der Reserve locken. »Ich habe für Sie gearbeitet und bin Ihnen zu Dank verpflichtet. Aber ich bin ein Individuum und selbst für mein Handeln verantwortlich.«

Es klopfte kurz und die Tür wurde aufgestoßen. Woodward und der Wächter kamen herein. »Die Zeit ist um. Führen Sie den Gefangenen wieder in seine Zelle, Jones.«

Der Wärter packte Levi am Arm.

»Levi, mach dich nicht unglücklich. Dein Leben steht auf dem Spiel«, sagte Wescott auf Russisch.

»Mein Glück starb mit meiner Familie. Aber ich habe zumindest einen neuen Sinn gefunden.« Levi ließ sich widerstandslos von Wärter Jones aus dem Raum bringen.

Wescott blieb erschüttert zurück.

»Hat die Befragung etwas ergeben? Sie sehen nicht so aus, als wären Sie zufrieden.« Woodward begleitete Wescott zurück in das Gerichtsgebäude.

»Atalay behauptet, nicht an dem Gewaltverbrechen und dem Raub beteiligt zu sein, und ich glaube ihm. Zumindest das«, sagte Wescott.

»Aber Sie haben Zweifel an ihm. Warum?«

»Ich weiß nicht, ob Atalay in die Aktivitäten der russischen Revolutionäre verwickelt ist, oder ob er nur jemanden deckt.« Wescott blieb vor der Tür zum Old Bailey stehen. »Ich glaube, ich kann es herausfinden, wenn ich genügend Zeit habe.«

»Es liegt nicht bei mir, das zu entscheiden. Wir brauchen einen Schuldigen. Der Gerechtigkeit muss Genüge getan und die diplomatischen Wogen müssen geglättet werden. Orlows Witwe will den Leichnam nach Sankt Petersburg überführen. Wenn sie dort eintrifft und der Mörder nicht vor Gericht gestellt werden konnte, wird es heißen, dass das Britische Empire Revolutionäre begünstigt und nicht in der Lage ist, einen hochrangigen Vertreter des russischen Kaiserreiches zu schützen.« Der junge Anwalt machte eine umfassende Armbewegung. »Es brodelt auf dem Kontinent, Russland strebt die Wiedervereinigung sämtlicher polnischer Provinzen unter seinem Zepter an, und dabei braucht es nur einen Funken für die panslawistische Bewegung, ein Signal, um in Galizien, Posen und Ungarn ein Aufbrechen des Unabhängigkeitskampfes auszulösen. Orlows Diamanten sind nicht nur unglaublich viel Geld wert, sie sind für die Revolutionäre ein Symbol des zaristischen Regimes, ein Symbol der Unterdrückung.«

Seit dem Krimkrieg waren die freundschaftlichen Beziehungen zwischen dem russischen und dem englischen Hof empfindlich gestört und von Misstrauen geprägt. Das junge italienische Königreich unter Victor Emanuel II. war kaum wenige Wochen alt und die Gerüchte über geheime Absprachen einer französisch-russischen Entente wollten nicht enden. Dazu kamen die türkische Bedrohung und die Gefahr einer russisch-französischen Besetzung Konstantinopels. Es ging wie immer um den Erhalt des Kräftegleichgewichtes auf dem Kontinent. Wescott verstand die Befürchtungen seiner Regierung nur zu gut. Niemand wollte eine Verschärfung der angespannten Verhältnisse und einen Zwischenfall provozieren. Niemand, dem an einem stabilen Frieden gelegen war.

»Wir brauchen nicht nur einen Schuldigen, sondern auch die Diamanten. Haben Sie eine Spur?«, fragte Wescott.

Woodward klopfte an die Tür zum Gerichtsgebäude, die ihnen von Buchan, dem Exsoldaten, geöffnet wurde.

»Nein. Das Ganze ist ein richtiggehendes Dilemma. Es gibt

in der Tat nur den einen Zeugen, der ausgerechnet Ihren Diener gesehen haben will. Wir haben unsere Geheimpolizei eingebunden. Sie bleiben bis auf Weiteres in England?«

»Selbstverständlich. Ich werde eigene Nachforschungen über Atalay anstellen und versuchen, von dieser Seite aus Licht in die Sache zu bringen. Was ist mit Gundorov und den Männern aus seinem Umfeld? Hat man ihn selbst bereits verhört?«

»Er hat sich hier in London vorbildlich verhalten und ist der Liebling der Damen. Außer Gerüchten haben wir nichts gegen ihn in der Hand.« Woodward war langsam mit Wescott in Richtung des Ausgangs gegangen.

»Gundorov wurde aufgrund seiner anarchistischen Umtriebe von der Sankt Petersburger Akademie verwiesen. Er soll sich mit seiner Familie entzweit haben und hier in London der Kopf einer anarchistischen Gruppierung sein. Sind diese Gerüchte nicht Grund genug, ihn zu einem Gespräch zu laden?«

»Oh, aber gibt es dafür Beweise? Gundorov ist ein Protegé von Lady Flandringham«, stellte Woodward trocken fest.

»Ist er das? Interessant. Das höre ich zum ersten Mal.«

Ein schmales Lächeln umspielte Woodwards Lippen. »Ich denke, nun wären wir an dem Punkt angelangt, den Sir Bethell im Hinterkopf hatte, als er Sie zum Gespräch bat. Ihre gesellschaftlichen Kontakte und Ihr familiärer Hintergrund prädestinieren Sie geradezu für die Rolle des Ermittlers in diesem Fall, Captain Wescott.«

Wescott wusste, wen diese Entwicklung am meisten freuen würde.

Als Jane ihre Handschuhe abgestreift, den kurzen Paletot ausgezogen und Hettie in der Eingangshalle übergeben hatte, sah sie sich mit gerunzelter Stirn um. »Es ist so still im Haus, findest du nicht, Hettie? Bitte bring die Sachen hinauf und lass mir ein Bad ein.«

Sie wandte sich an Blount, der ihnen die Tür geöffnet hatte. »Ist mein Mann schon zurück?«

»Ja, Mylady. Er befindet sich in seinem Arbeitszimmer.« Blounts Miene war ausdruckslos wie immer.

»Haben Sie Levi sprechen können?«, fragte Jane und nahm ihren Hut ab.

»Der Captain hatte die Möglichkeit, aber Levi will sich nicht helfen lassen.« Blount geleitete sie zur Tür des Arbeitszimmers, das sich im Erdgeschoss des Londoner Stadthauses befand, klopfte und öffnete die Tür.

Die letzten Strahlen der Abendsonne fielen auf den Schreibtisch, auf dem verschiedene Papiere ausgebreitet lagen. David schien die Feder eben aus der Hand gelegt zu haben, denn an seinen Fingern waren dunkelblaue Flecken zu sehen. Sein Halstuch hing lose um seinen geöffneten Hemdkragen, als er langsam auf sie zutrat.

»Jane.«

Als er sie umarmte und an sich drückte, nahm sie einen Hauch von Whisky wahr. Er trank nicht oft vor dem Abendessen und meist gab es dafür einen Grund. Sie strich über den samtigen Stoff des Hausjacketts an seinem Rücken und hob den Blick. Bevor sie etwas sagen konnte, küsste er sie, zuerst zärtlich, dann fordernder. Ihr Herzschlag und ihre Atmung beschleunigten sich, doch als er sie gegen den Schreibtisch drängte, legte sie die Hände gegen seine Brust und löste sich sanft von ihm.

»Was ist los, David?«

Seine dunklen Augen ruhten lange auf ihr, bevor er seufzte und sie losließ. »Ich war in Newgate und im Old Bailey.« Er berichtete von seinen Begegnungen mit Woodward und Levi.

Bei der Erwähnung von Gundorov wurde Jane hellhörig. »Ein Protegé von Lady Flandringham. Das passt gar nicht zu

Flora. Oder doch ...« Und sie berichtete ihrerseits von ihrem Nachmittag mit den Damen der Gesellschaft.

David Wescott hörte seiner Frau aufmerksam zu, denn inzwischen wusste er ihren Spürsinn und ihre intelligente Kombinationsgabe zu schätzen.

»Und du bist ganz zufällig auf diese Damen getroffen, nehme ich an?«, fragte er mit leicht gehobener Augenbraue.

»Reiner Zufall. Ach, die Ausstellung war regelrecht zahm in diesem Jahr! Die jungen Wilden haben sich bereits angepasst.« Jane spielte mit den Knöpfen an Davids Weste.

»Rebellion ist anstrengend und kostet Geld. Was ist nur in Levi gefahren? Wie konnte er seine Zukunft hier in England so leichtfertig aufs Spiel setzen?«

»Niemand kennt den anderen je genau«, sagte Jane und wünschte sich insgeheim, dass Wescott sich ihr gegenüber mehr öffnete und mit ihr über seine Familie sprach. Das Zerwürfnis mit seinem Vater, dem Duke of St. Amand, der noch immer politisch aktiv und einflussreich war, nagte an David, auch wenn er das nicht zugeben mochte. Doch Jane sah es an Davids Mimik, wenn sein Vater in Gesprächen bei Dinners oder auf Bällen erwähnt wurde. Viel zu oft zog David sich von ihr zurück und verbrachte Tage und Nächte im Club. Wenn er dann zurückkam, wirkte er schuldbewusst und schien ihr seine Zuneigung beweisen zu wollen, indem er sie mit besonderer Leidenschaft und Hingabe liebte. Sie genoss das Zusammensein mit ihm, doch sie wollte mehr. Die körperliche Intimität war ihr nicht genug, denn sie konnte die unsichtbare Mauer, die er um sich aufgebaut hatte, nicht überwinden.

Er warf ihr einen fragenden Blick zu, doch sie lächelte und sagte: »Es tut mir leid, dass Levi dich derart enttäuscht hat. Und ich weiß ehrlich gesagt nicht, was wir mit Josiah machen sollen. Oh, das hätte ich beinahe vergessen. Lady Flandringham gibt am Wochenende einen Ball, zu dem wir eingeladen sind. Ich mag Flora, sie ist unkonventionell und sich nicht zu fein, Lady Alderleys Arbeit für die Rechte von Frauen zu unterstützen. Die Sache mit Gundorov ist sicher ein Missverständnis.«

Wescott verzog den Mund. »Ich bin mir sicher, dass du das herausfinden wirst, Jane. Lady Flandringhams Einsatz für mehr Bildung für Frauen ist löblich, aber dass Frauen an den Universitäten Examen ablegen dürfen sollen, das geht nun wirklich zu weit.«

Empört sah Jane ihn an und lachte erleichtert, als er grinste. »Für mich ist es zu spät, aber Mary ist ein kluges Mädchen, und vielleicht darf sie studieren. Ich wünsche es mir für sie.« Das entführte Waisenmädchen, das Jane im vergangenen Jahr gerettet und zu sich genommen hatte, entwickelte sich gut.

»Jane, lass Lady Alderley noch ein wenig warten. Ich brauche deine Hilfe mit Flandringham. Man hat mich inoffiziell zum Ermittler im Fall Orlow gemacht, auch, weil man auf deine gesellschaftlichen Verbindungen hofft.« David lehnte an seinem Schreibtisch und zog an seinem Halstuch.

»Du bittest mich um Hilfe bei deinen Ermittlungen?« Sie sah ihn mit schief gelegtem Kopf an.

Er fuhr sich durch die Haare und nickte. »Aber bilde dir ja nichts ein! Du unternimmst keine Alleingänge und sprichst dich mit mir ab. Gundorov ist ein gerissener Kerl. Ich hätte Lady Flandringham für intelligenter gehalten.«

»Gundorov soll attraktiv sein und sie ist eine Frau. Ist sie nicht wesentlich jünger als ihr Ehemann?« Jane dachte an die quirlige Frau und ihren distinguierten und überaus langweiligen Ehemann. »Sie kann sich für neue Ideen begeistern.«

David ergriff ihre Hände und zog sie zu sich. »Keine Spielereien mit diesem Russen, verstanden, Jane? Du weißt nicht, wozu er fähig ist. Ich kenne Männer wie ihn. Sie haben viele Gesichter und sind absolut skrupellos.«

»Warum bittest du mich überhaupt um Hilfe, wenn du mir

so wenig vertraust?« Sie wollte sich abwenden, doch ihr Mann zog sie in seine Arme.

»Ich mache mir Sorgen um dich, Jane, und dieses eine Mal solltest du mir glauben. Es gibt viele Möglichkeiten, jemanden zu zerstören, und Gundorov kennt sie alle.«

Eine beklemmende Furcht stieg in ihr auf. »Du bist ihm schon begegnet, oder nicht?«

Er küsste sie spielerisch und fragte: »Wann essen wir zu Abend?«

Da es zwecklos war, ihn weiter über den Russen auszufragen, antwortete sie: »Ich wollte ein Bad nehmen und Hettie anweisen, danach zu servieren.«

»Ein Bad? Eine verlockende Idee …« Er legte ihr den Arm um die Hüfte und begleitete sie zur Tür. »Ich könnte dir beim Einseifen helfen.«

»Dann würde es aber später mit dem Essen werden.«

Seine Hand glitt ihren Rücken hinauf. »Macht es dir etwas aus?«

»Ganz im Gegenteil.«

7

Der Hansom fuhr den St. James Square entlang, vorbei am imposanten Stadthaus des Duke of Cleveland, und hielt vor einem Gebäude, dessen dreigeschossige Fassade die Hand von Architekt Robert Adams vermuten ließ. Ein livrierter Diener erwartete die Ballgäste vor den Toren und ein anderer Bediensteter half Jane und David beim Verlassen ihrer Kutsche.

Jane legte die Hand auf Davids Arm und richtete ihre von der Fahrt zerknautschten Röcke. Ihr Ballkleid ließ die Schultern frei und gewährte einen, für Davids Geschmack allzu gewagten, Blick auf ihr Dekolleté. Meergrün war die Farbe der Ballsaison und Schleifen und kostbare Spitzen zierten die doppelreihig und versetzt drapierten Röcke von Janes Robe.

»Willst du nicht zumindest den Fächer öffnen?«, flüsterte David in ihr Ohr, doch sie tätschelte seinen Arm.

»Du wirst diesen Abend überstehen. Ich bin im Dienst der Krone tätig und da muss man Opfer bringen.« Ihr zuckersüßes Lächeln schien ihn nicht zu beruhigen.

Laternen beleuchteten den kurzen Weg durch den Garten zum Haupteingang. Aus den Fenstern in den ersten zwei Stockwerken ertönte das gelöste Stimmengewirr von Feiernden und mischte sich mit den Klängen eines kleinen Orchesters. Der jährliche Ball der Flandringhams gehörte zu den Höhepunkten der Londoner Saison und man riss sich förmlich um eine Einladung. Neben einem guten Büfett konnten die Gäste mit Skandalen rechnen, die sich regelmäßig auf den Feiern ereigneten, denn zu Lady Flandringhams Gästen zählten Vertreter der höheren Gesellschaft genauso wie Politiker, Künstler, Tänzer oder junge Intellektuelle. Eine Gästeliste, die genügend Zündstoff für unterhaltsame und oftmals explosive Diskussionen bot.

Es war ein milder Frühlingsabend und die Damen flanierten beschwingt in prächtigen Roben umher. Nach den langen kalten und feuchten Wintermonaten war es ein Gefühl von neu erwachtem Leben, die Natur erblühen zu sehen und die sanfte Luft auf der bloßen Haut zu spüren. »Vielleicht hat Flora die Terrasse zum Tanz freigegeben. Erinnerst du dich noch an den Ball bei meinem Onkel, als du mir in den Garten gefolgt bist?«, sagte sie mit gesenkter Stimme zu ihrem Mann.

»Wie könnte ich das vergessen? Die dramatischen Umstände unseres Kennenlernens hätten mir zu denken geben sollen.« Was scherzhaft klang, wurde von Wärme in seinen Worten begleitet.

Sie betraten die Eingangshalle und Jane sah ihn an, um etwas zu erwidern, doch seine Aufmerksamkeit galt jemandem in der Menge vor ihnen. »Dort steht er. Nicht zu übersehen. Unverfroren, das muss ich ihm lassen.«

Jane folgte dem Blick ihres Mannes und sah einen schlanken, hochgewachsenen Mann mit dunkelblonden Locken im perfekt geschnittenen Abendanzug. Er stach aufgrund seiner selbstbewussten Haltung und seines guten Aussehens aus der Menge hervor und parlierte charmant mit den Damen und Herren, die ihm von seiner Gastgeberin vorgestellt wurden. Auch Myrtle Molineaux schien ihn mit ihren Blicken zu verschlingen und den Mann an ihrer Seite vollkommen vergessen zu haben.

»Armer Vernon«, flüsterte Jane.

»Vernon?«, kam es leicht irritiert von David.

»Die hübsche Blonde im aprikotfarbenen Kleid ist Myrtle Molineaux und der etwas blasse Mann neben ihr Vernon. Ihr Gatte. Wir sind ihr schon begegnet. Komm schon, du erinnerst dich sicher an sie. So viele blonde Schönheiten hat diese Saison nicht zu bieten.«

Vernon Molineaux hatte bis eben mit dem Rücken zu ihnen gestanden, doch als er sich seiner Nachbarin zuwandte und sein Profil zeigte, das von einem leicht fliehenden Kinn geprägt war, nickte David. »Ach ja, er ist der zweite Sohn des Earl of Bronham. Tragische Geschichte. Sein älterer Bruder Henry, ein überaus fähiger junger Offizier, ist auf der Krim gefallen. Übrigens in Lord Lucans Regiment. Der Earl hat Henrys Tod nie verwunden, denn er wähnte ihn als Nachfolger und nächsten Premierminister.«

Sie waren im Durchgang stehen geblieben und versperrten weiteren Neuankömmlingen den Weg, weshalb David seine Frau zu einer Säule im Ballsaal geleitete.

»Ist Vernon nicht so intelligent wie sein Bruder? Er macht doch einen strebsamen Eindruck und soll ein guter Anwalt sein.« Jane und David nahmen je ein Glas Champagner von einem Tablett, das von einem Diener gereicht wurde.

»Vernon besteht keinen Vergleich mit Henry, wenn man es böse formuliert. Henry war witzig, klug und stand Gundorov äußerlich in nichts nach. Ich weiß nicht mehr, ob Myrtle damals schon mit Vernon verlobt war, aber man sagt ihr eine Vorliebe für den älteren Bruder nach.« David hob leicht sein Glas, nippte jedoch nur an dem kühlen Champagner.

Jane tat es ihm gleich, denn sie wollte sich heute Abend einen klaren Kopf bewahren. »Das ist interessant. Aber Myrtle ist der Typ Frau, der den Männern gern schöne Augen macht. Nur, warum hat sie nicht gleich versucht, sich Henry zu angeln? Wegen seines Titels, seinem Besitz. Sie konnte ja nicht wissen, dass er auf dem Feld bleibt.«

David musterte sie mit hochgezogener Braue. »Vielleicht hat sie es ja versucht und Henry wollte sie nicht.«

»Oh, wenn Frauen sich etwas in den Kopf setzen, sind sie meist erfolgreich. Myrtle hätte sicher eine Strategie entworfen. War Henry möglicherweise verlobt?«

»Nicht, dass ich wüsste. Aber es liegen einige Jahre dazwischen und die Familie gehört nicht zu meinem engeren Freundeskreis. Ich glaube, unsere Gastgeberin hat uns erspäht.«

Tatsächlich kam Flora Flandringham mit einem breiten Lächeln auf sie zu. Die lebhafte Frau war ganz in ihrem Element. Sie liebte es, Menschen zusammenzubringen und jungen Künstlern ein Sprungbrett zu verschaffen. Jane konnte sich nur schwer vorstellen, dass Flora mehr in Gundorov sah als einen progressiven jungen Mann, der seine Heimat von der Herrschaft des Zaren und seiner Gefolgschaft befreien wollte.

»Wie schön, dass Sie kommen konnten, liebe Jane, lieber Captain. Darf ich Ihnen meinen Gast aus Sankt Petersburg vorstellen? Sergej Gundorov. Lady Allen und Captain Wescott.«

Der Russe begrüßte zuerst Jane, indem er sich leicht vorbeugte und einen Handkuss andeutete. Dabei fanden seine eisblauen Augen ihren Blick und Jane fühlte sich auf seltsame Weise entblößt. Sein Akzent war ausgeprägt und melodisch. »Es ist mir eine Freude, die Bekanntschaft der berühmten Lady Allen zu machen.«

»Bitte, zu viel der Ehre. Woher sollte mein Ruhm rühren?«, erwiderte Jane bescheiden.

»Lady Flandringham hat von Ihren detektivischen Talenten geschwärmt. Ich bewundere kluge Frauen. In unserem Kreis gibt es einige sehr intelligente Damen. Awdotja Kamenski ist die Chefredakteurin der Zeitschrift *Das neue Wort*.«

David räusperte sich. »War sie nicht im Gefängnis?«

Gundorov heftete seinen Blick auf David und seine Stimme

wurde lauter. »Zu Unrecht! Das ist Russland! Wer seine Meinung äußert und die Herrschenden kritisiert, wird mundtot gemacht. Awdotja schreibt Gedichte, sehr lyrische und sehr kritische Gedichte, in denen sie die Ausbeutung der Bauernschaft anprangert. Deshalb hat man sie für fünf Monate eingesperrt. Sie ist glimpflich davongekommen, denn man wollte sie nach Sibirien verbannen. Das konnte gerade noch verhindert werden.«

Man spürte Gundorovs Leidenschaft, das Brennen für seine Heimat, in jedem seiner Worte.

»Sie hat Glück gehabt. Es hätte auch anders enden können«, gab Wescott zu bedenken und fügte auf Russisch hinzu, dass die Weiten Sibiriens unendlich und tödlich seien. Als Gundorov seine Muttersprache so unvermittelt und fließend aus dem Mund eines Engländers hörte, ging ein Ruck durch seinen Körper.

»Ich war im Krimkrieg«, fügte Wescott als Erklärung hinzu und nannte sein Regiment.

Gundorov, der ein ebenmäßig geschnittenes Gesicht mit einem langen energischen Kinn und hohen Wangenknochen hatte, strich sich über seine Koteletten. Die dunkelblonden Locken waren sorgfältig frisiert und seitlich gescheitelt und berührten gerade seinen Hemdkragen. An seinem kleinen Finger blitzte ein Diamantring.

»Bemerkenswert. Nicht jeder Engländer, der in Russland gekämpft hat, lernt so gut unsere Sprache. Flora hat nicht übertrieben, nicht wahr, meine Liebe?« Gundorov führte Floras Hand spielerisch an seine Lippen.

Der üppige Busen wogte unter ihrem Lachen und ihre tannengrüne Robe zitterte bis in alle Volants und Schleifen. »Sie sind ein unverbesserlicher Charmeur, mein lieber Gundorov, aber ich liebe diese Russen! Sie haben so viel Feuer, nicht wahr? Jane, David, ich muss Ihnen meinen Gast entführen, denn er soll noch jemanden kennenlernen.«

»Selbstverständlich.« David neigte den Kopf und Jane lächelte höflich, bis die beiden zwischen den Gästen verschwunden waren.

Die Musiker spielten einen Walzer und David sah sie bittend an. »Schenk mir diesen Tanz, bevor wir uns der Pflicht widmen.«

Ohne zu zögern ließ sich Jane von ihm auf die Tanzfläche führen und vergaß für die Dauer des Walzers den ernsten Grund ihres Besuches auf diesem Ball. Als David sie nach Ende des Stückes in den angrenzenden Salon begleitete, in dem Erfrischungen aufgebaut waren, bemerkte Jane die neidvollen Blicke der Damen, deren Ehemänner lieber mit anderen Frauen tanzten. Es war ein großes Glück, dass sie sich mit David so gut verstand, und sie durfte nicht ungeduldig mit ihm werden. Wahrscheinlich rissen die Ereignisse um Levi alte Wunden auf, Erinnerungen an den Krimkrieg, weshalb er in letzter Zeit wieder besonders verschlossen war.

Sie drückte seinen Arm und sagte: »Ich sehe Myrtle bei Amelia Rutherford stehen und werde dort meine Runde beginnen.«

Er strich ihr über den Nacken und nickte.

Myrtles blonde Locken glänzten im Licht der Kristallleuchter und ihr Diamantcollier strahlte. Da ihr Mann nun Anspruch auf den Titel eines Earls hatte, war sie nicht länger nur die Frau des zweiten Sohnes, und ihr selbstbewusstes Auftreten sprach für sich. Jedoch mangelte es ihr an der natürlichen Arroganz und Erhabenheit einer Amelia Rutherford, deren Familie zu den ältesten und angesehensten Geschlechtern Englands gehörte. Durch die Heirat mit Lord Vincent Rutherford hatte sie ihre Stellung nur gefestigt und erhöht.

Jane kannte einige der anderen Damen von anderen Festivitäten, Besuchen in Theatern und Galerien. Ihre Freundin

Ally war bei den Kindern, die wieder einmal eine Kinderkrankheit durchzustehen hatten. Irgendwann würde die Mutterschaft auch auf sie zukommen, doch bisher hatte sie keine Anzeichen einer beginnenden Schwangerschaft bei sich feststellen können. Nun, auch dafür bedurfte es einiger Geduld, und wenn sie ehrlich mit sich war, genoss sie die ungestörte Zweisamkeit und die Freiheiten, die sie hatte.

»Lady Allen, kommen Sie doch zu uns!«, begrüßte Amelia Rutherford sie. Die große, eher herbe Frau wirkte in ihrem türkisfarbenen Abendkleid sehr aristokratisch und schwenkte herrisch ihren Fächer.

»Sehr gern, es freut mich, dass wir uns schon so bald wiedersehen.« Jane lächelte höflich in die Runde. Zwei eher unscheinbare jüngere Damen, die bereits ihre vierte Saison hinter sich hatten, ohne einen Ehemann gefunden zu haben, was ein Schicksal als alte Jungfer befürchten ließ, musterten sie heimlich mit großem Interesse.

»Miss Weymouth und Miss Ponsby, und unsere Myrtle kennen Sie ja schon«, führte Amelia die jungen Frauen ein, die verlegen kicherten. »Ein wenig unkonventionell und fortschrittlich darf eine Frau sein, aber der schickliche Rahmen sollte nicht übertreten werden. Unsere liebe Flora übertreibt es derzeit ein wenig. Was meinen Sie, Lady Allen?«

»Entschuldigung, inwiefern?« Jane wollte Flora nicht in den Rücken fallen, denn sie ahnte, worauf Amelia hinauswollte.

»Nun, den jungen russischen Revolutionär hier herumzuzeigen wie eine Trophäe ist ja wohl etwas geschmacklos«, sagte Amelia mit der Miene von jemandem, der in eine saure Zitrone gebissen hat.

»Den Eindruck habe ich eigentlich nicht, meine Liebe. Es scheint mir eher so, als wolle sie ihm das Knüpfen von Kontakten ermöglichen. Ich habe eben nur kurz mit Mr Gundorov gesprochen, doch er wirkte sehr engagiert und um sein Land besorgt«, versuchte Jane ihre Freundin in Schutz zu nehmen.

Amelia schnaufte abfällig. »Ich hätte wissen müssen, dass Sie solch ein Verhalten billigen. Aber denken Sie an meine Worte, Lady Allen, Hochmut kommt vor dem Fall! Es gibt gute Gründe dafür, warum eine Gesellschaft stabil ist. Das englische Königreich baut auf den Fundamenten, die von der Aristokratie über Jahrhunderte errichtet worden sind. Mein Urgroßvater gehörte zu ersten Beratern von …«

Jane lächelte höflich, beobachtete jedoch, wie Myrtle dem in der Nähe stehenden Gundorov einen provozierenden Blick unter ihren langen Wimpern zuwarf. Armer Vernon, dachte Jane und schmunzelte, weil sie Myrtles Ehemann nun schon zum wiederholten Male bedauerte.

»Und warum belustigt Sie das, Lady Allen? Subversive Elemente zerstören eine Gesellschaft mit ihren faulen Ideen von Gleichheit und Freiheit. Es wird immer Besitzende und Arbeiter geben, daran werden auch diese fanatischen Revolutionäre nichts ändern«, schloss Amelia ihren Vortrag.

»Sie haben natürlich recht, nur ließe sich vielleicht etwas mehr Ausgleich schaffen. Ich meine, den Besitz könnte man besser verteilen. Und Aufstiegsmöglichkeiten für begabte Männer und Frauen, egal welcher Herkunft, schaffen. Oder was denken Sie, Miss … äh …Weymouth, Miss …?«

»Ponsby«, kam es leise und piepsig von der jungen Dame mit mausgrauem Haar und einem veilchenblauen Kleid. »Ich weiß nicht. Es ist gut so, wie es ist. Nicht wahr, Lydia?«

Die Angesprochene errötete und schüttelte den Kopf. »Das ist gefährlich. Es ist nicht gut, wenn man aus Affen Herren machen will, sagt mein Vater. Wir haben einige Jahre in Indien gelebt, und die Leute dort sind am besten zu gebrauchen, wenn sie eine einfache Arbeit immer wieder verrichten.«

Ungläubig starrte Jane die junge Frau an. »Ich muss Ihnen auf das Vehementeste widersprechen! Kein Mensch ist dazu geboren, sein Leben lang in einer niedrigen Position zu verharren, nur weil er dort hineingeboren wurde! Das würde doch die vollkommene Hoffnungslosigkeit bedeuten!«

Lydia hob ihren Zeigefinger. »Aber nein, denn diese Leute wissen es ja nicht besser und haben deshalb kein Verlangen nach Veränderung. Es würde sie nur verwirren.«

»Mein liebe Lydia, Sie haben das Prinzip verstanden.« Amelia klappte energisch ihren Fächer zusammen. »Sind Sie mit Ihren Eltern am nächsten Wochenende in der Oper? Ich möchte Sie einem vielversprechenden jungen Anwalt vorstellen, der noch auf Freiersfüßen wandelt.«

»Wirklich? Oh, vielen Dank, Lady Rutherford, das ist sehr …« Lydia stockte und verschluckte den Rest ihrer Worte, denn Sergej Gundorov trat zu ihnen. Seine bloße Gegenwart schüchterte die beiden Mauerblümchen ein und ließ sie verstummen und hypnotisiert mit halb offenen Mündern starren.

Wie zwei Goldfische, dachte Jane und betrachtete Myrtle, die ihre Vorzüge durch eine gerade Haltung betonte und sich mit der Zunge über die Lippen fuhr. Der Abend versprach durchaus amüsant zu werden, was Flora wiederum das allergrößte Vergnügen bereiten würde.

»Lady Rutherford, Lady Allen, Ich hörte ganz zufällig Ihre Konversation und bin erfreut, einen so aufgeschlossenen Geist hier zu finden. Darf ich Sie um diesen Tanz bitten, Lady Allen?« Der gut aussehende Russe bot ihr seinen Arm, den Jane nach kurzem Überlegen annahm. Myrtles Lippen kräuselten sich verärgert, Amelia feuerte strafende Blicke auf Jane und die Mauerblümchen klappten ihre Münder zu.

»Sehr gern.« Vielleicht war sie ein wenig zu weit gegangen im Kundtun ihrer freidenkerischen Ansichten, doch sie hatte Gundorovs Aufmerksamkeit erlangen wollen, und der Zweck heiligte die Mittel.

Gundorov war ein exzellenter Tänzer, der sie elegant über

die Tanzfläche schweben ließ, und Jane hoffte, dass David gerade außer Sichtweite war. Seine Eifersucht war schmeichelhaft, aber in diesem Fall könnte sie sich kontraproduktiv auswirken. Nach kaum der Hälfte des Walzers entdeckte sie David in der Menge neben Thomas, Baron Latimer, dem Mann ihrer besten Freundin Alison.

»Oh, mir ist etwas schwindelig, fürchte ich, Sir, bitte …«, sagte sie und sah Gundorov Hilfe suchend an.

Sofort hielt er inne. »Sie sehen etwas blass aus. Ein Glas Wasser und ein Stück Pastete wirken da Wunder. Ich nehme an, Sie haben noch nicht gegessen?«

Obwohl ihr Schwindelanfall nur vorgetäuscht war, verspürte Jane Hunger und nickte dankbar. Verstohlen sah sie in Davids Richtung, doch Thomas und ihr Mann waren aus ihrem Blickfeld verschwunden.

Gundorov brachte sie zu einer Sitzgruppe in einem Salon, der mit floral gemusterten Tapeten und zahlreichen Grünpflanzen ausgestattet war. Kleine Ölgemälde von Landschaften aus aller Welt schmückten die Wände. Jane wusste, dass Flora sie von ihren Reisen mitgebracht hatte.

Sie waren allein, als Gundorov mit einem Teller und einem Wasserglas zurückkehrte. »Man bringt uns gleich Servietten und Champagner, aber bitte, nehmen Sie ein Stück.«

Er stellte den Teller mit mundgerecht zugeschnittenen Pasteten und Kressesandwiches auf einen runden Beistelltisch und ließ sich ihr gegenüber in einem Sessel nieder.

»Nennen Sie mich Sergej, wenn es keine Umstände macht, ich kann mich an das englische ›Sir‹ einfach nicht gewöhnen. Wenn wir in Sankt Petersburg unter uns sind, verzichten wir auf Formalitäten.«

Jane kaute auf einem Stück Brot mit Entenpastete, nahm einen Schluck Wasser und räusperte sich. »Wir sind aber nicht unter uns.«

Der Mann war tatsächlich schwer einzuschätzen und dabei durchaus sympathisch. Sergej Gundorov lächelte.

»Ich sehe hier sonst niemanden, aber ich kann Sie verstehen. Was ich damit sagen wollte, ist, dass ich Ihre Unterhaltung mit Lady Rutherford und den Damen, deren Namen ich gar nicht wissen möchte, mit angehört habe. Und ich mich über Ihre erfrischend direkte und moderne Sicht der Dinge gefreut habe. Ich glaube, dass Sie sich in Sankt Petersburg in unserem Kreis wohlfühlen würden. Unsere Gespräche würden Sie inspirieren und ermutigen.«

Er machte eine kurze Pause, denn ein Diener stellte ein Silbertablett mit zwei Champagnergläsern, Besteck und Servietten ab.

»Ich weiß nicht, ob Ihre Kreise meiner Gesundheit zuträglich wären, denn Gefängnismauern sehe ich nicht gern von innen.« Sie griff nach einem der Champagnergläser und prostete ihm zu. »Sergej.«

»Lady Jane«, erwiderte er mit einem einnehmenden Lächeln und einem Blick, den sie lieber nicht weiter interpretierte, und leerte sein Glas in einem Zug.

»Darf ich Sie etwas fragen, Sergej?«

»Selbstverständlich, und ich antworte, wenn es mir möglich ist.«

Sie hob skeptisch die Augenbrauen. »Vielleicht möchte ich meine Frage dann gar nicht erst stellen.«

»Das glaube ich nicht, dafür sind Sie zu neugierig und zu …« Er schien nach dem richtigen Wort zu suchen. »… zu furchtlos.«

»Sollte ich mich denn vor Ihnen fürchten?«

»Sehen Sie? Schon bringen Sie mich in Verlegenheit.« Seine blauen Augen blitzten amüsiert auf.

Er war immer auf der Hut, ein erfahrener Diplomat. »Nun, da ich Sie kennengelernt habe und nicht viele Russen in London kenne, frage ich mich, ob Sie mit dem bedauernswerten Ambassador Orlow bekannt waren. Diese schreckliche Tat hat uns erschüttert.«

Gundorov wandte den Blick ab, plötzlich von einem Gemälde mit einer Wüstenlandschaft gefesselt. »Flüchtig. Es ist doch erstaunlich, dass die Leute immer annehmen, dass sich alle Landsleute, die zufällig zur selben Zeit an einem Ort sind, kennen müssten.«

»Immerhin waren Sie flüchtig miteinander bekannt. Außerdem ist meine Vermutung nicht unbegründet, denn nehmen Sie nur uns Engländer und schicken Sie eine Handvoll von uns nach Indien. Sie werden überrascht sein, dass sich wahrscheinlich fünf von zehn Engländern kennen oder zumindest über Cousinen oder Onkel voneinander gehört haben.« Sie schenkte ihm ein entwaffnendes Lächeln.

Sergej Gundorov lachte entspannt auf. »Tatsächlich? Ja, diese Engländer sind ein bemerkenswertes Volk und fortschrittlicher als wir Russen. Das muss ich leider zugeben. Denn wäre unsere Armee besser ausgerüstet gewesen, hätten wir den Krimkrieg nicht verloren.«

»Sie haben auf der Krim gekämpft?«

Seine Miene verdüsterte sich. »Eine furchtbare Zeit war das für unser Land. Voller Leid, Blut und Entbehrungen. Es hätte ein Befreiungskrieg werden können, aber am Ende hat der Zar sich weiter genommen, was ihm nicht gehört.«

»Sie meinen den Kaukasus?«

»Alles, was sich nicht wehren kann, wird von Väterchen Russland gefressen. So ist das schon immer gewesen, aber diese Zeiten neigen sich ihrem Ende zu ...« Er holte tief Luft, nahm das leere Champagnerglas in die Hand und setzte es wieder ab. »Es gibt viele Unzufriedene, Entwurzelte, Heimatlose, auch hier in London.«

»Holborn«, flüsterte Jane kaum hörbar.

Er beugte sich vor, schien nach ihrer Hand greifen zu wollen, besann sich und antwortete ebenso leise: »Sie wissen von den Treffen in Holborn? Aber Sie waren nicht dort, sonst wären Sie mir aufgefallen. Ich vergesse nie ein Gesicht.«

»Wie steht es mit Namen, Sergej? Vergessen Sie auch keinen Namen?« Sie sah sich um, doch sie waren noch immer allein, nur das Summen der Stimmen und die Musik vor der Tür waren zu hören. »Levi Atalay.«

Sie konnte keine Veränderung in seiner Haltung wahrnehmen und auch seine Miene verriet nichts. »Levi. Lassen Sie mich überlegen. Spielt er Violine?«

»Ja!«

Sergej lehnte sich zurück. »Ein guter Musiker. Er könnte gutes Geld in einem Theater oder einem der Vergnügungshäuser verdienen. Aber soweit ich mich erinnere, war er einer dieser Heimatlosen, einsam und verbittert. Warum fragen Sie ausgerechnet nach diesem Mann?«

Entweder war Sergej Gundorov einer der besten Schauspieler, die sie jemals gesehen hatte, oder er wusste wirklich nichts von Levis Festnahme. In den Zeitungen war Levis Name nicht erwähnt worden. »Er ist unser Diener gewesen und man hat ihn verhaftet, weil er in den Orlow-Fall verwickelt sein soll. Was ich nicht glaube!«

Sergej stieß einen leisen Pfeifton aus. »Sieh an, nein, was für eine Überraschung. Der traurige Geiger ein Raubmörder? Scheint mir sehr unwahrscheinlich, aber wer kann schon sagen, wozu Menschen fähig sind, wenn ihre Welt in Scherben liegt? Wissen Sie, mein Freund Fjodor Krylow, ein Arzt, hat eine äußerst interessante Studie an Patienten einer Besserungsanstalt betrieben. Er hat festgestellt, dass die liebenswürdigsten Familienväter zu Mördern werden konnten, wenn sie sich in die Enge getrieben fühlten. Ein Fall …«

»Sie lenken ab, Sergej, und Sie wissen genau, worauf ich

hinauswill. Levi hat sich Ihre Reden in Holborn angehört. Wenn er tatsächlich ein Verbrechen begangen hat, dann Ihretwegen. Können Sie das verantworten?«

Der Russe verzog leicht spöttisch seinen Mund. »Sie gehen zu weit, meine liebe, verehrte englische Lady. Worte sind nur Worte. Ich trage keinerlei Verantwortung für das, was andere heraushören wollen. Niemals habe ich in meinen Reden zu Taten aufgefordert. Dann würde ich mich strafbar machen und ich weiß, dass ich nur Gast bin in Ihrem Land.«

Er unterbrach sich, denn energische Schritte näherten sich und David trat in den Salon.

»Hier bist du, Jane! Geht es dir gut?« Er warf Sergej Gundorov einen skeptischen Blick zu.

»Captain Wescott.« Gundorov war aufgestanden und verneigte sich. »Ihre Gattin hatte einen leichten Schwächeanfall und ich habe ihr Gesellschaft geleistet, während sie etwas Stärkendes zu sich genommen hat. Aber nun kann ich mich empfehlen und sie Ihrer Obhut überlassen. Ich bitte mich zu entschuldigen.«

Etwas überhastet eilte Gundorov aus dem Salon und ließ David perplex zurück. Besorgt ließ er sich vor Jane auf einem Knie nieder und nahm ihre Hände. »Du bist blass. Was hat er gesagt? Er ist dir doch nicht zu nahe getreten?«

Sie strich über seine Wange. »Nein, aber ich verstehe nun, was du gemeint hast. Ich habe noch nie einen so undurchschaubaren Mann kennengelernt. Und dabei habe ich mich immer für meine Menschenkenntnis gerühmt. Und gedacht, ich könnte sagen, ob ein Mensch die Wahrheit sagt oder nicht.«

Sie wiederholte kurz das Wesentliche ihrer Unterhaltung mit Gundorov und bat David, ihr aufzuhelfen, was bei der Masse an Röcken kein leichtes Unterfangen war.

David schien erleichtert. »Was hast du erwartet? Dass er dir seine Mittäterschaft gesteht oder seine Feindschaft mit Orlow?«

»War er denn mit Orlow verfeindet?« Sie ordnete ihre Röcke, strich hier und dort eine Schleife glatt und schlug ihren Fächer auf.

David grinste leicht überheblich. »Es scheint, dass meine Vorgehensweise erfolgreicher war. Du hast dich einwickeln lassen, Jane. Ich habe mit Vernon Molineaux gesprochen, übrigens ein netter junger Mann. Er hat im Auftrag einer Reederei Geschäftliches mit Orlow abgewickelt und bei diesen Treffen hat Orlow ihm von seinen Problemen mit Gundorov berichtet.«

Jane runzelte die Stirn. »Das können keine schwerwiegenden Probleme gewesen sein, sonst hätte man Gundorov doch als Verdächtigen festnehmen lassen, oder nicht?«

»Kluge Jane. Es hatte tatsächlich etwas mit der Zeitung dieser Awdotja Kamenski in Sankt Petersburg zu tun, die Orlow und einige andere Regierungsmitglieder verbieten lassen wollten.«

»Ach, so war das. Dann war Orlow sicher nicht erfreut, als Gundorov hier in London aufgetaucht ist«, überlegte Jane und ging mit David zur Tür.

»Du hattest doch nicht wirklich einen Schwächeanfall, Jane?«

Sie fächelte sich hektisch Luft zu und machte eine theatralische Miene. »Aber nein. Ich wollte nur nicht länger mit ihm tanzen. Ah, sieh doch, Myrtle wird von ihm zum Tanz geführt. Darauf hat sie nur gelauert.«

»Armer Vernon«, bemerkte David und als ihre Blicke sich trafen, lachten sie in gegenseitigem Verstehen.

8

Martin Rooke fuhr sich durch die kurzen Haare und rieb sich das unrasierte Kinn. Er sah übernächtigt aus und auf seinem Anzug waren dunkle Flecken zu sehen.

»Was ist passiert, Martin? Ich bin sofort gekommen. Bist du verletzt?« David schloss die Tür des kleinen Büros in der Polizeistation hinter sich.

»Nein, nein, das ist nicht mein Blut, sondern das eines Opfers. Es gab einen weiteren Prostituiertenmord in Holborn. David, die Sache läuft langsam aus dem Ruder. Die Hure war eine Freundin des ersten Opfers und sie hatte einen Zettel mit deinem Namen in ihrer Tasche.« Der Geheimpolizist sah seinen Freund besorgt an. »Kannst du mir das erklären?«

David erbleichte. »Großer Gott, nein. Warum sollte eine Prostituierte … Entweder jemand will mir schaden oder sie hatte eine Information für mich, die Levi betrifft. Warum sonst eine Prostituierte aus Holborn?«

»Du bist nicht dort gewesen oder hast, ähm, ihre Dienste in Anspruch genommen?« Die Fragen waren Martin sichtlich unangenehm und er sprach verhalten. »Tut mir leid, ich muss das fragen.«

David schüttelte den Kopf. »Natürlich nicht. Wer hat die Frau entdeckt?«

»Ein Bäcker hat sie frühmorgens in der Gasse vor seiner Backstube gefunden. Er kannte sie und auch ihre Freundin, das hat er dem Polizisten gesagt, der dazukam. Man hat sie ausgeraubt und ihr nur die Kleider am Leib gelassen, selbst die Stiefel hat jemand gestohlen. Es wurde sofort nach mir geschickt, denn auch der erste Prostituiertenmord in Holborn von vor wenigen Tagen wurde uns übertragen.« Rooke holte eine Whiskyflasche aus seinem Schreibtisch und goss sich und David ein Glas ein.

Martin Rooke kramte einen zerknitterten Papierfetzen aus seiner Hosentasche und legte ihn auf den Tisch. »Das ist der Zettel. Sieh selbst. Merkwürdig, nicht wahr?«

Auf einem verschmutzten Stück Papier, der Ecke einer Zeitung, war in ungelenker Schrift *Captain Wescott* und der Beginn von *Seymour Street* zu lesen.

»Und wenn sie mir etwas mitteilen wollte, ich wüsste nicht, wie sie auf mich käme. Martin, ich werde Blount rufen. Er ist Levi einige Male nach Holborn gefolgt.«

David öffnete die Tür, spähte in den Flur und sah Blount im Durchgang zum Aufenthaltsraum der Polizisten stehen. »Blount!«

Geschmeidig drehte sich der Gerufene um und kam ohne Verzögerung zu ihm. »Captain?«

»Bitte, kommen Sie zu uns und hören Sie sich das an.« David hielt ihm die Tür auf und Martin Rooke setzte Blount in Kenntnis über die Vorkommnisse. Sie hatten schon bei anderen Gelegenheiten miteinander gearbeitet und Rooke schätzte Blounts Fähigkeiten ebenso wie Wescott.

Blount nahm das Papier in die Hand. »Eine Falle? Jemand will Sie belasten, Captain, das ist meine Meinung dazu.«

Rooke seufzte. »Deshalb habe ich das Papier einbehalten. Außer mir und demjenigen, der das Opfer beraubt hat, hat es keiner gesehen. Denke ich zumindest.«

»Wie sieht sie aus, Sir?«, fragte Blount.

»Rothaarig. Sie liegt unten im Keller. Wollen Sie sie sehen?«

»Bitte.« Blount war kein Mann großer Worte.

David betrachtete das Papier, das Blount auf den Tisch gelegt hatte. »Was geschieht damit?«

»Nimm es an dich. Hier gerät es nur in falsche Hände. Na, dann los. Und das alles ohne Frühstück.« Rooke ging voraus und rief im Flur nach seinem Sergeant. »Berwin, ich will einen Tee und eine Fleischpastete, wenn ich zurück bin. Wenn Sie es auftreiben können, auch ein Stück Früchtekuchen.«

Der junge Sergeant kam sofort herbeigeeilt. »Tee ist gleich fertig, Sir, Pastete und auch den Kuchen habe ich schon besorgt. Darf ich Sie begleiten?«

»Wollen Sie die Leiche noch einmal sehen?«

»Nein, Sir, nicht unbedingt«, erwiderte Berwin und wurde blass. »Ich kümmere mich um den Tee.«

Die drei Männer marschierten durch ein schmales dunkles Treppenhaus hinunter in einen muffigen Keller. Die alten Gewölbe waren niedrig und feucht, und wer keinen starken Magen hatte, würde spätestens beim Eintreten in die Leichenhalle seinen Inhalt opfern. Der Raum war nur für die kurzfristige Aufbahrung gedacht, denn zur Obduktion wurden die Toten ins nahe gelegene Hospital gebracht.

Rooke, Blount und Wescott waren im Umgang mit dem Tod erfahren, aber dennoch war es jedes Mal aufs Neue erschütternd, wenn ein Leben auf brutale Weise ausgelöscht worden war. Der Leichnam lag neben zwei blanken leeren Tischen. Es stank nach Moder, Verwesung und Exkrementen.

David trat neben Blount an den Tisch, während Rooke das Tuch von der Toten zog. Ihr lebloser Körper war noch immer in ein aufreizendes grünes Kleid geschnürt. Die flammend roten Haare waren noch recht ordentlich frisiert und bildeten einen

Kontrast zu ihrem bleichen Gesicht. Zwischen ihren Rippen klafften tiefe Einstichstellen.

»Wer das getan hat, wusste genau, wohin er stechen musste, um die Frau sofort zu töten. Dieser Mörder versteht sein Handwerk«, stellte Blount sachlich fest. »Das ist Lulu. Sie und ihre Freundin, ebenfalls eine Prostituierte, eine Blondine, hatten ihren Stammplatz in Holborn gegenüber dem Treffpunkt der russischen Emigranten.«

»Eine Blonde? Sie meinen sicher Annie, das erste Opfer. Sie war mager, wirkte krank, keiner in der Gegend mochte sie besonders. Sie durfte nur dort stehen und auf Freier warten, weil Lulu es ihr erlaubte.« Rooke deckte die Tote wieder ab. »Ist das nicht ein seltsamer Zufall? Zuerst traf es Annie. Sehr weit bin ich noch nicht mit meinen Ermittlungen, aber ich habe so viel erfahren, dass Lulu nach dem Mord an ihrer Freundin abgetaucht war. Bis, ja, bis wir sie tot in einer Gasse fanden. Nicht weit von ihrem üblichen Platz entfernt im Übrigen.«

»Mit wem war Lulu bekannt, wo hat sie in der Zeit, in der sie untergetaucht war, gesteckt und, vor allem, vor wem hatte sie solche Angst, dass sie untergetaucht ist?« David wandte sich dem Ausgang zu. »Danke, Rooke, ich habe genug gesehen.«

»›Gesehen‹ ist ein gutes Stichwort«, meinte Blount. »Vielleicht haben beide Frauen etwas gesehen, sind Zeugen von etwas geworden, das Sie betrifft, Captain.«

Die drei Männer verließen den bedrückenden Raum.

»Diesen Anschein hat es. Und wenn es sich in Holborn ereignet hat, kann es nur mit Levi zusammenhängen.« Zu viele Zufälle, dachte David.

»Hast du schon herausgefunden, wer die Gerüchte über dich und Gundorov gestreut hat? Sie sind mir nicht wieder zu Ohren gekommen.« Martins Gedanken liefen in dieselbe Richtung.

»Nein. Sir Bethell hat mit mir im Old Bailey gesprochen,

ein Anwalt namens Woodward war dabei. Aufgrund meiner Russischkenntnisse und meiner familiären Verbindungen haben sie mich mit den Ermittlungen betraut, inoffiziell.«

»Hm, Sir Bethell ist ein geradliniger Mann. Gut, dass er die Hand über der Sache hält. Na, komm, lass uns einen Tee trinken und alles noch einmal durchdenken«, schlug Rooke vor.

Es war einer jener seltenen Frühlingstage, an denen die warme Mittagssonne von einem blauen Himmel auf London strahlte. Vergessen waren neblige und kalte Tage und Nächte und der graue Dunst, der die Stadt oft tagelang einhüllte und Menschen und Kleidung innerhalb kurzer Zeit mit einem schmierigen Schmutzfilm überzog. Wenn man morgens mit einem weißen Kragen das Haus verließ, konnte man bereits am frühen Nachmittag den schwarzen Rand sehen, und frisch gewaschene helle Wäsche sah nach zwei Stunden an der Luft grau aus.

Jane sehnte sich nach der Ballnacht nach frischer Luft und etwas Bewegung ohne die enge Schnürung eines Ballkleides. Ihre Tagesgarderobe war zwar auch elegant und modisch, doch wesentlich bequemer als das Ballkleid. Jane trug feste Stiefel zu ihrem robusten Nachmittagskleid und schritt energisch durch den Hyde Park. Hettie hatte Mühe, mit ihr Schritt zu halten.

»Warum müssen Sie nur so rennen, Ma'am?«, schnaufte das junge Mädchen.

»Das tut dem Körper gut, Hettie. Denk an die Eclairs, die du vorhin gegessen hast. Oh, siehst du, ich wusste, dass sie hier sein würden. Hallo!« Jane winkte einem Trio vornehm gekleideter Damen zu. Unter einem Hut waren blonde Locken zu erkennen und die grazile Gestalt und auch das glockenhelle Lachen gehörten unverkennbar zu Myrtle Molineaux. Ihre Begleiterinnen wirkten blass und ihre Mienen drückten eher Missfallen als die Freude an einem so herrlichen Frühlingstag aus.

»Was sind das für zwei sauertöpfische Grazien, Ma'am?«, fragte Hettie, während sie auf die Frauen zuhielten, die ihnen erwartungsvoll entgegensahen. »Die Blonde haben wir in der Royal Academy getroffen, äh, Lady Molineaux.«

»Durch den Tod ihres Schwagers ist sie gesellschaftlich aufgestiegen. Eine nicht zu unterschätzende, ambitionierte Frau. Die Mausgraue mit dem pinkfarbenen Hütchen ist Miss Ponsby und die Spitznasige mit der gelben Feder Miss Weymouth. Halte dich etwas abseits, Hettie, und falls du den Gentleman siehst, den ich dir beschrieben habe, gibst du mir das Zeichen.« Jane hatte schnell und leise gesprochen, denn nur noch wenige Schritte trennten sie von den Frauen.

»Und wenn ich dann nicht pfeifen kann?«, wollte Hettie nervös wissen.

»Dann singst du, dir fällt schon etwas ein. Ah, was für eine wundervolle Überraschung! Myrtle und Ihre reizenden Bekannten. Wir haben uns bei Lady Flandringham kennengelernt.« Jane war die Liebenswürdigkeit in Person und die drei Frauen begrüßten sie ebenso herzlich.

Hettie schlenderte zu einer der Bänke und schien ganz fasziniert von ballspielenden Kindern.

»Ihre Zofe, Lady Allen?«, fragte Miss Weymouth und betrachtete Hettie mit Herablassung. »Sie greift wohl in der Küche öfter als erlaubt zu. Ziehen Sie ihr das nur immer vom Gehalt ab. Solche frechen Dinger müssen wissen, wo ihr Platz ist.«

Jane folgte dem Blick der gehässigen Miss Weymouth und sah eine wohlgeformte junge Frau mit rosigen Wangen und freundlichen Augen. »Hettie ist ein ganz reizendes Mädchen. Wir kommen gut miteinander aus, und das ist doch viel wert. Was nützt mir eine französische Zofe, die ich nicht verstehe und die mir womöglich mit dem Kutscher durchbrennt?«

Myrtle schmunzelte. »Ist Ihnen das nicht sogar einmal passiert, Lydia?«

Die gelbe Feder zitterte, als Miss Weymouth spitz erwiderte: »Sie kam aus Belgien und hat sich in einen Pastetenverkäufer verliebt. So viel Dummheit muss man nicht noch unterstützen. Ich habe sie sofort vor die Tür gesetzt, dieses undankbare Geschöpf.«

»Aber der Mann sah sehr gut aus, Lydia. Sie haben jetzt einen Laden am Hay Market«, sagte Miss Ponsby leise. Sie sprach kaum lauter, als ein Spatz zwitscherte.

»Dot, halt den Mund. Du hast doch keine Ahnung. Irgendein heruntergekommenes Loch! Das ist doch kein Laden. Oh, was für ein ansehnlicher Reiter!« Errötend hob Miss Weymouth ihre behandschuhte Rechte zum Kinn.

Ein elegant gekleideter Gentleman ließ seinen Schimmel aus dem Galopp in den Schritt fallen, und als er auf Höhe der Frauen war, zog er grinsend den Hut vor Jane. »Mylady! Meine Damen!«

»Thomas, mein Lieber. Wie geht es Ally und den Kleinen?«, rief Jane.

»Sind alle auf dem Weg der Besserung. Ally will dich besuchen, wenn es dir recht ist.« Der Schimmel tänzelte hin und her.

»Natürlich, jederzeit! Bis bald!« Sie nickte und lachte, als er den Hut erneut anhob und gerade noch rechtzeitig wieder aufsetzen konnte, bevor sein Pferd einen unvermittelten Satz zur Seite machte.

Alle drei Damen starrten sie an. »Wer war denn das?«, wollte Lydia Weymouth wissen und musterte Jane beinahe strafend.

»Baron Latimer. Er arbeitet im Auswärtigen Amt«, erklärte Jane und sah, wie Hettie zu einer Baumgruppe ging.

Myrtle, die ihre Vorzüge in einem dunkelgrünen Kleid betonte, sagte: »Sie sind mit seiner Gattin, Lady Alison, bekannt, nicht wahr? Eine reizende und liebenswürdige Person. Ich hoffe sehr, Sie stellen mich Ihr einmal vor.«

»Es wäre mir eine Freude.« Jane wusste, dass Myrtle nichts anderes als die Pflege hochwertiger Kontakte im Auge hatte, denn Alison und Thomas verkehrten in den höchsten gesellschaftlichen Kreisen. Und sie gehörten zu den wenigen Menschen, die sich ihre Stellung und ihren Einfluss nicht anmerken ließen.

»Amelia hat mich sozusagen unter ihre Fittiche genommen, aber sie ist sehr streng«, meinte Myrtle mit einem verschwörerischen Blick, den Jane nicht erwiderte.

Doch Jane lachte. »Ach ja, die liebe Amelia möchte Anstand und Moral in jeder Situation gewahrt wissen. Das kann anstrengend sein.«

»Sollte es aber nicht, denn gewisse Werte und Verhaltensformen zu achten, macht unsere Gesellschaft aus. Wir unterscheiden uns nicht von ungefähr vom Rest der Welt. Unsere Nation wäre nicht so groß geworden, wenn wir uns nicht den nötigen Respekt durch vorbildhaftes Verhalten erworben hätten.« Lydia Weymouth hatte die Hände auf dem Knauf ihres Sonnenschirms gekreuzt und schaute Zustimmung heischend in die Runde.

»Ach, Lydia«, piepste Miss Ponsby und fing sich einen warnenden Blick ihrer Freundin ein.

»Wenn wir schon bei vorbildhaftem Verhalten sind, dürfte Lady Allen besonders stolz sein. Ist Ihr Gatte nicht einer der Anwärter auf das Viktoria-Kreuz?«, fragte Myrtle.

»Ist er das? Das höre ich zum ersten Mal. Dass wir zur Einweihung des Monuments zur Ehrung der Gefallenen des Krimkriegs geladen sind, habe ich vernommen, aber David selbst … nein. Meine Güte! Sie müssen sich verhört haben, Myrtle. Captain Wescott hat gegen Lord Lucan ausgesagt.«

»Aber die Zeiten ändern sich.« Myrtle sah sich verstohlen um und schien nach jemandem Ausschau zu halten.

»Ich wünschte, dem wäre so.« Ein wenig melodischer

Gesang drang an ihr Ohr. Hettie versuchte sich mit kräftiger, aber in der Tonlage nicht ganz sicherer Stimme an einem Kinderlied und hüpfte mit einem Ball hinter den Bäumen hervor.

»Ist das nicht Ihre Zofe? Sie scheint mir etwas außer Rand und Band geraten.« Miss Weymouth zeigte tadelnd in Hetties Richtung. »Wie ich es vermutet habe. Eine zu lasche oder gar milde Handhabung der Dienerschaft führt zu unangenehmen Komplikationen. Tststs.«

»Entschuldigen Sie mich bitte, meine Damen. Bevor die arme Hettie mich gesellschaftlich unmöglich macht!« Jane hielt ihren Hut fest und eilte davon.

Als Hettie sie kommen sah, ließ sie den Ball fallen, hörte auf zu singen und erwartete sie mit einem erleichterten Seufzer. »Lange hätte ich das nicht durchgehalten. Kommen Sie schnell, Ma'am.« Sie zog Jane mit sich zu den Bäumen.

In der Mitte der Eichen und Birken befand sich ein kleiner Pavillon, der im Sommer mit Blumen geschmückt war und für Picknicks genutzt wurde. So schnell es ihre Röcke, die Jane einmal mehr verfluchte, erlaubten, liefen sie dorthin und blieben im Schutz des Pavillons stehen. Hettie deutete auf die gegenüberliegende Seite, wo ein Pfad durch die Bäume zurück auf die Rasenflächen führte. An der Stelle, an der der Pfad eine scharfe Biegung machte, standen zwei Männer. Jane konnte nur den Rücken des einen sehen, doch das genügte, um Sergej Gundorov zu erkennen. Unter seinem Zylinder lugte blondes Haar hervor.

Sie drückte Hetties Schulter. »Gut gemacht, ein neuer Hut ist dir sicher.«

Jane hatte auf dem Ball gehört, wie Gundorov sich mit Myrtle im Hyde Park verabredet hatte. Allerdings war das dort nicht Myrtle, denn die musste sich zuerst aus der Gesellschaft ihrer wachsamen Begleiterinnen befreien, bevor sie sich einem potenziellen Stelldichein widmen konnte. Gundorov drehte sich ein wenig und gab den Blick auf sein Gegenüber frei. Ein eisiger Schauer überlief Jane, als sie in das Gesicht des Fremden blickte. Schwere Lider verliehen seinem Gesicht, das einen slawischen Einschlag hatte, einen lauernden Ausdruck. Doch das eigentlich Bemerkenswerte war seine Nase, die aus der Entfernung wie eine Klaue wirkte.

Der Kerl schien zu spüren, dass sie ihn und Gundorov beobachteten, obwohl der Pavillon und auch das Laubwerk der Bäume sie genügend schützten. Er hob seine Hand an seine Kehle und war plötzlich verschwunden. Gundorov folgte dem Pfad gemächlicher und ohne sich umzusehen. Janes Herzschlag raste.

»Komm!« Sie drängte Hettie denselben Weg zurück, den sie gekommen waren.

»Haben Sie den seltsamen fremden Mann gesehen? Er hat eine Teufelsfratze. So was habe ich noch nie gesehen!« Hettie hatte leicht gerötete Wangen vor Nervosität.

»Hm, als hätte man ihm die Nase aufgeschnitten und falsch wieder zusammengenäht«, versuchte Jane sich die merkwürdige Form zu erklären.

Eine geschlossene Kutsche fuhr unterhalb der Bäume davon und Jane sah gerade noch, wie die Vorhänge von Gundorov zugezogen wurden.

Miss Weymouth und Miss Ponsby winkten Myrtle zu, die in einem offenen Hansom in dieselbe Richtung wie die Kutsche fuhr. Vielleicht konnte David etwas mit diesen Beobachtungen anfangen.

9

Jane saß in ihrem Hauskleid am Schreibtisch des kleinen privaten Salons im ersten Stock und schrieb an Mary, als sie David
die Treppe heraufkommen hörte. Es war bereits nach elf Uhr
und so ruhig im Haus, dass Jane jedes Geräusch auf den Straßen
der Stadt wahrnahm. In solchen Momenten vermisste sie das
ländliche Cornwall, ihre Dogge Rufus und Floyd, den Butler
ihres verstorbenen Onkels. Floyd schrieb ihr regelmäßig Briefe
und berichtete ihr darin, was sich auf Mulberry Park ereignete,
sodass Jane immer auf dem Laufenden über das Leben dort war.
Sie wusste, welche Bäume gefällt werden mussten, oder dass
eines der Hausmädchen gekündigt hatte, um den Sohn eines
Fischers in Polperro zu heiraten.

Sie spürte den Luftzug, als die Tür geöffnet wurde, und sah
auf. David kam langsam auf sie zu. Er hatte Mantel und Gehrock abgelegt und die Stiefel gegen bequeme Schuhe getauscht.
Ein Hauch von nächtlicher Regenluft haftete ihm an, gepaart
mit dem Duft von Tabak. Sie legte die Feder zur Seite.

»Ich schreibe gerade an Mary, und Floyd hat uns einen
detaillierten Bericht über Mulberry Park geschickt. Ich vermisse
ihn und Cornwall.«

David trat zu ihr, legte einen Arm um ihre Schultern und

drückte sein Gesicht in ihre Haare. »Ich habe dich vermisst, Jane.«

Sie spürte, dass er aufgewühlt war, und erhob sich, um ihn zu umarmen. Seine Lippen waren warm und hungrig und sie erwiderte seinen Kuss, doch als er die Knöpfe ihres Kleides öffnete, legte sie die Hände auf seine Brust. »Was ist passiert, David?«

Er ließ sie los und fuhr sich durch die Haare. »So viel Schmutz und Dreck. Ich sollte dich nicht damit belasten.«

»Ich bin kein zartes Pflänzchen, das beim ersten Windhauch umknickt.« Sie ging zur Kredenz, goss Portwein in zwei Gläser und reichte David eines.

Er nahm einen Schluck und sah sie lange an. »Nein, das bist du nicht. Nur würde ich dir manche Wahrheiten einfach gern ersparen. Es gibt Erfahrungen und Bilder, die man nicht vergessen kann. Sie verfolgen einen im Traum und klammern sich an deine Seele, bis sie …«

»Hör auf, David! Bitte sag mir, was los ist! Ich bin deine Frau, du kannst mir vertrauen und ich möchte dir helfen, egal wobei!« Sie hielt ihr Glas fest und hoffte, dass er sich nicht wieder verschließen und sich von ihr zurückziehen würde, wie er es sonst tat, wenn er von seinen düsteren Stimmungen, wie sie es für sich nannte, heimgesucht wurde.

Er leerte sein Glas, und ein schwaches Lächeln stahl sich um seine Lippen. »Du hast recht. Ich war bei Martin Rooke.« Er berichtete von der toten Prostituierten und zog den zerknitterten Zettel hervor.

Jane betrachtete konzentriert die krakelige Schrift. Ihr Haar war zu einem losen Zopf geflochten und fiel ihr über den Rücken. »Da hat sich jemand große Mühe gegeben. Ich wette mit dir, dass sie das nicht selbst geschrieben hat, weil sie wahrscheinlich gar nicht schreiben konnte. Schau doch, diese unförmigen Buchstaben. Da hat jemand absichtlich seine andere

Hand genommen, also die, mit der er sonst nicht schreibt.«

Sie hob den Blick. David sah sie fasziniert an.

»Und?«, fragte er.

»Ich habe das früher gemacht. Als Kind habe ich manchmal zum Spaß versucht, mit der ungeübten Hand zu schreiben. Die Schrift sah dann so ähnlich aus wie die auf dem Zettel. Pass auf, ich zeig's dir.« Sie setzte sich an den Schreibtisch und kritzelte mit der linken Hand seinen Namen auf ein Blatt Papier.

»Tatsächlich«, gab er anerkennend zu.

»Und was machen wir mit dieser Erkenntnis?«, dachte Jane laut. »Es könnte doch bedeuten, dass die arme Frau umgebracht wurde, um etwas zu verheimlichen. Hat sie vielleicht jemanden gesehen oder belauscht? Levi könnte es wissen. Du musst ihn zum Reden bringen!«

»Er wird nichts sagen, Jane.« David wirkte resigniert.

»Was ist mit Gundorov? Ah, das weißt du ja noch nicht. Ich habe ihn im Park gesehen.« Jane berichtete. »Dieser Mann, mit dem sich Gundorov getroffen hat, war mir unheimlich, David. Diese Nase! Sie war völlig entstellt.«

»Du weiß nicht, was das bedeutet. Nein, du kannst es nicht wissen. Und das ist gut so. Jane, in Russland werden Mörder oder Landesverräter zu Zwangsarbeit nach Sibirien verbannt. Die wenigsten kehren aus den Lagern zurück. Vor dem Antritt ihrer langjährigen Strafe werden die Verurteilten ausgepeitscht und manche erhalten ein Brandmal im Gesicht und anderen werden die Nasenflügel aufgeschlitzt.«

»Wie grausam!« Jane zitterte, denn genau so hatte die verunstaltete Nase des Mannes im Hyde Park ausgesehen.

»Konntest du den Mann denn deutlich genug sehen, um das zu erkennen?«

»Aber ja, sonst hätte ich es nicht gesagt. Gundorov wollte nicht, dass man ihn mit dem Mann sieht.«

David schnaufte. »Sicher nicht. Er mimt den Intellektuellen, der sich hehren Idealen widmet, um die armen Bauern aus der zaristischen Knechtschaft zu befreien. Ein entflohener sibirischer Sträfling, womöglich ein Mörder, ist nicht gesellschaftsfähig. Es war sehr leichtsinnig von dir, allein im Hyde Park herumzustrolchen.«

»Aber ich war nicht allein! Überall waren Leute!«, widersprach Jane.

Er rieb sich müde die Stirn. »Lass uns nicht streiten. Du weißt jetzt, welchen Umgang Gundorov pflegt. Er mag charmant und unterhaltsam sein, aber Leute wie er gehen für ihre Ziele über Leichen, vergiss das bitte nie, Jane.«

»Woher weißt du das so genau?«

»Ich war nicht nur Offizier unter Lucan. Der Stab bediente sich meiner Russischkenntnisse und meiner familiären Verbindungen. Ich war beim Fürsten Kurakin zu Gast, einem Berater von Zar Nikolaus. Aber es war bald klar, dass Verhandlungen zu keiner Lösung führen würden. Das war vor Balaklawa und der Schlacht um Sewastopol. Kurakin hatte eine Tochter, Jelena. Sie war sehr schön und gebildet, spielte Klavier und kokettierte mit den ausländischen Gästen. Was ich damals nicht wusste, war, dass sie zu einem Kreis junger radikaler Intellektueller gehörte, die in Frankreich mit den Ideen der Revolution infiziert worden waren.« David hatte leise gesprochen und war zum Kamin gegangen, wo er sich an das Sims lehnte und in die Glut sah.

Noch nie hatte er Jane gegenüber von seiner Vergangenheit, geschweige denn von einer anderen Frau gesprochen und Jane wünschte sich, sie hätte ihn nicht gefragt. Doch als er den Kopf hob und sie ansah, fragte sie: »Du mochtest diese Jelena?«

»Sie war kapriziös und geheimnisvoll.« David nickte. »Aber jedes ihrer Worte war eine Lüge. Sie wollte angeblich einen der Revolutionäre, der ihr Cousin war, aus dem Land bringen. Ich sollte ihr dabei helfen und beinahe wäre ich auf ihre Scharade hereingefallen. Doch Blount hat ihr von Anfang an misstraut.

Sie wollte uns nur benutzen, um mit ihrem Geliebten zu fliehen. Der Cousin war ihr Geliebter. Und ihr Vater war ein treuer Anhänger von Nikolaus und hatte bereits einen Ehemann für sie bestimmt, einen Fürsten aus seinen Kreisen. Um es kurz zu machen – die ganze nächtliche Aktion lief aus dem Ruder und Jelena ist seitdem untergetaucht.«

»Aber, wie …? Ich verstehe nicht.«

»Belassen wir es dabei. Ich bin nicht stolz auf meine Fehleinschätzung dieser Frau und habe gelernt, dass die Intelligenzija nicht nur aus diskutierenden, Bücher schreibenden Idealisten besteht. Sie sprechen geschliffen und malen die Zukunft mit großen Parolen in den Farben von Freiheit und Brüderlichkeit, aber ihre Methoden sind nicht anders als die der Generäle – was das Wort nicht entscheidet, vollendet das Schwert.« David nahm den Arm vom Kaminsims und streckte eine Hand nach ihr aus.

Wieder hatte er ihr nur Bruchstücke hingeworfen, die mehr Fragen als Antworten aufwarfen. Doch er wirkte so desillusioniert und müde, dass Jane ihre Fragen hinunterschluckte und ihre Hand in seine legte. »Lass uns schlafen gehen, morgen ist auch noch ein Tag.«

Am nächsten Morgen verließ David das Haus in aller Frühe. Er wollte erneut mit Rooke sprechen und später Thomas Latimer aufsuchen. Jane widmete sich den Koffern, die von der Serendipity zurückgebracht worden waren, beendete ihre Briefe an Mary und Floyd und wollte nach Blount klingeln, als sie Stimmen vor der Haustür vernahm. Vorsichtig schob sie die Gardine zur Seite und sah zwei Polizisten, von denen der ältere energisch den Türklopfer betätigte.

Ihr erster Gedanke galt David und sie lauschte in die Eingangshalle, wo Blount mit den Polizisten sprach. Mit seiner natürlichen Autorität wies er die Beamten, die anfangs herrisch und laut sprachen, in ihre Schranken. Es wurde still und kurz darauf klopfte es und Blount kam herein.

»Mylady, es tut mir sehr leid, dass ich Sie behelligen muss.« Er hielt ein Silbertablett, auf dem ein Schreiben lag.

»Geht es um David?«, entfuhr es ihr.

»Nein, machen Sie sich keine Sorgen. Obwohl es gut wäre, wenn der Captain hier wäre.« Blounts Lippen wurden schmal. »Sie haben Befehl, Josiah mitzunehmen.«

David hatte Josiah untersagt, das Haus zu verlassen, solange Levi im Gefängnis war. Seitdem schlich der Junge mit bedrückter Miene durch die Räume, erledigte seine Aufgaben und war kaum mehr als ein Schatten.

»Dürfen sie das?«

»Ich fürchte ja, Sie haben einen Haftbefehl mit der Unterschrift des obersten Richters. Verzeihung.« Blount reichte ihr das Tablett, auf dem ein zusammengefaltetes und leicht zerknittertes Blatt Papier lag.

Jane überflog die offiziellen Zeilen des Bogens, der den Stempel des königlichen Gerichtshofes enthielt. Bei der Unterschrift stutzte sie. »Lord Rutherford? Warum nicht Sir Bethell? Können wir sie hinhalten, bis David zurück ist? Wir könnten Josiah verstecken.«

»Daran habe ich auch gedacht, doch das würde kein gutes Licht auf den Captain werfen, wenn er nicht wüsste, wo sich seine Hausangestellten aufhalten. Die Polizisten haben ausdrücklichen Befehl, den Jungen unverzüglich mitzunehmen. Er soll in Newgate verhört werden.« Blount warf einen kurzen Blick zur Tür. »Josiah hat viel erlebt, da wird er eine Nacht in einem englischen Gefängnis überstehen.«

»Hm, ja, trotzdem hätte ich ihm das gern erspart. Wo sind die Polizisten jetzt?«

»In der Halle. Soll ich Josiah holen?«

»Bitte, ich spreche kurz mit den Polizisten. Und schicken Sie einen Boten zu Rooke ins Revier. Vielleicht ist der Captain noch dort.«

Blount öffnete ihr die Tür und ließ sie zuerst in die Halle treten, wo die Vertreter des Gesetzes ungeduldig warteten. Immerhin hatten sie ihre Hüte abgenommen. Der ältere der beiden Männer hatte sich breitbeinig in Positur gebracht. Die silbernen Knöpfe an seiner Uniform glänzten, genau wie sein gewachster Schnurrbart, und er schien die ihm verliehene Amtsgewalt in vollem Maße auskosten zu wollen.

»Wo ist der Mann, Ma'am?«

Blount wandte sich blitzschnell um und fuhr den respektlosen Polizisten an: »Wie redest du mit Lady Allen, Mann? Weißt du überhaupt, in wessen Haus du bist? Der Captain ist mit Superintendent Rooke befreundet, dem ich dich persönlich melden werde!«

Der jüngere Polizist, ein rotwangiger Bursche mit der kräftigen Figur eines Boxers, sagte in breitem Cockney-Dialekt zu seinem Kollegen: »Ey, Charly, habe ich dir doch gesagt. Halt dich zurück.« Und zu Jane: »Entschuldigung, Mylady, meint er nicht so.«

Jane hob leicht die Hand und sagte: »Wie lange wird Josiah voraussichtlich festgehalten? Oder handelt es sich nur um eine kurze Befragung?«

Der Ältere hatte sich von der Zurechtweisung erholt. »Darüber dürfen wir keine Auskunft geben. Geheimsache. Wir führen nur Befehle aus, Mylady.«

»Bitte, Blount, holen Sie Josiah und sorgen Sie dafür, dass der Junge seinen warmen Mantel anzieht. Und lassen Sie in der Küche etwas zu essen für ihn herrichten.« Sie fing Blounts Blick auf und setzte nach: »Aber warme Kleidung und feste Schuhe!«

»Ist doch nur ein Diener. Wer macht schon so'n Aufstand wegen 'nem Diener, noch dazu, wenn er was auf'm Kerbholz

91

hat?«, beschwerte sich der junge Polizist.

»Erstens wissen Sie nicht, ob Josiah sich etwas hat zuschulden kommen lassen, und zweitens hat dieser Junge seine gesamte Familie durch den Krimkrieg verloren und hier in unserem Haus eine neue Heimat gefunden.« Jane gab sich große Mühe, ihre Wut zu beherrschen. »Ich wünsche, dass Sie diesem Menschenkind, das mehr Leid sehen und erleben musste, als für eine so junge Seele zu ertragen ist, zumindest ein wenig Achtung zeigen. Das schulden Sie Ihrem Amt und dem Land, das Sie hier vertreten.«

Erstaunt über ihr Eintreten für ein in ihren Augen niederes Mitglied der Gesellschaft verzichteten die Polizisten auf eine Erwiderung und warteten nun geduldig, bis Blount in Begleitung des Jungen zurückkehrte.

Der Junge hielt seine Mütze in den zitternden Händen und starrte angstvoll von Blount zu den Polizisten und schließlich zu Jane. Sie strich ihm über die Haare. »Sag einfach die Wahrheit, Josiah. Du bist ein guter Junge und niemand wird dir wehtun.«

Ihr warnender Blick traf die Polizisten über Josiahs Kopf hinweg.

»Komme ich jetzt ins Gefängnis, wie Levi?«, flüsterte er und Tränen quollen aus seinen Augen.

»Sie stellen dir nur ein paar Fragen und dann kannst du wieder nach Hause. Und wenn du dortbleiben musst, schick uns eine Nachricht, hörst du?« Sie nahm eines ihrer spitzenbesetzten Taschentücher aus ihrer Rocktasche, tupfte Josiah die Wangen ab und drückte ihm das Tuch in die Hand. »Du bist ein tapferer Junge und hast dein Leben noch vor dir. Niemand hat das Recht, etwas von dir zu verlangen, was du nicht willst. Verstehst du das?«, sagte sie leise und eindringlich.

Er nickte. »Es tut mir so leid, ich hätte nicht …«

Der schnauzbärtige Polizist packte Josiah am Arm und holte eiserne Handschellen aus seinem Gürtel. »Jetzt reicht es aber, Bürschchen. Guten Tag, Mylady.«

Jane konnte nur noch zusehen, wie Josiahs schmale Handgelenke von den schweren Handschellen vor dem Körper gefesselt wurden und er schicksalsergeben den Männern folgte. Erst als die Tür hinter ihnen ins Schloss gefallen war, sagte sie zu Blount: »War das nötig? Sie hätten ihn doch auch hier verhören können. Haben Sie nach dem Captain gesandt?«

»Ja, Mylady.«

»Josiah wollte mir etwas sagen. Warum war er nur so stur?«

»Ich weiß es nicht. Levi ist wie ein Vater für ihn, ich denke, er will ihn beschützen. Vergessen Sie nie, dass beide Tscherkessen sind. Das verbindet. Hier sind sie nur Fremde und können niemals den Stand einnehmen, den sie in ihrer Heimat hatten«, erklärte Blount.

»Sie sind doch auch nicht in England geboren und trotzdem loyal.«

»Dem Captain und seiner Familie gegenüber, Mylady. Das ist ein großer Unterschied. Ich war ein Söldner, kein Patriot. Bitte entschuldigen Sie mich nun, Mylady. Ich habe noch einiges für den Captain zu erledigen.« Höflich und undurchsichtig wie immer stand er vor ihr und wartete darauf, dass sie ihn entließ.

»Danke, Blount.« Noch lange dachte Jane an seine Worte. Ein Söldner, kein Patriot. Levi und Josiah waren Heimatlose, aber waren sie Patrioten?

Unruhig erwartete Jane Davids Rückkehr und musste feststellen, dass die Schreckensbotschaften kein Ende zu nehmen schienen.

10

David saß in Martin Rookes Büro und überflog den Bericht von Doktor MacMahon. »Unser Verdacht hat sich also bestätigt. Die beiden Prostituierten wurden von einem professionellen Mörder getötet. So ein präziser Stich in die Leber, ausgeführt wie von einem Uhrmacher. Das hat MacMahon treffend ausgedrückt.«

Martin hatte seinen nassen Mantel über einen Stuhl geworfen und rieb sich die feuchten Hände. Es regnete seit den frühen Morgenstunden. »Ja, der Mann hat ein Auge fürs Detail. Auf dem Land ist mir Regen lieber. Hier trägt man den ganzen Dreck der Stadt herein.«

Der stinkende Schlamm der Londoner Straßen klebte an den Stiefeln und im Polizeirevier gab es keine Diener, die sich sofort um die Reinigung kümmerten. »Es klart schon wieder auf. Und was ist mit dem unbekannten Toten aus dem Hyde Park? Bei dem die Schnupftabakdose mit Orlows Initialen gefunden worden war?«

»Ein kleiner Fisch. Ein Taschendieb ohne feste Bleibe. In St. Giles hat er gegen Arbeit gelegentlich Unterschlupf in einem Gasthaus gefunden. Bevor du fragst – ich habe MacMahon auch schon nach der Art der Stichverletzung gefragt. Aber der Dieb muss sich gewehrt haben, und er war sehr viel korpulenter als die Frauen. Es könnte derselbe Mörder sein, muss aber nicht.«

»Keine Zeugen, nehme ich an?« Es war mehr eine rhetorische Frage.

»Du erwartest darauf keine Antwort, oder?« Rooke hob die Schultern.

»Wäre zu schön gewesen. Jane hat gestern im Hyde Park eine interessante Beobachtung gemacht.« David beschrieb die Begegnung von Gundorov mit dem möglichen entflohenen sibirischen Gefangenen.

»Das ist in der Tat interessant. Aber wenn er tatsächlich ein professioneller Mörder ist, werden wir ihn nicht finden, und Gundorov wird sich abgesichert haben. Immer vorausgesetzt, wir liegen nicht falsch. Vielleicht ist die Tat auch ganz anders motiviert.«

»Wo ist die Witwe jetzt? Ist die Leiche schon freigegeben worden?«

Rooke lockerte seine Krawatte ein wenig. »Nein, aber das wird bald der Fall sein. Sie drängt darauf, endlich nach Sankt Petersburg abreisen zu dürfen. Aber Bethell ist erkrankt. Näheres weiß ich noch nicht. Ich hoffe nur, dass er nicht Rutherford zu seinem Stellvertreter macht, wenn er länger vom Amt fernbleiben muss.«

»Ich kenne Rutherford nur aus dem Club und von den Sitzungen im Parlament. Ein konservativer Hardliner und Kriegstreiber, der sich gern mit Ja-Sagern umgibt.«

»So schätze ich ihn auch ein. War sein ältester Sohn nicht in deiner Schwadron auf der Krim?«

David nickte grimmig. »James Emmett, hielt sich anfangs recht ordentlich, machte dann aber dauernd Ärger, weil er sich mit den Frauen der Offiziere einließ. Warum die Frauen nicht zu Hause bleiben, kann ich nicht verstehen. Frauen gehören nicht auf Schiffe und nicht ins Feldlager. Das gibt nur böses

Blut. Er wurde bei Sewastopol in einem Scharmützel verwundet. Ich habe ihn dann gegen seinen ausdrücklichen Wunsch in die Heimat empfohlen. Wobei meine Entscheidung vom behandelnden Arzt und Oberst Kinglake unterstützt wurde. Damals brach die Cholera aus und wir haben viele gute Männer an die Seuche verloren. James Emmett hatte Glück, dass er das Lazarett verlassen und auf der *Neptune* nach England segeln durfte. Saint-Arnaud, der französische General, hatte weniger Glück. Er erkrankte zeitgleich mit James Emmetts Verwundung und starb auf der Rückreise nach Frankreich.«

»Dann müsste dir Rutherford eigentlich gewogen sein. Immerhin hast du ihm seinen Erben erhalten«, meinte Rooke.

»Sollte man meinen, aber er ist ein schwieriger Mann und wird mir niemals die freie Hand bei meinen Ermittlungen lassen, die Bethell mir gewährt hat. Die Witwe ist also noch in London?«

Rooke nickte und sah ihn skeptisch an, doch David setzte seinen Hut auf und griff nach seinem Gehstock. »Wir benötigen die Aussagen der Haushaltsmitglieder. So komme ich nicht weiter. Oder hast du mit dem Butler oder den Dienstmädchen gesprochen?«

»Nein, alle Dienstboten sind zum Schweigen verdonnert und die Witwe habe ich nicht zu Gesicht bekommen. Eine sehr unbefriedigende Situation. Wir sollen quasi drum herum höflich unsere Fragen stellen, niemandem auf die Füße treten und möglichst schnell einen Täter präsentieren. Obwohl … Dein Diener sitzt doch schon ein und wäre ein passender Sündenbock.«

»Was auch immer Levi mit der Sache zu tun hat, ein Mörder ist er nicht.« David ging zur Tür. »Ich fahre direkt zum Grosvenor Square, um der Witwe zu kondolieren.«

»Ist gut. Falls sich hier etwas tut, weiß ich dich zu erreichen.«

Dunkle Regenwolken bedeckten den Himmel, als Wescott auf die Straße trat und sich eine Kutsche heranwinkte, um sich zum Grosvenor Square fahren zu lassen. Die Häuser sahen herrschaftlich aus und wurden von hohen schmiedeeisernen Toren geschützt. Eine mannshohe Mauer umgab das Haus des ermordeten Botschafters und vor dem Tor stand ein Wachmann, der die Uniform eines russischen Gardeoffiziers trug. Der Mann verharrte ausdruckslos auf seinem Posten und würdigte Wescott keines Blickes.

Wescott grüßte militärisch knapp und brachte sein Anliegen auf Russisch vor, woraufhin der Offizier ihn ansah und den Gruß erwiderte. »Sind Sie ein Bekannter der Gräfin Orlow?«

»In Sankt Petersburg ist mein Onkel, der Fürst Belevsky, ein gemeinsamer Bekannter«, formulierte Wescott und fand, dass er noch nicht einmal gelogen hatte, denn sein Onkel war eine der schillerndsten Gestalten der Sankt Petersburger Gesellschaft. Es war mehr als wahrscheinlich, dass die Gräfin ihn kannte.

Wieder einmal bestätigte sich, dass Namen Türen öffnen konnten, denn der Offizier ließ ihn nun ohne Weiteres durch das Tor und sagte: »Der Butler wird Sie melden, aber die Gräfin ist schwer getroffen und wird Sie vielleicht dennoch nicht empfangen.«

»Danke.« Wescott schritt einen gepflasterten Weg bis zum Haupteingang hinauf und zog an einem Messingknauf neben der massiven Eichentür. Ein vergoldetes Wappenschild prangte an der Mauer und zeigte unter dem kaiserlichen Doppeladler das gräfliche Emblem, einen sich aufbäumenden Reiter mit Lanze.

Wescott gab dem Butler, der ebenfalls ein Russe war, seine Karte und stellte sich als Neffe Belevskys vor, was ihm immerhin die Aufforderung zum Warten einbrachte. Alles im Hause Orlow strahlte Reichtum aus. Das Vestibül wurde von einem prächtigen doppelten Treppenaufgang dominiert. Es gab ein üppiges Dekor mit verschwenderischen Vergoldungen, für den englischen Geschmack nahezu vulgär mit seiner russischen Verspieltheit. Ein Porträt von Zar Nikolaus schmückte die Stirnwand unter der Empore. Ein kleineres Porträt, das einen bärtigen Herrn in Paradeuniform zeigte, wurde von einem schwarzen Schal halb verdeckt, weshalb David näher trat.

Das spärliche Tageslicht wurde durch hohe Fenster und unzählige Bleiglasscheiben gebrochen und tauchte das Antlitz des Verstorbenen in graugrünes Licht. Stechende dunkle Augen, ein hochmütiger Zug um einen verkniffenen Mund, dazu ein ausdrucksstarkes Kinn und eine hohe Stirn, eingerahmt von silbergrauem Haar. Ein Mann, der sich Feinde gemacht hat, dachte David und sah die Treppe hinauf, auf der sich der Mord zugetragen haben sollte. Seine Gedanken wurden vom Räuspern des Butlers unterbrochen.

»Die Gräfin empfängt Sie für einen Moment.« Der Butler, ein großer Mann mittleren Alters mit tadellosem Auftreten, bat ihn in einen kleinen Salon im Erdgeschoss.

»Sie alle leiden sicher sehr unter dem schrecklichen Vorfall. Unerklärlich«, sagte Wescott voller Mitgefühl und hoffte auf eine Reaktion des Butlers. »So gut gesichert, wie das Haus erscheint. Der Wachmann vorn ist schon vorher dort postiert gewesen?«

»Nein, er wurde auf Wunsch der Gräfin angestellt. Der Vorfall hat alles verändert«, erwiderte der Butler knapp.

»Das ist nur natürlich. Es hatte ja davor auch keinen Grund gegeben, sich zu sorgen. Ich meine, es gab keine Feindseligkeiten gegen den Attaché?« Sie sprachen weiterhin Russisch, was der Unterhaltung die vage Vertrautheit von Landsleuten in der Fremde verlieh.

Der Butler zögerte kurz. »Der Herr Graf stand gut mit Lord Palmerston und war dabei, die Annäherung zwischen Ihrer Majestät und dem Kaiser voranzutreiben. Bitte, warten Sie hier, bis Sie gerufen werden.«

Der Butler verschwand durch eine Flügeltür in den angrenzenden Raum. Wescott sah sich in dem mit Möbelleinen tapezierten Salon um, der mit chinesischen Vasen geschmückt war. Die weißen Türen waren ebenfalls mit Gold verziert. Im Nebenraum raschelten schwere Röcke über das Parkett, es wurde geflüstert und schließlich eine der Türhälften aufgezogen.

Die Gräfin Orlow stand in der Mitte eines in Mitternachtsblau dekorierten Salons, dessen Spiegel verhängt waren. Die Vorhänge waren halb vorgezogen und im Kamin brannte ein Feuer. Eine Sitzgruppe, mit Figurinen dekorierte Wandmöbel und ein runder Marmortisch mit einem Samowar verliehen eine durchaus angenehme Atmosphäre, wären die schwarzen Tücher nicht gewesen. Die Witwe musterte ihn unter ihrem schwarzen Schleier. Sie war zierlich und weder der Schleier noch das schwarze Kleid konnten ihre Schönheit verbergen. Schwarze Perlohrringe und ein schwarzes Collier entsprachen der Traueretikette, wie auch die eleganten seidenen Handschuhe.

Wescott deutete eine Verbeugung an und beugte sich über die dargereichte Hand. »Gräfin, ich möchte Ihnen mein Beileid für den Verlust Ihres Gatten aussprechen«, sagte er auf Russisch.

Ihre Stimme war warm und rauchig. »Das ist sehr freundlich, Captain, auch wenn mir ein Neffe von Fürst Belevsky nicht bekannt ist. Aber da ich den Fürsten schätze, wollte ich mir jenen Mann ansehen, der sich seines Namens bedient, und erfahren, warum er mich aufsucht.«

Die Frau wirkte gefasst und schien deutlich jünger als ihr verstorbener Gatte.

Wescott lächelte. »Selbstverständlich, und es ist sonst nicht meine Art, mich unter einem fadenscheinigen Vorwand in die Häuser von Witwen einzuladen.«

Die Gräfin deutete auf einen Sessel. »Bitte, nehmen Sie Platz.« Sie selbst ließ sich auf einem Sofa nieder, läutete jedoch nicht nach dem Butler, der sich diskret entfernt hatte.

»Belevsky ist der Bruder meiner verstorbenen Mutter, Larisa Turenin.«

Die Gräfin hob interessiert den Kopf. »Fahren Sie fort.«

»Nun, um ehrlich zu sein, ich würde gern helfen, die Umstände aufzuklären, die zum Tode Ihres Gatten führten. Die gestohlenen Juwelen sollen sehr wertvoll sein und es gibt Hinweise auf eine Verbindung der Raubmörder zu revolutionären Kreisen. Sagt Ihnen der Name Sergej Gundorov etwas?«

Sie überlegte. »Ein junger Hitzkopf, der von der Universität verwiesen wurde. Nikita, der Sohn meines Mannes aus erster Ehe, hätte sich einmal beinahe mit ihm duelliert. Mein Mann konnte sie dazu bringen, den Streit beizulegen. Spielschulden, Sie verstehen. Das ist Nikitas Schwäche, aber dieser Gundorov soll falschgespielt haben. Von daher, ja, er ist mir in Erinnerung, wenn auch in keiner guten.«

»Gundorov befindet sich derzeit in London und hetzt seine Landsleute gegen den Zaren auf. Soweit ich weiß, gehört er zu einer Gruppe von Leuten, die sich die Nihilisten nennen und den Ideen der französischen Revolution anhängen.«

»Diese dummen jungen Menschen begreifen nicht, dass Ordnung für Stabilität sorgt. Russland ist ein riesiges Reich und bedarf einer starken Führung. Ohne den Zaren wird es im blutigen Chaos versinken. Oh, ich habe meinen Mann oft mit seinen Freunden über die politische Entwicklung sprechen hören. Er war besorgt. Deshalb begrüßte er die Annäherung zur englischen Krone. Und Sie vermuten Gundorov und seine Genossen hinter der Tat?«

»Wir verfolgen jede Spur. Es könnte sich natürlich auch um einen Raub ohne politischen Hintergrund handeln, doch es gibt gewisse Hinweise, die anderes vermuten lassen. Sind Sie sich Ihrer Dienerschaft sicher? Können Sie allen vertrauen?«

»Wer kann schon seinen Dienern vertrauen? Meines Wissens werden alle, die in diesem Haus tätig sind, überprüft und selbstverständlich haben wir unsere persönlichen Diener aus Russland mitgebracht. Lasarew, der Butler, entstammt einer Familie, die seit drei Generationen für die Orlows tätig ist. Ihm würde ich mein Leben anvertrauen. Genau wie meiner Zofe. Aber Sie stellen Fragen wie ein Polizist, Captain.«

»Ich stelle Ermittlungen an, das ist richtig. Der gewaltsame Tod eines Attachés ist für die Regierung Ihrer Majestät eine tragische Begebenheit, die unbedingt aufgeklärt werden muss.«

»Ach, deshalb sind Sie hier. Ich hätte es mir denken können. Sie ermitteln für die Krone? Ich habe deutlich gemacht, dass ich nicht wünsche, dass in meinem Haus herumgeschnüffelt wird.« Ihre Stimme hatte jegliche Wärme verloren.

»Verzeihung, Gräfin, aber wollen Sie den Mörder Ihres Mannes nicht finden und seiner gerechten Strafe zuführen?«

»Ich möchte nur eines: dieses Land endlich verlassen und meinen Mann in der Erde seiner Heimat bestatten lassen.« Kerzengerade saß sie mit gefalteten Händen vor ihm.

»Und wenn der Mörder Verbündete in Ihrem Haushalt hat? Vielleicht sind Sie in Gefahr?«

»Angst ist ein Gefühl, das ich mir nicht erlaube, Captain. Wenn Sie mir einen Gefallen tun möchten, dann sorgen Sie dafür, dass ich abreisen und den Sarg meines Mannes überführen darf. Und nun möchte ich Sie bitten, zu gehen.« Sie hob eine kleine silberne Glocke von einem Beistelltisch und läutete einmal zart.

Der Butler erschien beinahe augenblicklich. Wescott verabschiedete sich in aller Form und verließ nachdenklich den Salon der Witwe. Kein Wort hatte sie über den Schmuck oder die Nacht des Überfalls verloren.

Wescott hatte keine Gelegenheit, mit anderen Bediensteten des Haushalts zu sprechen, da der Butler ihn bis zur Haustür begleitete. Nur ein Dienstmädchen eilte mit gesenktem Blick durch das Vestibül.

»Geben Sie gut auf die Gräfin acht, Lasarew. Der Mörder des Grafen läuft noch frei herum und ich würde gern helfen, ihn zu fassen«, sagte Wescott zu Orlows Butler.

»Wir haben Anweisung, Captain. Das müssen Sie verstehen. Der Graf hatte Feinde, wie jeder Mann in seiner Position. Aber ich verbürge mich für das Personal.«

»Sie glauben nicht, wie man sich täuschen kann, Lasarew. Leider.« Wescott schwenkte seinen Gehstock und ging die Stufen hinunter zum Tor, wo er den Offizier im Gespräch mit Sergeant Berwin fand.

»Berwin! Was machen Sie denn hier?«, rief Wescott von hinten und der junge Sergeant winkte aufgeregt.

»Captain, oh Gott, ein Glück, dass ich Sie hier erreiche. Schnell, kommen Sie mit!«

11

Nervös lief Jane im Arbeitszimmer auf und ab, sah immer wieder verzweifelt aus dem Fenster und rang die Hände. Blount hatte sofort nach Josiahs Festnahme einen Boten ins Revier nach Brompton geschickt, trotzdem wuchs ihre Sorge um den Jungen mit jeder verrinnenden Minute. Doch was sie beunruhigte, war mehr als nur die Sorge um Josiah. Ein dunkler Schatten schien sich über das Glück ihrer Familie und ihres Hauses gelegt zu haben, ein Schatten, der seine Wurzeln in Davids Vergangenheit hatte und sich nun wie ein alles erstickendes Tuch über ihnen ausbreitete.

Jane wusste einfach nicht, was sie tun konnte, denn ein falsches Wort zur falschen Person konnte in diesem Fall mehr Schaden anrichten als helfen. Zum ersten Mal in ihrem Leben verspürte sie eine Angst, die ihr den Magen zuschnürte, die Hände zittern und ihr Herz unregelmäßig schlagen ließ. Denn sie sorgte sich um das, was sie am meisten liebte – ihren Mann. Ihre Selbstsicherheit, ihr Glaube an das Gute, ihre immer präsente Hoffnung, dass es für alles eine Lösung gab, waren erschüttert.

Eine nicht zu fassende Bedrohung drang von außen gewaltsam in ihr Leben. Stück für Stück bröckelte die Sicherheit ihres

Heims. Levi und Josiah gehörten zu ihrem Haushalt und waren dabei für sie mehr als nur Dienstboten. Das Schicksal hatte diese beiden entwurzelten Seelen in Davids Obhut getrieben und sie selbst hatte sich vor allem um den jungen Josiah gekümmert.

Es klopfte und Hettie steckte den Kopf zur Tür herein. »Ma'am, der Tee ist fertig und es gibt einen Cremekuchen mit Pfirsichkompott. Sie müssen etwas essen. Gutes Essen hält Leib und Seele zusammen, sagt meine Mutter immer.«

Jane riss sich von ihren düsteren Gedanken los und ging zu ihrer Zofe, deren rotblonde Locken sich um ihr rundliches Gesicht kringelten. Sommersprossen tanzten kess auf Hetties Nase, die sie gern kräuselte, wenn sie lachte. Jane schätzte die offene und direkte Art des jungen cornischen Mädchens sehr. Irgendwann würde sich Hettie in einen anständigen Mann verlieben, vielleicht einen Ladeninhaber, und sie verlassen. Doch Jane hoffte, dass dieser Tag noch lange nicht gekommen war.

»Deine Mutter ist eine kluge Frau. Lass mir den Tee hierherbringen. Ich will noch einen Brief schreiben«, sagte Jane und schaute zum Fenster, als Stimmen darunter ertönten.

Es war nur ein Scherenschleifer, der seine Dienste lauthals anpries und mit seinen Messern und Scheren klapperte.

»Ja, Ma'am. Warum durften die Polizisten Josiah denn so einfach mitnehmen? Ich habe gehört, dass sie Kinder wegen Brotdiebstahl zur Zwangsarbeit in die Kolonien schicken.« Hettie, wie alle Mitglieder des Haushalts in der Seymour Street, war betrübt und entrüstet über diesen gewaltsamen Akt.

»Wie alt ist er eigentlich genau? Zwölf, dreizehn? Nein, Josiah wird nicht zur Zwangsarbeit verdonnert werden. Wo bleibt David nur … Oh, sieh doch!«

Ein junger Bursche kam von der Straße heraufgerannt. Er trug eine Botentasche quer über der Schulter.

»Hettie, lauf zur Tür, er hat sicher eine Nachricht für uns!« Sie hatte das letzte Wort noch nicht zu Ende gesprochen, da war

Hettie schon verschwunden und kam kurz darauf mit einem Brief zurück.

»Von Lady Alison, Ma'am. Ich bringe den Tee.« Hettie beeilte sich, denn sie war neugierig auf den Inhalt des Briefes.

Jane entfaltete das edle Papier, um die Zeilen ihrer Freundin zu lesen.

Liebste Jane, wir müssen unbedingt reden. Thomas ist sehr in Sorge, seit Lord Rutherford die Vertretung von Sir Bethell übernommen hat. Es hängt alles irgendwie mit dem ermordeten Attaché zusammen. Oh, und dieser hübsche Russe, Gundorov, ist verschwunden. Das hat mir Flora heute Morgen erzählt. Sie war sehr erbost, dass er sie einfach hat sitzen lassen, weil sie sich doch so viel Mühe gegeben hat, ihm Kontakte zu verschaffen. Aber weißt du, wenn du mich fragst, mochte sie ihn mehr, als sich schickt. Aber du kennst ja ihren Mann, er ist so schrecklich langweilig.

Ich erwarte dich morgen um zwölf Uhr zum Lunch. Und keine Angst, die Kinder sind wieder gesund. Du kannst dir hier nicht die Pocken oder sonst irgendetwas grässlich Juckendes holen.

Jane lachte. Das war typisch Ally, sie plauderte in einem Atemzug über Mord und Kinderkrankheiten. Doch wenn Ally mit ihren Freundinnen aus höheren Kreisen tratschte, hörte sie immer die Zwischentöne heraus und hatte ein untrügliches Gespür für sich anbahnende Skandale. Für Jane war Ally in der Vergangenheit oftmals eine Quelle für wichtige Informationen gewesen. Darüber hinaus war sie die einzige Person hier in London, der Jane ihre Geheimnisse anvertraute.

Hettie brachte den Tee und ein appetitlich aussehendes Stück Kuchen herein und sah ihre Arbeitgeberin erwartungsvoll an.

»Danke, Hettie. Morgen fahre ich zum Lunch zu Lady Alison. Du könntest in der Zeit die Kleider bei meiner Schneiderin abholen und dir einen Hut aussuchen.«

»Sie haben es nicht vergessen. Oh, wie wunderbar! Ein neuer Hut! Darf er vielleicht Seidenblumen haben?« Die Zofe strahlte, während sie den Tee eingoss und Jane einen Teller reichte.

»Blumen und Früchte, wie du magst. Es wird Frühling, warum nicht auch auf einem Hut? Dieser dauernde Nebel hier in London ist unerträglich. Ich bin froh, wenn wir die Stadt verlassen. Immerhin hat es heute Morgen geregnet, danach ist die Luft immer etwas sauberer.«

Jane hasste den bräunlichen, manchmal bläulichen oder grauen Dunst, der durch die Straßen waberte und mit seinen staubigen, giftigen Fingern nach allem griff und in jede Ritze hineinkroch. Der Nebel wurde von den Kohlefeuern in Tausenden von Häusern und den Industrieanlagen mit ihren großen Schornsteinen gespeist. Dazu galt es den schweren Seenebel zu ertragen. Auch jetzt war die Sonne nur durch einen flirrenden Dunst zu erkennen.

»Ja, Ma'am, der graue Nebel macht alles dreckig und immer mehr Leute husten und werden krank davon. Die Köchin, Ruth, hat erzählt, dass ihre Schwester und die ganze Familie in einer Papierfabrik arbeiten. Zwei Mädchen sind im letzten Monat gestorben. Sie haben lange ganz schlimm gehustet. Und der Bruder von Sally, dem Wäschemädchen, arbeitet in einer Streichholzfabrik und hat einen bösen Abszess am Kinn. Das kommt von dem Phosphor, sie nennen das ein Phosphor-Kinn.«

Jane hatte den Pfirsichkompott probiert und legte den Löffel wieder an den Tellerrand. »Und deshalb ist Floras Arbeit wichtig. Wenn die Kinder länger zur Schule gehen und eine bessere Ausbildung erhalten, stehen ihnen mehr Möglichkeiten offen als die Arbeit in der Fabrik.«

»Mir genügen meine Möglichkeiten, ich bin gern Ihre Zofe, Ma'am.«

»Und ich habe dich sehr gern um mich, Hettie. Sind die beiden großen Koffer schon wieder ausgepackt?«

»Nein, Ma'am. Noch nicht ganz, aber ich habe damit begonnen. Ein Jammer ist es, dass wir nicht nach Indien fahren. Ich wäre so gern einmal auf einem Elefanten geritten«, sagte Hettie.

Jane bedachte sie mit einem Blick, der sie dazu bewog, sich wieder an ihre Arbeit zu machen.

Ihr Warten hatte bald darauf ein Ende, denn David stürmte aufgebracht ins Haus. »Jane! Warum zum Teufel hast du sie Josiah mitnehmen lassen?«

Doch Blount war ihm auf dem Fuße ins Arbeitszimmer gefolgt, nahm David den staubigen Mantel und Hut ab und sagte ruhig: »Captain, es blieb kein Ausweg. Der Haftbefehl war von Lord Rutherford persönlich unterzeichnet.«

David fuhr sich durch die dunklen Haare und griff nach Janes Teetasse, die er in einem Zug leerte. »Haben wir noch kaltes Fleisch und Brot?«

Blount verließ den Raum, David lief zum Fenster und wieder zurück und blieb vor Jane stehen. Die Ader an seiner Stirn pochte deutlich sichtbar und zeugte von seiner Anspannung. »Dass Josiah im Gefängnis sitzt, ist meine Schuld. Ich hätte ihn Bethell gegenüber gar nicht erwähnen dürfen. Aber ich habe Bethell für einen vernünftigen, rational denkenden Mann gehalten. Der er auch ist, ja, das will ich ihm nicht absprechen. Nein, nein, es ist Lord Rutherford, der jeden, der auch nur den Hauch eines Verdachtes an sich haften hat, als Mitverschwörer im Fall Orlow sieht! Ich habe den Mann nie gemocht, weiß

Gott nicht. Rutherford ist ein Snob, ein überheblicher menschenverachtender Machtmensch, der jeden über die Klinge springen lässt, wenn es für ihn von Vorteil ist.«

»David, bitte, was ist denn geschehen?« Jane ging zu ihm, nahm seinen Arm und führte ihn zu einem Sessel, in den er sich widerspruchslos setzte. Dann ließ sie sich auf der Armlehne nieder und strich ihm über die Haare. Die Narbe an seiner Wange war gerötet wie schon lange nicht mehr.

Er seufzte, drückte ihre Hand an seine Lippen und sagte mit leiser Stimme: »Er hat mich zu sich zitiert und mir den Fall entzogen. Jemand, der gleich zwei verdächtige Individuen, mögliche Staatsfeinde, unter seinem Dach beherbergt, dürfe in keiner Weise in die Ermittlungen dieses Falles involviert sein. Woodward war dabei. Es war so demütigend und ich konnte nichts erwidern, denn im Grunde hat er ja recht.«

Erschüttert hörte sie zu und sah ihm seinen inneren Kampf an. »Was kannst du tun, David? Wer kann dir helfen? Wie steht es mit Thomas? Oh, ich habe vorhin einen Brief von Ally erhalten. Sie hat mich für morgen zum Lunch zu sich eingeladen, weil sie mir etwas erzählen will. Ich bin mir fast sicher, dass es mit Orlow zu tun hat. Sie hat erwähnt, dass Gundorov verschwunden ist.«

»Wie bitte, was?« David sah sie erstaunt an.

»Ally schreibt, dass Flora heute bei ihr war und erzählt hat, dass Gundorov sich einfach aus dem Staub gemacht hat. Flora hatte ihm ja einige Türen in der Gesellschaft geöffnet und er dankt es ihr, indem er sich ohne ein Wort davonmacht.« Sie griff über seinen Kopf hinweg nach dem Brief, der auf dem Tisch lag. »Hier, lies selbst.«

Während David las, wurde seine Miene immer düsterer. »Das sieht ihr ähnlich, typisch Frau! Da kommt ein halbwegs passabler Kerl daher, spricht mit fremdländischem Akzent, macht ein paar Komplimente, ist ein eleganter Tänzer und die

Frauen verlieren jedes Einschätzungsvermögen.«

Jane war aufgestanden, strich ihren Rock glatt und lehnte sich mit vor der Brust verschränkten Armen an den Schreibtisch.

»Diese Flora ist ein Aushängeschild ihres Standes und gießt Wasser auf die Mühlen all jener, die Frauen weder in der Politik noch an Universitäten sehen wollen. Und diese Dame will mehr Schulen für Mädchen?« Er verdrehte die Augen und schnippte wütend gegen den Brief.

Janes Puls war deutlich in die Höhe geschnellt, denn seine Worte waren für jede Frau verletzend. Er hatte ihren gesamten Stand beleidigt. Rutherford musste ihm übel zugesetzt haben, sonst wäre David nicht so aufgebracht gewesen. Sie atmete tief durch und sagte sehr sanft: »Womöglich hat Ally sich etwas flapsig ausgedrückt. Aber du musst verzeihen, denn ihre gut gemeinten Zeilen waren an mich gerichtet und nicht für das analytische männliche Gehirn konzipiert.«

Mit einer raschen Bewegung entzog sie ihm den Brief, faltete ihn sorgsam und steckte ihn in ihre Rocktasche. »Ich hätte ihn dir nicht geben sollen und, glaub mir, es war das letzte Mal, dass ich dir einen von Allys Briefen zu lesen gegeben habe. Sie ist eine liebenswerte, intelligente Person, genau wie Flora Flandringham, die übrigens mehr Mut und Rückgrat hat als ihr fettleibiger Ehemann, der das Familienvermögen mit Kartenspielen und Pferdewetten durchbringt.«

Es klopfte und Blount kam mit einem Tablett herein, auf dem ein mit einer silbernen Haube abgedeckter Teller stand.

»Ich will dich nicht beim Essen stören, mein Lieber. Vielleicht geht es dir danach etwas besser und wir können alles Weitere besprechen. Das heißt, wenn du das überhaupt möchtest.« Ohne ihn noch eines Blickes zu würdigen, rauschte sie aus dem Zimmer und hoffte, dass er ihre verdächtig schimmernden Augen nicht bemerkt hatte.

In der Eingangshalle schaute sie auf die Standuhr und überlegte, was sie bis zum Abendessen noch erledigen konnte, als sie die Tür hinter sich hörte.

»Jane«, sagte David leise.

Sie wandte sich langsam um und wappnete sich für einen Wortwechsel, doch er ergriff ihre Hand und führte sie in den Salon auf der anderen Seite der Halle. Nachdem er die Tür hinter ihnen geschlossen hatte, nahm er sie in die Arme und streichelte ihren Nacken. »Es tut mir leid«, murmelte er in ihrem Haar.

»Mir auch.« Sie bog den Kopf zurück, damit sie ihm in die Augen sehen konnte. »Ich verstehe deine Besorgnis, aber Ally meint es nur gut und du musst zugeben, dass sie etwas wusste, das du nicht wusstest, was bedeutet, dass Frauen …«

Er verschloss ihr den Mund mit einem Kuss, bis sie eine Weile an nichts anderes mehr dachte als an seine samtweichen Lippen, die sie immer aufs Neue überraschten. Als sie wieder zu Atem kam, sagte sie: »Das ist nicht fair.«

»Gibt es Regeln?« Seine dunklen Augen ruhten prüfend und mit einem verschmitzten Funkeln auf ihr.

»Es gibt für alles Regeln oder nicht?« Sie wusste, was er vorhatte, doch sie wollte nicht nachgeben und sich von ihm verführen lassen, ein Spiel, in dem er zugegebenermaßen ein Meister war.

»Na schön.« Er lockerte seine Umarmung. »Also, was bedeutet es, wenn unsere fantastische Lady Flora behauptet, dass ihr Protegé verschwunden ist?«

Jane hob die Augenbrauen. »Das weiß ich nicht, aber um das herauszufinden, soll ich sicher morgen zu Ally kommen. Weißt du, wo Gundorov hier in London Quartier genommen hat?«

»Martin Rooke meint, dass Gundorov im Claridge's abgestiegen ist. Das hat Sergeant Berwin mir mitgeteilt, als er mich von der Gräfin Orlow abholte.«

»Du warst bei ihr?« Neugierig wartete sie auf seinen Bericht.

»Sie hat kein Wort über den Überfall verloren und unser kurzes Gespräch abrupt beendet. Sie ist attraktiv und wesentlich jünger als Orlow. Ob sie tatsächlich hinter der Politik ihres verstorbenen Mannes steht, kann ich nicht sagen, aber sie behauptet es.« David zuckte mit den Schultern und sein Blick fiel auf eine von zwölf Stadtansichten, die den Raum schmückten. »Sankt Petersburg. Sie will den Leichnam ihres Gatten unbedingt nach Russland bringen und in seiner Familiengruft bestatten lassen. Was verständlich ist.«

Jane legte nachdenklich einen Finger an die Lippen. »Hm, eine schöne junge Witwe, kinderlos. Was weißt du über ihre Vergangenheit? Hat sie sich vielleicht heimlich mit Gundorov getroffen? Warst du schon im Claridge's?«

»Wann denn? Berwin brachte mich direkt zu Rutherford und der verbot mir, mich in irgendeiner Weise weiter mit den Ermittlungen zu befassen. Woodward hat mir nahegelegt, mich erst einmal bedeckt und still zu verhalten.«

»Woodward?«

»Bethells Mitarbeiter, der junge Anwalt«, sagte David. »Eigentlich ein umgänglicher, recht fähiger Mann, aber vor Rutherford hat er Angst.«

Jane grinste. »Schwer zu verstehen. Ich finde Amelia viel furchteinflößender als ihren Gatten …«

»Ein reizendes Paar, sie stehen einander in nichts nach. Blount kann ins Claridge's gehen und ein paar Fragen stellen. Jetzt bin ich ja hier.«

»Blount in dieses luxuriöse Hotel zu schicken, nur, damit er mit dem Portier spricht, halte ich für die reine Verschwendung. Prinzessin Eugenie hat dort übrigens den letzten Winter verbracht und die Königin zu Gast gehabt.« Jane trat einen Schritt zurück, zupfte am Seidenstoff ihres Rockes und sagte munter:

»Ich finde, wir sollten unser Abendessen heute auswärts einnehmen. Ruths Speiseplan sieht ohnehin recht karg aus. Ich habe
gehört, dass es im Claridge's einen neuen Koch gibt, der ganz
superbes Roastbeef zubereitet.«

»Und wenn ich lieber hierbleiben würde?« David sah sie
skeptisch an.

»Ally kann sehr spontan sein und es gibt einen entzücken-
den Tanzsaal im Claridge's. Wir werden uns sicher nicht lang-
weilen …«

David seufzte ergeben. »Ich lasse einen Tisch für uns reservieren.«

12

Jane sah hinreißend aus in ihrem dunkelgrünen Abendkleid, zu dem sie das Smaragdcollier trug, das David ihr zu Weihnachten geschenkt hatte. Ihre kupferfarbenen Locken schimmerten warm, wenn das Licht der Straßenlaternen durch die Fenster des Hansom fiel.

»Ist es nicht ein ganz besonderer Zufall, dass Gundorov ausgerechnet im Claridge's wohnt? Es gibt einige erstklassige Hotels in London, aber keines, das so nahe am Grosvenor Square und damit in der Nähe von Orlows Haus liegt.« Die Kutsche holperte durch die nächtlichen Straßen, die nun von Schattengestalten und Nachtschwärmern bevölkert wurden.

Von der Seymour Street bis zum Grosvenor Square war es nicht weit. Man konnte entweder von der Orchard Street in die Audley Street fahren, die direkt auf den Platz mündete, oder die östlicher gelegene Duke Street nehmen, welche die Ecke Brook Street kreuzte, an der das Hotel lag. Bis vor wenigen Jahren hatte das Hotel noch *ehemaliges Mivart's, jetzt Claridge's* geheißen, in Erinnerung an den Vorbesitzer. Das Ehepaar Claridge hatte das angrenzende Hotel erworben und nach einigen Umbauten daraus ein Luxushotel gemacht, in dem Prinzen und Könige geneigt waren, ihr müdes Haupt zu betten.

»Abgesehen von der Nähe zu Orlows Haus muss man sich diese Unterkunft erst einmal leisten können ...« David schaute aus dem Fenster und stieß einen anerkennenden Pfiff aus, als ihr Gefährt vor dem mehrstöckigen Hotelkomplex hielt.

»Es war wirklich an der Zeit, dass du mich einmal hierhin ausführst«, sagte Jane und zwinkerte ihm zu.

David half ihr beim Aussteigen und war dankbar, dass sie seine Abneigung gegen überbordenden Luxus teilte und mit ihm übereinstimmte, dass man Geld nutzbringender anlegen konnte, doch manche Situationen erforderten eben Opfer.

»In der Tat, meine Liebe, es war an der Zeit«, sagte er und fügte flüsternd hinzu: »Ich hoffe nur, dass wir nicht auf Rutherford treffen.«

Jane klappte ihren Fächer auf und warf ihm einen verschwörerischen Blick zu. »Dann schiebst du die Schuld auf mich. Oh, sieh dir diesen Kristallkronleuchter an!«

Die Hotelbetreiber hatten keine Kosten bei der Ausstattung gescheut und so fanden sich venezianisches Glas, Marmor aus Carrara und üppige orientalische Teppiche bereits in der Empfangshalle. Riesige Bodenvasen, üppige Blumendekorationen, Vorhänge aus kostbarem Brokat und Gemälde renommierter Künstler, wohin man auch sah. Ein Butler begrüßte sie, nahm ihnen die Mäntel ab und geleitete sie in einen eleganten Speiseraum. In der Mitte des Raumes stand ein rundes Büfett, auf dem exotische Früchte in silbernen Schalen präsentiert wurden. Allein die Anschaffung dieser Köstlichkeiten musste die Claridges ein Vermögen gekostet haben.

Jane und David erhielten einen Tisch am Fenster, von dem aus sie die Tür im Blick hatten. Der Butler reichte David eine Karte und erklärte das Menü. Von Kapern, Brokkoli, Austern und Mandelcreme war die Rede, doch Jane hörte nur halb zu, nickte zustimmend und beobachtete fasziniert die illustre Gästeschar.

»Das sind sicher Franzosen. Ihr Kleid ist exquisit, diesen Schnitt habe ich hier noch nicht gesehen. Und der einzelne grimmig schauende Herr dort könnte ein Kaufmann aus dem Norden sein. Ach herrje, sieh dir den mit der langen Nase und dem Monokel an, der erinnert mich an Sir Frederick. Ist Charlotte schon aus Italien zurück? Wenn sie klug ist, bleibt sie dort«, sagte Jane mit gedämpfter Stimme zu David.

Dieser war sichtlich erfreut, als ein Diener ihnen die Champagnergläser füllte. Er wollte gerade den ersten Schluck nehmen, als er innehielt. »Myrtle und Vernon. Und sieh dir ihr Gesicht an – als hätte sie gerade in einen Essigschwamm gebissen.«

Jane sah zu einem Tisch, der halb hinter einer großen Palme verborgen war, und entdeckte blonde Haare und pfirsichfarbene Seidenröcke. Myrtle schien zu spüren, dass sie beobachtet wurde, denn sie wandte den Kopf und ihr verdrossenes Gesicht erhellte sich schlagartig, als sie Jane entdeckte. Sie nickte ihr zu und auch Vernon machte eine grüßende Geste. Der künftige Earl von Bronham wirkte müde und ein harter Zug hatte sich um seinen Mund eingegraben.

»Ich werde es einrichten, dass ich Myrtle nachher im Erfrischungsraum treffe«, sagte Jane.

Die Vorspeisen wurden serviert und David und Jane widmeten sich dem delikaten Essen, das dem guten Ruf des Hotels entsprach. Jane nippte an ihrem Wein und legte ihre Serviette zur Seite. »Es ist Zeit. Sie hat den Tisch gerade verlassen.«

»Nur belangloses Geplauder, Jane. Die Molineaux' sind mit den Rutherfords bekannt«, erinnerte David seine engagierte Frau, die sich lächelnd entfernte.

David beschloss, eine Zigarrenpause einzulegen und den Portier auszufragen. Portiers waren der Almanach eines jeden Hotels oder Mietshauses und in der Regel die besten Informationsquellen. Der ältere Portier, der sie empfangen hatte, war nicht zu sehen, als David unter dem Vordach auf den Bürgersteig trat. Ein junger Bursche hatte seinen Posten übernommen und wippte mit auf dem Rücken verschränkten Armen auf den Fußspitzen.

»Guten Abend, Sir. Soll ich Ihnen eine Kutsche rufen?«

David zog sein Zigarrenetui aus der Smokingtasche. »Danke, noch nicht. Aber vielleicht kannst du mir trotzdem helfen.«

Er griff in seine Hosentasche und ließ einen silbernen Florin in die Hand des jungen Burschen fallen. Erwartungsvoll sah der Junge, ein schmaler Fünfzehnjähriger, ihn an. »Sir?«

»Ein Bekannter von mir war hier zu Gast. Leider habe ich ihn verpasst. Er ist Russe, so groß wie ich, blond, gut aussehend«, begann Wescott.

Der Junge nickte eifrig. »Ich weiß, wen Sie meinen. Erst dachte ich, das wäre ein Prinz. Ich bin noch nicht lange hier und habe die Prinzessin aus Frankreich verpasst, die im Winter hier war. Der war hier. Eine Woche hat er da oben im zweiten Stock gewohnt. Er wollte unbedingt das Zimmer, obwohl das andere zum Garten raus viel schöner ist. Er ...« Hier machte der Junge eine Pause.

David verstand und legte einen weiteren Florin in seine Hand.

»Der Russe war ein wenig seltsam, fand ich. Aber sagen Sie das nicht Dalton, der kommt gleich zurück.«

Dalton musste der ältere Portier sein. »Von mir erfährt er kein Wort.«

»Na, also, der Russe saß oft stundenlang oben am Fenster und hat auf die Straße geschaut. Ich meine, wenn ich so viel Geld habe, um in so 'nem schönen Hotel zu wohnen, dann hocke ich doch nicht den ganzen Tag am Fenster, oder? Einmal hatte er Besuch von einer verschleierten Lady. Das war vorgestern. Gestern Mittag ist er abgereist ...« Weiter kam der Bursche nicht, denn der ältere Portier kam aus der Halle.

»Tim! Was schwätzt du und belästigst die Gäste! Geh rein und bring die Koffer nach oben!«

»Ja, Mr Dalton. Nichts für ungut«, sagte er mit einem Grinsen zu David und lief nach drinnen.

David zog an seiner Zigarre und blies den Rauch in die Nachtluft. Langsam schlenderte er über die Straße und sah nach oben zu den Zimmern im zweiten Stock. Es musste sich um eines der Zimmer auf der nördlichen Seite handeln, denn dort begann die Audley Street, wo das Haus der Orlows stand. Vor dem Hotel öffnete sich der noble Grosvenor Square mit Häusern, deren vornehm klassische Fassaden von Macht und Reichtum zeugten.

Gemächlich spazierte er wieder zum Eingang und nickte dem Portier Dalton zu. »Prächtiges Hotel, internationales Klientel.«

Stolz reckte Dalton die Brust in seiner Uniform. »Sir, das Claridge's ist eine Institution, wenn ich das so sagen darf.«

»Diskretion ist selbstverständlich, nehme ich an ...« David tat so, als suche er nach jemandem in der Halle. »Es könnte sein, dass ich einmal in Begleitung einer anderen Dame hier erscheine.«

»Sir, wir haben auch einen Hintereingang. Es kann alles so diskret arrangiert werden, dass niemand weiß, dass Sie überhaupt hier logieren, wenn das Ihr Wunsch ist.« Die Miene des Portiers blieb bei diesen Worten ausdruckslos und bar jeder Wertung.

David nickte. »Sehr schön.«

Damit warf er die Zigarre in einen dafür vorgesehenen Keramiktopf und ging wieder hinein. Jane saß bereits im Speisesaal an ihrem Tisch. Ihr ausdrucksstarkes Profil und die sprühenden Augen hoben sie aus der Menge heraus und sein Herz machte einen kleinen verräterischen Satz, den er zu ignorieren versuchte. Sie verdiente so viel Besseres als ihn, der nicht in der

Lage war, seine Gefühle zu zeigen. Aber auf diese Weise blieb eine gewisse Distanz und die würde es ihr leichter machen, sich neu zu binden, sollte ihm etwas zustoßen oder er sich von ihr trennen müssen.

»David, wo warst du? Du glaubst ja nicht, was ich erfahren habe.« Jane strahlte und griff nach seiner Hand.

Ihre Wangen waren leicht gerötet und der Ansatz ihres Dekolletés hob und senkte sich, während sie sprach. Es fiel ihm schwer, sich nur auf ihre Worte zu konzentrieren, was ihn überraschte, denn er hatte sich bisher für einen sehr beherrschten Mann gehalten.

»Myrtle puderte sich die Nase und ihre Augen waren gerötet. Ich fragte also ganz mitfühlend, ob sie sich nicht wohl fühle, und stell dir vor, da brach sie in Tränen aus«, erzählte Jane, jedoch so leise, dass an den Nebentischen niemand ihre Worte verstehen konnte.

David leerte sein Weinglas und winkte den Ober herbei, der die Gläser auffüllte.

»Sie hat mir dann im Vertrauen mitgeteilt, dass sie sich sehr schämt, weil sie ihrem Mann nicht die Ehefrau ist, die sie sein sollte. Aber er hätte ein Problem ...« Jane räusperte sich und ihre Wangen färbten sich dunkler.

»Welches Problem denn?«, fragte David unschuldig und lehnte sich zurück, denn es bereitete ihm großes Vergnügen, Jane so verlegen zu sehen.

»Oh, nun ja, er kann seinen ehelichen Pflichten nicht nachkommen.« Zufrieden über ihre Formulierung hielt sie seinem Blick stand.

»Und was bedeutet das? Kann er die Rechnungen für ihren Schneider nicht bezahlen?« Er sah, wie die Ader an ihrem Hals zu pochen begann.

Jane runzelte verärgert die Stirn. »Du weißt genau, was ich meine!«

»Wir verschieben diesen Teil der Unterhaltung auf später. Und deshalb hat Myrtle sich einen pflichtbewussteren Ersatz gesucht, vermute ich.«

»Wenn du bereits alles weißt, bedarf es meiner Erläuterungen nicht mehr. Erhelle mich doch stattdessen mit dem, was du erfahren hast«, sagte sie mit einem zuckersüßen Lächeln.

Es tat ihm leid, sie verletzt zu sehen, doch die ganze Situation zerrte an seinen Nerven. »Gundorov hat hier in einem Zimmer mit Blick auf Orlows Haus gewohnt und dieses anscheinend auch beobachtet. Zudem hatte er verschleierten Damenbesuch. Bitte, Jane, ich wollte mich nicht lustig machen. Handelte es sich um Myrtle?«

»Nein. Das fand ich ja so bemerkenswert. Sie hat mir erzählt, dass sie eigentlich in Vernons Bruder Henry verliebt war und nicht als Jungfrau in die Ehe gegangen ist. Als sie festgestellt hat, dass Vernon die Ehe nicht in dem Maße nun, äh, vollziehen kann, hat sie sich anderweitig umgesehen und …« Sie machte eine dramatische Pause.

»Du hast meine volle Aufmerksamkeit, Jane.« Er lehnte sich vor und genoss den Anblick seiner temperamentvollen schönen Gattin.

»Sie hatte eine Affäre mit James Emmett Rutherford! Ha, damit hättest du nicht gerechnet, gib es zu!« Sie warf einen kurzen Blick zur Seite. »Sie sind übrigens schon gegangen.«

David starrte sie mit leicht geöffnetem Mund an. »Nein, ganz und gar nicht. Sich mit James Emmett einzulassen spricht weder für Myrtles Geschmack noch für ihre Menschenkenntnis. Und was war mit Gundorov? Sie hat ihn doch bei Flora ziemlich offen angehimmelt. Hat sie darüber gesprochen?«

Sehr zufrieden mit sich betrachtete Jane ihren Smaragdring und antwortete: »Dazu kamen wir nicht, denn unsere Zweisamkeit im Puderraum wurde gestört. Aber ich treffe sie übermorgen im Park zu einem Ausritt.«

»Chapeau, das hast du sehr geschickt gemacht. Und wie kommt es, dass dir Myrtle plötzlich so vertrauliche Dinge mitteilt?«

»Ach, es war einer dieser Augenblicke von Schwäche, in denen man sich einfach jemandem anvertrauen möchte, einen Rat braucht und das nicht von jemandem, dem man sehr nahesteht. Und ich glaube, dass sie nicht sehr viele ehrliche Freundinnen hat. Wer möchte schon Miss Weymouth und Miss Ponsby in solchen Dingen um Rat fragen?« Ihr Mund zuckte schelmisch.

Im Nebenraum begann ein kleines Orchester zum Tanz aufzuspielen und einige Paare erhoben sich. David faltete seine Serviette. »Möchtest du noch etwas essen?«

»Nein danke.« Sie lauschte. »Sie spielen gut. Ein schottischer Tanz.«

»Möchtest du tanzen oder sollen wir aufbrechen?«

»Oh, wenn wir schon einmal hier sind …« Sie legte ihre Hand auf seinen Arm.

13

Blinzelnd öffnete Jane die Augen, doch es war dunkel im Schlaf-zimmer. Die dicken Vorhänge waren noch vorgezogen, obwohl das Morgenlicht bereits durch die Ritzen blitzte. Sie rekelte sich wohlig und drehte sich auf die Seite, um sich an den warmen Körper des Mannes zu kuscheln, der sie in dieser Nacht die meiste Zeit über vom Schlafen abgehalten hatte. Doch der Platz neben ihr war leer. Schlagartig war sie hellwach und setzte sich auf. Ihre Augen gewöhnten sich schnell an veränderte Lichtver-hältnisse und sie sah, dass Davids Kleidung verschwunden war.

Wohin zum Henker konnte er denn nur zu dieser frühen Stunde gegangen sein? Und, vor allem, ohne sie einzuweihen? Sie zog das Laken um sich, denn ihr Nachtkleid lag noch auf dem Boden. Er war so zärtlich gewesen, dass sie die Wärme sei-ner Hände noch auf ihrer Haut zu spüren meinte, und gleich-zeitig hatte eine tiefe Traurigkeit in seinem Blick gelegen, die an ihr zehrte. Entschlossen schwang sie die Beine über die Bett-kante, schlüpfte in ihren Morgenmantel und ging zum Fenster. Sie wollte die Vorhänge aufziehen, als es leise klopfte.

»Guten Morgen, Ma'am!«, sagte Hettie fröhlich und kam mit einem Tablett herein. »Wie hätten Sie Ihre Eier gern?«

Jane schaute auf die Straße vor dem Haus. Nur ein Straßenkehrer und ein Betteljunge, der in den Büschen und zwischen den Pflastersteinen nach Münzen suchte. Der Nebel schien heute dichter zu werden, denn graue Schwaden trieben durch die Straße und verschluckten hier und dort Bäume und Passanten.

»Was für ein trüber Tag! Keine Eier. Tee und Toast sind ausreichend.« Jane griff nach einem Stück Brot und butterte es. »Leg mir bitte das terrakottafarbene Kleid heraus. Dann übersieht man mich nicht so leicht, wenn ich die Straße überquere. Und weißt du, wohin der Captain gegangen ist? Wie spät ist es überhaupt …?«

»Acht Uhr, Ma'am. Der Captain und Mr Blount sind mit einem Hansom weggefahren. Und ich soll Ihnen ausrichten, dass er auf Sie vertraut, dass Sie keinen Alleingang unternehmen, weil Sie ja um zwölf Uhr zu Lady Alison zum Lunch geladen sind.« Hettie goss zuerst Milch in eine Tasse und dann den Tee durch ein Sieb hinzu.

»Der Captain wirkte sehr besorgt, Ma'am. Es ist alles wegen Levi und Josiah, nicht wahr? Wie kann man nur so dumm und undankbar sein! Sie hatten es so gut hier. Ich würde niemals etwas tun, was Ihnen schadet, Ma'am«, versicherte Hettie inbrünstig.

»Ach, Hettie, eine vertrackte Geschichte ist das. Wenn Levi schuld ist, dass Josiah etwas zustößt oder David … Ich mag gar nicht weiter darüber nachdenken. Ich drehe diesem verkappten Geiger persönlich den Hals um.« Sie brachte keinen Bissen hinunter, trank jedoch ihren Tee.

»Oh nein, so was dürfen Sie nicht sagen. Der Captain und Mr Blount haben sicher schon eine Spur, der sie nachgehen, um Levi aus dem Gefängnis zu holen. Und Josiah sollte doch nur befragt werden. Können wir ihn denn nicht abholen?«

»Warst du schon einmal in Newgate?«

Entsetzt schüttelte Hettie den Kopf. »Nein!«

»Weißt du, Hettie, du hast mich da auf eine Idee gebracht. Bevor wir zu Ally fahren, machen wir einen kleinen Abstecher und bringen Josiah frische Kleidung vorbei.«

»Aber, Ma'am, Newgate liegt ganz am anderen Ende, noch weiter als das Museum, hinter Holborn und nicht weit von der Fleet Street …«

»Sehr richtig. Wenn wir uns beeilen, schaffen wir es vielleicht vor zwölf Uhr. Und Ally wird uns verzeihen, wenn sie erfährt, warum wir zu spät kommen. Bestell gleich den Hansom und ich gehe mich waschen.«

Kaum mehr als eine Stunde später fuhren Jane und Hettie in einem Hansom durch den dichter werdenden Nebel. Der Hansom war nach vorn hin offen, der Kutscher stand hinten auf dem Wagen, und obwohl die Insassen recht gut gegen den Fahrtwind abgeschirmt waren, erreichten die feuchten Nebelschwaden sie.

Die beiden Frauen zogen ihre Kapuzen enger um die Köpfe und hielten die Mäntel vorn zusammen. Sie hörten die Straßenverkäufer rufen, das Rattern von Maschinen, Hundegebell und ein weinendes Kind. Die Geräusche der Stadt drangen durch den alles wattierenden Nebel zu ihnen und Hettie hielt sich mit ihrer freien Hand krampfhaft an den Halterungen an ihrem Sitz fest.

»Ma'am, vielleicht sollten wir doch lieber umkehren. Wenn der Captain erfährt, dass wir einfach ins Gefängnis gefahren sind, wird er sicher böse. Und bei diesem Nebel sieht man ja bald die Hand vor Augen nicht mehr.« Hetties Worte wurden vom Holpern der Räder auf dem Pflaster unterbrochen und teils verschluckt.

Weil Jane ihrer Zofe im Grunde recht gab, sagte sie nichts, sondern tätschelte nur beruhigend deren Arm und hielt das Bündel mit Josiahs Kleidung und etwas Proviant, den Ruth rasch zusammengestellt hatte, fest auf ihrem Schoß. Sie musste

sich eingestehen, dass sie ratlos war, was diesen merkwürdig ver-
zwickten Fall betraf. Einerseits schien es klar, dass Gundorov ein
Interesse hatte, die Orlow-Diamanten zu stehlen, doch warum
Levi und Josiah festgehalten wurden, verstand sie nicht. Dazu
die Morde an den bedauernswerten Prostituierten, worüber
David sicher mehr wusste, als er ihr sagte, und der Zettel in der
Hand der zweiten Toten. Warum führten alle Spuren immer
wieder in ihr Haus, zu David?

Die Kutsche ruckelte und hielt, denn ein Ochsenkarren
überquerte gemächlich die Straße. Sie schaute zur Seite und
sah eine Schlange Wartender vor einer Suppenausgabe. Plötzlich schob sich eine Hand um die Ecke, dorthin, wo ihre Füße
standen, und riss an ihrem Kleid. Jane widerstand dem Drang,
nach der Hand zu treten, denn die Finger sahen klein aus,
und klopfte energisch ans Kutschendach. Der Kutscher brüllte
etwas, woraufhin die Hand verschwand, und die Pferde zogen
wieder an.

»Sehen Sie, Ma'am, das meinte ich«, sagte Hettie. »Hier
wimmelt es nur so von Gesindel. Bei dem Nebel denken die, sie
können sich was erlauben, und sind noch frecher. Die klauen
einem die Schuhe von den Füßen!«

»Es ist ja nichts passiert. Uh, hier kommt der Gestank von
der Themse aber direkt herüber.« Jane presste sich ihren Schal
vor das Gesicht und Hettie folgte ihrem Beispiel.

Sie waren nicht weit von der Blackfriars-Brücke entfernt. Es
dauerte nicht mehr lang und sie bogen in die Fleet Street. Old
Bailey und Newgate wären nun in Sichtweite gewesen, wenn
nicht der Nebel die Häuserzüge in formlose dunkle Schatten
verwandelt hätte.

Endlich hielt der Hansom vor den Stufen eines dunkel und
abweisend über ihnen aufragenden Gebäudes aus Granit. Jane
gab dem Kutscher ein großzügiges Trinkgeld und versprach ihm
für die Rückfahrt einen Zuschlag.

Hettie trug das Kleiderbündel und starrte die hohen düsteren Mauern an, hinter denen bei klarer Sicht die Kuppel von St. Pauls aufragte. Die Zofe deutete auf eine mit Eisenzacken gespickte Mauer. »Dahinter ist der Hof für die Frauen. Mein Bruder hat erzählt, dass er die Frauen weinen gehört hat, wenn draußen die Kinder nach ihren Müttern schrien.«

Jane schauderte. »Kein Ort, an dem man länger verweilen möchte.« Sie schlug ihre Kapuze zurück und bat den Wärter am Haupteingang um Einlass.

Der Uniformierte musterte sie skeptisch. »Das Gericht ist ein Haus weiter ... oder wollen Sie zu einem der Schuldner?«

»Ich möchte mit Ihrem Vorgesetzten sprechen. Mein Name ist Lady Allen. Der Marquess of Pembroke ist mein Cousin. Hier wird ein Mitglied meiner Dienerschaft festgehalten. Es handelt sich um ein Kind, Josiah Seba.« Sie gab ihrer Stimme einen scharfen anklagenden Unterton; der Wärter zuckte zusammen und ließ sie herein.

»Bitte, warten Sie doch hier, Mylady. Ich kümmere mich darum.« Er zeigte ihr einen kleinen kahlen Raum, in dem Holzbänke entlang der Wände standen. In einer Ecke hockte eine ältere Frau in zerlumpten Kleidern.

»Ich ziehe es vor zu stehen, bitte beeilen Sie sich.«

Hettie stellte sich neben sie und sah sich verhalten um. Sie befanden sich in einer Art Eingangshalle, von der aus zwei Flurtrakte durch Gitter abgetrennt waren. Ein Aufenthaltsraum für die Wärter befand sich gegenüber dem Besuchersaal.

»Hier riecht es komisch«, flüsterte Hettie und rümpfte die Nase.

Jane nickte und wollte nicht wissen, woher der strenge Geruch kam. »Die armen Menschen.«

Langsam gingen Jane und Hettie über die ausgetretenen Steinplatten durch die Halle und lauschten auf die gedämpft zu ihnen dringenden Geräusche aus den Zellentrakten. Als sie auf Höhe des Wachraumes angelangt waren, trat ein stämmiger Uniformierter mit pockennarbigem Gesicht heraus. Er hielt den Rest einer Fleischpastete in der Hand und kaute. Als er Jane sah, ließ er die Pastete verlegen sinken und fuhr sich mit dem Ärmel über den Mund.

»Bitte, lassen Sie sich nicht stören. Jeder verdient eine ruhige Minute, um zu essen.«

Der Wärter kaute eifrig, schluckte und antwortete: »Danke. Kann ich Ihnen helfen?«

»Ich bin wegen eines Jungen hier.« Sie erklärte ihr Anliegen und der Wärter sah sie aufmerksam und, wie es ihr schien, mit Bewunderung an.

»Darf ich mich vorstellen, Mylady, Buchan, 23rd Fusiliers, außer Dienst. Es ist mir eine Ehre, der Gattin des verehrten Captain Wescott zu Diensten zu sein.« Er schlug zackig die Hacken zusammen und wollte die Hand an die Mütze heben, besann sich jedoch und versteckte die Pastete hinter seinem Rücken.

Ein zweiter Wärter kam aus dem Aufenthaltsraum. »Was is'n los, Tom?«

»Hier, iss auf oder leg's weg.« Buchan drückte dem verdutzten Kollegen den Pastetenrest in die Hand und schob ihn zurück.

»Ich habe mich schon gewundert, warum sie so ein schmales Bürschchen hier festhalten. Der hockte nur da und weinte. Armer Kerl. Ist sicher ein Versehen gewesen. Da war jemand übereifrig.« Buchan zog seine Jacke gerade und tippte sich an seine breite Nase. »Ich hab 'nen Riecher für faule Sachen. Und seit Sir Bethell nicht mehr am Ruder ist, stinkt's hier … wenn Sie verstehen, was ich meine.«

Er sah sich vorsichtig um und trat dichter an Jane heran. »Vetternwirtschaft ist eine Sache, aber hier werden …«

»Buchan! Was geht hier vor?!«, herrschte ihn ein plötzlich

auftauchender Oberaufseher an. Die Uniform des Neuankömmlings verriet den höheren Rang durch Schulterabzeichen und glänzende Stiefel.

»Mr Pool, ich wollte nur helfen, weil man diese Lady hier einfach hat stehen lassen.«

»Wo ist der Junge?«, fragte Jane an Mr Pool gewandt. »Josiah ist gerade einmal zwölf. Er hat nichts getan, man wollte ihm nur einige Fragen stellen. Er hätte schon gestern Abend wieder zu Hause sein sollen. Ich werde nicht gehen, bevor ich nicht weiß, wo er ist.« Wütend sah sie sich um. »Was sind das überhaupt für Zustände in unserem Land? Zur Zeit meines Onkels, des Marquess von Pembroke, hätte es so etwas nicht gegeben. Ach, wissen Sie, ich werde einfach meinen lieben Freund Baron Latimer bitten, sich der Sache anzunehmen. Wo ist er jetzt, Hettie? Er müsste gerade in einer Besprechung mit dem Premierminister sein.«

Hettie hielt noch immer das Kleiderbündel umklammert. »Ma'am, Josiah braucht doch frische Kleidung. Mr Pool!«

Der Oberaufseher zögerte und schien sichtlich im Zweifel, was er tun sollte.

»Armer Junge, so was hat keiner verdient«, sagte Buchan kopfschüttelnd und erntete einen strafenden Blick von Pool.

»Etwas stimmt hier doch nicht. Was ist mit Josiah? Ist er etwa …« Jane wagte nicht, die schreckliche Möglichkeit in Worte zu fassen.

»Nein, das nicht. Mylady, es tut mir sehr leid, aber es war ein Unfall«, stammelte Pool, nun seiner Selbstsicherheit beraubt.

Jane sah, wie Buchan die Augen verdrehte. »Was für ein Unfall, Mr Pool? Nun reden Sie schon! Wo ist der Junge? Ich werde ihn mitnehmen und behandeln lassen.«

Der Oberaufseher straffte die Schultern. »Tja, wenn Sie meinen. Vielleicht ist das die beste Lösung. Buchan, zeigen Sie Mylady die Krankenstation. Wie gesagt, es war ein Unfall, das

Gefängnis stellt die Behandlung. Aber wenn Sie wollen, können Sie ihn mitnehmen. Der Junge ist ohne Familie und aus Russland, wenn ich das richtig verstanden habe? Wir dachten, dass ohnehin niemand für ihn aufkommen würde.«

»Er wurde aus unserem Haus geholt. Zumindest fragen hätten Sie müssen. Wir sind doch keine Unmenschen!«, entrüstete sich Jane.

Pool hob die Schultern. »Wenn Sie denken, dass er es wert ist. Also, Buchan, zeigen Sie den Weg. Ich lasse die Papiere ausstellen.«

Buchan führte sie durch einen Zellenblock, vorbei an einem Innenhof, in dem die Gefangenen Werg zupften. Dabei wurden alte Taue auseinandergezogen, eine harte Arbeit, bei der die Menschen sich die Hände blutig scheuerten. Das lose Werg nutzte man, um die Rillen zwischen Schiffsplanken zu stopfen.

»Das ist die beste Arbeit, die man hier im Gefängnis kriegen kann«, sagte Buchan und geleitete Jane mit Hettie an ihrer Seite in einen Trakt, in dem sich Küchen- und Waschräume befanden.

»Die anderen schleppen Kanonenkugeln hin und her oder mühen sich in der Tretmühle ab. Sinnlose Arbeit ist das Schlimmste, weil sie einem das Hirn zermürbt.« Er tippte sich vielsagend an die Stirn. »So, da sind wir schon. Da lassen Sie mich lieber allein reingehen. Ist kein Anblick für eine Lady und außerdem würden Sie sich Ihr Kleid ruinieren. Kleine Miss, geben Sie mir mal die Kleider. Die wird er brauchen.«

»Mr Buchan, noch eins. Vorhin wollten Sie etwas sagen wegen Sir Bethell. Was meinten Sie damit, dass es hier stinkt?« Sie standen nebeneinander vor dem Eingang zum Krankenzimmer, in dem dicht gedrängt männliche Patienten auf Pritschen lagen. Die meisten waren bandagiert, viele litten unter Fieber, wie die geröteten, schweißnassen Gesichter verrieten. Es mangelte an allem, vor allem an sauberen Tüchern und Nachttöpfen. In den Gestank menschlicher Exkremente mischte sich der Geruch von Lauge und Karbol, wie Jane unter aufkommendem Würgereiz feststellte. Auch Hettie wurde bereits blass.

Eine Pflegerin mit blutverschmierter Schürze trug einen Eimer mit stinkenden Lumpen heraus. Draußen neben der Tür saß ein Wärter an einem Tisch und trank Tee, den er mit Gin mischte. Bisher hatte er sie nicht wahrgenommen, doch nun hob er den Kopf und sagte mit schwerer Zunge: »Buchan, was willst du denn hier? Ich dachte immer, wir haben die Hölle hinter uns, aber dann bin ich hier gelandet.«

»Lass die alten Geschichten, Hooker, und bring uns den Jungen von gestern. Er ist doch noch hier, oder?«

Der Angesprochene, anscheinend ebenfalls ein Kriegsveteran, erhob sich, schwankte leicht, hielt sich am Türrahmen fest und stierte in den halbdunklen Krankenraum. »Liegt da vorn. Wo soll der noch hin? Teufel, was stinken diese Kreaturen.«

Unerwartet schnell drehte sich Hooker um und starrte Jane und Hettie an. »Und was wollen die Ladys hier? Sehen teuer aus. Kannst du dir so was leisten, Buchan?«

»Halt den Mund und hilf mir«, befahl Buchan, denn die Pflegerin war noch nicht zurück.

Doch Hettie drängte sich dazwischen. »Ich mache das.«

Jane ließ die junge Frau gewähren und war stolz auf das beherzte Handeln ihrer Zofe. Mit wenigen Handgriffen hoben Hettie und Buchan den halb bewusstlosen Josiah von seinem Lager, zogen ihm die sauberen Kleidungsstücke an und hievten ihn auf die Beine.

Josiahs Kopf rollte unkontrolliert hin und her, während er von Hettie und Buchan gestützt nach vorn taumelte. Seine Lippen waren aufgerissen und trocken, er hatte eine Wunde über der Augenbraue, die verkrustet war, und ein Auge war zugeschwollen. Wie sein Körper unter den Kleidern aussah, wollte Jane sich gar nicht erst vorstellen.

Gemeinsam brachten sie den Jungen über eine schmale Treppe zu einem Hinterausgang, von wo aus Buchan ihnen den Hansom holte. Als der Junge in der Kutsche saß, holte Jane eine Krone hervor und wollte sie Buchan geben, doch der wehrte ab.

»Ist mir eine Ehre, dem Captain helfen zu können, Mylady. Ich sage nur so viel, dass Ihr kleiner Bursche da keinen Unfall hatte und dass der Polizist, der dafür verantwortlich war, seine Weisung von oben hatte, wenn Sie verstehen. Und jetzt muss ich zurück.«

»Ich danke Ihnen, Mr Buchan. Kennen Sie den Namen des Polizisten?«

Der ehemalige Soldat schüttelte den Kopf. »Nein, Mylady, ich habe schon genug gesagt und werde mich nicht um meine Pension bringen. Das müssen Sie verstehen.«

Jane nickte und sah dem leicht hinkenden Veteranen nach, der mehr Ehre besaß als ein mächtiger Aristokrat, der die Gesetze der Krone vertreten sollte.

14

»Haben Sie das gehört? Da war jemand!«, rief Wescott, doch Blount war bereits im dichten Nebel verschwunden.

David Wescott blieb im Licht der Laterne vor der Bäckerei stehen und wartete auf Mr Lister, denn auf dem verwitterten Schild über dem Eingang zur Backstube stand Lister's Brot & Pasteten. Er musste nicht lange im feuchten Morgennebel ausharren, denn ein Mann kam mit einem Sack Mehl auf der Schulter pfeifend um die Ecke.

Der Mann hatte ein breites offenes Gesicht mit hellen Augen. Weißblonde Locken wurden kaum von seiner Mütze gebändigt und seine Kleidung war mit Fettflecken übersät und von Mehl bestäubt. Er ließ den Sack auf den Boden vor der Tür fallen und sagte: »Na, so früh habe ich noch kein Brot, auch nicht für so 'nen feinen Gentleman. Tut mir leid, Sir, in einer Stunde gibt es die ersten Brote.«

»Mr Lister? Ich komme vom Revier in Brompton, dem Stab von Superintendent Rooke«, begann David, doch der Mann schien wenig beeindruckt.

»Ich bin Lister junior und muss jetzt anfangen, sonst geht mir ein Tagesverdienst verloren. Was gibt es?« Der Bäcker schloss die Tür auf und schaffte den Sack in das dunkle Hausinnere.

Schnelle Schritte näherten sich auf dem feuchten Pflaster der Gasse in Holborn und Blounts vertraute Gestalt schälte sich aus den Nebelschwaden. »Captain, wer auch immer das war, er führte nichts Gutes im Schilde und fluchte auf Russisch.«

Blount war leicht außer Atem und beschrieb die Größe des Mannes, den er erfolglos gejagt hatte. »Mittelgroß, muskulös, schnell, nein, wendig. Ein Profi.«

Er machte eine Pause, denn der Bäcker war im Türrahmen erschienen und hörte erstaunt zu. Aus seiner Backstube schien jetzt Licht. »Was ist denn nur los hier in Holborn? Hat es mit der armen Lulu zu tun? Haben Sie ihren Mörder noch nicht gefunden?«

Er hatte sich eine Schürze umgebunden, die einmal weiß gewesen sein musste, und zündete sich eine kurze Pfeife an.

»Würden Sie uns noch einmal ganz genau schildern, wie Sie die Tote gefunden haben? War jemand in der Nähe?«

Mr Lister sog an seiner Pfeife und kratzte sich hinter einem Ohr. »Tja, vergessen werde ich den Anblick nicht. Sie lag da mit aufgerissenen Augen, in ihrem grünen Kleid. Das trug sie am liebsten, meinte immer, da kämen ihre Haare gut zur Geltung. Sie war ein hübsches Ding, wenn auch schon lange auf der Straße. Das sah man ihr an. Also, ich bin verheiratet, nicht dass Sie denken, ich würde zu den Dirnen hier gehen.« Lister stieß den Tabakrauch aus. »Sie lag da gegenüber, gerade im Schatten.«

Die Männer drehten sich zur gegenüberliegenden Hauswand um, wo nur einige alte Kisten und ein abgestellter Karren standen. In der Wand befand sich nur ein Fenster im ersten Stock. »Wer wohnt dort oben?«, fragte Wescott.

»Keine Ahnung, gehört zum Black Horse. Wie gesagt, ich bin zur Straße runter, habe den Bobby gerufen, der dort entlangging, und dann war's das auch schon.«

Wescott hakte nach. »Welcher Bobby war das?«

»Na, der erste war so ein grimmiger, schweigsamer Kerl, schwarzer Schnauzbart. Und er trug einen Ring, das hat mich noch gewundert, so einen goldenen Ring am kleinen Finger. Hat nichts gesagt, nur die Tote untersucht und dann die Leute von Ihrem Revier geholt. So, wenn's das war, ich muss dann jetzt, Gentlemen.« Er klopfte seine Pfeife gegen die Mauer und stapfte in seine Backstube.

»Der erste Polizist, haben Sie den danach noch einmal gesehen?« Wescott kam ein Verdacht.

»Nein, vorher nicht und nachher nicht. Muss ich auch nicht, unhöflicher Kerl. Solche brauchen wir hier in Holborn nicht. Haben genug Ärger mit dem ganzen Pack, den Russen jetzt auch noch. Nichts als Ärger! Bestehlen dich, wo du dabeistehst!«

»Danke für Ihre Zeit, Mr Lister. Sie haben uns vielleicht mehr geholfen, als Sie denken.« David legte einen Florin auf das Fensterbrett.

Auf der Straße mussten sie vor einem aus dem Dunst auftauchenden Einspänner zur Seite springen, der durch eine tiefe Wasserlache raste.

»Teufel, ich hasse diesen Nebel!«, fluchte Blount und klopfte sich Schlammspritzer von seinem Mantel. »Versuchen wir es noch im Black Horse?«

Sie standen schräg gegenüber der wenig einladend aussehenden Schankwirtschaft. Ein aus Eisen geschmiedetes schwarzes Pferd hing über der Tür, die mit rostigen Beschlägen versehen war.

»Wäre dumm, es nicht zumindest zu versuchen. Der Bobby, der zuerst an der Leiche von Lulu war, was denken Sie, Blount?«

Der drahtige Mann rückte seinen Bowler gerade. »Ein Schnurrbart muss nicht echt sein und eine Uniform auch nicht. Er könnte den Zettel mit Ihrem Namen an der Toten platziert haben. Ich halte den falschen Bobby, gehen wir einfach mal davon aus, nicht für den Mörder, Captain.«

Wescott hob seinen Spazierstock und klopfte energisch gegen die Gasthaustür. »Nein, ich auch nicht. Mir geht Janes Beobachtung nicht aus dem Kopf. Der sibirische Exsträfling scheint mir eher der Mann, der eine Klinge so geschickt führt. Ich denke, die beiden Dirnen haben unglücklicherweise etwas gesehen, was sie nicht sehen sollten.«

Im Innern des Gasthauses waren Geräusche zu hören. Möbel wurden gerückt, etwas fiel zu Boden und eine männliche Stimme fluchte.

»Und der Zettel mit Ihrem Namen gehört zu einer bösen Intrige, die jemand um Sie spinnt, Captain. Aber wer? Rutherford? Er hat keinen Grund! Gundorov ebenso wenig.« Blount sah sich bei jedem Geräusch um und stellte sich schützend vor seinen Arbeitgeber, als ein Mann mit einer Botentasche dicht an ihnen vorbeilief.

»Es lässt mir keine Ruhe, aber ich finde keine Erklärung, außer dass es mit der Krim zusammenhängt. Aber das ist nur ein Gefühl. Vielleicht ist Orlows Ermordung ein willkommener Anlass gewesen, sich an mir zu rächen. Rache, Blount, ist ein Motiv, das über Jahre gären kann.«

»Devereaux?«

Innen wurde ein Schlüssel herumgedreht und ein Riegel wehrte sich knarrend dagegen, aus seiner Halterung bewegt zu werden.

»Ich weiß von meinem Kontakt, dass er noch in Indien ist und sich dort ruhig verhält. Er hat beinahe sein ganzes Vermögen verloren und ist dabei, sich neu aufzustellen. Nein, ihm fehlen die Mittel und er hat andere Sorgen.«

»Aber sicher können wir nicht sein, Captain. Ich würde diese Möglichkeit zumindest nicht ausschließen. Ah, die Herberge gibt sich die Ehre. Uh!« Blount trat einen Schritt zurück, als die Tür aufgezogen wurde.

Ein verschlafener Mann trat ihnen barfüßig, im Morgenrock und mit einer verfilzten Wollkappe auf dem speckigen silbernen Haupthaar entgegen. Der Mann rülpste lauthals und stierte sie aus blutunterlaufenen wässrigen Augen an. Dabei hielt er sich mühsam am Türgriff aufrecht. »Wer stört zu dieser unchristlichen Stunde?«

Verfaulte Zähne und ein Furunkel am Schlüsselbein trugen nicht zur Verbesserung seines Erscheinungsbildes bei.

Wescott hielt dem Wirt einen Schilling vor die Nase. »Mehr davon, wenn Sie mir Auskunft geben, wer dort oben in dem Zimmer zur Gasse gegenüber von Bäcker Lister wohnt.«

Gierig fixierte der Wirt die Münze und leckte sich die bläulichen Lippen. Er hielt sich den Magen und schien erneut die Luft entweichen lassen zu wollen, schloss die Augen und sagte endlich: »Da wohnt eins meiner Täubchen. Wollen Sie vielleicht eintreten? Das Badewasser ist erst von gestern, und wenn sie sich gewaschen hat, steht sie Ihnen zur Verfügung.«

»Nein, Sie missverstehen uns, wir möchten nur mit der Person sprechen, die dort in dem Zimmer war, als die Tote gefunden wurde«, erklärte Wescott.

Der Wirt überlegte kurz, während es in seinen Innereien rumorte. »Wie viel?«

»Zwei Schillinge jetzt und zwei mehr, wenn sie etwas gesehen hat, das uns weiterhilft.« Wescott stieß ungeduldig seinen Gehstock auf die Stufen.

»Warten Sie.« Er ließ die Tür offen und schlurfte hastig davon.

Wescott und Blount stellten sich mit dem Rücken an die Hauswand und sahen zu, wie die Stadt erwachte und ihre Bewohner ins harte Räderwerk des Überlebens zwang.

Nach wenigen Minuten stolperte ein junges Mädchen in die Tür. Ein dunkler Zopf fiel ihr über die entblößte Schulter, während sie ein buntes Tuch vorn um ihren mageren Körper

135

zusammenraffte. Sie war hübsch, doch das Schicksal hatte sie bereits vor der Blüte ihres Lebens verwelken lassen.

»Haben Sie gesehen, wer Lulu in der Gasse getötet hat?«, konfrontierte Wescott sie unverblümt.

Erschrocken zuckte sie zurück, wurde jedoch vom Wirt, der hinter ihr stand, zurückgeschubst. »Na los, spuck's schon aus, Elli.«

»Gar nichts hab ich gesehen! Nee, auch, als ich aufgewacht bin, weil noch so ein geiler Bock an meine Tür geklopft hat, da war es vier Uhr in der Frühe.« Wütend drehte sie sich zu ihrem Wirt um, der ungerührt blieb. »Ich hab meine Tür verriegelt und die Gardinen zugezogen und da habe ich runtergesehen. Wollte Lister grüßen, netter Kerl ist das, leider schon vergeben. Aber ich find' auch noch einen guten Mann, will nicht in diesem Saustall enden.«

»Und was haben Sie dann unten gesehen?«, fragte Wescott geduldig.

Elli riss ihre Augen auf. »Da lag sie, die Lulu, kalkweiß das Gesicht, die roten Haare wie ein Engelskranz, und dann kam dieser Bobby, beugt sich über sie, fummelt an ihren Sachen rum und … jetzt passen Sie mal auf!«

Wescott unterbrach sie: »Nur der Chronologie wegen – Lister war noch nicht dort?«

»Ja, doch, der war auch da. Der Bobby fummelt an ihr rum und als er fertig ist, nimmt er seinen Hut ab. Der stand so halb im Licht und ich denke noch, na, wie seltsam das ist – da hat einer einen schwarzen Schnurrbart und helle Haare. Gibt's das? Na, was weiß ich, was es alles gibt …« Die junge Frau lachte anzüglich.

»Und Lister? Stand er daneben?«

»Dem war übel, der hat sich übergeben. Der mochte die Lulu, das weiß ich, hat ihr oft mal eine Pastete gegeben, wenn seine Frau nicht guckte.« Elli sah die Männer erwartungsvoll an.

»Und, war das gut?«

»Ausgezeichnet.« Wescott legte ihr zwei Schillinge in die Hand und gab dem Wirt ebenfalls einen.

Ein Hansom Cab brachte sie über High Holborn in die Oxford Street, wo es zahlreiche elegante Läden und Caféhäuser gab.

»Kaffee und Brandy«, schlug Wescott vor und grinste. »Der Gestank will sich nicht aus dem Gedächtnis meiner Nase verflüchtigen.«

Blount stimmte erleichtert zu. »Da vorn gibt es guten Kaffee und auch die Pasteten sind ordentlich.«

Sie machten eine Pause, aßen und wuschen sich die Hände und saßen gerade wieder in ihrem Hansom, als Wescott nach vorn starrte, wo ein Wagen an ihnen vorbeigefahren war. »War das nicht Jane? Und wen hatte sie dabei? Kutscher, eine halbe Krone, wenn Sie den Hansom dort einholen!«

Die Räder des dunklen Wagens ratterten über Pflastersteine und durch Schlaglöcher, doch das braune Kutschpferd war stadterfahren und weder durch das Schreien der Straßenverkäufer, musizierende Gaukler, Hundegebell oder die Glocken der Omnibusse aus der Ruhe zu bringen. Unermüdlich bahnte es sich seinen Weg durch das Gewühl aus Karren, Kutschen, Ochsen und Fußgängern.

»Das muss sie sein. Sie biegen nach rechts zum Cavendish Square ab. Na los, Mann, fahren Sie schneller!«, rief David und klopfte mit seinem Stock gegen das Verdeck.

Auf dem runden Platz überholten sie schließlich den Wagen und David sprang auf die Straße und konnte seinen Augen nicht trauen. Jane und Hettie saßen auf der Bank und hielten ein schmales Bündel Mensch zwischen sich fest, um das sie eine Decke gewickelt hatten.

»Jane, was geht denn hier vor?« David trat an das offene Gefährt, während das abrupt zum Stehen gebrachte Pferd schnaubte und mit den Hufen stampfte. Es war verschwitzt und Schaum hatte sich um das Maul gebildet.

Die beiden Wagen hatten kurz vor der Kreuzung zur Mortimer Street angehalten. In der Mitte des Platzes spielten Kinder mit ihren Gouvernanten in einem Park. Die Kleinen trugen blauweiße und grüne Kleider und Mäntel mit seidenen Schleifen, bellende Schoßhunde wurden von den Kindermädchen mitgeführt und demonstrierten den Wohlstand der Anwohner. Der Duke of Portland residierte hier und Sir James Paget, der Arzt von Königin Viktoria, hatte hier seine Praxis.

Zuerst hatte Jane schützend ihre Arme um Josiah gelegt, denn sie befürchtete, die Polizei hätte es sich anders überlegt oder, noch schlimmer, Verbrecher könnten ihr Josiah entreißen wollen.

»Oh, David, ich bin ja so froh, dass du es bist! Sieh doch, wir haben Josiah aus dem Gefängnis geholt.« Sanft zog sie die Decke vom Gesicht des halb bewusstlosen Jungen, der noch unter dem Einfluss der Betäubungsmittel stand, die man ihm in der Krankenstation gegeben hatte.

Die Zornesfalten auf Davis Stirn glätteten sich. »Ich frage jetzt nicht, wie du das angestellt hast und welchen neuen Ärger mir dein unbedachtes Handeln einträgt, sondern will nur wissen, wie es Josiah geht. Braucht er einen Arzt?«

»Wir sind doch nicht weit von der Harley Street, da sind gleich vier Ärzte ansässig. Was denkst du?«, fragte Jane. Der Junge versuchte, die Augen zu öffnen, stöhnte und jammerte leise.

»Nein, nicht in eine öffentliche Praxis. Fahrt nach Hause. Ich bestelle einen Arzt. Wir sehen uns gleich!«

Nachdem Jane dafür gesorgt hatte, dass man Josiah in sein Bett gelegt hatte, und Sally, das Dienstmädchen, bei ihm saß, schrieb sie einen kurzen Brief an Ally mit der Bitte, sie sofort in der Seymour Street zu besuchen, da es sich um einen Notfall handelte.

David kam bald darauf in Begleitung eines jungen Arztes zurück, der sich um Josiah kümmerte. Erst dann bat er Jane in den kleinen privaten Salon im ersten Stock. Dort goss er sich einen Brandy ein und leerte das Glas in einem Zug. »Ich warte auf deine Erklärung, Jane.«

»Das ist wirklich freundlich. Was für eine Begrüßung, nachdem ich dir deinen kaukasischen Waisenjungen aus Newgate gerettet habe, wo er in den nächsten Tagen verendet wäre.« Wütend funkelte sie ihn an und verschränkte die Arme vor der Brust. Ihre am Saum verschmutzten Röcke wippten hin und her.

»Tscherkesse, Josiah und Levi sind Tscherkessen …«

»Und was macht das für einen Unterschied? Russe, Tscherkesse, was weiß ich? Er ist seinem dummen verbohrten Landsmann nach Holborn gefolgt und steckt in Schwierigkeiten, genau wie du und ich!«

»Du?« David verzog zweifelnd den Mund. »Du bringst dich nur dauernd selbst in Schwierigkeiten, weil du deine Nase in Dinge steckst, die du nicht verstehst.«

»Das ist ja die Höhe! Die ich nicht verstehe, ja?! Tja, alles verstehe ich sicher nicht, denn mir fehlen gewisse Hintergrundinformationen, die deine Zeit auf der Krim und in Russland betreffen. Und du hast einmal von Vertrauen gesprochen. Wer hier wem nicht vertraut …« Sie hob aufgebracht die Hände. »Ich weiß nicht, wohin du heute in aller Frühe gegangen bist, und mache dir deswegen keinen Vorwurf.«

»Das wäre ja auch …« David hielt inne, holte tief Luft und goss sich einen weiteren Brandy ein. »Du bist eine Frau.«

»Das weiß ich und heute Nacht schien es dich auch zu erfreuen.«

Ein Lächeln stahl sich in seine Augen. »Manchmal vergesse ich, dass in diesem schönen Kopf ein verdammt eigensinniger Geist steckt. Also, wie hast du Josiah aus Newgate herausbekommen?«

Jane erzählte, und als sie Buchan erwähnte, sagte David: »Ein guter Mann. Solche gab es einige und sie hätten tausendmal mehr einen Orden verdient als mancher Offizier. Buchan denkt also auch, dass jemand Mächtiges seine Fäden zieht und mir schaden will. Das passt mit dem zusammen, was ich in Holborn erfahren habe.«

Es klopfte und Hettie sagte: »Entschuldigung, der Doktor ist jetzt fertig. Er wartet unten.«

Jane und David gingen gemeinsam hinunter und fanden den jungen Arzt in der Eingangshalle mit Blount in ein Gespräch vertieft.

»Doktor Draper, darf ich Ihnen meine Gattin, Lady Jane Allen, vorstellen?«

»Es ist mir eine Ehre, Mylady.« Der junge Arzt mochte das dreißigste Lebensjahr erreicht haben, trug eine Ledertasche, abgewetzte Schuhe, und auch sein Mantel wirkte abgetragen. Sein Gesicht war offen und die Augen von dunklen Schatten umgeben.

»Wie geht es Josiah?« Jane hatte sich bei David eingehakt.

»Er wird es schaffen. Aber hätten Sie ihn nicht dort herausgeholt, wäre er in Kürze an Wundbrand gestorben. Außerdem hat er innere Verletzungen und geprellte Rippen. Mit viel Ruhe und guter Pflege ist er hoffentlich bald wieder auf den Beinen.« Doktor Draper sah von Jane zu David.

»Danke, Doktor.« David entlohnte den Mann großzügig.

»Ich habe zu danken. Newgate ist zwar umgebaut worden, aber menschenwürdig sind die Zustände dort noch immer nicht. Wenn Sie mich brauchen, jederzeit gern.« Draper verabschiedete sich und wurde von Blount zur Tür gebracht.

»Ein anständiger Arzt, wie mir scheint.« Jane seufzte. »Ich habe Ally herbestellt. Das ist dir doch recht?«

»Sicher. Wenn sie tatsächlich weiß, warum Gundorov so

plötzlich abgereist ist, wäre das hilfreich.« David wirkte müde und schien mit den Gedanken abzuschweifen. »Ich habe noch einiges zu erledigen, Jane. Blount, kommen Sie doch bitte mit in mein Arbeitszimmer.«

Josiah lag regungslos unter seiner Decke. Ein schmächtiger Zwölfjähriger mit kreidebleichem Gesicht, die Wangen fiebrig gerötet. Unter den geschlossenen Lidern rollten die Augäpfel hin und her. Doktor Draper hatte dem Jungen noch etwas Laudanum verabreicht, damit er ohne Schmerzen schlafen konnte. Gesprochen hatte Josiah nicht, nur Unzusammenhängendes gestammelt. Jane zog leise die Tür zu und bereitete sich auf die Ankunft ihrer Freundin vor.

15

In ihrem azurblauen Kleid, dessen duftige Volants und Schleifen sich bei jeder ihrer Bewegungen leicht bauschten, sah Ally noch weicher und mütterlicher aus. Ihre hellblonden Locken glänzten und ihre Haut schimmerte gesund und rosig. Jane umarmte und küsste ihre Freundin, die nach Zimt und Vanille duftete.

»Es ist so lieb von dir, zu uns zu kommen. Es tut mir schrecklich leid, dass ich dir solche Umstände bereite.«

Weil es dort am hellsten war, hatte Jane sich für den gelben Salon entschieden. Hettie und Sally hatten für Blumen auf dem Tisch gesorgt und durchgelüftet. Auf einem Tisch standen verschiedene mundgerecht zugeschnittene Sandwiches, Obst und ein Teller mit Kuchen.

»Du hättest dir gar nicht solche Mühe machen müssen, Jane. Es sieht alles wundervoll aus. Aber nun erzähl mir endlich, was geschehen ist. Ich brenne vor Neugier.« Allys große blaue Augen leuchteten. »Ich bin gern Mutter, aber ich freue mich über jedes Gespräch, in dem es einmal nicht um Kinderkrankheiten geht.«

Jane umriss den Stand der Dinge für ihre Freundin, die ab und an ein erschrockenes »Oh« von sich gab.

»Na, hat man so etwas schon mal gehört!« Ally wischte sich die Augen. »Josiah ist doch noch ein Kind. Noch dazu eines, dem der Krieg die Familie genommen hat. Was fällt denn der Polizei ein, ihn nach Newgate zu bringen? Ich bin so stolz auf dich, Jane. Das hast du vortrefflich gemacht!«

Bei ihren Worten war David in den Salon getreten. »Du solltest deine Freundin nicht zu sehr loben, Ally.«

Er begrüßte sie, während Jane ihm einen missmutigen Blick zuwarf, und setzte sich zu ihnen. »Trinkt ihr eine Tasse Kaffee? Oder lieber Wein?«

Ally errötete leicht. »Für mich Kaffee, bitte.«

Sie stillte noch selbst, wie Jane wusste. Eine Seltenheit unter den Damen, die ihre Kinder im Allgemeinen an die Milchammen abgaben. Doch Ally war davon überzeugt, dass ihre Kinder schneller kräftig würden, wenn sie ihre Muttermilch tranken, und außerdem verlor sie so schneller die Babypfunde.

»Verzeih, dass ich dich sofort mit meiner Frage überfalle, Ally.« David reichte ihr eine Tasse Kaffee. »Aber was weißt du über Gundorov?«

»Flora hat es mir im Vertrauen erzählt, aber es schadet ihr ja nicht, wenn ich euch sage, dass der Russe heimlich das Land verlassen hat. Es ist nur so, dass sie sehr enttäuscht von seinem Verhalten ist. Flora ist manchmal sehr, wie sage ich es, emotional, schnell entflammbar, sowohl, wenn es um politische Ideen geht, als auch bei Männern.«

Der Kaffeeduft zog durch den Salon und Jane trank ebenfalls eine Tasse und aß ein Stück Gurkensandwich.

»Heimlich? Warum?« David bot Ally von den eingelegten Heringen an.

»Er hatte Angst wegen dem Mord an Orlow. Zu Flora hat er gesagt, dass es ihm nicht gefällt, wie sich die öffentliche Meinung gegen russische Immigranten richtet. Er findet, dass auch die Engländer ihr Volk zu sehr unterdrücken. Am liebsten schwenkte er dann immer auf das Thema Kolonien. Darüber geriet er richtig in Rage. Ich war einmal dabei, als er über die Inder sprach und richtig wütend wurde, als Amelia sie, wie immer, ›kleine Affen‹ nannte. Nun ja, ihr kennt ja Amelia. Sie ist eben so und, herrje, wenn man dort lebt, hat man vielleicht seine Erfahrungen gemacht.«

Jane hüstelte. »Mir käme so ein Vergleich nicht in den Sinn, Ally.«

»Entschuldige, natürlich nicht. Ich möchte gern mehr reisen und vielleicht nimmt Thomas mich mit auf den Kontinent, wenn er endlich seine Promotion erhält. Er könnte Botschafter in Italien werden.« Ally konnte in einem fort plaudern, und wenn man etwas von ihr erfahren wollte, musste man immer wieder nachhaken.

»Ally, es ist gut möglich, dass Gundorov in den Raubmord verwickelt ist. Hat Flora das nicht in Erwägung gezogen?«, fragte David.

»Ach, ihr wisst doch, wie sie ist. Aufgeregt, leicht zu begeistern. Und an Gundorov hatte sie einen Narren gefressen. Er sieht aber auch gut aus. Charmant und ein exzellenter Tänzer, das kann ich bestätigen.« Ally kicherte. »Ich darf den Russen nicht in Thomas' Gegenwart erwähnen, dann wird er eifersüchtig. Und Thomas ist sonst nie eifersüchtig. Vielleicht sind es aber auch die revolutionären Ideen, die von Gundorov gestreut werden. Das stößt Thomas sehr auf. Obwohl ich das nicht verstehe. Was regt er sich auf? Die Bauern hier bei uns sind schon lange keine Leibeigenen mehr. Engländer sind freie Menschen.«

Ruhig erwiderte Jane: »Wir können uns glücklich schätzen, in einem Land zu leben, in dem es ein Parlament gibt. Aber sind deshalb alle frei? Unsere Gesellschaft ist noch immer klar strukturiert. Wenn ich als Tochter einer Wäscherin oder einer Fabrikarbeiterin geboren worden wäre, hätten wir uns kaum kennengelernt, Ally.«

»Ich weiß nicht.« Ally grinste schelmisch. »Wahrscheinlich hättest du einen Aufstand der Wäscherinnen angezettelt und

Flora wäre auf dich aufmerksam geworden und hätte dich unter ihre Fittiche genommen. Ha, und womöglich wärest du eine glühende Frauenrechtlerin geworden und …«

»Hör schon auf, Ally, seien wir realistisch.«

»Ganz genau. Betrachten wir die Dinge nüchtern«, sagte David. »Gundorov ist ein skrupelloser Machtmensch, der für seine Ziele über Leichen geht.«

Erschrocken sah Ally ihn an. »Ist das dein Ernst? Mag Thomas ihn deshalb nicht? Er spricht von ihm wie von einem Verbrecher.«

»Gundorov ist ein Aufwiegler, ein Unruhestifter. Ein Bürgerkrieg wäre kaum wünschenswert. Wir müssen nur nach Amerika blicken. Sind nicht diejenigen im Recht, welche die Befreiung der Sklaven wünschen? Der Sezessionskrieg wird lang und blutig werden.« David bedachte sie mit einem melancholischen Blick. »Das Richtige scheint oft so eindeutig und dennoch …«

Jane fand, dass das Gespräch in eine unerwünschte Richtung driftete. »Bleiben wir bei den Fakten. Wohin ist Gundorov gereist?«

»Nach Sankt Petersburg. Jedenfalls hat er dauernd davon gesprochen, dass er nach Sankt Petersburg zurückmüsse, um dort mit seinen Genossen zu sprechen. Anscheinend sind sie nicht zufrieden mit dem, was der Zar bis dato geändert hat.« Ally probierte ein Stück Früchtekuchen. »Hm, gut. Ich dachte, es gibt jetzt keine Leibeigenschaft mehr in Russland.«

Mit einem schiefen Grinsen sagte David: »So ist das mit den Revolutionären. Haben sie erst einmal Blut geleckt …«

Es war kurz vor Mitternacht und Jane legte ihre Haarbürste auf den Frisiertisch. David stand nach seinem Bad nur mit einem Handtuch bekleidet neben dem Bett und rubbelte sich die Haare trocken.

»Was machen wir mit Josiah, David? Wir sollten ihn nicht hierbehalten, finde ich. Ally hat eine Cousine in Devonshire, die eine Jungenschule betreibt. Josiah könnte sich nützlich machen und gleichzeitig am Unterricht teilnehmen.« Jane drehte sich um und bewunderte den muskulösen Oberkörper ihres Mannes.

»Hm«, grummelte David. »Wenn er meine Fragen beantwortet hat …« Er nahm das Handtuch vom Kopf und legte es sich um den Hals.

Jane erhob sich und ging zu ihm. Ihre langen kastanienbraunen Haare umflossen ihren Körper. »Kann ich deine Entscheidung beeinflussen?«

Sie fuhr sanft mit den Fingern über eine Narbe an seinem Rippenbogen und hielt vor dem Handtuch inne.

Unter halb gesenkten Wimpern beobachtete er ihre Finger. »Es liegt ganz bei dir …«

Am nächsten Morgen standen Jane und David nach dem Frühstück vor Josiahs Zimmer.

»Willst du lieber allein mit ihm sprechen?«, fragte sie.

»Nein, du hast ihm das Leben gerettet. Er steht in deiner Schuld und außerdem können Sie sehr überzeugend sein, Mylady.« Er beugte sich vor und streifte ihre Wange mit seinen Lippen.

Es klapperte im Flur und Sally kam mit einem Tablett die Treppe herunter. Verlegen betrat Jane das Krankenzimmer. »Guten Morgen, Josiah. Wie fühlst du dich heute? Weißt du überhaupt noch, was gestern geschehen ist?«

Sie setzte sich auf einen Stuhl neben sein Bett und nahm seine Hand. Seine Stirn fühlte sich nicht mehr ganz so heiß an wie gestern, doch das Fieber war noch nicht völlig verschwunden. Auf seiner feuchten Stirn klebte eine Haarsträhne, die Jane zur Seite strich.

Josiah hatte Mühe, die Augen zu öffnen, doch als er sie ansah, war sein Blick klar. Die Wirkung des Laudanums hatte nachgelassen, und als er sich ein wenig bewegte, verzog er schmerzhaft das Gesicht und murmelte etwas auf Russisch.

David erwiderte auf Englisch: »Keine Flüche, Josiah, eine Dame ist anwesend. Und ihr verdankst du, dass du jetzt hier liegst und nicht in einer Grube, wo sie Kalk auf deine kalten Glieder streuen.«

Josiah wollte sich aufsetzen, jammerte jedoch und sackte wieder in sein Kissen. Jane reichte ihm ein Glas Wasser.

»Hier, nimm einen Schluck. Laudanum trocknet den Mund aus.«

»Danke«, flüsterte er heiser.

Sie wartete, bis er genug getrunken hatte, dann nahm sie ihm das Glas wieder ab und fragte: »Was haben sie mit dir in Newgate gemacht, mein Junge?«

Josiah presste die Lippen aufeinander und starrte zur Wand, doch als David scharf sagte: »Du sprichst mit uns oder du gehst zurück«, flog der Kopf des Jungen herum und er stammelte: »Nicht, bitte, nicht wieder dorthin.«

Tränen füllten Josiahs Augen und liefen ihm über die Wangen, als er leise zu erzählen begann: »Mylady, ich … danke. Ich schäme mich so, weil ich gelogen habe. Der Captain und Sie sind so gut zu mir und zu Levi gewesen. Aber Levi ist wie ich. Wir sind aus derselben Gegend, haben dasselbe erlebt. Wenn er spricht, erinnert mich das an meine Heimat. Verstehen Sie?«

Josiah wischte sich mit dem Ärmel die Augen und schniefte. »Wir sind gern nach Holborn in das Haus von Jeremej Markow. Jeremej lebt schon lange in England und veranstaltet Abende mit Musik und Essen aus der Heimat für seine Freunde aus Russland. Es war immer schön, wir haben getanzt und die Leute haben viel erzählt. Alles ganz harmlos, nur Geschichten von zu Hause. Irgendwann kam mal ein Mann dazu, der brachte Zeitungen und Schriften mit und die Leute fingen an zu streiten und zu diskutieren.«

Er rutschte etwas höher und tastete vorsichtig seinen Oberkörper ab. »Es tut so weh, wenn ich Luft hole.«

»Das sind die Rippen, aber das heilt wieder. Du musst nur ausruhen«, beruhigte Jane ihn.

»Der Mann kam vor einem Jahr das erste Mal. Erst mochte ich ihn, er hat schön gesprochen und Levi war so begeistert von ihm. Der Gundorov, sagte er, der spricht uns aus der Seele. Der weiß, was Knechtschaft bedeutet, und wie wir ein selbstbestimmtes Volk werden können. Und so was alles. Ich wollte das gar nicht immer hören, weil die Leute aggressiv wurden, und es war nicht mehr so schön wie früher, als wir nur getanzt und gesungen haben.« Josiah schluchzte. »Und dann hat mich Levi nicht mehr mitgenommen. Ich wollte auch gar nicht mehr so oft mit. Aber ich habe gewusst, dass er was tut, was nicht richtig ist. Levi hat früher immer gesagt, dass er irgendwann wieder in einem Orchester spielen will. Davon sprach er überhaupt nicht mehr, nur noch von Menschen und ihren Rechten und wie das in Frankreich war und dass man Blut vergießen muss, um frei zu sein.«

Die großen braunen Augen des Jungen, der viel zu früh erwachsen werden musste, schimmerten feucht. »Ich habe ihm gesagt, dass wir doch gesehen haben, wie es ist, wenn Blut vergossen wird. Sie haben alle bei uns im Dorf getötet und bei Levi auch. Alle …« Hier brach seine Stimme und er weinte eine Weile leise in sich hinein.

Jane tupfte Josiahs Stirn ab, tauchte das Tuch dann in die Waschschüssel, drückte es anschließend aus und gab es dem Jungen, damit er seine Augen kühlen konnte. Schließlich fuhr er fort: »Levi war ganz anders als sonst. Ich hatte manchmal Angst, dass er weggeht und mich alleinlässt. Er sprach immer davon, dass er nach Russland wolle und mithelfen, die Menschenschinder zu vertreiben. Deshalb bin ich ihm manchmal heimlich gefolgt. Er ging immer nur in das Haus in Holborn. Einmal habe ich ihn davor mit diesem Gundorov gesehen. Das war eine Woche vor der furchtbaren Nacht.«

David und Jane wechselten einen alarmierten Blick.

»Und dann in der Woche drauf ist Levi wieder heimlich aus dem Haus, aber nicht mit dem Omnibus nach Holborn, wie sonst, sondern zu Fuß zum Grosvenor Square. Es war noch ziemlich kalt und feucht in der Nacht und ich habe gefroren. Levi hat sich mit einem Mann getroffen, der sah übel aus. Böse, habe ich gedacht, und sein Gesicht war eine schreckliche Fratze. Ich glaube, Levi hatte Angst vor dem Mann. Ich weiß nur, dass das ein Russe war, ein Freund von Gundorov. Aber der Hässliche hat nie mit jemandem sonst gesprochen. Ich weiß nicht mehr genau, wo ich stand. Es war dunkel und ich war irgendwo in einer Straße am Grosvenor Square. Da wo all die prächtigen Häuser sind. Ich habe nur gedacht, dass Levi nicht mit dem Hässlichen gehen soll, das kann nicht gut sein. Der Kerl ist über eine Mauer geklettert und da bin ich schnell zu Levi. Oh, der war so wütend, als er mich sah, hat mich geschubst und gesagt, ich soll sofort nach Hause gehen.«

Josiah drückte sich zitternd das Tuch ins Gesicht. »Ich hatte große Angst. Es war eine ganz furchtbare Nacht. Und ich habe gefühlt, dass was Schlimmes passiert. Und das ist es dann ja auch … Ich bin allein zurück und dann habe ich gehört, dass sie Levi festgenommen haben. Und es war Blut an seinem Mantel.« Erneut brach Josiah in Tränen aus.

David war während der Erzählung immer blasser geworden und seine Hand krallte sich fest in Janes Schulter. »Und all das hast du den Polizisten in Newgate gesagt?«

»Aber nein, Captain! Ich wollte Sie doch nicht mit reinziehen in diese schlimme Sache. Ich wollte auch nichts über Levi sagen, aber dann haben sie mich geschlagen, immer wieder, und irgendwann konnte ich nicht mehr und habe zugegeben, dass ich Levi in der Nacht am Grosvenor Square gesehen habe. Sonst nichts, Captain! Das schwöre ich.«

Jane murmelte: »Dann steht es schlimm um Levi. Wenn er nicht beweisen kann, dass der Hässliche den Mord begangen hat. Aber selbst dann, Levi war wahrscheinlich beteiligt. Zumindest sieht es so aus.«

»Und er war die ganze Zeit über Diener in meinem Haus«, konstatierte David bitter und verließ den Raum.

David stürmte die Treppe zu seinem Arbeitszimmer hinunter und stieß die Tür auf. Es war nicht zu übersehen, dass er vor Wut schäumte, und Jane konnte nur ahnen, wie tief enttäuscht er von dem Mann war, dem er das Leben gerettet hatte.

»David.« Leise schloss sie die Tür hinter sich und ging zu ihrem Mann, der wütend mit der flachen Hand gegen seinen Schreibtisch schlug.

»Verfluchter ... Warum? Er hätte mich nur zu fragen brauchen und ich hätte ihm Geld für die Rückreise nach Russland gegeben. Aber warum bringt er solche Schande über mein Haus?« Mit brennenden Augen sah er sie an.

Jane erschrak, als sie die tiefe Enttäuschung und den Zorn sah, den er nur mühsam beherrschte. Der Verrat seines Vertrauens traf ihn tiefer als die Tat selbst, dachte Jane. Was hatte David erlebt, das ihn derart verletzt hatte? Jeder Mann in seiner Lage wäre wütend über den Verrat eines Dieners, doch hier ging es um mehr, um etwas Tiefergehendes, um persönliche Gefühle. Levis Verhalten hatte David erschüttert, weil das Verhalten des Tscherkessen egoistisch und grausam war, gedankenlos und ohne Rücksicht auf die Konsequenzen für seinen Arbeitgeber, den Mann, der ihm in England ein neues Leben ermöglicht hatte.

Sie legte die Arme um ihn und drückte ihr Gesicht an seine Brust. Der Stoff der Weste war kühl und weich. Erst als sie fühlte, wie er sie ebenfalls umarmte und seine Atmung gleichmäßiger wurde, legte sie den Kopf zurück.

»Ich glaube nicht, dass Levi das gewollt hat. So viel Anstand spreche ich ihm zu, obwohl ich ihn nicht so lange kenne wie du. Er machte mir immer den Eindruck eines empfindsamen Intellektuellen, der sich mit seinem Leben abgefunden hatte, aber zutiefst unglücklich war.«

»Du entschuldigst sein Verhalten?«

»Nein, keineswegs, ich möchte nur nicht, dass du es zu persönlich nimmst.« Sie konnte es nicht ertragen, diesen gemarterten Ausdruck an ihm zu sehen. Dann zog er sich von ihr zurück.

»Wie könnte ich das nicht persönlich nehmen?« Er ließ sie los und ging zum Fenster.

»Weil du nicht voller Hass bist und weil du etwas zu verlieren hast. Levi hat nichts mehr, seine Familie ist tot.« Weil du geliebt wirst, wollte sie sagen, brachte es aber nicht über die Lippen. Dies war nicht der richtige Moment, ihm ihre Gefühle zu offenbaren, weil es ihn bedrängen und zu einer Antwort zwingen würde. Und vielleicht könnte sie mit dieser Antwort nicht leben.

»Erwarten wir Besuch?« Er trat dichter ans Fenster und runzelte die Stirn.

»Nein. Mit Myrtle Molineaux bin ich später im Park verabredet.« Sie trat neben ihn, und als sie die uniformierten Polizisten sah, schnürte sich ihr Magen zusammen. »Oh nein. Sie kommen bestimmt, um Josiah zu holen.«

Doch David murmelte grimmig: »Das wäre das geringste Übel ...«

Den beiden Uniformierten folgte ein großer kräftiger Mann, in dem Jane den Chef der Geheimpolizei, Martin Rooke, erkannte.

»Du bleibst hier!« David warf beim Hinausgehen die Tür ins Schloss.

Es folgte ein schneller Wortwechsel in der Halle und dann öffnete sich die Tür und Jane erschrak zutiefst. David war aschfahl und trat mit leerem Blick ins Zimmer.

»David, so warte doch. Wir werden schon herausfinden, wer dir hier einen Strick drehen will.« Superintendent Rooke kam mit einem offiziell aussehenden Dokument in den Händen hinterher. »Mylady, ich wünschte, unser Wiedersehen fände unter angenehmeren Umständen statt.«

»Was ist das?« Sie zeigte auf das Dokument, während David einen Fluch unterdrückte.

»Man hat David unter Hausarrest gestellt, weil er der Mitwisserschaft oder Beteiligung an dem Überfall auf den russischen Attaché beschuldigt wird«, informierte Rooke sie und seine Miene verhieß nichts Gutes. »Es sind Briefe aufgetaucht, von Davids Onkel, Fürst Belevsky, an Jeremej Markow.«

»Der Russe in Holborn«, flüsterte Jane.

»Belevsky ist eng mit Panajew befreundet, dem Herausgeber einer linksgerichteten Zeitung in Sankt Petersburg. Es gibt gewisse liberale Kreise in Sankt Petersburg, die für ihre revolutionären Verschwörungstheorien bekannt sind. Zu ihnen gehörte auch Gundorov, bevor er fliehen musste. Und in einem der Briefe wird David erwähnt. Es heißt dort, dass man sich an ihn wenden solle, wenn es Schwierigkeiten gäbe. Er hätte die richtigen Kontakte, um zu helfen.« Rooke legte das Dokument mit dem Stempel des stellvertretenden Generalstaatsanwaltes, Lord Rutherford, mit sichtlichem Unbehagen auf den Tisch.

»Weil David sich während des Krimkrieges verdient gemacht hat, ehrenhaft aus dem Dienst ausgeschieden ist und sich nie etwas hat zuschulden kommen lassen, konnten Baron Latimer und ich die Regelung ›in dubio pro reo‹, im Zweifel für den Angeklagten, geltend machen und eine Inhaftierung vorläufig verhindern. Aber Rutherford hat verlangt, dass David sein Ehrenwort gibt, dass er nicht gegen die Auflage des Hausarrestes verstoßen wird. Für die Dauer der Untersuchungen wird ein Beamter vor Ihrem Haus postiert, Mylady. Jeder, der das Haus verlässt, muss sich bei ihm abmelden und vor Betreten bei ihm ankündigen.«

»Unerhört!« Jane las das Schreiben durch und überschlug im Geist die Freunde, die jetzt helfen konnten.

»Ich verstehe Ihre Empörung, Mylady. Jeder, der David kennt, weiß, dass er unschuldig ist, aber die Beweislage ist erdrückend und Markow bezeugt, dass er David und Levi gemeinsam mit Gundorov gesehen hat.«

David schnaufte wütend. »Lächerlich!«

»Jemand hat Markow bestochen, das ist ja wohl klar!« Jane sah zu David, der mit versteinerter Miene am Fenster stand. »David, dein Wort, das Ehrenwort eines verdienten Captains der englischen Truppen, gegen das dieses … dieses verlogenen Russen!«

»Ich bin ja selbst ein halber Russe, Jane. Schon vergessen?«, stieß er bitter hervor.

Rooke rieb sich die Stirn. »Tja, deine Verwandtschaft ist dir in diesem Fall keine Hilfe, sondern spricht gegen dich. Woodward, ein Anwalt aus Sir Bethells Abteilung, hat ganze Arbeit geleistet und Davids Verwandtschaftsverhältnisse akribisch aufgelistet. Außerdem hat man festgestellt, dass du in Russland geheime Verhandlungen geführt hast und bei einem gewissen Fürst Kurakin ein- und ausgegangen bist.«

»Mein Gott, das kann doch nicht …«, stöhnte David. »Nach all der Zeit holt mich ausgerechnet …« Er schüttelte verzweifelt den Kopf.

»Die Frau, die schöne Russin«, kam es leise von Jane, die zu verstehen begann, was hier gespielt wurde. Jemand, der David aus dem Krimkrieg kannte, hatte ein perfides Netzwerk aus Lügen und Intrigen geschaffen, das sich nun immer enger zusammenzog.

»Jelena Kurakin.« Rooke räusperte sich.

David verzog schmerzhaft das Gesicht. »Jelena. Lebt sie noch? Sollte ich sie jemals wiedersehen, gnade ihr Gott …«

16

Hausarrest! Er war wütend, außer sich vor Zorn über seine eigene Dummheit und die Impertinenz von Lord Rutherford. Sofort nach Levis Verhaftung hätte er begreifen müssen, dass es um viel mehr ging, aber er hatte sich für unverwundbar gehalten. Er, der dekorierte Kriegsheld, der Captain, der von vielen ehemaligen Soldaten noch immer verehrt wurde. Im Gespräch für das Viktoria-Kreuz war er gewesen, ha! Er war nichts anderes als ein ausrangierter Kriegsveteran, von Albträumen heimgesucht, den die schrecklichen Bilder, das Knattern der Gewehre, die Detonationen, das Schreien der Verwundeten, die brechenden Blicke der Sterbenden, das Blut, die abgerissenen Gliedmaßen verfolgten.

Seit Stunden zermarterte er sich das Hirn, wem er in der Vergangenheit ein so großes Unrecht zugefügt haben könnte, dass jetzt diese Rache folgte. Wer hatte von seinen Geheimaufträgen und seiner Beziehung zu Jelena Kurakin gewusst? Es war so lange her. Seit seiner Heirat war die Zeit der Kämpfe immer weiter ins Vergessen geraten und er war froh darüber gewesen. War es noch. Jane hatte seinem Leben einen neuen Sinn gegeben. Und jetzt holte ihn seine Vergangenheit ein und zerstörte womöglich ihr Leben.

Das durfte er nicht zulassen!

Die Dämmerung hatte eingesetzt und nach und nach wurden die Straßenlaternen entzündet. Gegenüber ihrem Haus stand neben einer riesigen Ulme eine Laterne, unter welcher der wachhabende Polizist eine Zigarette rauchte. Ab und an sah David aus dem Fenster und kontrollierte, ob der Polizist – heute handelte es sich um Constable Skelley – noch dort war. Zigaretten waren seit dem Krimkrieg in Mode gekommen und lösten die Pfeife bei den Arbeitern ab. Gern wurde das Rauchen in der Öffentlichkeit nicht gesehen, doch viele Soldaten und auch Arbeiter kamen vom Tabakkonsum nicht mehr los. Auf dem Tisch lag der *Daily Telegraph* mit einem Artikel über den negativen Effekt des Rauchens.

»Als gäbe es nichts Wichtigeres, als den Menschen auch noch das kleine bisschen Tagtraum zu nehmen!« David knüllte die Zeitung zusammen und warf sie in eine Ecke.

Es klopfte und Blount führte Thomas, Baron Latimer, herein. David schätzte Allys Mann, den Aristokraten, hinter dessen stets freundlichem und oft zerstreut wirkendem Wesen sich ein scharfer Verstand verbarg. Thomas war groß und durchaus schlank, nur hatte er eine Schwäche für gutes Essen und Wein und verbrachte viel Zeit an seinem Schreibtisch im Ministerium. Seine blonden Haare waren kurz geschnitten und er trug keinen Bart, sondern lange Koteletten.

»Ich wäre schon eher gekommen, aber sie haben mich nicht aus dem Büro gelassen.« Thomas umarmte seinen Freund kurz, sah die zerknüllte Zeitung und sagte: »Ich habe mit Rutherford gesprochen. Es tut ihm leid, aber er müsse sich ans Gesetz halten und auf die politische Lage Rücksicht nehmen. Die diplomatischen Anstrengungen haben Priorität und dürfen nicht gestört werden.«

»Ha!«, stieß David aus.

»Madame Orlow ist heute mit dem Leichnam ihres Gatten

nach Sankt Petersburg abgereist. Sie hat ihre Unzufriedenheit über den Stand der Ermittlungen bekundet und wünscht eine rasche Aufklärung des Verbrechens.« Thomas spielte mit seiner goldenen Uhrkette. »Sie suchen einen Schuldigen und haben sich auf dich eingeschossen, wie mir scheint. Ausgerechnet jetzt taucht dieser Brief deines Onkels auf. Dagegen lässt sich schwerlich etwas sagen.«

»Ich werde vor jedem Gericht aussagen und erklären, dass ich seit Jahren keinen Kontakt mit Belevsky hatte! Mein Wort gilt doch etwas. Ich habe einen Ruf zu verlieren, Thomas.«

»Ich verstehe dich. Du musst beweisen, dass du keinen Kontakt mit Belevsky hattest. Hast du ihm schon telegrafiert?«

»Nein. Ich hatte es noch nicht für notwendig gehalten, aber so wie du die Lage schilderst, bleibt mir nichts anderes übrig.« David setzte sich an seinen Schreibtisch. »Gibst du es für mich auf?«

»Natürlich.« Thomas setzte sich in einen Armlehnstuhl und streckte die langen Beine aus, während David eine Nachricht an seinen Onkel in Sankt Petersburg aufsetzte.

Die Feder kratzte über das Papier und Thomas griff nach der zerknüllten Zeitung, als Jane zu ihnen hereinkam.

»Hallo Thomas! Store ich?« Sie trug noch ihre Reitkleidung, und die Haare waren leicht zerzaust.

Thomas erhob sich sofort. »Du siehst zauberhaft aus, Jane. Ich hoffe, dein Gatte verzeiht mir das Kompliment.«

David war ebenfalls aufgestanden und küsste Jane auf die Wange. »Warst du mit Myrtle im Hyde Park ausreiten? Ist sie tatsächlich erschienen?« Ein Tropfen Tinte rollte von der Feder, die er noch in der Hand hielt, nach unten.

Jane zog ihren Rock gerade noch rechtzeitig zur Seite und der Tropfen benetzte den Holzfußboden. »Sie war da. Aber ich hatte mir wahrlich mehr von diesem Gespräch erhofft. Kein Tee? Ich bin furchtbar durstig!«

Sie ergriff Davids Hand. »Was schreibst du denn da? Thomas, ich hoffe, du hast gute Nachrichten gebracht!«

»Ich fürchte, nein. Rutherford stellt sich quer und argumentiert mit diplomatischen Prioritäten und den Briefen von Belevsky.« Betrübt hob er die Schultern und setzte sie ins Bild. »Es sieht nicht gut aus.«

David murmelte: »Du erlaubst?«, und setzte sich wieder an den Schreibtisch.

»Was Myrtle mir anvertraut hat, ist ein wenig schockierend, für den Fall aber kaum von Belang, denke ich.« Jane legte ihre Reitgerte auf den Tisch und fuhr fort, denn Thomas hörte aufmerksam zu: »Sie hatte also eine Affäre mit James Emmett Rutherford. Kennst du Rutherfords Sohn näher, Thomas?«

»Was heißt näher? Ich sehe ihn ab und an im Club. Er spielt gern Karten, verliert hin und wieder. Verheiratet ist er nicht.«

»Dafür vergnügt er sich mit den Ehefrauen anderer«, meinte Jane spitz.

Thomas grinste. »Vernon Molineaux, der nächste Earl of Bronham – und lässt sich Hörner aufsetzen. Das wird ihm nicht gefallen. Er ist ein umgänglicher Kerl, aber das sollte er besser nicht erfahren.«

»Aber Myrtles Dilemma ist noch etwas größer. Sie erwartet ein Kind.« Jane wippte auf ihren Reitstiefeln hin und her. »Und sie weiß nicht, wer der Vater ist.«

»Tja, na ja, das kommt in den besten Familien vor. Vernon wird das Kind anerkennen, keine Frage. Sie warten doch schon lange auf einen Erben.« Für Thomas schien die Sache damit erledigt, denn er sah zu David. »Bist du so weit?«

»Noch nicht ganz. Nein, Thomas, die Geschichte hat einen entscheidenden Haken. Vernon ist zeugungsunfähig«, stellte David sachlich fest.

»Woher weißt du das nun schon wieder?« Thomas kratzte sich das Kinn. »Andererseits wusste er das vor seiner Heirat und vielleicht haben sie eine Übereinkunft getroffen. Es wäre zumindest nicht ungewöhnlich.«

»Ich kannte seinen älteren Bruder, Henry. Ein feiner Kerl und ein ausgezeichneter Offizier. Sein Tod war tragisch. Eine Kugel aus dem Hinterhalt.« David beugte sich wieder über das begonnene Telegramm, die Feder kratzte, und endlich drückte er den Filzstempel auf das Geschriebene, schob den Bogen in einen Umschlag und schrieb eine Anschrift darauf, die er laut vorlas: »Fürst Belevsky, Liteinij-Prospekt, Sankt Petersburg.«

Jane ging zu David und legte den Arm um seine Schultern. »Hoffentlich antwortet er umgehend!«

Thomas stand auf und steckte den Umschlag ein. »Ich werde das sofort erledigen, David. Danach gehe ich in den Club. In der Orlow-Sache halten sich alle bedeckt. Zu fragil ist die neue Annäherung an Russland und zu groß die Angst vor einer erneuten Entente Russlands mit Frankreich. Sehr heftig wird über eine Waffenlieferung von Marseille nach Genua debattiert. Lord John glaubt, dass die Franzosen dahinterstecken und die Waffen für die ungarische Revolutionspartei bestimmt sind. Mein Freund, ich werde alle Kanäle anzapfen, die mir in deiner Sache hilfreich scheinen.«

Nachdem Thomas gegangen war, griff David nach Janes Hand und zog sie zu sich. »Ich bin überrascht, welch intime Details dir Myrtle Molineaux anvertraut hat.«

»Und ich erst, glaub mir!« Jane stellte sich auf die Zehenspitzen, um ihn zu küssen. »Sie scheint mir sehr verzweifelt und sehr einsam. Und dennoch weiß ich bei ihr einfach nicht, woran ich bin. »

»Wie meinst du das?« Er strich über ihren Rücken.

»Nur ein Gefühl. Jedenfalls ist sie nicht die Frau, der ich meine Geheimnisse anvertrauen würde.«

Spielerisch glitten seine Finger über ihren Nacken und vorn

dort hinunter bis zu ihrem Gesäß, doch Jane befreite sich aus seiner Umarmung.

»Lenk nicht ab, David. Wie lange wird es dauern, bis dein Onkel antwortet? Was ist mit Madame La Roche? Kann sie dir helfen?«

»Was soll das jetzt? Warum erwähnst du Madame La Roche? Sie kann überhaupt nichts tun. Wage es ja nicht, sie ohne mein Wissen aufzusuchen!« Es ärgerte ihn, dass sie anscheinend glaubte, er könne sich nicht allein aus dieser zugegeben misslichen Lage befreien. »Mein Onkel wird den Ernst der Lage erkennen und sofort antworten und dann ist die Sache aus der Welt. Zufrieden?«

»Sicher. Wenn du meinst.« Sie hob ihr Kinn, schnappte sich die Gerte, schlug einmal klangvoll gegen ihre Stiefel und verließ das Zimmer.

Und dann ist die Sache aus der Welt! Wenn es doch so einfach wäre. Jane zog ihre feinen Lederhandschuhe glatt und bemerkte das frische Grün an den Bäumen, die die Davies Street säumten. Der Hansom fuhr in zügigem Tempo über die Straße, die sie zum Berkley Square brachte. Zwei Tage hatten sie mit steigender Nervosität auf eine Antwort aus Sankt Petersburg gewartet. Und dann endlich war das ersehnte Telegramm eingetroffen. Niemals würde sie Davids Verbitterung vergessen, nachdem er die wenigen Zeilen überflogen hatte. Belevskys Sohn sprach in knappen Worten von einer finalen Erkrankung seines Vaters und verbat sich jeden weiteren Kontakt. Punkt. Nichts weiter. Keine Erklärung, kein Gruß.

Sie hatte mit Ally gesprochen, die sehr bedrückt gewesen war, denn Thomas hatte nichts erreichen können. Keines der ranghohen Mitglieder des Oberhauses wollte offiziell Stellung für David beziehen, zumindest noch nicht. Viele entschuldigten sich mit der offiziellen Trauer um den Tod der Königinmutter, der seligen Herzogin von Kent, die erst kürzlich zu Grabe getragen worden war. Sehr vorsichtig hatte Thomas verlauten lassen, dass die Vorbereitungen zur feierlichen Enthüllung des Monumentes zu Ehren der Opfer des Krimkrieges in Gange waren. Unter den Anwärtern auf das Viktoria-Kreuz wurde David jedoch nicht mehr gelistet. Das kam einer Vorverurteilung gleich und traf David tief.

In dieser Situation könnte ein einflussreicher Fürsprecher helfen. Jemand, der David kannte, und dessen Wort Gewicht hatte. Jane musste während der gesamten Fahrt zum Berkeley Square mehrfach tief durchatmen und sich immer wieder einreden, dass sie das Richtige tat. Sie hatte Angst um David. Wenn sein guter Ruf, seine makellose Reputation zerstört würde, fürchtete sie, er könne … Sie wollte nicht daran denken, aber gute Männer hatten sich schon aus nichtigeren Gründen selbst gerichtet.

Endlich bog der Hansom in die Einfahrt des herrschaftlichen Anwesens. Grauer Stein, ein mit Säulen bestandener Eingang, drei Stockwerke, die gesamte Fassade üppig mit Pilastern, vorgelegten Giebeln und Friesen dekoriert, erhob sich das mächtige Palais des Duke of St. Amand und ließ den Besucher bereits vor dem Eintreten klein erscheinen. Jane entlohnte den Kutscher und fasste sich ein Herz. Erhobenen Hauptes schritt sie die Stufen hinauf und war sich ihrer eleganten Robe, die sie sorgfältig für diesen Anlass gewählt hatte, bewusst.

Maronenfarbene Seide, Brokat und ein keckes, leicht schräg sitzendes Hütchen mit dunklen Federn entsprachen der neuesten Mode und schmeichelten ihrem Teint. Passend dazu trug sie ein goldenes Collier mit einer Kamee und ein Charme-de-jour-Armband, dessen Anhänger bei jeder ihrer Bewegungen leise klingelten. War sie jemals so nervös gewesen wie heute, wo sie dem Vater ihres Gatten zum ersten Mal persönlich gegenübertreten würde? Sie hatte sich innerlich für diese Konfrontation – denn darauf würde es hinauslaufen – gewappnet. Noch mehr Sorge bereitete ihr nur der Moment, in dem sie David ihr eigenmächtiges Handeln beichten musste.

David hatte ihre ausgesprochen elegante Garderobe argwöhnisch bewundert, sich aber mit ihrer Erklärung, dass sie mit Ally in der Royal Academy verabredet war, zufriedengegeben. Er schrieb unermüdlich Briefe an Freunde und stand in ständigem Austausch mit Martin Rooke, der sich hauptsächlich um die Prostituiertenmorde kümmerte. Blount recherchierte, soweit Jane wusste, den Hintergrund von Constable Skelley, der regelmäßig vor ihrem Haus Wache stand. Der Constable war erst seit Kurzem und durch die Protektion von Woodward in den Polizeidienst getreten. Er trug einen dunklen Schnauzbart und hatte silbergraues Haar, das im Licht einer Straßenlaterne vielleicht noch heller geschimmert hatte.

Das Haus ähnelte Stafford House in St. James, nur stand dieses Anwesen wohl schon eine Generation länger. Jane zog an einem Messingknauf und erschrak, als die Tür beinahe zeitgleich geöffnet wurde.

Ein Butler mit grau meliertem Haar erschien. Seine Nase war beinahe so lang wie sein Gesicht und überschattete die heruntergezogenen Mundwinkel, was ihm den Ausdruck eines schlecht gelaunten Pinguins verlieh. »Guten Tag, Sie wünschen?«

»Lady Jane Allen in einer privaten Angelegenheit für seine Lordschaft.« Sie reichte ihm ihre Karte, die der Butler mit seinem schneeweißen Handschuh nahm.

»Seine Lordschaft empfängt keine unangemeldeten Besucher, Mylady. Es tut mir sehr leid. Darf ich Ihnen eine Droschke rufen?«

»Nein, ich benötige keine Droschke, weil mich seine Lordschaft sicher empfangen wird. Ich bestehe darauf. Es handelt sich um eine Sache äußerster Dringlichkeit, welche Captain Wescott betrifft. Das ist sein Sohn, falls …«

Der Butler verneigte sich. »Selbstverständlich weiß ich, wer Captain Wescott ist. Bitte, treten Sie ein, Mylady, und folgen Sie mir in den blauen Salon. Ich lasse Ihnen Tee bringen.«

Sie gingen durch ein riesiges Vestibül mit einem zweiarmigen Treppenaufgang, der zu einer umlaufenden Galerie führte. Weißer Marmor, Skulpturen von italienischen Meistern und eine beeindruckende Gemäldesammlung empfingen Jane. Der Duke besaß zwei Landhäuser und hatte Besitz in den Kolonien, wie Jane wusste. Die Teppiche waren von erlesener Qualität, genau wie die Seidentapeten. Ihr Blick wurde von einem Porträt auf dem ersten Treppenabsatz gefangen genommen. Ein junger Offizier in der Uniform des britischen Husarenregiments sah sie aus melancholischen dunklen Augen an. Sie hielt inne und ein schmerzlicher Stich zog durch ihren Magen. Ein gut aussehender junger Mann, noch ohne die Narben des Krieges und voller Lebenshunger, dachte sie und wischte sich verschämt eine Träne aus dem Auge.

»Das war kurz nachdem sich der junge Lord zu den Husaren gemeldet hatte. Wir waren alle sehr stolz auf ihn«, sagte der Butler, der in zwei Schritt Entfernung auf sie wartete.

»Wir?«, entfuhr es Jane, doch der Butler hatte sich abgewandt und ging langsam zu einer Tür neben einer riesigen römischen Vase.

»Rumford!«, brüllte eine männliche Stimme von oben.

Der Butler zuckte zusammen und öffnete Jane die Tür zu einem einladend gestalteten Salon. »Bitte warten Sie hier, Mylady.«

Die Türen wurden leise hinter ihr zugezogen und sie fand sich in einem mit blauen Seidentapeten bespannten Salon wieder, der eine Fensterfront zum rückwärtigen Garten hatte. Jane schaute kurz hinaus und staunte über die ausgedehnte Grünanlage mit geometrisch beschnittenen Buchshecken. Der Salon war mit kostbaren Vasen, Gemälden und Kristallleuchtern dekoriert, verströmte jedoch keine Wärme. Jane wartete einen Moment, bis sie sicher war, dass draußen niemand vorbeiging, und öffnete sacht die Tür.

Das Porträt von David faszinierte sie und daneben hing das Bild eines jungen Mannes im Anzug und mit Zylinder, der Davids älterer Bruder sein könnte. Die Haare waren heller, die Züge weicher, doch die Mundpartie und der ernste Blick zeigten Familienähnlichkeit. Sie biss sich auf die Lippen. Nicht einmal so viel wusste sie über ihn. Bevor sie weitere Porträts erspähen konnte, hörte sie Stimmen im ersten Stock und ging rasch zurück in den Salon.

Sie wartete seit einer halben Stunde, hatte inzwischen Tee getrunken und sich die Bücher im Regal des Salons angesehen, botanische Abhandlungen über exotische Pflanzen, als der Butler sie holte. »Bitte, Mylady, seine Lordschaft hat jetzt Zeit für Sie.«

Während sie die Stufen hinaufgingen, fragte Jane vorsichtig: »Ist das Davids ... Captain Wescotts Bruder, Rumford?«

»Lord Robert, Mylady. Der zukünftige Duke of St. Amand. Er weilt derzeit als Attaché in Wien«, erklärte der Butler nicht ohne Stolz.

»Sie wissen, dass ich die Gattin von Captain Wescott bin?«

»Selbstverständlich, Mylady. Bitte, hier entlang.«

Sie hatten den ersten Stock erreicht und gingen über einen orientalischen Teppich, der jedes Geräusch verschluckte, zu einer halb offenstehenden Tür an der Stirnseite der Galerie. Jane konnte gerade noch das Gemälde einer blonden Frau entdecken, bevor sie in das Arbeitszimmer des Dukes geführt wurde.

Ein imposanter Schreibtisch beherrschte den Raum, an dessen linker Seite im Kamin ein Feuer knisterte. Die hohen Wände waren bis zur Hälfte mit dunklem Holz vertäfelt und mahagonifarbene Schränke und Regale beherbergten Bücher und Folianten. Ein Globus stand auf einer Ecke des Schreibtisches, der von einem fein geschnitzten Aufsatz geziert wurde.

»Lady Allen. Was verschafft mir die Ehre?« Der Duke stand hinter seinem Schreibtisch und machte keine Anstalten, ihr entgegenzugehen.

»Ich danke Ihnen, dass Sie mich empfangen, Eure Lordschaft«, begann Jane und musterte Davids Vater.

Der Duke hatte das siebzigste Lebensjahr weit überschritten, war so groß wie David, schlank und trug einen Backenbart. Sein silbernes Haupthaar war dicht und seine stahlblauen Augen maßen sie kühl. Die gerade Nase und die Art, wie er sein Kinn hielt, erinnerten sie an David, ansonsten konnte sie keine Ähnlichkeiten feststellen.

»Sie haben sich ja förmlich aufgedrängt. Und das jetzt, obwohl mein Sohn es nicht einmal für nötig gehalten hat, mich über seine Heirat zu informieren. Er steckt in Schwierigkeiten, nehme ich an. Und er schickt seine Frau vor, damit ich ihm helfe.« Der Duke stieß abfällig die Luft aus.

Entsetzt hörte Jane den Hass und den beißenden Zynismus und bereute in derselben Sekunde, dass sie gekommen war. »Sie kennen Ihren Sohn wirklich überhaupt nicht und haben es nicht verdient, Teil seines Lebens zu sein. Verzeihen Sie mir. Mein Besuch war ganz offensichtlich ein Fehler.«

Ein Ruck ging durch den Duke und er sagte durch die Zähne: »Impertinentes Frauenzimmer. Sie machen Ihrem Ruf alle Ehre.«

Seine Lordschaft kann Widerrede wohl nicht ertragen, dachte Jane und konnte sich ein Schmunzeln nicht verkneifen. »Danke, ich nehme das als Kompliment. Und ich sehe, Sie haben sich informiert. Ihr Sohn kann Ihnen also nicht ganz gleichgültig sein.«

Der Duke blinzelte wütend. »Sie wissen gar nichts. Was hat

David Ihnen erzählt? Alles Lügen! Er kommt ganz nach seiner verlogenen Mutter, einer Russin. Und darum geht es doch, nicht wahr? Deswegen sind Sie hier? Er hat sich mit den Russen eingelassen und jetzt steckt sein Hals in der Schlinge.« An seiner Stirn trat mit zunehmender Wut eine Ader hervor und sein Hals rötete sich oberhalb des gestärkten Kragens. »Diese Brut bringt nur Blut und Tränen. Blut und Tränen, hören Sie mich?!«

»Nur zu gut und ich werde jetzt gehen. Guten Tag.« Erschüttert über diesen unerwarteten Ausbruch verließ Jane fluchtartig das Arbeitszimmer und eilte die Treppe hinunter.

Unten kam ihr der Butler mit sorgenvoller Miene entgegen. »Mylady, kann ich Ihnen behilflich sein?«

Jane holte tief Luft und antwortete: »Ich bin es nicht, die Hilfe braucht.« Und sie warf einen bedeutungsvollen Blick nach oben. »Aber sagen Sie, Rumford, gibt es hier im Haus ein Bildnis von Captain Wescotts Mutter?«

Der Butler schaute ebenfalls nach oben, doch dort fiel eine Tür lautstark ins Schloss und der Knall erschütterte die ganze Etage. »Hier entlang, Mylady.«

17

Blount öffnete ihr die Tür. »Gut, dass Sie wieder da sind, Mylady.«

Das war sehr ungewöhnlich für den schweigsamen Mann und Jane gab ihm besorgt ihren Kurzmantel. »Was ist passiert?«

»Der Captain erwartet Sie in seinem Arbeitszimmer.«

Rasch zog Jane ihre Handschuhe aus, nahm auch den Hut ab und betrat das Arbeitszimmer, in dem eine Öllampe brannte, denn die Dunkelheit hatte sich bereits über die Stadt gesenkt. In der Ferne schlug eine Kirchturmuhr siebenmal.

David stand mit dem Rücken zu ihm am Fenster und starrte auf die Straße. »Wo bist du gewesen?«

Sie wappnete sich innerlich. »Wie bitte? Was soll das?« Woher wusste er, dass sie nicht in der Royal Academy gewesen war?

Er wandte sich um und musterte sie durchdringend. »Was das soll, frage ich besser dich. Thomas war vorhin hier und fragte, wie es dir geht. Er hat seine Frau vor über zwei Stunden aus der Royal Academy abgeholt, weil dort eine Festivität vorbereitet wird.«

»Ich war noch bei meinem Schneider«, log Jane.

David schwieg und Jane suchte in seinem Gesicht nach

dem jungen Offizier, der vielleicht gehofft hatte, dass ein Krieg die Welt verändern würde.

»Rutherford strebt einen Prozess an, Jane. Und ich werde mit auf der Anklagebank sitzen. Sie werden mich wahrscheinlich in den kommenden Tagen abholen. Thomas hat es mir erzählt. Es ist noch nicht offiziell, aber er hat es gehört.« Seine Stimme war tonlos und beinahe kühl. »Es tut mir leid, dass es so enden muss, Jane. Ich hätte mir für dich eine bessere Zukunft gewünscht. Du hättest es verdient …«

In ihrem Kopf drehte sich alles, sie stolperte nach vorn, umarmte ihren Mann und erstickte seine Worte mit ihren Lippen, bis er sie fest an sich presste und ihren Kuss erwiderte.

Atemlos löste sie sich von ihm und strich über seine Wange, über die Narbe, und ließ ihre Hand auf seiner Brust liegen, genau dort, wo sein Herz schlug. »Red' keinen Unsinn, David.«

Irritiert und verärgert hob er eine Augenbraue. »Unsinn?! Hast du zugehört? Sie wollen mich anklagen und verurteilen. Ich weiß nicht, wer die treibende Kraft hinter diesem Komplott ist, denn nichts anderes ist es. Aber ich habe nichts, um dagegenzuhalten! Es scheint vielmehr, als ob jeder Schritt, den ich nach vorn zu machen glaube, mich tiefer in den Sumpf dieser Verschwörung zieht.« Er legte seine Hand auf ihre und seufzte: »Ich fürchte den Tod nicht, Jane. Dafür habe ich ihm schon zu oft ins Auge geblickt.«

Sie wollte etwas sagen, doch er legte ihr den Finger auf die Lippen. »Ich habe kein Recht, dein Leben zu ruinieren. Ich werde alles regeln. Dein Onkel hat dich finanziell versorgt, von meiner Seite hast du in der Hinsicht nicht viel zu erwarten, aber ich ordne meine Angelegenheiten derart, dass du unbeschadet aus dieser Misere hervorgehst. Vielleicht gehst du für eine Weile nach Italien oder …«

»Hör auf!«, schrie sie und trommelte gegen seine Brust, bis er ihre Handgelenke packte und festhielt. Tränen liefen ihr über die Wangen.

»Keine Tränen, Jane, nicht meinetwegen. Es gibt keine Gerechtigkeit im Leben, das habe ich jetzt gelernt.«

Sie fuhr sich mit dem Ärmel über die Augen. »Gar nichts hast du gelernt. Du willst dich einfach aus dem Staub machen und mich hier allein lassen! Ich nenne das Feigheit vor dem Feind!« Ihre Augen brannten vor Zorn und Verzweiflung. »Du hast das Wichtigste nicht verstanden, David. Ich liebe dich!«

Er verzog schmerzhaft den Mund. »Nicht, Jane, tu das nicht. Du weißt ja nicht, was du sagst. Ich bin es nicht wert. Du kennst mich nicht wirklich. Die albtraumhaften Bilder des Krieges verfolgen mich, die Soldaten, die auf mich vertrauten und sterben mussten … Diese Hölle, Jane, trage ich in mir und sie wird immer in mir wüten. Du liebst die Illusion eines Mannes, der ich vielleicht niemals war.« Traurig sah er sie an. »Aber ich danke dir für deine Wärme und deine Treue, Jane.«

»Ich spreche von Liebe und du von Wärme und Treue.« Sie lachte bitter, wurde plötzlich still und stellte sich dicht vor ihn. »Du lügst. Ich weiß, dass du genau dieser Mann bist, den du nicht zu kennen vorgibst. Ich habe ihn gesehen, den jungen schneidigen Husaren, und er hat dieselben verträumten Augen wie seine Mutter.«

Es tat ihr weh, ihn derart mit seiner schmerzhaften Vergangenheit zu konfrontieren, doch sie spürte, dass nur der direkte brutale Angriff sie hier zum Erfolg führen konnte. Er schien sich bereits mit seinem Schicksal abgefunden zu haben und zog sich in seine selbst gewählte Isolation zurück.

Seine Reaktion gab ihr recht. Die Narbe an seiner Wange färbte sich dunkel, seine Kiefermuskeln zuckten und sie konnte das Knirschen seiner Zähne hören. »Du hast es nicht gewagt …«

Sie machte einen Schritt rückwärts, denn sie fürchtete, er würde sie packen und schütteln, doch er suchte nach Halt an seinem Schreibtisch. »Verschwinde, geh mir aus den Augen, bevor ich mich vergesse.«

»Das hätte auch dein Vater sagen können. Er ist ein stolzer, verbitterter Mann, der sich eher einen Finger abschneiden würde, als um Verzeihung zu bitten. Diese Eigenart muss dann wohl in der Familie liegen. Aber deine Augen und die Leidenschaft, David, die hast du von deiner Mutter. Rumford hat mir ihr Porträt gezeigt.«

Seiner Kehle entrang sich ein heiserer Schrei. »Raus!«

Und diesmal sah Jane ein, dass es besser war, den Rückzug anzutreten. Keine Flucht, dachte sie, während sie würdevoll zur Tür ging. Ein strategischer Rückzug.

»Blount!«, rief sie in die Halle, denn sie vermutete, dass er nicht weit entfernt sein könne.

Augenblicklich öffnete sich die Tür zum Küchentrakt und Blount trat heraus. »Mylady?«

»Bitte, kommen Sie mit nach oben. Wir müssen etwas besprechen.«

Er zögerte, warf einen besorgten Blick Richtung Arbeitszimmer, bevor er ihr folgte.

»Der Captain wird nichts Unüberlegtes tun, dessen bin ich mir sicher. Er ist im Moment viel zu wütend auf mich.« Jane hob die Röcke an, um schneller die Stufen hinaufsteigen zu können, und hörte, wie Blount erleichtert aufatmete.

Hettie schaute oben aus dem Ankleidezimmer und lief aufgeregt auf Jane zu. »Ma'am, konnten Sie etwas erreichen? Wie war der Duke? Sicher ein schrecklich vornehmes Haus, nicht wahr? Hat er Sie empfangen?«

»Schsch, in meinen Salon. Es müssen nicht alle mithören.« Jane scheuchte ihre Zofe zur nächsten Tür, denn sie vertraute ihrer Zofe in jeder Hinsicht. Hettie hatte ihren praktischen Verstand und ihre Loyalität bei vielen Gelegenheiten bewiesen und sich in gefährlichen Situationen mutig und beherzt gezeigt.

Händeringend stand sie endlich in der Mitte des kleinen

privaten Salons und musste ihr wild pochendes Herz zur Ruhe zwingen.

»Verzeihung, Mylady. Habe ich das richtig verstanden, Sie waren beim Duke of St. Amand?« Blount sah sie mit unverhohlener Bewunderung an.

»Ja. Ich bin stolz auf mein eigenmächtiges Handeln«, gab Jane zu. »Aber sagen Sie selbst, Blount, was können wir noch tun? Man muss doch etwas unternehmen! Thomas erreicht nichts, dieser Rooke ebenfalls nicht, es gibt nichts, womit sich diese unglaublichen Briefe von Belevsky entkräften lassen. Der verdammte Cousin in Sankt Petersburg mauert und Levi sitzt und schweigt.«

»Äh, Verzeihung, Sie wissen es noch nicht?« Blount seufzte. »Levi hat sich in seiner Zelle erhängt.«

Ein spitzer Schrei entfuhr Hettie und Jane presste sich die Hand gegen den Mund. »Oh nein.« Sie schluchzte.

»Die Nachricht kam kurz vor Ihrer Rückkehr heute Abend, Mylady. Der Captain hat nicht darüber gesprochen?«

»So weit kamen wir nicht, fürchte ich. Oh Gott, das ist furchtbar. Armer Levi, egal, was er getan hat. Entsetzlich. Deshalb ist David so verzweifelt … Hat er einen Abschiedsbrief hinterlassen?«

»Nein, nichts. Das macht es für den Captain noch schlimmer. Der Freitod des Tscherkessen könnte auf vielerlei Art gedeutet werden.«

»Blount, hören Sie, wir müssen etwas unternehmen. Etwas Drastisches.«

»Ich bin ganz Ihrer Meinung. Was haben Sie im Sinn?« Der kriegserfahrene Mann schien ihre Befehle zu erwarten.

»Hier kommen wir nicht weiter. Der Schlüssel zu diesem vertrackten Fall ist Orlow. Nur wenn wir seinen Mörder und die Diamanten finden, können wir David entlasten. Oh, und wenn ich diesen Cousin in die Finger kriege …«

Ein Leuchten ging über Hetties Gesicht. »Sie wollen nach Sankt Petersburg, Ma'am?«

Blount murmelte etwas auf Russisch. »Aber nicht allein.«

»Lieber Himmel, nein! David muss selbstverständlich mitkommen. Und so, wie ich das sehe, sollten wir so schnell wie möglich aufbrechen.«

»Ich gehe die Koffer packen, Ma'am«, erbot sich Hettie. »Wie kalt ist es jetzt in Russland?«

»Kalt und feucht. Schnee kann auch noch liegen«, kam es von Blount.

Die Zofe verschwand und Jane legte den Kopf schief, als sie Blount ansah. »Vielleicht wäre es eine gute Idee, wenn *Sie* ihm den Plan unterbreiten?«

»Ich werde es versuchen, Mylady.« Blount verneigte sich.

David konnte einfach nicht glauben, dass sie es tatsächlich gewagt hatte! Ohne ihn zu fragen, hatte sie eigenmächtig seinen Vater aufgesucht. Allein die Vorstellung, dass der Duke sich mit Jane unterhalten hätte, war grotesk. Der Duke, sein Vater, kaltherzig, rücksichtslos, brutal und unnachgiebig. Einmal in seinem Leben hatte sich St. Amand zu einer Handlung aus einer emotionalen Schwäche heraus herabgelassen. Dieser Moment unverzeihlicher Schwäche war der Schönheit einer Frau geschuldet gewesen – der Schönheit von Larisa Turenin, jener sensiblen Russin mit der zerbrechlichen Seele einer Künstlerin, seiner Mutter.

Er war zu klein gewesen, um zu verstehen, was damals geschehen war. Manchmal flossen bruchstückhafte Erinnerungen in seine Albträume. Dann sah er seine Mutter, eine elfenhaft blasse, zarte Frau mit dunklen Augen und ebenholzfarbenem Haar. Sie hielt ihm die Hand entgegen und nannte ihn zärtlich ihren kleinen Sonnenschein. Das Bild zerbrach und sein Vater trat zwischen sie, stieß ihn fort und schrie seine Mutter an, schlug sie, sodass sie stolperte. Er sah, dass sie weinte, ihre großen dunklen Augen waren voller Angst, nicht um sich, sondern um ihn, ihren Jungen, den sie fortschickte, damit er nicht sah, was sein Vater tat.

»Captain, bitte entschuldigen Sie.« Blount stand in der Tür und wirkte nervös.

»Ja? Haben Sie sich auch gegen mich verschworen?« Es war ihm nicht entgangen, dass Blount seiner Frau großen Respekt zollte.

Blount schloss leise die Tür hinter sich und trat näher. »Sie wissen, dass ich das niemals tun würde.«

»Bisher war ich davon überzeugt und bin es weiterhin, wenn Sie mir bestätigen, dass das Verhalten meiner Frau unangemessen und falsch war.«

Blount räusperte sich und wich seinem prüfenden Blick aus. »Die Lage ist kompliziert und ich möchte mir kein Urteil anmaßen.«

Wescott nahm eine Zigarre aus einem Humidor, drehte sie in den Fingern und roch den aromatischen Tabak. »Komplizierter als damals auf der Krim? Komplizierter als im Palais von Kurakin?«

»Ich fürchte ja, Captain. Hier kennen Sie Ihren Feind nicht.«

»Zum Teufel ja, das macht mich verrückt! Ich komme einfach nicht dahinter, wer sich daran weidet, mich fallen zu sehen.« Er ging zum Kamin und hielt einen Span hinein, mit dem er seine Zigarre entzündete.

»Kapitulation kommt aber nicht infrage.« Blount ließ den Satz in der Luft stehen, so, als erwarte er eine Erklärung von Wescott.

Der paffte an seiner Zigarre, lehnte sich an seinen Schreibtisch und ein schwaches Lächeln stahl sich in seine Augen. »Ich hatte die Möglichkeit erwogen. Sie kennen mich gut, Blount, fast zu gut.«

David meinte, einen Stein fallen zu hören, so erleichtert wirkte Blount nun. Ermutigt nahm der treue Diener Haltung an und sagte mit fester Stimme: »Dann gilt es keine Zeit zu verlieren.«

»Sie haben doch gegen mich konspiriert.« Verärgert runzelte David die Stirn.

»Ich halte das Wort in diesem Zusammenhang für zu stark ...«, begann Blount, wurde jedoch von David mit einer barschen Geste unterbrochen.

»Zum Teufel, nennen Sie es, wie Sie wollen. Sie haben hinter meinem Rücken mit meiner Frau über mich gesprochen. Keine Ausflüchte. Was hat meine Frau vor?«

»Nicht nur Mylady, Captain, auch ich halte es für die einzige Möglichkeit, um herauszufinden, wer Orlow ermordet und die Diamanten gestohlen hat. Gleichzeitig könnte man Ihren Onkel auf den Brief ansprechen.«

Entgeistert ließ David die Zigarre sinken. »Sie wollen damit tatsächlich andeuten, dass ich ... oh, natürlich wird sie mitkommen wollen, nehme ich an ..., dass wir also nach Russland reisen?«

Blount nickte, ohne die Miene zu verziehen. »Ganz genau, Captain.«

»Ha! Sie sind ja von Sinnen! Ich habe mein Ehrenwort gegeben, dass ich den Hausarrest akzeptiere und nicht gegen die Auflagen verstoße. Wenn ich mein Wort breche, steht meiner Verurteilung nichts mehr im Wege, dann liefere ich mich selbst ans Messer.«

»Da widerspreche ich entschieden, Captain, wenn Sie erlauben. Sie haben Ihr Ehrenwort gegeben, aber jemand spielt mit Ihrer Ehrenhaftigkeit, nutzt Sie zu seinem Vorteil und macht Sie handlungsunfähig. Die Spielregeln wurden gebrochen und es ist nur fair, wenn Sie Ihrerseits ausbrechen, um sich einen Vorteil zu verschaffen. Auf legalem Weg haben Sie keine Chance, mit Verlaub.«

Noch nie hatte Blount sich gegen ihn gestellt, nie eine seiner Entscheidungen angezweifelt. »Sie enttäuschen mich.«

»Nein, Captain. Ich würde Sie enttäuschen, wenn ich Ihnen die Pistole schussbereit gemacht hätte, die Sie mir heute Morgen zum Putzen gegeben haben.«

Ein dicker Aschebrocken segelte zu Boden und David legte die Zigarre in eine dafür bereitstehende Marmorschale. Was war nur in diesen Mann gefahren und was war mit ihm selbst los? Plötzlich wandte er sich um und schluckte dreimal heftig, um seine Stimme fest klingen zu lassen. »Es ist zu spät, Blount. Draußen wachen zwei Polizisten und einer von ihnen ist dieser Constable Skelley. Der wird sofort Alarm schlagen, wenn ich auch nur zur Haustür hinausschaue.«

»Kein Problem, Captain. Ich habe den Superintendent benachrichtigt. Er wird in Kürze mit Sergeant Berwin hier sein. Wir werden auf der Straße ein Ablenkungsmanöver inszenieren, das Skelley beschäftigt und Ihnen Zeit verschafft«, erklärte Blount wie aus der Pistole geschossen.

»Eine Kutsche? Wir benötigen Geld und Papiere, eine Überfahrt, Züge müssen gebucht werden …«, wandte David ein.

»Es ist alles auf den Weg gebracht.«

David war vollkommen perplex. »Und wenn ich mich geweigert hätte?«

Blount lächelte verschmitzt.

Zum ersten Mal seit Tagen lachte David laut und herzlich. »Sie sind unvergleichlich. Was wollten Sie tun? Mich chloroformieren?«

»Mylady zog diese Methode in Erwägung.«

»Was habe ich da nur geheiratet …«

18

SANKT PETERSBURG, APRIL 1861

> *»Die Kette, die den Fuß beschwert,*
> *wird brechen, wie des Kerkers Schranken,*
> *die Freiheit euch am Tor empfangen*
> *und Brüder reichen euch das Schwert.«*
> *Sendschreiben nach Sibirien,* Alexander Puschkin (1799–1837)

Seit sie den Zug verlassen hatten, kam Hettie aus dem Staunen nicht heraus. Die Kutsche fuhr über eine Brücke nach der anderen, denn Sankt Petersburg war auf zahlreichen Inseln im Newa-Delta errichtet worden. Peter der Große hatte trotz der widrigen landschaftlichen Gegebenheiten die strategisch wichtige Lage der Flussmündung erkannt und einen Seehafen samt Festung errichten lassen. Mit Hilfe unzähliger zwangsrekrutierter Leibeigener hatte der Zar anschließend die prächtigen Steinhäuser bauen lassen, die heute die Boulevards der Stadt säumten.

»Hier ist alles so groß und die Straßen sind so breit! Oh, und die goldenen Verzierungen an den Häusern!«, rief Hettie entzückt aus.

Der Kutscher war auf Janes Anweisung hin einen kleinen Umweg gefahren, denn die Sonne stand an einem strahlend blauen Himmel und ließ die noch immer feste Schneedecke glitzern und die vergoldeten Kuppeln schimmern. Sie hatten die Neue Admiralität gesehen, das Mariinski-Theater, den Demidow-Garten und waren von Blount auf ein Waisenhaus und eine staatliche Mädchenschule, das Smolny-Institut, hingewiesen worden. Die Russen trugen dicke Pelzmäntel und Mützen.

David hatte sich die gesamte Fahrt über schlecht gelaunt in seinen Zeitungen vergraben. Nach einer Weile hatte Jane es aufgegeben, ihn aufmuntern zu wollen, und war dankbar, dass er sich überhaupt auf die Reise ins Ungewisse eingelassen hatte. Andererseits wären die Alternativen ein Gefängnisaufenthalt oder der Freitod gewesen. Vor allem, dass er letztere Alternative überhaupt in Erwägung gezogen hatte, machte Jane gleichzeitig wütend, traurig und ratlos. Sie hatte einen Versuch unternommen, ihn darauf anzusprechen, war jedoch mit barschen Worten von ihm darauf hingewiesen worden, dass sie letztendlich nur eine Frau sei und gewisse Dinge eben nicht verstehen könnte. Seitdem war die Stimmung zwischen ihnen so eisig wie die Wasser der Newa.

Vom schier endlos langen Newskij-Prospekt – in der Tat maß der Prachtboulevard über vier Kilometer – bogen sie in den Liteinij-Prospekt ein, der den gleichnamigen Stadtteil prägte. Hier reihten sich aristokratische Paläste aneinander, aus Steinen erbaute Prunkresidenzen. Dies war insofern bemerkenswert, als die Häuser der ärmeren Bevölkerung allesamt aus Holz gefertigt waren. Sie fuhren beinahe bis hinunter zum Ufer der Newa und konnten einen Blick auf den riesigen Winterpalast erhaschen. Der Winterpalast, einst von Katharina der Großen errichtet, beherbergte neben den kaiserlichen Wohnräumen auch die Kunstkammer, die sogar dem gewöhnlichen Volk zugänglich war.

Die Hotelpreise in Sankt Petersburg waren exorbitant, und da die überstürzte Reise bereits viel Geld verschlungen hatte, hatte Blount vorgeschlagen, eine Wohnung zu mieten. Im Preis inbegriffen waren eine Köchin und ein Dienstmädchen. Die Wohnung verfügte über einen Salon, zwei große Schlafzimmer, ein Ankleidezimmer und ein Bad. Küche und Dienstbotenzimmer befanden sich in einem separaten Bereich. Hettie rümpfte die Nase, als sie ihr winziges Zimmer neben der Küche bezog, doch zumindest war es warm, denn der große Küchenofen wurde dauerhaft beheizt.

Die herrschaftlichen Schlafzimmer waren in Blau und in Grün ausgestattet. Jane entschied sich für das blaue Zimmer, das einen schönen Blick zum Fluss hatte. Nebenan fiel krachend die Tür des grünen Schlafzimmers in Schloss und sie hörte, dass David nach Blount rief.

Hettie kam herein, um ihr beim Auspacken der Koffer zu helfen, und sagte bedrückt: »Ich kann das gar nicht ertragen, wenn der Captain so wütend ist, Ma'am. Dabei sind wir doch hier, damit er seinen Onkel sprechen kann. Das ist doch eine gute Sache, nicht wahr?«

»Mach dir nicht zu viele Gedanken, Hettie. Es ist viel geschehen in den letzten Wochen. Das wäre für jeden schwer zu verkraften.« Sie senkte die Stimme, denn eine Zwischentür trennte sie vom anderen Schlafzimmer. »Der Captain ist ein Ehrenmann und Ehrverlust ist wohl das Schlimmste, was ihm passieren kann. Es zieht ihm den Boden unter den Füßen fort, beraubt ihn seines Stolzes, seiner Würde ...«

»Es zerbricht ihn, ja, Ma'am?« Traurig schaute Hettie zur Zwischentür.

»Das wird es nicht, denn ich lasse einfach nicht zu, dass irgendein niederträchtiger, rachsüchtiger Kerl mit dieser infamen Intrige durchkommt!« Jane holte tief Luft und setzte sich auf das breite Baldachinbett. »Weich ist es immerhin und die Wäsche ist sauber. In deinem Zimmer auch?«

»Ja, Ma'am. Es ist schön warm. Die Köchin und das Mädchen scheinen nett, aber ich verstehe sie nicht.« Hettie kicherte. »Sie haben auf einen großen Topf gezeigt und schienen sich sehr über das Essen zu freuen.«

»Mir ist heute alles recht. Diese lange Zugfahrt hat jeden einzelnen Knochen in meinem Körper durchgeschüttelt und ich habe etliche blaue Flecke. Gibt es eine Badewanne? Ich würde gern ein heißes Bad nehmen.«

Sie hatten den Kanal überquert und waren mit verschiedenen Zügen quer durch Europa gereist. Von Paris nach Brüssel über Berlin und durch die unendlich scheinenden Weiten Russlands. Seither war eine Woche vergangen. In Paris hatten sie mit Martin Rooke telegrafiert, der ihnen mitteilte, dass man David nun als Flüchtigen behandelte und er bei seiner Rückkehr mit der vollen Härte des Gesetzes zu rechnen habe. Rooke legte David nahe, sich wenig in der Öffentlichkeit zu zeigen und Kontakt mit der Polizei zu meiden. Es war anzunehmen, dass Rutherford das Moskauer Kriminalamt benachrichtigen und auch die Witwe Orlow über Davids Flucht in Kenntnis setzen würde.

Jane schlüpfte seufzend in ein frisches Hauskleid und betrachtete ihr blasses Gesicht im Spiegel. Die Strapazen der Reise und die Sorgen hatten auch bei ihr Spuren hinterlassen. Immerhin war David noch vor der offiziellen Anklageerhebung geflohen, verstieß also bislang nur gegen den Hausarrest. Alles andere waren Gerüchte. Sie hörte Stimmengemurmel und eine Tür fiel zu. »Hettie?«

Die Zofe kam mit einem Teetablett herein. »Der Captain ist ausgegangen. Er wird nicht am Abendessen teilnehmen und Sie sollen nicht auf ihn warten.« Hettie stellte das Tablett mit Teegläsern und einem Teller mit winzigen Cremeröllchen auf

178

einen runden Tisch. »Oh, und er sagte, dass Sie die Wohnung nicht verlassen sollen. Aber wenn Sie es dennoch täten ... den Rest kann ich nicht wiederholen ...«

Jane biss in eins der Cremeröllchen. »Hm, gut! Nimm dir auch eins, Hettie. Heute bin ich viel zu erschöpft, um noch etwas zu unternehmen. Aber morgen, Hettie, da wollen wir uns die Stadt ansehen!« Sie zwinkerte ihr zu.

Es war weit nach Mitternacht, als David zurückkehrte. Jane lag wach in ihrem Bett und lauschte auf die Geräusche hinter der Zwischentür. Sie fühlte sich einsam in der fremden Umgebung und sehnte sich nach der vertrauten Nähe ihres Mannes. Warum wollte er nicht verstehen, dass ihre Liebe keine Bürde für ihn war, sondern ein Geschenk? Die meisten Ehen wurden auf der Basis von finanziellen und gesellschaftlichen Erwägungen geschlossen und verliefen im günstigsten Falle ohne gegenseitige Kränkungen. Aber sie hatten das Glück, neben Freundschaft mehr füreinander zu empfinden. Atemlos lauschte sie den Schritten, die sich der Zwischentür näherten. Bewegte sich die Klinke ein Stück? Durch einen Spalt in den Gardinen fiel silbernes Mondlicht in ihr Zimmer und der Türgriff aus Messing schimmerte golden. Doch die Schritte entfernten sich leise wieder und dann legte sich nächtliche Stille über die Wohnung.

Am folgenden Morgen erwartete Jane die Nachricht, dass sie sich um fünf Uhr eine Kutsche nehmen und zum Belevsky-Palais fahren solle. Dort würde David sie empfangen. Wohin er gegangen war, behielt er für sich.

Das Wetter meinte es gut mit ihnen, denn kein Wölkchen trübte den blauen Aprilhimmel. Es war kalt, aber es gab keinen beißenden Frost, sodass sie sich durchaus zu Fuß durch die eleganten Straßen bewegen konnten.

»Hettie, zieh dich warm an, wir machen einen Ausflug!«, sagte Jane, die eine Idee hatte, wie sie herausfinden könnte, wo sich die Revolutionäre trafen.

Während der langen Reise hatte sie von Blount erfahren, dass es eine Zeitung mit dem Titel *Sovremennik* gab. Übersetzt bedeutete Sovremennik »der Zeitgenosse«, und es handelte sich um ein literarisches, politisches und sozialkritisches Magazin. Seit dreißig Jahren wurde das von dem Literaten Alexander Puschkin gegründete Blatt in Sankt Petersburg publiziert. Nach Puschkins Tod war es von Nekrassow und Panajew weitergeführt worden und hatte sich zu einem liberalen streitbaren Magazin entwickelt. Besonders Panajew schien ihr ein interessanter Mann zu sein, denn der Journalist setzte sich für die Emanzipation der Frauen ein. Er würde zumindest mit ihr sprechen, und das wäre ein Anfang. Und die Redaktionsräume des Magazins befanden sich ebenfalls am Liteinij-Prospekt. Jane nannte das einen Wink des Schicksals.

Hettie erschien in ihrem Wintermantel und hatte sich einen dicken Schal um die Schultern gelegt. »Sehen wir uns den Winterpalast an? Da gibt es auch einen Teeraum, hat Blount erzählt.«

»Wenn wir Zeit haben, machen wir das, aber vorher wollen wir die Redaktion des *Zeitgenossen* besuchen.«

»Was soll das denn für einen Sinn haben? Wir sprechen kein Russisch und lesen kann man schon gar nichts. Wer denkt sich denn so komische Buchstaben aus? Ist doch schon schwierig genug, eine fremde Sprache zu lernen, und dann noch eine ganz neue Schrift!«, beschwerte sich Hettie.

Jane lachte. »Einem Russen wird es in England nicht anders ergehen. Na komm, wir wollen keine Zeit verlieren. Wenn ich zu spät bei Belevsky erscheine, finde ich vielleicht noch ein nasses Ende in der Newa.«

»Aber Ma'am, sagen Sie doch so was nicht!«

Der Portier ihres Apartmenthauses begrüßte sie freundlich in stark akzentuiertem Französisch, was ein deutlicher Vorteil für die Kommunikation war. Des Französischen war Jane durchaus mächtig, wenn es auch einiger Übung bedurfte, bis ihr die Worte wieder fließend über die Lippen kamen.

»Guten Morgen. Sagen Sie, wo finden wir die Redaktion des *Sovremennik?*«

Der kleine bärtige Mann linste durch ein schmales Fenster seiner Portiersloge und nahm eine Pfeife aus dem Mund. »Gehen Sie Richtung Newskij-Prospekt. Es ist ein weißes Haus, zwei Stockwerke, nicht weit.«

Auf der Straße schlug ihnen die kalte Luft wie ein leicht gefrorenes Tuch entgegen. Hettie versteckte ihre Hände unter dem Schal, den sie sich um Kopf und Kinn gezogen hatte.

»In England ist jetzt Frühling«, murmelte sie. »Und in Indien wäre es tropisch warm gewesen.«

»Du warst noch nie in den Tropen, Hettie. Vielleicht hättest du die Hitze dort gar nicht vertragen. Und denk nur an die riesigen Spinnen, die Moskitos und die Schlangen. Die gibt es hier nicht«, erwiderte Jane und staunte über die Breite der Straße, die eleganten klassizistischen Fassaden und die überaus prachtvoll gekleideten Vertreter der oberen Gesellschaftsschicht.

Man pflegte ganz offensichtlich keine Zurückhaltung, was die Zurschaustellung des eigenen Reichtums betraf. Dagegen wirkten die Bettler und Straßenverkäufer noch elender in ihrer ohnehin schon erschreckenden Armut. Die weniger begüterte Bevölkerung lebte unter anderem im Kasanschen Stadtteil nahe der Admiralität. Auf der in der Flussmündung liegenden Ostrowschen Insel hatten sich die reichen Kaufleute angesiedelt, aber auch Künstler und Gelehrte, denn die Akademie der Wissenschaften lag dort an der Nikolaibrücke.

Jane und Hettie spazierten an verschiedenen Läden und Cafés vorbei und staunten über die Vielzahl von Klavierbauern.

Einige der ausgedehnten Apartmenthäuser waren drei- bis vierstöckig, die Fassaden allesamt hell gestrichen und der Einfluss klassizistischer Architekten wie Leo von Klenze, Rastrelli und Stasow sichtbar. Ein emailliertes Metallschild wies schließlich auf die Nummer sechsunddreißig und die Redaktion des *Zeitgenossen* hin.

»Ich weiß nicht, Ma'am, die schauen hier alle so grimmig.« Hettie sah sich scheu vor dem Eingang der Redaktion um.

Herren mit Zylindern und pelzverbrämten Mänteln eilten vorüber und zwei Polizisten schritten langsam über den Gehweg. Jane wollte gerade eine zweiflügelige Tür mit bunten Glasfenstern öffnen, als ein junger Mann herausgestürmt kam. Er drückte sich einen Filzhut auf den Kopf und schlang sich einen Wollschal um den Hals.

»Ihr werdet schon noch sehen, was ihr davon habt!«, rief er und rannte davon.

Jane konnte ihm gerade noch ausweichen, stieß gegen Hettie, die auf dem vereisten Weg keinen Halt finden konnte und gestürzt wäre, wenn nicht zwei starke männliche Arme sie aufgefangen hätten. Ein Schwall tröstlich klingender russischer Worte erklang und erstarb, als die Damen den Retter verständnislos ansahen.

Hettie errötete und zupfte an ihrem Schal. »Ich verstehe nichts, Ma'am. Wie können wir uns nur bedanken? Ein so netter Mann.«

Ein verständnisvolles Lächeln glitt über das Gesicht des Russen, der seinen Zylinder hob und sich auf Englisch vorstellte. »Krylow, Doktor Fjodor Krylow. Es ist mir eine Ehre, dass ich Sie vor einem bösen Sturz auf diesem eisigen Gehsteig bewahren konnte, Miss.«

Hettie nickte stumm und Jane musste sich fassen, um ihre Gelassenheit zu bewahren, denn Krylow war ein Freund von Gundorov. Sie entsann sich nur zu deutlich ihres Gesprächs mit dem Revolutionär, in dem Gundorov den Arzt und seine Studien an Insassen von Besserungsanstalten erwähnt hatte.

»Wir sind Ihnen äußerst dankbar, werter Doktor. Nicht auszudenken, wenn Hettie, meine Zofe, sich verletzt hätte. Ich bin Lady Jane Allen und wollte mich gerade in die Redaktion dieses berühmten Magazins begeben.«

Der Arzt sah sie mit großem Interesse an. Ob Gundorov ihm von ihr und David erzählt hatte? »Unsere Stadt darf sich geehrt fühlen durch den Besuch einer so schönen englischen Lady. Sie werden sich an Komplimente gewöhnen müssen, Mylady, wir Russen haben eine leidenschaftliche Natur.« Er reichte ihr seinen Arm. »Bitte, ich war ebenfalls auf dem Weg zu meinem Freund Panajew. Vielleicht möchten Sie, dass ich Sie bekannt mache? Er ist ein Quell unerschöpflichen Wissens und zitiert Gedichte wie kein Zweiter.«

Jane warf dem charmanten Arzt einen freundlichen Blick zu und legte ihre Hand auf seinen Arm. Er war kaum größer als sie, hatte braunes gewelltes Haar und trug einen Schnauzbart. Seine Augen blickten warm und neugierig und sie stellte sich vor, dass er ein mitfühlender Arzt war, nicht der skrupellose Wissenschaftler, der seine Patienten dem Erfolg seiner Studien opferte.

Gefolgt von Hettie betraten sie die Redaktionsräume des berüchtigten Magazins. Vier Schreibtische und zwei Schreibpulte standen in einem großen Raum mit hohen stuckverzierten Decken. Dunkles Holz, Radierungen mit landschaftlichen Motiven, das Porträt eines Herrn, in dem Jane den verstorbenen Dichter und Zeitungsgründer Alexander Puschkin erkannte, schmückten die Wände. Die Arbeitsatmosphäre war lebhaft, es wurde laut diskutiert und die Neuankömmlinge wurden sofort begrüßt.

Der älteste der anwesenden Herren kam auf sie zu und schüttelte Krylow die Hand. Das Wort Doktor war alles, was

Jane von dem raschen Wortwechsel verstand. Plötzlich erhellte sich das Gesicht des älteren Journalisten mit Tintenflecken an seinen Fingern und er schenkte Jane seine Aufmerksamkeit.

»Mylady«, sagte der Doktor auf Englisch. »Darf ich Ihnen meinen verehrten und höchst geschätzten Freund Ivan Ivanowitsch Panajew vorstellen? Seines Zeichens Literat und Mitinhaber dieses ausgezeichneten Magazins.«

Der Russe verneigte sich. »Meine Verehrung, werte Lady Allen. Womit verdienen unsere bescheidenen Räumlichkeiten Ihren Besuch?«

»Ich habe so viel von Ihnen und Ihren Kollegen gehört und bewundere Ihre Arbeit sehr!« Und Jane musste nicht einmal lügen. »Und da mich die Angelegenheiten meines Mannes nun nach Sankt Petersburg führen, konnte ich nicht umhin, bei Ihnen vorbeizuschauen.«

Panajew, dem dauernd eine Locke seines grau melierten Haares in die Stirn fiel, lächelte. Sein struppiger grauer Schnauzer verlieh ihm das Aussehen eines gutmütigen Seelöwen, doch in diesem harmlos wirkenden Gesicht fielen auf den zweiten Blick listige, kämpferisch blitzende Augen auf. Neben dem drahtigen Doktor wirkte er stämmig und ein wenig untersetzt. Und er schien ganz in seinem Element zu sein.

»Ah, unser Ruf reicht also schon bis nach Europa. Und warum auch nicht, wir haben vor allem in letzter Zeit viele Werke ausländischer Dichter veröffentlicht. Dickens und George Sand, die Sie sicher schätzen?« Er zeigte auf ein Regal, in dem sich die gebundenen Ausgaben seines Magazins reihten.

»Selbstredend. Aber ich habe mit großer Begeisterung auch Puschkin gelesen. Eugen Onegin gehört zu meinen favorisierten Erzählungen.« Das war nun etwas übertrieben, aber es konnte ja nicht schaden, dachte Jane und registrierte die übrigen journalistischen Mitarbeiter, deren Unterhaltung leiser geworden war.

Panajew begann von den berühmten Dichtern und Literaten zu erzählen, die bereits in seinem Magazin veröffentlicht hatten, und Jane ließ hier und dort ein anerkennendes »ah ja« hören. Als er den Schriftsteller Alexander Herzen erwähnte, schien er sie besonders wachsam zu beobachten, und Jane nickte. Sie hatte die Szene der liberalen und anarchistischen russischen Querdenker während ihrer Reise mit Blounts Hilfe studiert.

»Herzen, ein Philosoph mit weitreichenden Ideen. Ich muss gestehen, dass ich mich mit den Werken Hegels, auf denen ja seine Arbeit fußt, nicht vertraut gemacht habe, aber im Allgemeinen den liberalen Ideen zugeneigt bin.«

Panajew stampfte begeistert mit dem Fuß auf und gestikulierte ausgreifend, als er antwortete. »Der Hegel hat es auf den Punkt gebracht, ja, der Geist ist in unaufhörlicher Bewegung, nicht wahr, Doktor?«

Krylow nickte und schien Gefallen an Hettie zu finden, die an ihrem Schal nestelte und ihm hin und wieder einen verträumten Blick zuwarf.

»Und – das ist das Entscheidende – der Geist ist in stetiger Bewegung, und so verhält es sich auch mit allem Bestehenden. Nichts ist von Bestand! Ha! Das verändert alles und es macht alles möglich! Aber die dort oben, die auf ihren seidenen Hockern thronen, die wollen das nicht einsehen.« Panajew redete sich richtiggehend in Rage und wurde von Krylow mit einem deutlichen Räuspern gebremst.

»Es gibt ein großes Ungleichgewicht auf der Welt«, sagte Jane. »Ich bewundere die neuen Geistesströmungen. Die Zukunft wird zeigen, was von Bestand ist.«

Der Doktor klopfte Panajew auf die Schulter. »Eine kluge Frau ist unser Gast, nicht wahr, mein Freund?«

»Sie sollte meine Awdotja kennenlernen. Und unseren lieben Nekrassow gleich mit. Was sagen Sie, werte Lady Allen, leisten Sie uns heute Abend bei einer ganz zwanglosen Soiree in meinen Räumen Gesellschaft? Es ist Samstag, da haben wir immer Gäste, Dichter, Künstler und Musiker, und Sie bringen selbstverständlich Ihren Gatten mit, Lord …?« Panajew sah sie fragend an.

»Captain Wescott, Sir. Wie bedauerlich!« Jane seufzte, denn sie wäre tatsächlich lieber zu dieser vielversprechenden Soiree gegangen. »Leider sind wir heute bereits bei Fürst Belevsky zu Gast, dem Onkel meines Gatten.«

Für den Bruchteil einer Sekunde herrschte Stille in der Redaktion des *Zeitgenossen,* die vom amüsierten Lachen des Doktors unterbrochen wurde: »Warum haben Sie das nicht gleich gesagt, Mylady? Verwandte von Belevsky sind uns jederzeit willkommen. Das ist aber Ihr erster Besuch in Sankt Petersburg?«

»Ja, und wir sind auch erst seit gestern hier. Die Umstände unseres Hierseins sind etwas ungewöhnlich. Nun, ich will Sie auch gar nicht weiter aufhalten. Sie waren mehr als freundlich.« Jane gab Hettie ein Zeichen und ihre Zofe zog den Schal wieder enger.

Janes halblanger Mantel hatte eine mit Pelz gefütterte Kapuze, die sie nun wieder über ihre aufgesteckten Haare zog.

»Wo logieren Sie, Lady Allen? Wir würden Sie gern benachrichtigen und zu einem Abendessen einladen.« Panajew ging zu einem Bücherregal und nahm einen schmalen kleinen Lederband heraus. »Bitte, ich schenke es Ihnen. Es sind einige der schönsten Gedichte unseres schmerzlich vermissten Alexander Puschkin. Eine gute englische Übersetzung.«

»Oh, wie wundervoll. Ich danke Ihnen sehr!« Berührt strich Jane über das unerwartete Geschenk und nannte ihre Adresse in Sankt Petersburg.

»Aber das ist ja ganz in der Nähe. Besuchen Sie uns, wann immer Sie möchten. Irgendeiner von uns ist immer in der Redaktion.«

Einer der jungen Journalisten kam zu Panajew und fragte etwas auf Russisch. Panajew schickte ihn mit einer knappen Antwort fort.

»Und bringen Sie Ihren Mann mit. Ein englischer Neffe von Belevsky, was für eine Überraschung.«

Jane hoffte nur, dass Belevsky nicht genauso feindselig ihr gegenüber sein würde wie Davids Vater. Immerhin hatte Belevskys Schwester einen Duke geheiratet und war damit in denselben gesellschaftlichen Kreisen geblieben.

Doktor Krylow begleitete sie ein Stück den Liteinij-Prospekt zurück. »Geben Sie auf sich acht, Lady Allen. Nicht alle Russen sind so weltoffen wie Panajew.«

Die warnenden Worte klangen ihr an diesem Tag noch lange in den Ohren.

19

Kaum hörte er ihre Stimme im Flur, hob sich seine Stimmung und das, obwohl er noch immer wütend über ihre Eigenmächtigkeit war. Aber er konnte nicht vergessen, was sie in London gesagt hatte. Noch keine Frau hatte sich jemals so leidenschaftlich und ehrlich zu ihm bekannt wie Jane. Jane hatte nicht nur ausgesprochen, dass sie ihn liebte, sondern sie bewies ihm ihre Liebe in allem, was sie tat. Wie konnte er diese Frau nicht lieben? Und gerade deshalb musste er sie vor sich selbst schützen, denn sie kannte nur das, was er sie sehen ließ, nicht die dunklen Dämonen, die ihn noch immer heimsuchten.

Blount steckte die Notizen ein, die sie sich auf ihren Erkundungsgängen gemacht hatten. »Captain, wir sollten uns beeilen, sonst kommen wir zu spät.«

Im Erdgeschoss sprach der Portier mit einem Gast. Die meisten Apartments in diesem Wohnhaus wurden an temporäre Gäste vermietet, vornehmlich Ausländer. Neben ihnen logierten Franzosen und unten eine Familie aus Berlin. Blount hatte über alte Kontakte herausgefunden, dass bei der hiesigen Polizei kein Haftbefehl gegen David vorlag. Dieser Umstand war einerseits beruhigend, andererseits bedeutete es, dass sein Widersacher einen langen Atem oder andere Instrumente hatte, derer er sich bedienen konnte.

In der Wohnung schlug ihm der Duft von Badeöl und Rosenwasser entgegen. Er klopfte an ihre Schlafzimmertür und trat ein. Jane saß in einem azurblauen Abendkleid vor dem Spiegel und suchte in ihrer Schmuckschatulle nach dem passenden Geschmeide. »Oh, David, wie schön, dass du hier bist. Welches Collier soll ich tragen?«

Sie schenkte ihm ein warmes Lächeln und er trat näher, strich über ihre bloßen Schultern und küsste ihren Nacken. »Du siehst wunderschön aus, Jane. Eigentlich gefällst du mir besser ohne Schmuck, aber wir wollen Eindruck machen, und da würde ich die Diamanten vorschlagen.«

Hettie legte einen mit Pelz gefütterten Umhang auf das Bett und entfernte sich leise. Jane reichte David das Collier, damit er es ihr anlegen konnte. Ihre Haut war warm und samtweich und duftete nach Rosenwasser.

»Hast du dich ein wenig ausgeruht?« Die körperliche Nähe machte ihm schmerzlich bewusst, dass er sie vermisst hatte.

Ihre Blicke trafen sich im Spiegel. »Ein heißes Bad nach dem Spaziergang hat Wunder gewirkt. Ich bin bereit, mich den russischen Salonlöwen zu stellen.«

»Nach dem Spaziergang? Wohin seid ihr denn gegangen?«, fragte er argwöhnisch und strich mit den Fingerspitzen die Konturen ihrer Schulterblätter entlang. Das Kleid hatte einen sehr modischen Ausschnitt und gab den Ansatz ihrer festen runden Brüste frei.

»Und wo warst du den ganzen Tag?« Sie griff nach den passenden Ohrgehängen.

»Man beantwortet eine Frage nicht mit einer Gegenfrage.«

Sie hob eine Augenbraue und befestigte den ersten Ohrring. »Hübsch?«

»Zu hübsch. Wenn der Wodka in Strömen fließt, muss ich auf dich achtgeben. Also, wo warst du?«

»Ach, wir sind nur ein Stück diese Straße oder Prospekt, wie man sagt – komisch –, nun ja, den sind wir entlangspaziert. Das Wetter lud ja geradezu zum Spazierengehen ein. Ich finde die Luft hier recht angenehm. Es gibt keinen Nebel wie in London. Was vielleicht daran liegt, dass die Fabriken auf den Inseln liegen, meinst du nicht?«

»Jane!«

»Äh, ja, also, wir kamen rein zufällig an den Redaktionsräumen eines Magazins vorbei. Es heißt, lass mich überlegen – ja, der *Zeitgenosse*.« Sie wollte den anderen Ohrring anstecken, doch er packte ihre Hand.

»Du warst im Büro des *Sovremennik?*«

Mit großen unschuldigen Augen erwiderte sie: »Genau, so heißt es auf Russisch. Eine äußerst schwierige Sprache. Ah, schau doch, das hat mir der reizende Herr Panajew geschenkt! Er hatte recht, die Übersetzung ist sehr gut. Ich habe eine Ausgabe von Puschkins Gedichten, die wirklich fürchterlich schlecht übersetzt wurde. Da verliert die Sprache ihren Fluss und die Metaphern sind so hölzern.« Sie hielt ein schmales Büchlein in die Luft, das er ergriff und auf den Tisch warf.

»Du hast mit Panajew gesprochen? Einfach so? Wie kommst du dazu? Wer hat dich vorgestellt?« Er wusste nicht, was ihn mehr reizte, ihre Gelassenheit oder die Tatsache, dass sie sich in Gefahr gebracht hatte. Allein zu den Revolutionären zu gehen!

»David, jetzt beruhig dich doch. Es ist eine Zeitung, kein Feldlager, und sie haben da keine Waffen gehortet, sondern Artikel geschrieben. Und es war alles ganz harmlos. Hettie ist draußen gestolpert und wurde freundlicherweise von einem Arzt aufgefangen!« Jane lachte. »Das ist doch beinahe komisch, oder? Er hätte sie gleich versorgen können, falls sie sich verletzt hätte. Der Schnee ist teils gefroren, teils schmilzt er und dann wird es gefährlich glatt. Und nun stell dir vor, den Namen des Arztes habe ich in London gehört. Ha! Und von wem?«

»Besser, du sagst es mir«, knurrte er.

»Von Gundorov! Auf dem Ball bei Lady Flandringham hat er mir von seinem Freund, einem gewissen Fjodor Krylow, erzählt. Und selbiger wollte gerade in die Redaktion gehen und hat uns freundlicherweise bei Panajew eingeführt. Ich habe ihm gesagt, dass ich Puschkin gern lese und den liberalen Gedanken zugeneigt bin. Das war doch nicht falsch, oder? Ach, David, bitte, sieh mich nicht so grimmig an. Panajew hat uns sogar spontan zu seiner Soiree heute Abend eingeladen, aber nun werden wir ja schon bei Belevsky erwartet. Das wäre doch eine ganz fabelhafte Möglichkeit, die Gruppe kennenzulernen. Und womöglich lässt sich auch Gundorov dort sehen.«

Er fuhr sich durch die Haare und ging auf und ab, bis er neben ihr stehen blieb und die Hände auf den Armlehnen ihres Sessels abstützte. Ihre grünbraunen Augen weiteten sich und er sah, wie sich winzige Schweißperlen oberhalb ihrer vollen Lippen bildeten. »Und welchen Grund hast du den ach so freundlichen Herren für deinen Besuch in Sankt Petersburg genannt? Sie haben doch sicher danach gefragt, oder?«

»Keinen natürlich. Sie waren überhaupt nicht aufdringlich oder feindselig. Nicht so, wie du gerade jetzt zu mir.«

»Du hältst mich für feindselig?«

»Ich weiß nicht. Bist du wütend?« Sie fuhr sich mit der Zunge über die Lippen und er konnte nicht widerstehen und küsste sie.

Sie war so überrascht, dass sie die Lippen öffnete und seinen Kuss erwiderte. Als sie ihre Arme um seinen Hals schlang und ihn zu sich zog, glaubte er, dass sie sein Herz schlagen hören müsste. Er bedeckte ihren Hals mit Küssen und hielt erst inne, als er ihr Dekolleté erreichte. Seufzend richtete er sich auf. »Was bist du nur für eine Frau …«

»Deine Frau, David«, sagte sie leise. »Und wo warst du heute?«

»Das erzähle ich dir auf dem Weg zu meinem Onkel.«

Die Kutsche war mit weichen Polstern und einer Decke ausgestattet, die David ihr über die Beine legte. »Wir haben nicht viel Zeit, Jane. Ich habe mich mit einem Mitarbeiter der deutschen Botschaft an der Isaakskathedrale getroffen. Graf Franz von Seebach ist ein alter Bekannter und vertrauenswürdig. Er weiß ziemlich gut über die Verhältnisse hier in der Stadt Bescheid.«

»Ein deutscher Graf, warum auch nicht ...« Jane wunderte sich einmal mehr über die Vielzahl seiner Kontakte in Ländern, von denen sie nicht wusste, dass er dort gewesen war oder mit deren Vertretern zu tun gehabt hatte.

»Ich stelle dir den Grafen bei Gelegenheit vor, er ist ein feiner Mensch. Ich wusste nicht, dass er hierher versetzt wurde. Jedenfalls kennt er Gundorov und hat mir gesagt, dass er sich hier nicht in der Öffentlichkeit zeigen darf, weil er sonst verhaftet wird. Aber Seebach meint, dass die russische Emigrantenszene in London einige gefährliche Agitatoren hat. Und sie alle treffen sich bei Markow.« David griff nach ihrer Hand.

»Bei Markow?«, entfuhr es Jane. »Aber ich dachte, dass sie dort nur ... Josiah ...«, murmelte sie. »Niemand weiß, wo Josiah ist, oder? David, bei uns im Haus weiß es doch niemand, nicht wahr?«

»Wenn der Junge nicht gerade mit Sally oder Ruth darüber gesprochen hat. Ich weiß es nicht, Jane. Ich hoffe nicht. Lass uns abwarten. Wir müssen mehr Informationen sammeln und herausfinden, wer alles bei Markow ein- und ausgeht. Zumindest wissen wir, dass er nicht nur der hilfsbereite Gastgeber ist, der Essen und musikalische Abende für seine Landsleute veranstaltet.«

Jane lehnte ihren Kopf an seine Schulter. »Was für eine Misere.«

»Kopf hoch. Immerhin sind wir heute bei meinem Onkel eingeladen. Er konnte schwerlich Nein sagen, wo wir extra seinetwegen gekommen sind.« Er sah auf seine Taschenuhr. »Wir kommen gerade noch pünktlich. Wusstest du, dass Zar Peter der Große zu spät kommende Gäste bestrafte, indem er sie einen Liter Wodka trinken ließ?«

Die Kutsche wurde langsamer und ruckelte über große Pflastersteine.

»Was? Nein! Wodka, ich habe von dem Getränk gehört. Ist es ein Wein?«

»Ein Liter Wein wäre vielleicht noch zu verkraften, aber ein Liter Wodka, meine liebe Jane, haut den stärksten Russen um. Wir werden sicher ein Gläschen zur Begrüßung trinken müssen. Koste langsam davon. Der Weizenschnaps entfaltet seine Wirkung langsam. Wir sind da.«

Das Palais Belevsky befand sich in einem ähnlich klassizistischen Bau wie ihre Wohnung, nur gab es hier eine prachtvolle hohe Eingangshalle mit Säulen, Marmorboden, Marmorvasen und einem schneeweißen Treppenhaus mit einem roten Teppich. Vergoldete Türfüllungen, Schnitzereien und monumentale Gemälde beeindruckten, nein, sie schüchterten den Besucher ein, stellte Jane fest. Die gesamte Dienerschaft trug Livree und das familiäre Abendessen fand in einem eleganten, wenn auch äußerst kühl im Stil von Napoleon Bonaparte gestalteten Raum statt. Schwarz, Gold und Weiß waren die vorherrschenden Farben.

Die Begrüßung durch den Fürsten auf Französisch fiel zurückhaltend aus. Fürst Andrej Michailowitsch Belevsky war etwas kleiner als David und durfte das siebzigste Lebensjahrzehnt erreicht haben. Eine vage Familienähnlichkeit war erst auf den zweiten Blick festzustellen. Belevsky hatte graue Augen und einen harten arroganten Zug um Nase und Mund, den auch der üppige Backenbart nicht milderte. Auffallend waren dicke Tränensäcke und eine fahle Gesichtshaut. Der Fürst wirkte krank. Seine Frau, Jelisaweta, von ihm Liska genannt, gab sich distanziert und wenig an den Gästen interessiert. Sie trug überaus kostbaren Schmuck, ein Kleid, das der neusten Pariser Mode entsprach, und bedachte Janes Garderobe mit einem mitleidigen Lächeln.

Welch ein Unterschied bestand doch zwischen dem offenen Panajew, dem freundlichen Doktor und auch Sergej Gundorov und diesen selbstgefälligen Vertretern der Aristokratie.

Ein Diener brachte ein Tablett mit kleinen farbigen Gläsern herein. »Bitte, ein Wässerchen zur Begrüßung. Wodka, Verehrteste, gehört bei uns zu jedem Fest. Und schließlich ist der unerwartete Besuch eines Neffen aus dem englischen Königreich ein Festtag, nicht wahr, meine liebe Liska?«

Der Fürst nahm ein Glas und die anderen taten es ihm nach, als ein junger Mann mit ausgreifenden Schritten in den Speisesaal kam.

»Verzeihen Sie mir, Monsieur, Madame, ich wurde aufgehalten«, sagte ein junger Mann auf Französisch. Er war groß und schlank, trug wie der Gastgeber einen Frack und ein exquisites Halstuch und war dem Fürsten wie aus dem Gesicht geschnitten.

»Mein Sohn, Grigorij. Darf ich Ihnen unsere Gäste vorstellen? Lady Jane Allen und Captain David Wescott aus London.« Missbilligend beobachtete der Fürst, wie sein Sohn ein Wodkaglas ergriff und es in einem Zug hinunterstürzte.

»Das Wasser muss Ihnen ja bis zum Halse stehen, werter Cousin. Sonst hätten Sie wohl kaum die lange beschwerliche Reise von London nach Russland auf sich genommen. Und meine Verwunderung ist doppelt groß, denn mein Telegramm war in seiner Aussage recht deutlich.«

Jane wollte dem unhöflichen Flegel Paroli bieten, wurde jedoch von David mit einem kurzen Seitenblick davon abgehalten.

»Grischa!«, kam es tadelnd von Grigorijs Mutter, die ihr Glas affektiert mit den Fingern hielt.

»Verzeihen Sie, Wescott, aber ich war lange Zeit unpässlich und mein Sohn hat in dieser Zeit die Geschäfte und auch die Korrespondenz erledigt. Mir ist weder der Inhalt Ihres Telegramms noch die Antwort meines Sohnes bekannt.« Belevsky bedachte seinen Sohn mit einem verärgerten Blick. »Bitte, ich heiße Sie und Ihre Gattin in meinem Hause willkommen. Nastrovje!«

Der klare Schnaps schmeckte auf angenehme Art neutral und Jane tat es den anderen gleich und leerte ihr Gläschen in einem Zug. Tatsächlich wärmte das Wässerchen ihren Magen erst im Nachgang. Jane hielt Davids Warnung für deutlich übertrieben.

Das Abendessen bestand aus einer Abfolge typisch russischer Speisen. Noch nie hatte Jane so viele Variationen von roter Bete und in Salzlake eingelegten Gurken gekostet. Hätte ihr Korsett es erlaubt, hätte sie den kleinen Pfannkuchen, die man in saure Sahne tauchte, weitaus mehr zugesprochen. Und schließlich gab es noch eine köstliche Auswahl an Petits Fours, mit Marzipan gefüllten und Zuckerguss umhüllten französischen Gebäckminiaturen. Man konnte von den Belevskys halten, was man mochte, aber sie verstanden es, zu genießen.

Der Fürst war ein eloquenter und charmanter Gastgeber und es gelang ihm, das Gespräch während des Essens durch seichte Gewässer zu schiffen. Erst als der Dessertwein eingeschenkt wurde, ging er auf die spitzen Bemerkungen seines Sohnes ein.

»Sie müssen verstehen, mein lieber Wescott, dass mein Sohn sich um meine Gesundheit sorgt. Das Herz …« Belevsky klopfte sich auf die Brust. »Es kommt gelegentlich aus dem Takt, was aber nicht bedeutet, dass ich nicht in der Lage wäre, meine Angelegenheiten selbst zu regeln und Entscheidungen zu treffen.« Seine letzten Worte sprach er mit Nachdruck und sah dabei seinen Sohn an. »Und allem Anschein nach ist es auch besser, wenn ich mich in eigner Person um Dinge kümmere, von denen mein Sohn keine Kenntnis hat.«

Grigorij ließ klirrend seine Gabel auf den Teller fallen. »Sie sind höflicher zu einem Fremden als zu Ihrem eigenen Sohn, Monsieur! Wer sind Sie überhaupt, Captain? Ein unehelicher Spross einer entfernten …«

Entsetzt wurde Jane Zeugin der familiären Tragödie. Hier gab es einen tiefen Graben voller lang aufgestauter Konflikte zwischen Vater und Sohn.

In dem Augenblick, in dem ihr klar wurde, dass Grigorij erfolglos um die Liebe und Anerkennung seines Vaters buhlte, erkannte sie, dass David hier nur verlieren konnte. Unter dem Tisch berührte sie Davids Oberschenkel, doch der tätschelte ihre Hand und sagte zu Grigorij: »Meine Mutter war Ihre Tante, Grigorij, eine schöne und stolze Frau, die sich unglücklicherweise in einen englischen Duke verliebte, der ihre Zuneigung nicht verdiente.«

Belevsky hob die Augenbrauen und nickte. »Seien Sie still, Grischa, Sie haben ja keine Ahnung.«

Die Fürstin, die sich bis dahin in kontrollierter Gleichmut geübt hatte, zischte ihrem Mann plötzlich zu: »Ich verstehe Sie nicht, Monsieur. Grischa hat nur versucht, Sie zu schützen. Sie wissen selbst, wie schnell Aufregung zu einem neuen Anfall bei Ihnen führen kann.«

»Meine Gesundheit ist nicht zum Thema dieser Konversation zu machen!«, rief Belevsky mit lauter Stimme und rote Flecken bildeten sich auf seinen Wangen.

»Äh, ich war heute ganz zufällig in der Redaktion des *Sovremennik,* Monsieur«, erzählte Jane und bemühte sich um einen leichten Ton. »Ich durfte Monsieur Panajew persönlich kennenlernen. Wir haben ein wenig über Puschkins Gedichte gesprochen. Sind Sie ein Freund der Poesie?«

Grigorij ließ sich sein Weinglas auffüllen und seine Mutter warf ihm beschwichtigende Blicke zu.

»Panajew, ja, ein großartiger Mann. Ich schätze ihn sehr. Und Puschkins Werke auch. Es gibt Leute, die seine Gedichte für oberflächlich halten. Dabei war er seiner Zeit voraus. In seinen Versen steckt eine hintergründige Doppeldeutigkeit.« Zum ersten Mal sah sie den Fürsten lächeln.

Grigorij schnaufte verächtlich. »Hintergründig. Er war nur ein Schöntuer, nicht radikal genug!«

»Immerhin radikal genug, um vom Kaiser für Jahre aus Moskau und Sankt Petersburg verbannt zu werden. Er war ein kritischer Denker.« Der Fürst schien ein Lieblingsthema gefunden zu haben und seine Gattin stocherte gelangweilt in ihrem Küchlein herum.

»Gut, er hat den *Sovremennik* gegründet. Aber das Parlieren und hübsche Verse schmieden allein genügt nicht«, warf Grigorij ein.

»Die Leibeigenschaft wurde aufgehoben. Und die Artikel, die im *Sovremennik* erschienen sind, haben großen Anteil an dieser Entscheidung des Zaren gehabt.« Belevsky hob sein Glas. »Auf Männer wie Panajew und Nekrassow, die den neuen Ideen eine öffentliche Stimme verschaffen.«

David stimmte zu und sagte: »Ich bin ganz Ihrer Meinung, Monsieur, und das bringt mich auf den Grund meines Besuches. Sie haben von der Ermordung des Attachés Orlow gehört?«

Mit gerunzelter Stirn hörte Belevsky Davids Kurzfassung seiner Lage zu und machte eine wegwerfende Handbewegung. »So ein Unfug! Warum sollte ich Sie in einem Schreiben an Markow erwähnen?«

»Aber Sie haben mit Jeremej Markow korrespondiert?«, wollte David wissen.

»Ihre Fragen sind impertinent!« Grigorij fixierte David aggressiv.

»Sachlich, es geht mir nur um die Klärung der Tatsachen«, erwiderte David ruhig. »Wie soll ich gegen meine Ankläger vorgehen, wenn ich die Beweislage nicht kenne?«

»Das ist nicht unser Problem!«

»Es wurde zumindest indirekt auch zu Ihrem Problem, als man den Brief Ihres Vaters als Beweismittel gegen mich verwandte.«

Der Sohn des Fürsten weigerte sich, das anzuerkennen. »Und ich bestehe darauf, dass Sie uns nicht mit diesen unerhörten Fragen belästigen.«

»Schon gut, Grischa. Ich weiß gar nicht, um welchen Brief es gehen soll. Es ist schon eine ganze Weile her, dass ich überhaupt mit Markow Kontakt hatte. Monate, würde ich sagen, und da ging es um finanzielle Mittel für sein Haus in London. Er setzt sich seit Jahren für Emigranten in London ein. Ich begrüße und unterstütze das.« Belevsky ließ sich einen Wodka eingießen und winkte dem Diener, auch David und Jane neue Gläser zu geben. »Verstehen Sie mich nicht falsch, Wescott, ich bin ein treuer Anhänger von Kaiser Alexander. Aber das bedeutet nicht, dass ich den Blick für die Realität verloren habe.«

Grigorij wollte etwas sagen, wurde von seinem Vater jedoch mit einer knappen Geste zum Schweigen gebracht. »Ich weiß, worauf mein hitzköpfiger Sohn hinauswill. Nein, ich betrachte die agitatorischen Bestrebungen einiger sogenannter Revolutionäre mit Besorgnis. Die Aufhebung der Leibeigenschaft war ein wichtiger erster Schritt auf dem Weg zu einer neuen Staatsordnung, aber so etwas kann nicht über Nacht geschaffen werden. Solch eine gewaltige Veränderung braucht Zeit. Die Menschen müssen in die neue Verantwortung, die eine konstitutionelle Monarchie oder gar eine Volksregierung mit sich bringt, hineinwachsen.«

Grigorij sprang auf. »Und ich sage, dass die Zeit der zaristischen Diktatur vorüber ist und das Volk endlich selbst bestimmen soll!«

»Reden Sie nicht wie ein Kind, Grischa. Das russische Volk kennt keine andere Lebensweise als die unter der Knute eines Herrschers. Wer entscheiden will, muss lesen und schreiben können. Haben Sie darüber schon einmal nachgedacht?« Belevsky tupfte sich mit einer Serviette die mit Schweißperlen bedeckte Stirn ab.

»Es gibt Männer, die mutiger sind und wie ich denken«, rief Grigorij.

»Männer wie Gundorov?«, warf David kühl ein.

Grigorij packte seinen Stuhl und schubste ihn gegen den Tisch. »Und noch ganz andere. Sie haben ja keine Ahnung. Ich empfehle mich.«

Während der hitzköpfige junge Mann davoneilte, tupfte sich Belevsky erneut die Stirn ab und zog an seinem Kragen. Seine Frau stand auf und rief besorgt nach einem Diener. »Holen Sie die Arznei Seiner Exzellenz, schnell!«

Zu David und Jane sagte die Fürstin: »Gehen Sie. Für heute haben Sie genug angerichtet.«

20

Gleich am frühen Morgen des nächsten Tages fuhren Jane und David zum Petersburger Hauptpostamt, das sich in der Nähe der Isaakskathedrale befand.

Bis vor zehn Minuten hatte es matschige Schneeflocken vom Himmel geregnet und als die Kutsche neben einer großen schmutzigen Pfütze hielt, stöhnte Jane. »Oh nein, wenn ich da hindurchgehe, habe ich den ganzen Tag nasse Füße und hole mir einen Schnupfen.«

David war auf der anderen Seite ausgestiegen, setzte den Zylinder auf, schlug den Pelzkragen seines Mantels hoch und half seiner Frau über die Pfütze. Als er sie auf den Boden setzte, trafen sich ihre Augen und Jane versank für einen kurzen Moment in der Wärme seines Blicks. Nachdem sie den Fürsten gestern verlassen hatten, waren sie in ihre Wohnung gefahren. David hatte nur wenige Worte über den Abend verloren, sich mit Blount auf seinem Zimmer besprochen und Korrespondenz verfasst. Verstimmt hatte Jane sich zu Bett begeben, enttäuscht, dass er die Ereignisse nicht mit ihr diskutieren wollte. Doch irgendwann, sie war schon eingeschlafen, war er zu ihr gekommen, hatte sie um Geduld mit ihm gebeten und sie mit hingebungsvoller Leidenschaft geliebt.

Jane lächelte David an.

Sie standen vor einem lang gestreckten gelben Gebäude, das im Stil eines Renaissancepalazzos errichtet war. Rundbogige Fenster und massige vorstehende Quader im Sockelgeschoss unterstützten diesen Eindruck. Die riesige mattgrüne Halle wurde von schmalen Säulen, die eine umlaufende Galerie trugen, gegliedert. Dazwischen befanden sich einzelne Schalter in einer dunklen Holzwand.

»Welcher Schalter ist es?« Ratlos betrachtete Jane die Schilder über den Schaltern.

»Hier findest du postlagernde Korrespondenzen, dort gibt man seine Post auf, was ich eben erledige, und dann gehen wir zur Telegrammaufnahme. Siehst du? Dort steht gerade jemand mit einem Streifen Papier.« David nahm einige Briefe aus seiner Innentasche und sprach mit dem Postbeamten.

Jane entdeckte den Kunden, der dem Beamten am Telegrammschalter ein paar Kopeken gab, um dann seinen soeben erhaltenen Telegrammstreifen mitzunehmen. In der Hallenmitte gab es Holzbänke und kleine Tische, an denen die Kunden Briefe schreiben konnten oder einfach nur warteten. Jane ließ das Stimmengemurmel auf sich wirken. Sie mochte die russische Sprache, auch wenn sie kaum ein Wort verstand. Die Sprachmelodie war von einem schnellen Tonlagen- und Lautstärkewechsel bestimmt, rau und mit Leidenschaft in den Worten. Die Menschen unterstrichen das Gesagte mit vielen ausgreifenden Gesten und konnten sich schnell in Rage reden.

Es war eine Sprache, die der Weite, Schönheit und Kargheit des Landes gerecht wurde, fand Jane und dachte an die affektierte Verwendung des Französischen bei den Belevskys. Eine Bewegung an einer der Säulen auf der anderen Seite erregte ihre Aufmerksamkeit. Sie spürte, dass sie beobachtet wurde, und drehte sich um. Ein Mann mit tief ins Gesicht gezogener Mütze stand dort im Halbschatten der Säule und zuckte zusammen, als sie ihn direkt ansah. Er war jung, seine Bewegungen flink, die Kleidung einfach. In seinen Hosen hatte er es leichter als sie mit ihrem schweren Rock. Mit wenigen Schritten war er am Ausgang und stieß die Tür auf. Als Jane die Tür öffnete und auf den Gehweg sah, konnte sie den jungen Mann unter den Passanten nicht entdecken. Sie blieb für einen Moment stehen, um sich an den Rhythmus des Treibens auf der Straße zu gewöhnen und sich einen Überblick zu verschaffen: Kutschen, offene Karren, auf denen verschiedene Waren lagen, elegante Paare, die flanierten, ein Priester, Kinder, Bettler, die um einen kleinen Pavillon herumlungerten, in dem es Heißes oder Gebratenes gab.

Und hinter einem Bettler erkannte sie den jungen Mann aus der Post. Er sprach aufgeregt mit einem Mann, der von einem Stapel Kisten verdeckt wurde. Doch als ein Reiter vorbeipreschte – die Offiziere gaben sich hier schneidig und wenig rücksichtsvoll –, musste der Fremde sich durch einen Schritt nach vorn in Sicherheit bringen und für einen kurzen Moment sah Jane sein Gesicht. Weder der Schal noch die Mütze mit dem Pelzrand konnte verbergen, was ihn unter Hunderten von Gesichtern herausstechen ließ – seine entstellte Nase.

»Jane, hier bist du!« David trat zu ihr und nahm ihren Arm. »Wir können dein Telegramm jetzt aufgeben.«

Sie griff seine Hand. »Da, siehst du ihn? Dort bei den Kisten, neben dem kleinen Pavillon. Ah, verflucht … Jetzt sind sie weg.« Sie drehte sich zu ihrem Mann um. »Wir wurden beobachtet, David. Da bin ich mir ganz sicher. Erst hier drinnen und dann lief der Junge nach draußen und hat mit Gundorovs Bekannten gesprochen. Du weißt schon, dem Kerl mit der zerschnittenen Nase.«

»Wirklich? Wir bewegen uns hier in seinem Revier. Es ist fast anzunehmen, dass er uns beobachten lässt. Du hast Krylow getroffen. Gundorov weiß längst, dass wir hier sind.«

»Und wenn Gundorov sich bedrängt fühlt? Er könnte dich

töten lassen! Du hast selbst gesagt, dass der Mörder der Prostituierten ein Profi ist. Ein Messerstich hier in der Menge. Ich habe Angst, David!«

»Belevsky ist mein Onkel und mit Panajew befreundet. Nein, nein, Jane, ich glaube nicht, dass mir hier eine Gefahr droht. Die lauert drüben in England. Na, komm, sonst müssen wir wieder warten.«

Wenig überzeugt fügte Jane sich. Gemeinsam traten sie an den Schalter zur Telegrammaufnahme und David erklärte auf Russisch ihr Anliegen. »Hast du den Text an Ally aufgeschrieben?«

Jane gab ihm den Zettel mit den Worten: BIN IN SORGE. WIE GEHT ES GAST AUF DEM LAND?

»Das ist gut so. Ich habe Eilbriefe an Rooke und Thomas gesandt, mit dem Material, das Blount gesammelt hat. Aber die brauchen länger als das Telegramm.« David gab dem Beamten den Zettel und notierte dazu die Adresse in London.

Als sie das erledigt hatten, nahm David ihren Arm. »Wollen wir die Isaakskathedrale anschauen? Sie ist erst vor drei Jahren fertig geworden.«

»Hm, und was ist mit deinem Onkel? Schreibt er dir jetzt eine Versicherung, dass er dich nicht in seinen Briefen an Markow erwähnt hat? Überhaupt müssen diese Briefe Fälschungen sein, die jemand geschrieben hat, der des Russischen mächtig ist.« Sie ging neben David her und stellte fest, dass der Schnee merklich weicher geworden war. Es begann zu tauen.

Die Isaakskathedrale lag nur wenige Gehminuten entfernt und erhob sich als beeindruckende Kreuzkuppelkirche unweit des Alexandergartens und der Admiralität. Jane stockte beim Anblick der verschwenderischen Pracht im Innenraum der Atem. Meterhohe massive Säulen aus Lapislazuli und Malachit trugen goldene Kapitele. Die Säulenportiken der Vorhallen waren dem Pantheon in Rom nachgebildet, die Wände mit unterschiedlichen Marmorarten und Edelsteinen verziert.

Nach einem kleinen Rundgang verließen sie die Kirche und traten auf die Straße, wo David sagte: »Über einhundert rote Säulen aus finnischem Granit siehst du hier draußen. Das hat mir der …«

Weiter kam er nicht, denn ein Schrei ertönte, gefolgt von weiteren schrillen Angstschreien und Rufen nach der Polizei. David packte Janes Arm. »Das kommt aus der Nähe der Post.«

»Die beiden Männer! David, sie hatten etwas vor, lass uns nachsehen! Ich habe keine Ruhe, wenn wir nicht wissen, was geschehen ist.« Jane lief ohne zu zögern los, doch David packte ihren Arm.

»Langsam. Lass mich vorgehen.« Er sah sich um und winkte einer Kutsche. »Nimm die Kutsche und folge mir. Ich will nicht, dass dir etwas zustößt. Keine Widerrede!«

Das Gefährt hielt neben ihnen und David gab dem Kutscher entsprechende Anweisungen. Jane sah ein, dass er recht hatte, und stieg gehorsam in die Kutsche. Kaum erreichten sie die Kreuzung vor dem Gebäude des Postamtes, musste der Kutscher die Fahrt verlangsamen und schließlich anhalten. Ein Menschauflauf direkt vor dem Eingang machte ein Durchkommen unmöglich.

Jane beobachtete, wie David sich durch die Neugierigen zwängte und zum Zentrum der Menschenansammlung vordrang. Er schien sich zu bücken, Polizisten eilten hinzu und drängten die Gaffer auseinander. Einer der Beamten wollte David mit einem Knüppel zurückdrängen, doch der gestikulierte und schlug sich verzweifelt die Hände vors Gesicht. Der Polizist veränderte seine Haltung und scheuchte nun die anderen Gaffer brutal zur Seite, sodass ein Kreis entstand. Jane beugte sich zum Kutschenfenster hinaus und presste die Hand auf den Mund, als sie sah, wer dort auf dem Boden lag – Fürst Andrej Michailowitsch Belevsky!

David wischte sich die tränennassen Augen. Er konnte nicht fassen, dass sein Onkel dort tot auf der Straße lag. David traf auf einen Polizeibeamten, der unglücklich auf den Toten starrte.

»Captain Wescott, Geheimdienst Ihrer Majestät Königin Viktoria«, stellte David sich vor. »Der Tote ist mein Onkel, Fürst Andrej Belevsky.«

Der Polizist erbleichte. »Auch das noch. Das gibt Scherereien. Geheimdienst? Sie sind der Neffe. Ja, sehen Sie sich um. Bis unsere Leute hier sind, gibt es sowieso keine brauchbaren Spuren mehr.« Er scheuchte die Gaffer zur Seite, damit David sich in Ruhe über den Leichnam beugen konnte.

Rasch öffnete David den Mantel des Toten und tastete mit den Fingern den dunklen Anzugstoff ab. Seitlich am Rücken fand er eine feuchte Stelle. Das Blut war noch warm und sickerte aus einer Stichwunde am unteren Rippenrand. Er öffnete den Gehrock und sah den sich von hinten ausbreitenden roten Fleck auf dem weißen Hemd. Nach einer kurzen Untersuchung bestätigte sich sein Verdacht. Der Stich war mit derselben Präzision ausgeführt worden wie bei den Prostituierten in London. Es bestand kein Zweifel daran, dass sein Onkel das Opfer eines heimtückischen Meuchelmörders geworden war. Und Jane hatte ihn gesehen. Es musste einfach so sein, dass dieser Kerl hier auf seinen Onkel gewartet hatte. Warum sonst hatte er einen Spitzel im Postamt gehabt und hatte selbst draußen gestanden? Das hier war kein Zufall.

Der Polizist hatte ihn nervös beobachtet. »Woran ist er gestorben?«

»Eine Stichwunde, seitlich von hinten.«

»Noch mehr Ärger! Papierkram, Untersuchungen … Eh, haltet die Leute fest. Wir brauchen alle, die hier waren, als es passiert ist«, rief der Polizist seinen Kollegen zu, doch die Lage war denkbar chaotisch und unübersichtlich.

»Bitte, legen wir ihn doch auf den Gehweg oder am besten

gleich in die Post. Er muss doch nicht hier draußen …«, bat David einen der Polizisten.

Der Beamte nickte. »Da kommen schon die Männer mit der Trage. Sie sind der Neffe, sagten Sie?« Der Mann zückte ein Notizbuch.

»Captain Wescott.« Er nannte seine derzeitige Adresse, ging neben seinem Onkel in die Hocke und strich ihm über die gebrochen in den Himmel blickenden Augen. »Eine Decke! Hat denn niemand eine Decke?«, rief David. Endlich kam ein Kutscher mit einer Pferdedecke herbei, die David über dem Körper seines Onkels ausbreitete.

Es war meine Schuld, konnte er nur denken und schluckte hart. Es war meine Schuld, dass er sich gestern aufgeregt hat, dass sein schwaches Herz überanstrengt wurde, dass er sich mit seinem Sohn gestritten hat. Und nun das! Wie konnte er seiner Tante oder seinem Cousin jemals wieder unter die Augen treten? Und doch blieb ihm keine Wahl, denn er brauchte die Erklärung seines Onkels. Und wenn dieser keine geschrieben hatte, musste sein Cousin, der schließlich Zeuge des Gesprächs gewesen war, ihm bestätigen, dass sein Vater seinen Namen Markow gegenüber nicht erwähnt hatte.

Zutiefst erschüttert suchte David nach Janes Kutsche und fand sie schräg gegenüber wartend. Mit einem Ausdruck der Verzweiflung hob er den Arm und gab ihr ein Zeichen, dort zu bleiben. Sie hatte es gespürt, das Unglück geahnt. Plötzlich kam Bewegung in die Wartenden, die sich bereits wieder zerstreuten. Ein toter Aristokrat mochte vielen Grund zur Genugtuung geben, doch es gab nichts weiter zu sehen, die Sensationslust war befriedigt.

Vier Soldaten der Admiralität kamen mit einer Trage herbeigelaufen und ein Reiter preschte mit seinem Pferd mitten durch die Leute, ohne darauf zu achten, dass eine Frau schrie und ein Mann zu Boden fiel.

»Wo ist er? Wo ist mein Vater, der Fürst Belevsky?«, brüllte Grigorij Belevsky. Er schien kaum Herr seiner Sinne, sah aus, als hätte er die Nacht mit Freunden und Strömen von Wodka verbracht. Tiefe Schatten umgaben seine Augen. Grigorij war blass und wurde aschfahl, als er sah, wie einer der Polizisten die Decke anhob.

»Ist das Ihr Vater? Ist das der Fürst, Exzellenz?«

Grigorij stieß einen rauen Schrei aus und fasste sich an die Brust. »Wie ist er gestorben? Eine Kutsche? Sein Herz?«

Der ranghöchste Polizist sah hilfesuchend zu Wescott. »Bitte, Captain, Sie haben es entdeckt.«

David, der sich etwas im Hintergrund gehalten hatte, trat nun vor und wollte Grigorij die Hand auf die Schulter legen, doch der stieß ihn wutentbrannt von sich. »Sie?! Ausgerechnet Sie sind hier? Gehen Sie mir aus den Augen! Es ist doch allein Ihre Schuld, dass es hierzu gekommen ist!«

»Nein, Grigorij, bitte, so hören Sie doch. Es war nicht das Herz, sondern Ihr Vater wurde ermordet, erstochen. Sehen Sie selbst. Ein Stich durch die Rippen in die Lunge. Er war sofort tot. In London gab es ganz ähnliche Todesfälle. Deshalb bin ich hier, es …«, beeilte sich David zu erklären, denn Grigorij geriet immer mehr außer sich.

»Das interessiert mich nicht! Verstehen Sie? Ihre ganze Misere interessiert mich nicht! Sie drängen sich in unser Leben und nutzen die Güte meines Vaters aus.«

»Ihr Vater war ein Ehrenmann, Grigorij. Er wusste, was sich gehört, und er hat mir versprochen, die Lügen aufzuklären, die man in seinem Namen in London verbreitet.« Sie sprachen russisch, sodass die Umstehenden neugierig zuhörten.

»Sie bezichtigen meinen Vater der Lüge?«, schrie Grigorij.

»Nein, so hören Sie doch zu, Sie verblendeter Mensch!«

»Der Fürst war Ihretwegen auf dem Weg zum Telegrafenamt und Sie beleidigen mich im Angesicht meines toten Vaters.

Das wird Konsequenzen haben!«, brüllte Grigorij.

David gefror innerlich, denn er verstand nur zu gut, worauf es hinauslaufen würde. Grigorij würde ihm später durch seinen Sekundanten Zeit und Ort für ein Duell mitteilen lassen.

»Grigorij, so seien Sie doch vernünftig. Lassen Sie uns in Ruhe über alles sprechen«, bat David.

»Gehen Sie mir aus den Augen, wir haben uns nichts mehr zu sagen.« Der wütende Fürstensohn wandte sich der Trage zu und legte die Hand auf den Brustkorb seines toten Vaters. »Ich begleite Sie, jemand soll mein Pferd nehmen.«

Seine Haltung hatte sich verändert. Aus dem rebellischen Sohn war ein junger Mann geworden, der sich seiner neuen machtvollen Position bewusst war.

Der Polizist, den David zuerst gesprochen hatte, war dem Wortwechsel mit stoischer Miene gefolgt und sagte nun zu David: »Wie lange sind Sie noch unter dieser Adresse in Sankt Petersburg zu erreichen? Wir haben vielleicht noch Fragen.«

»Einige Tage. Ich stehe zu Ihrer Verfügung.«

Langsam, um sich zu sammeln und den zweifachen Schock zu verarbeiten, ging er zur Kutsche. Jane erwartete ihn mit ängstlichem Blick. War es nicht furchtbar genug, dass Andrej Belevsky ermordet worden war? Musste David jetzt noch gezwungen werden, sich dessen Sohn mit einer Waffe gegenüberzustellen? Er würde seinem Cousin kein Leid zufügen. Aber genauso wenig würde er sich der Herausforderung entziehen.

Bevor er zu Jane einstieg, nannte er dem Kutscher ihre Adresse am Liteinij-Prospekt. Langsam rollten die Räder über das Pflaster und Jane nahm seinen Arm. »Oh, David, wie schrecklich! Fürst Belevsky ist tot, nicht wahr?«

»Erstochen, genau wie die Prostituierten in London.«

Sie sog scharf die Luft ein. »Gundorovs Mann! Er hat auf Belevsky gewartet. Aber wie konnte er wissen, dass er in der Post sein würde?«

»Dafür musst du nur einen Diener des Haushalts bestechen. Nichts leichter als das. Nur verstehe ich nicht, welches Interesse Gundorov an Belevskys Tod hat.« David lehnte sich zurück und nahm Janes Hand in seine. »Und Grigorij gibt mir die Schuld.«

»Was willst du tun? Wir müssen ihnen unsere Kondolenz erweisen, oder nicht?«

Mit schmalen Lippen erwiderte David: »Die Höflichkeit gebietet es, aber ich fürchte, die Umstände sprechen dagegen.«

»So schlimm steht es?« Sie drückte seine Hand und er küsste ihre Stirn.

21

In ihrer Wohnung roch es tröstlich nach buttrigen Pfannkuchen und einem Eintopf. Hettie empfing sie aufgekratzt.

»Ich weiß jetzt, wie man diese Blini macht. Das ist gar nicht schwierig. Ich verstehe zwar kein Wort von dem, was Asja erzählt, aber ich schaue zu und lerne.« Als sie sah, wie David mit bedrückter Miene in sein Zimmer ging und Blount ihm folgte, verlosch das Strahlen auf ihrem Gesicht. »Es ist etwas geschehen, nicht wahr, Ma'am?«

»Ach Hettie, unsere Hoffnung auf den Unschuldsbeweis von Belevsky hat sich heute zerschlagen. Nein, sie wurde niedergestochen.«

Jane berichtete in aller Kürze und Hettie riss schockiert die Augen auf. »Aber was machen wir denn jetzt? Wir können doch nicht ohne den Beweis für die Unschuld des Captains nach London zurückkehren. Ich mag gar nicht an diesen Constable Skelley denken. Der hatte doch richtig Spaß daran, den Captain zu schikanieren.«

Sie standen im Salon, wo Hettie den Tisch für den Nachmittagstee eindeckte. »Da ist ein Telegramm für Sie gekommen, Ma'am.« Die Zofe ging zu einer Kredenz und kam mit einem Umschlag zurück. Die Adresse war in kyrillischer Schrift verfasst, nur Janes Name war auch in lateinischen Buchstaben angegeben.

Neugierig riss Jane den Umschlag auf und nahm den Papierstreifen heraus. Die Nachricht war von Ally.

LIEBSTE JANE KEINE SORGE J IST IN SICHERHEIT THOMAS IM BILDE ÜBER M ROOKE KOMMT VORAN UND SIR B BALD ZURÜCK. LONDON IM FIEBER SEZESSIONSKRIEG KOMMT GESUND ZURÜCK. BIS BALD. ALLY

Gerührt seufzte Jane und zog den Streifen gerade. »Ally fehlt mir. Josiah geht es gut, Hettie. Und mit ihren Andeutungen wird David mehr anzufangen wissen. Wann essen wir?«

»In zehn Minuten ist wohl alles fertig«, antwortete Hettie. »Jedenfalls hat Asja das so auf der Uhr gezeigt.«

»Schön, ich spreche mit meinem Mann und dann essen wir.« Jane nahm den Papierstreifen und trat nach kurzem Anklopfen in das Zimmer ihres Mannes.

David saß vor einem kleinen Schreibtisch und schrieb eilig, während Blount ihm über die Schulter sah und sagte: »Wollen Sie es sich nicht doch überlegen, Captain? Es könnte …«

»Überlegen? Was denn? Planst du etwas Gefährliches, David? Bitte, sag mir, dass das nicht wahr ist!« Jane blieb neben dem Bett stehen und sah Blount, der sich zu ihr umgedreht hatte, mit flehendem Blick an.

Sein ernstes Gesicht verriet nichts, als Blount den Brief von David in seine Jackentasche schob. Er vermied es, Jane anzusehen, und ging eilig an ihr vorbei. David legte die Feder nieder und erhob sich. Jane erschrak, als sie die Anspannung in seinem Gesicht erkannte.

Sein Lächeln war gezwungen und erreichte seine Augen

nicht. »Es roch nach Eintopf. Ich würde gern noch etwas essen, bevor ich mich auf den Weg mache. Jane, bitte, frag nicht. Ich weiß, dass du es gut meinst, aber in diesem Fall kannst du nichts tun. Du wärest mir nur im Weg und ich könnte mich nicht auf meine Aufgabe konzentrieren, weil ich mich um deine Sicherheit sorgen müsste.«

»Ich kann mir doch vielleicht einen alten Mantel borgen und …«, sagte Jane leise, wissend, dass sie hier nichts ausrichten konnte, obwohl sie vor Sorge und Neugier zersprang.

»Versuch bitte nicht, mir zu folgen. Ich muss auf die andere Seite der Newa in ein Viertel, in dem du auffallen würdest wie ein Kanarienvogel unter Spatzen. Und es würde auch nichts nutzen, wenn du dir landestypische Kleidung anziehst. Deine Sprache, Jane.«

»Ich wäre still wie eine Maus.« Sie sah ihn unter halb gesenkten Lidern an und legte einen Finger an ihre Lippen.

Diesmal war sein Lächeln echt und er nahm sie in die Arme. »Ach, meine Jane, meine tapfere, unvergleichliche Jane.«

Sie schlang ihre Arme um seinen festen muskulösen Körper und drückte sich an ihn, spürte, wie er sein Gesicht in ihren Haaren vergrub und etwas murmelte. Er hob den Kopf und wechselte wie immer, wenn er sie aus seinen Plänen ausgeschlossen hatte, das Thema. »Ich habe Hunger. Und unsere Köchin macht ihre Sache gut. Wir könnten sie mit nach England nehmen. Was meinst du?«

»Arme Ruth. Das können wir ihr nicht antun. Und ich glaube nicht, dass sich die arme Frau in London wohlfühlen würde.«

»Du hast recht. Dann müssten wir auch ihre gesamte Familie mitnehmen und das wäre wahrhaftig ein Unterfangen …«

»Oh.« Sie gab ihm den Umschlag, der in ihrer Hand geknittert worden war. »Von Ally.«

David nickte, als er die Zeilen überflog. »Gut, gut.

Immerhin. Das ist nicht schlecht. Thomas und Martin sind also schon an Markow dran. Das ist vielversprechend. Wenn ich nur wüsste, wer meinen Onkel umbringen ließ ...«

»Wenn nicht Gundorov, wer dann?«

Er hielt ihr die Tür auf und ließ sie in den schmalen Flur gehen. Die Wände waren zum Teil mit Holz vertäfelt, die Tapete in einem hellen Beigeton.

David hob die Schultern. »Es hat in London begonnen. Orlows Tod war der Anlass oder der Auslöser oder ein Zufallsprodukt in einem Spiel, das ich noch nicht durchschaue. Ich muss gestehen, dass ich mehr herumstochere, als zielgerichtet voranzukommen. Blount ist mit einer Anfrage für mich unterwegs. Ich muss es abwarten, Jane.«

Sie setzten sich an den von Hettie liebevoll gedeckten Tisch und bemühten sich, zumindest von allem zu kosten. Asja hatte sich große Mühe mit dem Rindfleischeintopf gegeben, und die kleinen Pfannkuchen mochte Jane tatsächlich sehr gern. Heute gab es dazu einen heißen Trunk aus Moosbeeren, von dem es hieß, er sei gut für die Gesundheit.

»Verrätst du mir, wohin Blount unterwegs ist? Was kann es denn schaden, wenn ich es weiß? Ich soll hier herumsitzen und warten. Deshalb bin ich nicht mit dir nach Russland gefahren.«

»Wenn ich mich recht erinnere, war der Plan, meinen Onkel um eine Erklärung zu bitten, und diese Möglichkeit ist ja nun vom Tisch. Jetzt ist es an mir, meine früheren Kontakte zu nutzen.« Er trank seinen Beerensaft aus und wischte sich mit der Serviette über Mund und Kinn.

»Aber du versprichst mir, dich nicht unnötiger Gefahr auszusetzen?«

Er legte seine Hand an ihre Wange und glitt mit den Fingerspitzen über ihren Hals. »Ich möchte das hier fortsetzen. Also kannst du sicher sein, dass ich um scharfe Klingen und verirrte Pistolenkugeln einen großen Bogen machen werde.«

In seinen dunklen Augen lag ein Versprechen, auf dessen Einlösung sie bestehen würde. Jane seufzte. »Wie lange werdet ihr fort sein?«

»Warte nicht auf mich. Es kann sehr spät werden.«

Um Mitternacht löschte Jane das Licht und ärgerte sich, dass sie den Tag hatte verstreichen lassen, ohne etwas Sinnvolles zu unternehmen. Doch der plötzliche Tod des Fürsten hatte sie gelähmt. Und sie gestand sich ein, dass sie Angst hatte, allein auf die Straße zu gehen. Sie fiel in einen tiefen unruhigen Schlaf, in dem sie von Albträumen geplagt wurde. In einer Sequenz ging sie mit Hettie in einem Park spazieren, nur war es Winter und sie standen auf einem zugefrorenen See. Das Eis machte leise knisternde Geräusche, die ihr gefielen, doch als sie nach unten sah, stockte ihr der Atem, denn Hunderte kleine Risse wurden in der bläulichen Eisschicht sichtbar. Mit jeder Bewegung, die sie und Hettie machten, brach das Eis weiter auseinander. Sie streckte die Hände zum Ufer aus, doch dort stand mit einem höhnischen Grinsen der Mann mit den zerschnittenen Nasenflügeln. Aber nicht das brechende Eis bereitete ihr die größten Sorgen. Der Mann hielt ein blutiges Messer in der Hand und sie wusste, wessen Blut dort in den Schnee tropfte.

»David!« Mit dem lautlosen Schrei auf den Lippen wachte sie auf und starrte in eine Öllampe, die man ihr direkt ins Gesicht hielt.

»Ma'am, kommen Sie schnell!« Hettie stand an ihrem Bett und rüttelte ihre Schulter, während die russische Dienerin die Lampe hielt.

»Was ist passiert?« Jane war sofort hellwach und warf die Decke zurück. Sie schlüpfte in ihre Pantoffeln, warf ihren Morgenrock über und rannte zur Tür.

»Der Captain, Ma'am, er ist verwundet«, sagte Hettie.

Jane schrie auf. »Wo ist er?«

»Sie bringen ihn in das andere Schlafzimmer. Der Arzt ist bei ihm, Ma'am«, fügte Hettie hinzu. »Es ist der Arzt von der Straße vor dem Zeitungsgebäude.«

Jane hörte zu und verstand doch nichts. Panisch stieß sie die Tür zum Nebenzimmer auf und musste mit ansehen, wie Blount, Krylow und ein Fremder David auf sein Bett legten. Sie stürzte nach vorn, wurde jedoch von Blount festgehalten.

»Nicht, Mylady. Lassen Sie den Doktor seine Arbeit machen. Er wird es schaffen, er hat eine starke Konstitution.«

Und dann sah sie das blutgetränkte Hemd und die dunkle Einschussstelle in seiner rechten Schulter. Davids Augen waren geschlossen, doch als sie ihm den Mantel auszogen, stöhnte er auf und riss die Augen auf.

Jane machte sich von Blount los, fiel neben dem Bett auf die Knie und strich ihrem Mann die feuchten Haare aus der verschwitzten Stirn. Er schien etwas sagen zu wollen, doch seine Lippen bewegten sich nur lautlos.

»Er hat viel Blut verloren, Mylady«, sagte der Arzt. »Die Kugel steckt noch drin. Wir sollten so schnell wie möglich beginnen.«

»Kann ich etwas tun?«, flüsterte sie.

»Beten Sie für ihn.«

Die folgende Stunde war die längste, die Jane jemals durchleben musste, doch Beten und Warten waren nicht ihre Stärken, und so kümmerte sie sich um frisches heißes Wasser und zerschnitt nach Krylows Anweisung ein sauberes Betttuch, was Asja und die junge Maja entsetzt die Hände über dem Kopf zusammenschlagen ließ. Sie erfuhr nur, dass David sich duelliert hatte und sein Gegner unverletzt geblieben war. Ein Duell! Sie konnte es nicht fassen.

Krylow war zu Beginn skeptisch, doch als er sah, dass Jane beim Anblick von Blut weder blass wurde noch in Ohnmacht fiel, ließ er es zu, dass sie David die Stirn mit einem feuchten Tuch kühlte und ihn mit festhielt, als es ans Entfernen der Kugel ging. Blount half dem Arzt mit der Erfahrung eines Soldaten, der im Krieg die ganze Bandbreite möglicher Verstümmelungen und Verwundungen gesehen hatte und manchem Feldarzt zur Hand gegangen war. Zudem wusste Jane, dass Blount den im Krieg schwer verletzten David gesund gepflegt hatte.

Als Krylow endlich seine blutverschmierten Hände in einer Wasserschüssel wusch und seine Hemdsärmel wieder herunterrollte, seufzte Jane erleichtert auf. Der Fremde, der Krylow assistiert hatte, war ein junger Medizinstudent mit Namen Jaroslaw Wesselow. Krylow rief ihn kurz Slawa.

»Slawa, hol die volle Flasche Laudanum aus meiner Tasche und gib sie der Lady«, ordnete Krylow an. »Mylady, wir haben alles in unserer Macht Stehende getan. Die Kugel ist heraus. Das ist entscheidend und die Wunde ist sauber. Ob sich Wundbrand einstellt, wird sich noch zeigen. Sollte sich sein Zustand verändern, das Fieber steigen oder er unerträgliche Schmerzen haben, schicken Sie nach mir. In meiner Praxis weiß man immer, wo ich zu finden bin.« Er reichte ihr seine Karte, auf der eine Anschrift in kyrillischer Schrift stand. »Morgen Nachmittag sehe ich bei Ihnen vorbei.«

Jane legte die Karte auf den Tisch und reichte dem Arzt die Hand. »Ich danke Ihnen, Doktor!«

Sie war zu aufgewühlt und konnte die Tränen nur mit Mühe zurückhalten, um weiter mit dem Arzt zu sprechen. Krylow drückte ihre Hand und schenkte ihr einen mitfühlenden Blick. »Gönnen Sie sich etwas Schlaf, Mylady. Bis morgen.«

Der Medizinstudent räumte die ärztlichen Utensilien zusammen, verstaute sie in Krylows Tasche und die beiden verließen das Zimmer. Auf diesen Augenblick hatte Jane gewartet. David war vom Laudanum betäubt und schlief. Die Wunde war verbunden. Mehr konnten sie jetzt nicht für ihn tun.

»Mr Blount!«

Der Angesprochene war gerade dabei, das Fenster zu schließen, denn er hatte einmal kurz den Raum gelüftet und legte noch ein Holzscheit in den Kamin. »Mylady?«

»In den Salon! Jetzt!« Die ganze Zeit über hatte sie ihre Wut gezügelt, doch nun konnte sie sich nur noch mühsam beherrschen. Sie rauschte aus dem Zimmer und stellte Blount mit brennenden Augen im Salon zur Rede.

»Wagen Sie es nicht, mich mit irgendwelchen fadenscheinigen Ausreden abzuspeisen. Was ist passiert? Ich will jedes Detail wissen! Jedes einzelne!« Sie stand neben der Anrichte und goss Wodka in zwei Gläser. »Bitte, auf die Gesundheit des Captains!«

Dankbar trank Blount den Schnaps, räusperte sich und fuhr sich über die kurzen Haare. Er trug Hemd und Weste. Seine Jacke war voller Blut und auch auf Hemd und Weste waren Blutspuren zu sehen. »Mylady, der Captain wusste, dass Sie niemals zustimmen würden, dass er sich diesem Duell stellt. Aber Grigorij Belevsky hat ihn an der Leiche seines Vaters herausgefordert. Es wäre eine grobe Verletzung des Ehrenkodexes gewesen, diese Herausforderung abzulehnen.«

»Sein Cousin?« Jane rang die Hände. »Bitte, fahren Sie fort.«

»Grigorij beschuldigte den Captain, dass er schuld am Tod des Fürsten sei, denn dieser wollte sich um die Angelegenheit mit Markow kümmern. Ich habe als Sekundant fungiert, Krylow war der von Grigorij Belevsky bestellte Arzt und ein gewisser Durasov war der Sekundant des Cousins.«

Jane stöhnte. »Wie ist denn so etwas nur möglich? Sind Duelle nicht verboten?«

Blount verzog den Mund. »Nun ja, sie werden offiziell nicht gern gesehen und deshalb finden sie im Morgengrauen und an entlegenen Orten statt. Doch richtiggehend bestraft werden Duellanten nicht. Es ist ein Ehrenhandel, Mylady.«

»Das weiß ich! Ehrenhandel! Ein feiner Handel ist das, wo sich zwei gesunde Männer gegenübertreten, um sich zu erschießen. Einen Unsinn nenne ich das!«, rief Jane und wischte sich die Augen. »Und warum habe ich den Überbringer der Herausforderung nicht gesehen? Die Form muss doch gewahrt werden.«

Blount senkte den Blick. »Ich wusste, dass der Kartellträger zu uns kommen würde, und habe den Portier instruiert. Wir haben uns bei Panajew getroffen.«

»Oh, welche Heimtücke. Und dann?«

»Nun, wir haben später den Grafen von Seebach getroffen und mit ihm über die Lage gesprochen. Er hat eine Wohnung am Moikaufer. Von dort ist es nicht weit zum verabredeten Platz am Ufer der Newa. Um kurz vor fünf Uhr haben wir uns dort eingefunden. Die Sonne ging gerade auf. Grigorij Belevsky hat die Duellpistolen mitgebracht, die in ordnungsgemäßem Zustand waren. Davon habe ich mich persönlich überzeugt.«

»Das Ergebnis haben wir gesehen«, meinte Jane trocken.

Blount nahm Haltung an und sah an ihr vorbei zum Fenster. »Es gibt Regeln, die eingehalten werden müssen. Der Captain hatte sich für Pistolen entschieden.« Bei den folgenden Worten suchte er ihren Blick. »Ihr Gatte hatte sich vor dem Duell entschieden, seinen Cousin nicht zu verletzen.«

Jane schüttelte entsetzt den Kopf und sackte auf einen Stuhl. »Damit hat er seinen Tod in Kauf genommen. Oder hat er ernsthaft erwartet, dass dieser Grigorij ihm mit demselben Großmut entgegentritt? So wie ich den jungen Belevsky an dem Abend erlebt habe, schien er mir nicht sehr nobel, sondern hitzköpfig und jähzornig.«

»Der Captain ist der Ansicht, dass er tatsächlich eine gewisse Mitschuld an den Ereignissen trägt, die zum gewaltsamen Tod seines Onkels führten. Als es hell genug war, nahmen die Herren ihre Position ein. Grigorij Belevsky war zu keinem Gespräch bereit und nahm keine Entschuldigung an. Der Captain hatte die Ehre des ersten Schusses und er zielte weit daneben. Sein Kontrahent hätte durchaus die Gelegenheit gehabt, es ihm gleichzutun, und die Sache wäre erledigt gewesen. Doch ich konnte den Zorn und die Freude, wenn man das so sagen kann, in seinem Blick sehen, als er erkannte, was der Captain getan hatte.«

Jane schluckte.

»Er legte also an und der Captain blieb stehen. Er wich nicht einen Zentimeter von der Stelle und blickte ihm voll ins Gesicht. Es war kein ehrenvoller Schuss, Mylady. Aber er tat es, sein Cousin zielte mit voller Absicht auf seine Brust. Es ist nur seinem Unvermögen zu verdanken, dass er ein wenig zu weit seitlich traf.«

»Ich kann es einfach nicht glauben. Wie konnte er das nur tun? Er hätte mich hier allein zurückgelassen. Er hat nicht mit mir gesprochen.« Erschüttert presste sich Jane die Hände vor ihr Gesicht. »Wie konnten Sie das zulassen?«

Blount holte tief Luft, bevor er antwortete: »Es tut mir sehr leid, dass es so gekommen ist, Mylady. Aber Sie müssen verstehen, dass meine ganze Loyalität dem Captain gilt. Es steht mir nicht zu, seine Entscheidungen anzuzweifeln. Und, mit Verlaub, er hätte seine Ehre unter allen Umständen verteidigt. Das liegt in seinem Wesen, Mylady.« Dabei sah er Jane um Verständnis bittend an.

Jane erhob sich schwerfällig. »Ich heiße es nicht gut, aber ich verstehe. Danke, Blount. Nur eins noch: Haben Sie diese Jelena Kurakin gefunden?«

»Nein, Mylady. Ich konnte niemanden finden, der sie in den letzten Jahren gesehen hat oder weiß, wo sie sich aufhält. Aber, Mylady, es gibt keinen Grund, in dieser Richtung ... ähm ... Befürchtungen zu hegen. Die Gründe für die Suche nach dieser Person sind nur im Zusammenhang mit dem Orlow-Fall zu sehen.«

Ein schwaches Lächeln umspielte Janes Lippen. »Ist das so? Nun, ich werde sehen, wie ich mit dem allen hier umgehen kann.«

»Bitte, Mylady, Sie würden den Captain doch nicht … verlassen?« Besorgnis und Angst spiegelten sich auf Blounts Gesicht.

Jane seufzte, machte einen Schritt auf den gebeutelten Mann zu und berührte leicht seinen Arm. »Niemals. Dieser ehrenhafte verrückte Mann ist mein Leben.«

Sie konnte förmlich sehen, wie eine Last von seinen Schultern fiel. »Danke, Mylady. Wenn Sie mich nicht mehr benötigen …«

»Nein, gehen Sie nur. Was ist eigentlich mit Krylow und Panajew? Wie stehen die zu Grigorij?«

Blount runzelte kurz die Stirn. »Panajew gehört zu den Gemäßigten. Er verlegt zwar aus Überzeugung die progressiven Liberalen, aber radikal ist er nicht. Bei Krylow bin ich mir nicht sicher. Der Medizinstudent, Wesselow, ist den Radikalen zugeneigt. Das habe ich einem Gespräch entnehmen können, das er mit Grigorij Belevsky geführt hat.«

Nachdem Jane sich gewaschen und umgezogen hatte, öffnete sie in ihrem Schlafzimmer die Verbindungstür zu Davids Zimmer. Wenn sie sich später hinlegte, um etwas zu ruhen, könnte sie hören, falls David sie brauchte. Leise trat sie an sein Bett und betrachtete das ihr inzwischen so vertraute und lieb gewordene Gesicht.

Er atmete unregelmäßig und drehte den Kopf, als ob er Schmerzen hatte. Seine Schulter bewegte sich und er zuckte und riss die Augen auf. Sie setzte sich zu ihm auf die Bettkante und streichelte seine Wange.

»Es ist noch mal gut gegangen. Du hast Glück gehabt,

David.« Sie konnte nicht verhindern, dass ihr eine Träne über die Wange lief.

Seine Pupillen waren noch von der Wirkung des Opiats geweitet und er murmelte schläfrig: »Ich wollte nicht sterben, Jane.«

»Und warum hast du dann danebengeschossen, du dummer Mann? Blount hat es mir erzählt.«

Seine Lippen kräuselten sich leicht. »Es war meine Pflicht.« Die Lider wurden ihm schwer und er murmelte etwas, das sie nicht verstand.

Jane drückte ihm einen Kuss auf die Stirn und verließ das Krankenzimmer.

22

Es dauerte drei Tage, bis das Fieber gesunken war. Davids Wunde hatte sich trotz aller Vorsichtsmaßnahmen entzündet und Krylow hatte alle Mühe, das Schwären einzudämmen. Doch endlich schien das Schlimmste überstanden, die dunkle Rötung der Wundränder ging zurück und das Wundsekret nahm eine hellere Farbe an.

Die Temperaturen waren milder geworden und der Schnee taute. Jane war überrascht, wie schnell das Klima sich hier veränderte. Während der Frühling in England die Pflanzenwelt langsam und zaghaft weckte, schien sich hier die Sonne mit aller Kraft durchsetzen zu wollen. Vielleicht, weil der Sommer allzu kurz war. Jane saß im Salon, die Fenster zur Straße waren geöffnet, damit die frische Luft durch die Räume ziehen konnte.

Unten auf der Straße nahm das städtische Leben seinen Lauf, nur schienen die Menschen fröhlicher, die Vögel zwitscherten und öfter hörte sie nun Straßenmusikanten, die melancholische Volkslieder sangen. Krylow war noch bei David. Der Arzt kam morgens und abends bei ihnen vorbei. Jane hatte sich beruhigt aus dem Krankenzimmer entfernt, als Krylow ihr an diesem Morgen versichert hatte, dass David auf dem Weg der Gesundung war und er nur noch die Wunde reinigen und neu verbinden wollte.

»Hettie, bitte doch den Doktor noch auf eine Tasse Tee in den Salon, wenn er fertig ist«, bat sie ihre Zofe, die mit zwei englischen Tageszeitungen hereinkam.

Die Zofe gab sich seit drei Tagen besondere Mühe mit ihren Haaren, roch nach Seife und hielt Asja dazu an, englisches Teegebäck zu backen. Der Doktor hatte einmal seine Vorliebe für englisches Teegebäck zum Ausdruck gebracht, und weil Hettie in seiner Gegenwart zu stottern begann und dauernd errötete, führte Jane die Anstrengungen ihrer Zofe auf eine Verliebtheit zurück.

Jane verkniff sich ein Grinsen, nahm den *Daily Telegraph* zur Hand und überflog die Schlagzeilen. Die Zeitungen kamen mit einwöchiger Verzögerung in Russland an und der Krieg in Übersee dominierte die Schlagzeilen. Eine neue Eisenbahnlinie Richtung Norden war eröffnet worden, ein Feuer hatte in Holborn gewütet und eine Gaststätte zerstört. Zwei Tote waren zu beklagen. Ausgerechnet in Holborn, dachte Jane und legte die Zeitung zur Seite, denn es klopfte und Hettie führte den Arzt herein.

»Doktor Krylow, bitte, nehmen Sie Platz und leisten Sie mir bei einer Tasse Tee Gesellschaft. Und bedienen Sie sich an den Kuchen. Hettie hat den Früchtekuchen extra für Sie backen lassen.«

Der Arzt schenkte Hettie ein freundliches Lächeln und hob sich ein Stück auf seinen Teller. »Danke, aber das war doch nicht notwendig.«

Hettie knickste, was sie selten tat, und verließ den Salon.

»Wie steht es um meinen Gatten?«

»Die Sepsis geht zurück, aber er darf das Bett nicht verlassen und sich keinerlei Anstrengung aussetzen. Wenn die Wunde wieder aufbricht und sich erneut entzündet, wäre das fatal. Die Kugel ist am Knochen vorbeigeschrammt und hat ein Stück abgesplittert. Ich habe Ihrem Gatten eine Dosis Laudanum gegeben. Vielleicht ist er später am Tag so weit, dass er ohne Laudanum auskommt. Lassen Sie ihn selbst entscheiden. Ich kann heute Abend nicht kommen, aber es sollte auch nicht notwendig sein.«

Jane goss dem Arzt eine Tasse Tee ein. »Danke, Doktor. Haben Sie etwas von Grigorij Belevsky gehört?«

Fjodor Krylow wischte sich einen Kuchenkrümel aus seinem Schnauzbart. »Nur, dass er die Trauerzeremonie vorbereiten lässt. Er hat bereits die Geschäfte des Fürsten übernommen. Es wird Veränderungen geben.«

Jane hob die Augenbrauen. »Inwiefern?«

»Nun, es ist kein Geheimnis, dass Grigorij die gemäßigte liberale Haltung seines Vaters nicht immer teilte. Er war dagegen, Geld für Emigranten im Ausland auszugeben. Russen sollen Russen in Russland unterstützen, sagt er.«

»Dann missfielen ihm die Zahlungen seines Vaters an Markow in London?«

Der Arzt seufzte, trank einen Schluck Tee und sah sie nachdenklich an. »Mylady, Sie bringen mich in Verlegenheit. Ich verrate meine Freunde nicht.«

»Man sollte sehr vorsichtig bei der Auswahl seiner Freunde sein. Jähzornige und aufbrausende Menschen sind wie Pulverfässer, die jederzeit explodieren können. Sie verzeihen mir meine Kritik an Grigorij, aber unter den Umständen scheint sie mehr als gerechtfertigt, denken Sie nicht?«

Weiches braunes Haar fiel Krylow immer wieder in die Stirn. Er war kultiviert und hatte ein einnehmendes Wesen und Jane wunderte sich, dass er jemanden wie Grigorij zu seinen Freunden zählte. Aber was wusste sie schon von dem Arzt? Hinter mancher hübschen Fassade versteckte sich das Unerwartete.

»Sie wissen, dass ich Grigorijs Verhalten verurteile. Ich habe versucht, ihn umzustimmen, aber wenn er in seinen blinden Zorn verfällt, kann ihn nichts von seinem Vorhaben abbringen. So war er schon immer. Deshalb wollte sein Vater ihn zum Militär schicken. Der Fürst war davon überzeugt, dass militärischer Drill den Jungen disziplinieren würde. Aber Grigorij hat sich geweigert und stattdessen Jahre an der Universität verbracht, ohne je einen Abschluss zu machen. Er ist wie viele andere junge Aristokraten auch. Aber nicht in jeder Hinsicht.« Krylow hielt kurz inne, um dann fortzufahren: »Er brennt für die Revolutionierung der Gesellschaftsordnung. Dass Russland den Krimkrieg verloren hat, hat gezeigt, wie rückständig wir sind.«

»Sicher, und jetzt erzählen Sie mir noch, dass Grigorij sich leichten Herzens von all seinen Privilegien trennen würde. Er hat nichts gelernt, nie gearbeitet und fordert aus einer Laune heraus ehrenhafte Männer zum Duell. Männer wie meinen Gatten, ein zehnmal besserer Mann als dieses Fürstensöhnlein, das auf ihn schießt, wehrlos und im Wissen, dass David ihn niemals getötet hätte. Ein wahrhaft großer Mensch, dieser Grigorij ...«

»Sie haben in allem recht, Mylady, und trotzdem war Grigorij ebenfalls im Recht. Niemand hier wird ihm sein Verhalten ankreiden. Wohingegen ...« Krylow unterbrach sich, denn es klopfte und Hettie kam mit einem Tablett herein, auf dem ein Brief lag.

»Entschuldigen Sie die Unterbrechung. Ma'am, der kam gerade per Kurier für Sie.« Die Zofe warf dem Arzt einen schüchternen Blick zu und wartete.

»Verzeihung, Doktor. Vielleicht ist es dringend und bedarf einer sofortigen Antwort.« Jane öffnete den Briefumschlag.

Krylow wollte sich erheben, doch Jane bat ihn zu warten. »Bitte, bleiben Sie. Nehmen Sie noch ein Stück Kuchen.«

Sie hatte noch einige Fragen an den Arzt. Fragen, die ihr seit Tagen auf der Zunge lagen, die sie wegen der Sorge um David jedoch noch nicht zu stellen gewagt hatte. Sie entnahm dem Brief ein Telegramm ihrer Freundin Ally.

JANE, BRIEF UNTERWEGS. KOMMT NICHT ZURÜCK NACH LONDON! GERÜCHT DAVID IN TOD VON ONKEL VERWICKELT. FEUER IN HOLBORN PUB TOTE ZEUGIN! ALLY

Jane erbleichte und ließ das Telegramm sinken.

»Ma'am, was ist geschehen?«, fragte Hettie mit großen Augen.

»Hier«, sie hielt ihrer Zofe das Telegramm hin, die es las und sich die Hand vor den Mund presste. »Das ist fürchterlich! Und was können wir tun? Ich will nicht in Russland bleiben!«

Trotz der bedrohlichen Situation musste Jane kurz lachen. »Arme Hettie, nein, ich möchte auch nicht hierbleiben. Doktor, es sieht nicht gut aus für meinen Mann. Er wird irrtümlicherweise mit dem Mord an Attaché Orlow in Verbindung gebracht und verdächtigt, umstürzlerische Bestrebungen zu unterstützen. Dass sein Onkel ihm attestieren sollte, dass er in keinerlei Verbindung zu den Revolutionären steht, war der Grund unserer Reise.« Sie wartete auf eine Reaktion des Arztes, doch der zupfte an seinen Manschetten und sah sie nur fragend an.

»Ich muss es also direkt ansprechen. Bitte, wie Sie wollen. Da von Davids Cousin keine Hilfe zu erwarten ist, wie wir erlebt haben«, der Sarkasmus war deutlich aus Janes Stimme herauszuhören, »bleibt nur noch Ihr Freund Gundorov. Ist er hier in Sankt Petersburg? Ich will mit ihm sprechen! Sagen Sie ihm, dass ich seinen Freund vor der Post gesehen habe. Und zwar kurz vor dem Mord an Davids Onkel.«

Erstaunt öffnete Krylow den Mund, um ihn sofort wieder zu schließen.

»Dazu fällt Ihnen nichts ein? Ja, ich habe Monsieur Gundorov mit einem gewissen Herrn gesehen, in London, im Hyde

Park, und sie wirkten recht vertraut. Und dann taucht selbiger Herr hier auf. Seine Nase.« Jane tippte sich an ihre Nasenflügel. »Man hat sie ihm wohl zerschnitten. Das macht man hier so mit Verbrechern, die nach Sibirien verbannt werden, habe ich mir sagen lassen.«

Jane hatte ohnehin vorgehabt, mit Krylow zu sprechen, aber nun hatte sich die Situation verschärft und es galt keine Zeit zu verlieren. Vielleicht mussten sie die Wohnung verlassen. Wenn der Staatsanwalt in London einen Haftbefehl für David ausstellte und den an die hiesige Polizei gab …

Die sonst so freundliche Miene des Arztes war plötzlich abweisend und verschlossen. »Sie sind impulsiv, Mylady. Verrennen Sie sich nicht in voreiligen Vermutungen. Sie haben keine Beweise und Sie kennen Gundorov nicht.« Er erhob sich und nahm seine Arzttasche.

»Da irren Sie sich. Ich habe Ihren Freund in London getroffen, auf dem Ball von Lady Flandringham.«

»Das meinte ich nicht. Sie wissen nicht, was für ein Mensch mein Freund ist. Ich verbürge mich für Sergej. Heimtücke gehört nicht zu seinen Charaktereigenschaften. Ich werde sehen, was ich für Sie tun kann.«

»Bitte, ich bin Ihnen auf ewig verbunden, wenn Sie uns helfen.« Jane war ebenfalls aufgestanden und legte ihre Hand auf den Arm des Doktors. »Mein Mann ist unschuldig.«

Krylow nickte ihr zu. »Sie hören baldmöglichst von mir, Mylady.«

»Danke«, flüsterte Jane und sah zu, wie Hettie den Arzt nach draußen begleitete.

Als ihre Zofe zurückkehrte, fragte Jane: »Wo ist Blount?«

»Beim Captain. Ich hole ihn, Ma'am.«

Wenig später stand Jane mit Blount und Hettie im Salon. Der Diener hörte sich alles an und stellte sachlich fest: »Wir müssen diese Wohnung verlassen, Mylady.«

»Und wohin gehen wir? Uns erkennt doch sofort jeder hier als Ausländer. Wir können uns gar nicht verstecken!«, erwiderte Jane verzweifelt.

»Nur bei Freunden, die uns nicht verraten, Mylady.« Blount stand wie immer gefasst und mit tadelloser Haltung vor ihr.

»Haben wir solche Freunde, Blount?«

»Der Graf von Seebach wird uns helfen. Auf ihn ist Verlass. Soll ich ihn gleich aufsuchen?«

»Ich bitte darum, Blount.« Jane atmete tief durch. Sie war eine Kämpfernatur und noch war England nicht verloren. »Hettie, wir packen.«

Zwei Brücken verbanden die Wassili-Ostrow-Insel mit dem Festland, die vom kleinen und großen Arm der Newa umspült wurde. Graf von Seebach hatte ihnen eine kleine Wohnung im Haus eines deutschen Kaufmannes vermittelt, der zurzeit auf Reisen war. Das schlichte zweistöckige Haus befand sich in einer Seitenstraße hinter der Akademie der Künste. Sie waren mitten im belebten Viertel der Wissenschaftler, Künstler und Kaufleute, und eine Vielzahl fremder Sprachen klang durcheinander.

Der Graf, ein mittelgroßer Mann mit Spitzbart, Bäuchlein und einem Monokel ins Auge geklemmt, hätte keinen besseren Ort für sie finden können. Hier fielen Ausländer nicht auf. Er reichte Jane den Wohnungsschlüssel und sah sich in der zweckmäßig ausgestatteten Wohnung um.

»Die Frau des Portiers kocht sehr gut und wird Sie mitversorgen. Ihre Tochter säubert die Zimmer. Diese Dienste werden auch von den Hoffmanns in Anspruch genommen, wenn sie hier sind. Der Portier heißt Pawel und seine Frau Lada. Es ist nicht sehr groß und Sie sind anderes gewohnt …«

»Oh, bitte, es ist alles hervorragend. Ich danke Ihnen, lieber

Graf. Ohne Ihre Hilfe wüsste ich nicht, was wir jetzt täten. Für David ist das die beste Lösung, denn einer langen beschwerlichen Reise ist er noch nicht gewachsen.« Jane legte den Schlüssel auf einen Tisch, auf dem auch ein Samowar, ein russischer Wasserkocher, stand.

Sie hatte einen langen, anstrengenden Tag hinter sich. Der übereilte heimliche Umzug hatte sie Kraft und Nerven gekostet, doch sie war davon überzeugt, das Richtige getan zu haben. David war anfangs wenig begeistert von der Idee gewesen, doch das Laudanum und sein geschwächter Zustand verhinderten aktiven Widerstand von seiner Seite. Hier gab es nicht den Luxus von zwei Schlafzimmern, denn sie konnte nicht verlangen, dass Hettie und Blount sich das Dienstbotenzimmer teilten. Blount hatte sich kommentarlos mit einer schmalen Kammer neben der Küche zufriedengegeben.

Graf von Seebach ging zu einem großen Sprossenfenster, von dem aus man direkt auf die belebte Straße sehen konnte. »Am besten halten Sie die Vorhänge geschlossen, Mr und Mrs McKenzie.« Er grinste.

»Mir gefällt unser neuer Name. Blount hat bereits ein Postfach unter diesem Namen im Hauptpostamt für uns eingerichtet.«

»Und denken Sie daran, gehen Sie nirgends hin, wo man Sie bereits einmal als Lady Allen gesehen hat. Sie lächeln, aber eine kleine Unachtsamkeit und schon ist Ihre Tarnung dahin.« Der Graf wirkte weltmännisch und wusste über alle politischen Ereignisse Bescheid. Er kannte auch die verschiedenen Gruppierungen der Intelligenzija in der Stadt und in Moskau.

»Aber ich muss Kontakt zu Doktor Krylow halten. Gundorov ist unsere einzige Hoffnung!«

»Ich bezweifle, dass er in der Stadt ist, denn er hat sich eine Menge Feinde gemacht und nicht nur Orlows Witwe verdächtigt ihn. Er hat vor seiner Abreise nach London immer wieder gegen die Verschwendungssucht der Aristokratie gewettert und Orlow für seine Anbiederung an England gescholten. Auf einer Soiree soll er wörtlich gesagt haben, dass so wertvolle Diamanten wie die von Orlow nicht an den Hals einer Frau, sondern in die Hände von Leuten mit Mut und Verstand gehörten. Dann würden die Steine nicht nur funkeln, sondern die Welt verändern.«

Jane stieß hörbar die Luft aus. »Wirklich?!«

»Auf solchen Soireen der Intelligenzija geht es mitunter hoch her. Die Diskussionen werden lautstark und emotional geführt und es fließen reichlich Wodka und Wein. Gundorov ist ein leidenschaftlicher Mensch, wie alle Russen!« Der Graf schwenkte seinen Gehstock. »Das werden Sie bereits erlebt haben.«

Jane nickte. »Dennoch, ich muss mit Gundorov sprechen. Nur er weiß, was in der Nacht in Orlows Haus geschehen ist. Ich brauche einfach einen Beweis für Davids Unschuld.«

Graf von Seebach zwirbelte seinen kleinen Spitzbart. »Schlimme Geschichte. Ich kenne Ihren Mann seit vielen Jahren und schätze ihn sehr. Es gibt keinen ehrlicheren und geradlinigeren Menschen.«

Seufzend meinte Jane: »Sein Ehrenkodex hätte ihm beinahe das Leben gekostet. So ein Wahnsinn, sich einfach erschießen zu lassen!«

»Er hat seinen Cousin schlichtweg überschätzt. Hätte Grigorij Belevsky über mehr Charakter verfügt, hätte er ebenfalls danebengeschossen oder den Captain nur mit einem Streifschuss getroffen. Der Fürst war ein Ehrenmann, aber sein Sohn ist es nicht, leider. Aber was ich sagen wollte: Der Captain hat sich mit seiner Geradlinigkeit nicht nur Freunde gemacht. Nicht jeder zieht die Wahrheit einer Lüge vor, wenn er dadurch sein Gesicht wahren kann. Und ich überlege schon seit Tagen, wer jetzt einen Grund hätte, sich an Ihrem Mann zu rächen.«

Nachdenklich ging der Graf zum Kamin. »Es muss einen Anlass geben, einen aktuellen Anlass. Verehrteste, geben Sie mir noch etwas Zeit. Ich frage hier und dort, aber das muss dezent erfolgen, Sie verstehen?«

»Aber sicher. Glauben Sie, dass es jemand von hier ist? Dass es mit Davids Zeit im Krimkrieg zusammenhängt?«

Der Diplomat spitzte die Lippen und sprach mit dem ihm eigenen Akzent: »Ich halte das für sehr wahrscheinlich. Vielleicht war der Mord an Orlow ein Zufall, ein willkommener Anlass, den jemand für sich genutzt hat.«

»Jemand in England?«

»Das würde am meisten Sinn machen, denn derjenige ist in der Lage, Beweismaterial zu manipulieren. Aber das heißt nicht, dass es ein Engländer sein muss.«

Daran hatte Jane noch nicht gedacht. »Es könnte irgendjemand sein. Auch eine Frau?«

Der Graf blinzelte kurz. »Die Rache einer Frau kann grausam und perfide sein. Vorstellbar ist es. Aber ich halte das eher für unwahrscheinlich.«

Jane dachte sich ihren Teil. »Man sollte zumindest alle Möglichkeiten im Blick behalten. Sie wissen besser als ich, wer in Davids Vergangenheit eine Rolle gespielt hat.« Er würde darüber nicht sprechen, genauso wenig wie Blount über seine Erlebnisse mit David während des Krieges sprach.

»Mylady«, der Graf verneigte sich höflich. »Ich habe viele Ansatzpunkte für meine Nachforschungen und Überlegungen. Und für jetzt wünsche ich Ihnen und Ihrem Mann eine geruhsame Nacht. Sollten Sie mich einmal in der Stadt treffen wollen, ist die Isaakskathedrale ein guter Ort.«

Jane bedankte sich noch einmal, verabschiedete den deutschen Grafen und ging zu David. Die Wohnung war zwar kleiner, doch die Räume waren heller und die Möbel zierlich und aus karelischer Birke, wie der Graf erläutert hatte. Das

Schlafzimmer verfügte über ein großes Vierpfostenbett, einen Frisiertisch, zwei Sessel und einen großen Spiegel. Es gab ein Ankleidezimmer, in dem Hettie die Koffer bereits zum Großteil ausgepackt hatte. Was sie nicht benötigten, konnte ruhig verpackt bleiben, denn wer konnte schon voraussagen, was das Schicksal für sie bereithielt?

David schlief. Er lag auf dem Rücken und atmete gleichmäßig. Seine Haare waren seit ihrer Abreise aus London etwas länger geworden, was Jane gefiel. Es unterstrich seine ungezähmte Seite, seine Verletzlichkeit und Unberechenbarkeit. Vielleicht war es das, was sie verband, die Fähigkeit, dem eigenen Instinkt zu folgen und der Natur der Dinge auf den Grund gehen zu wollen. Sie setzte sich zu ihm auf die Bettkante, strich ihm eine dunkle Strähne aus der Stirn und berührte die Narbe auf seiner Wange. Die Narbe war ein Teil seiner Vergangenheit, genau wie die Frauen, die er vor ihr gekannt hatte. Es gab keinen Grund für sie, eifersüchtig zu sein, sagte sie sich, doch der Gedanke an Jelena Kurakin nagte an ihr.

»Jane.« Seine Stimme war ein heiseres Flüstern, sein Blick klar und fragend.

Sie streichelte seine Wange und küsste ihn sanft auf die Lippen. »Wie fühlst du dich?«

»Hm, eben gerade ziemlich gut, und wenn du dir noch mehr Mühe gibst, vielleicht noch besser.« Das vertraute schelmische Blitzen seiner Augen wurde sichtbar.

»Das könnte dir gefallen. Nein, nein, wir können froh sein, dass deine Wunde nicht aufgebrochen ist und du kein Fieber mehr hast.« Sie berührte den Verband an seiner Schulter und schaute, ob die Wunde stark genässt hatte. »Gut. Hast du Hunger?«

Mit dem linken Arm strich er über ihren Rücken und wollte sie zu sich ziehen. »Du hast mir gefehlt, Jane.«

»Na, du machst mir Spaß. Warum lässt du dich fast erschießen, wenn dir so viel an mir liegt? Glaub ja nicht, dass ich dich dauernd wieder gesund pflege!« Ihre Augen schimmerten feucht, doch Sorge, Liebe und Wut hielten sich noch die Waage.

Er wurde ernst. »Nein, das kann ich nicht verlangen. Danke, Jane, für alles, was du für mich getan hast.«

»Und was ich für dich tue. Hör zu, ich will mit Gundorov sprechen. Er weiß, was bei Orlow geschehen ist, denn er kennt den Kerl mit der zerschlitzten Nase. Krylow …«

»Nein, Jane, nein! Du wirst dich nicht allein mit diesen Leuten treffen! Die sind unberechenbar!« Er packte ihr Handgelenk und lockerte sofort seinen Griff. »Bitte nicht, Jane, versprich mir, dass du dich nicht in Gefahr begibst.« Er stöhnte, weil er seine Schulter bewegt hatte, und sagte frustriert: »Und wenn du irgendwo hingehst – was du tun wirst, denn ich kann es nicht verhindern –, dann nimm Blount mit.«

Jane lächelte. »Ein wenig mehr Vertrauen in meine Urteilsfähigkeit, mein Lieber. Und überhaupt, hast du einen Vorschlag, wie wir dich von dieser ungeheuerlichen Anklage befreien? Oh, die Zeugin in Holborn, was genau hatte sie gesehen?«

»Die Leiche, den Bäcker und den Polizisten, der den belastenden Zettel versteckt haben könnte.«

»Rooke wird diese Spur verfolgen, nicht wahr?« Sie wünschte, die dunklen Schatten unter seinen Augen würden endlich verschwinden, aber das Laudanum forderte seinen Tribut. »Wie stark sind die Schmerzen, David?«

»Auszuhalten«, antwortete er.

»Kannst du auf das Laudanum verzichten? Es bekommt dir nicht gut.« Sie hatte Angst um ihn, sie wusste, dass er während des Krieges über einen langen Zeitraum Opiate hatte einnehmen müssen. Und Blount hatte angedeutet, dass es David schwergefallen war, das Morphium wieder abzusetzen.

Er sah sie mit einem unergründlichen Blick an, der sie verunsicherte. »Ich benötige es nicht mehr, Jane. Nur auf dich kann ich nicht mehr verzichten.«

»Oh«, flüsterte sie und küsste ihn erst zärtlich und, als seine Lippen fordernder wurden, inniger.

Ein verlegenes Räuspern ließ sie auseinanderfahren. »Ma'am, eben ist eine Nachricht für Sie gekommen.« Hettie stand in der Tür und hielt einen Brief in den Händen.

Jane stand auf, ging zu ihr und riss den Brief auf. Er war von Krylow. »Heute Abend um neun Uhr.« Eine Adresse im Stadtteil Karetnij, im Süden der Stadt, war angegeben.

Hettie sah sie fragend an.

»Danke, Hettie. Mach doch bitte den Eintopf warm und backe uns deine Pfannkuchen.« Jane sah sie bedeutungsvoll an und die Zofe verstand.

»Ja, Ma'am.«

»Was gibt es, Jane?«, rief David von seinem Lager.

»Der Doktor wird heute nicht mehr kommen und hat sich für morgen angemeldet.« Sie steckte den Brief in ihre Rocktasche, sich Davids zweifelnder Miene wohl bewusst.

23

Jane hatte ein schlechtes Gewissen und sie fühlte sich schäbig, weil sie David belogen hatte, aber er hätte sie nicht fahren lassen. Wahrscheinlich würde er zu Hause vor Wut toben, wenn er herausfand, dass sie nicht zum Apotheker gegangen war. Sie konnte nur hoffen, dass sein Zorn sich gelegt hatte, wenn sie zurückkehrte. Mit guten Neuigkeiten, wie sie inständig hoffte. Immerhin wurde sie von Blount begleitet.

Die Kutsche hatte einen der breiten Prospekts verlassen und rollte durch enger werdende Straßen und Gassen, die nichts mehr vom Glanz und der Pracht der großen Boulevards hatten. Eines der wenigen beleuchteten Gebäude war ein Bahnhof.

»Das ist der Bahnhof Zarskoje Selo, Mylady«, erklärte Blount, der ihr gegenübersaß. »Von hier aus führt die erste Eisenbahnstrecke Russlands zum Zarenpalast. Zwei Straßen weiter befindet sich ein Armenhaus und dahinter der Wolkowskij-Friedhof. In diesem Viertel sollten Sie niemals allein unterwegs sein, Mylady.«

»Halten Sie meine Entscheidung, Krylows Einladung zu folgen, für falsch?« Sie schaute aus dem Fenster und erkannte nur schemenhafte Umrisse von Holzhäusern in der Dunkelheit. Das unregelmäßig zuckende Licht vereinzelter Gaslaternen warf bizarre Lichtkegel und es stank nach Unrat.

Blounts Antwort ging im Holpern der Kutschenräder und dem Brüllen des Kutschers unter, der die Pferde plötzlich zum Stehen brachte.

»Was ist los?«

Blount stieg aus und hielt ihr die Hand entgegen. »Kommen Sie, das Haus ist dort vorn. Er kann nur bis hierher fahren. Wollen Sie, dass er wartet?«

Jane nickte und gab Blount einige Kopeken, die der Kutscher brummend einsteckte. Die Nachtluft war kalt und feuchter Dunst stieg aus den Kanälen auf, welche die ganze Stadt wie ein Spinnennetz durchzogen. Sie schlug die Kapuze über ihre Haare und sah sich die Häuser näher an, die mit reichlich Schnitzwerk verziert waren. Einige hatten einen kleinen Garten, andere reihten sich dicht an dicht und wurden nur von schmalen schlammigen Wegen getrennt.

»Ich möchte mir nicht vorstellen, was passiert, wenn hier ein Feuer ausbricht …«, überlegte Jane laut und versuchte, die Schilder mit den Hausnummern zu entziffern.

»Dann bricht das Inferno los.« Plötzlich stieß Blount sie hinter sich und zog seinen Revolver. »Pst, da vorn, hinter dem Baum, haben Sie ihn gesehen?«

Jane stand mit dem Rücken an einem Holzzaun und starrte die dunkle Straße entlang, die von Bäumen gesäumt wurde. Auf der gegenüberliegenden Seite waren unbebaute Flächen zwischen kleinen Häusern zu erkennen. »Nein«, flüsterte sie.

Blount wartete, doch es rührte sich nichts. Schließlich schob er sie in das offenstehende Tor schräg hinter ihnen. Unter dem hervorstehenden Giebel waren helle Fensterläden zu sehen. Eine Katze schlich um die Hausecke und rannte bei ihrem Anblick davon. Blount klopfte gegen die Tür.

Krylow selbst öffnete und sah an ihnen vorbei auf die Straße. »Sind Sie allein?«

»Ja, aber es scheint, als wäre dort jemand, der Ihr Haus beobachtet, nicht wahr, Blount?«, sagte Jane.

Krylow, der einen dunklen Anzug trug, machte eine einladende Handbewegung. »Ach, das ist einer unserer Leute. Kommen Sie! Wir erwarten Sie schon!«

Gelächter und Musik waren zu hören und Jane zögerte. »Doktor, wer ist denn noch dort? Wir sind umgezogen, wie Sie wissen, und ...«

»Keine Sorge, hier sind Sie unter Freunden. Keiner von uns würde einen Freund von Sergej Gundorov verraten. Und Sie sind doch eine Freundin, nicht wahr?« Der Arzt warf ihr einen prüfenden Blick zu.

»Selbstverständlich. Ich schätze ihn sehr.« Und das war nicht einmal gelogen, dachte sie, lächelte und biss sich auf die Zunge. David würde nur wenig Verständnis für ihre freundschaftlichen Gefühle aufbringen. Nun, er würde es verstehen müssen, schließlich war sie nur seinetwegen hier.

Krylow führte sie durch einen dunklen engen Flur in eine Wohnstube, die zum Hof hinaus liegen musste, denn sonst hätten sie die Musik sicher auf der Straße gehört. Ein junger Mann spielte eine Balalaika, ein russisches Zupfinstrument, das einer Gitarre ähnelt. Ein anderer stand an einem Holzpfeiler und sang mit Inbrunst ein schwermütiges russisches Lied. Die Melodie berührte Jane, obwohl sie die Worte nicht verstand. Es sprach so viel Leidenschaft und Stolz aus diesem Gesang, dass sie ergriffen stehen blieb und kaum registrierte, wie Blount ihr den Mantel abnahm. Die raue Stimme, das sich steigernde Tempo und die umstehenden Menschen, die mitsummten, klatschten und im Takt aufstampften, erfüllten den Raum.

Man hatte die Stühle und Sessel etwas zur Seite geschoben, und in einer Ecke standen auf einem Tisch ein Samowar mit Teegläsern und ein kleines Büfett mit verschiedenen Gerichten. Jane erkannte Blini, saure Sahne, eingelegte Fische und Gurken. Die Einrichtung war einfach und verströmte Traditionalität und Behaglichkeit. Unter den Anwesenden waren junge Frauen und Männer, auch der Student Jaroslav Wesselow. Er saß neben einer sehr hübschen jungen Frau, die Jane heimlich abschätzend musterte.

Niemand hier trug elegante Saloncouture. Im Gegenteil, man schien auf Einfachheit, beinahe bäuerliche Schlichtheit bedacht. Jane war froh über die Wahl ihres dezenten braunen Reisekleides und darüber, dass sie auf Schmuck verzichtet hatte. Blount schien nirgends aufzufallen, sondern fügte sich chamäleongleich überall ein.

Langsam glitt ihr Blick von den Musikern in eine Ecke, wo eine vertraute Gestalt lässig an der Wand lehnte und eine Zigarre paffte. Gundorov trug jetzt einen kurz gestutzten Vollbart und ein Kosakenhemd. In einem breiten Gürtel entdeckte sie ein Messer und wahrscheinlich versteckte er in seiner Jacke auch eine Pistole. Er war auf der Flucht, wurde ihr nur zu deutlich bewusst, und er hatte wenig zu verlieren. Eisblaue Augen, die sie aus Tausenden Augenpaaren wiedererkannt hätte, ruhten mit irritierender Beharrlichkeit auf ihr. Er wandte den Blick auch nicht von ihr ab, als er sich von der Wand löste, sich zwischen den Gästen hindurchschob und auf sie zukam.

Krylow nickte Blount zu. »Kommen Sie, essen und trinken Sie etwas. Die Warenje ist hervorragend. Meine Mutter kocht sie selbst ein.«

Blount sah kurz zu Gundorov, bevor er der Einladung folgte. »Diese Marmelade habe ich immer bei meiner Tante gegessen.«

Die Musiker spielten ein etwas fröhlicheres Stück und die Gäste plauderten und lachten.

»Lady Jane«, sagte der Russe mit warmer akzentgefärbter Stimme, als er vor ihr stand und ihre Hand an seine Lippen führte. Und er küsste ihre bloße Haut tatsächlich!

Zu Janes Entsetzen war ihr die Berührung seiner Lippen nicht unangenehm. Sie hoffte, dass er ihre geröteten Wangen auf die Hitze im Hausinneren zurückführte. »Sir …«

»Nennen Sie mich Sergej, oder ich spreche nicht mit Ihnen.« Er lächelte breit und nahm ihren Ellbogen. »Bitte, setzen wir uns dort in die Ecke. Ein Glas Tee?«

Sie nickte stumm und setzte sich in eine Eckbank. Die hübsche Russin und ihre Freundin, die bereits dort saßen, nahmen keine weitere Notiz von ihr, sondern unterhielten sich angeregt. Gundorov kam mit einem kleinen Holztablett, auf dem zwei Teegläser und eine Schüssel mit Gebäck standen, zurück. Der Tee war hier immer sehr stark und süß.

Sergej Gundorov schien Gewicht verloren zu haben und der Bart ließ ihn älter erscheinen. Sein rastloses gehetztes Leben blieb nicht ohne Auswirkungen auf seinen Körper. Dass die Strapazen der vergangenen Wochen auch an ihr nicht spurlos vorübergegangen waren, bemerkte ihr Gegenüber mit derselben Aufmerksamkeit, mit der sie ihn betrachtet hatte.

»Sie sehen etwas müde aus, Mylady, was unter den Umständen kein Wunder ist. Und wissen Sie, ich bin nicht einmal überrascht, Sie hier zu sehen.« Er paffte weiter an seiner Zigarre und ließ die Asche in eine kleine Schale auf dem Tablett fallen.

»Nein? Sie glauben, ich konnte Ihrem Charme nicht widerstehen?« Jane hatte ihre Selbstsicherheit wiedergefunden und beobachtete einen jungen Mann, der beinahe akrobatisch zu einem neuen Lied tanzte.

Gundorov lachte und sie erkannte für einen Augenblick den Salonlöwen aus London, der sie mit schwindelerregender Sicherheit und Eleganz über das Parkett von Lady Flandringham geleitet hatte. »Ich wünschte, es wäre so, Mylady. Sie würden mich zu einem glücklichen Mann machen.«

Er flirtete ganz offensiv mit ihr und sie hatte keine andere Wahl, als auf das Spiel einzugehen. »Aber, mein lieber Sergej, was könnten Sie von einer langweiligen englischen Lady wollen, wo Ihnen die Herzen der Damen doch nur so zufliegen? Und so viel hübscherer noch dazu?«

Sie schaute kurz zu der jungen Frau, die ihr dunkles Haar in dicken Zöpfen aufgesteckt trug.

»Sie meinen unsere kleine Julija? Sie gehört zu Slawa. Den haben Sie ja bereits kennengelernt. Er wird mal ein guter Arzt. Vielleicht nicht so aufopfernd wie der liebe Krylow. Der reibt sich auf, will einfach jedem helfen. Dieses Haus hier, es gehört seinen Eltern, die oben wohnen. Sie wollen hier nicht weg. Er hätte ihnen eine Wohnung weiter nördlich gekauft, aber sie sind hier verwurzelt.« Gundorov legte die Zigarre ab und trank von seinem Tee.

Sein Hemd hatte einen Stehkragen und weite Ärmel, die stellenweise geflickt waren. »Das Armenhaus befindet sich eine Straße hinter dem Friedhof. Hierher verirren sich keine Leute, die am Newskij-Prospekt wohnen.«

»Sie haben sich verändert, Sergej«, sagte Jane leise.

»Nein, Mylady, das habe ich nicht. Ich sehe nur anders aus. In London war ich der russische Aristokrat, der ambitionierten Damen wie Lady Flandringham die Zeit vertrieb, oder unerfüllten Ehefrauen, wie Madame Molineaux …«

»Hören Sie auf, Sie sind impertinent!«, zischte Jane.

»Unverblümt trifft es besser. Ich war nur aus einem Grund in London, um die Orlow-Diamanten zu stehlen. Das ist gelungen, nur leider gab es einen unschönen Patzer.« Er lehnte sich zurück und sog wieder an der Zigarre.

»Einen unschönen Patzer nennen Sie den Mord an Attaché Orlow?«

»Orlow war kein guter Mensch, wenn Sie das beruhigt. Er war ein kaltblütiger Machtmensch, der seine Leibeigenen, die sich nun Freie nennen dürfen, bis aufs Blut ausgebeutet hat. Noch die allerletzte Kopeke und das einzige fette Schwein im

Stall mussten sie ihm bringen, wenn die Abgaben fällig waren. Es war ihm egal, dass sein Verwalter einige der Bauern halb totgeschlagen und die Mädchen vergewaltigt hat. Orlow wusste, dass der Winter zu hart gewesen war, um noch Korn abgeben zu können, doch er erzwang seinen Anteil und zwei Kinder verhungerten. Soll ich fortfahren?«

Jane stockte der Atem, damit hatte sie nicht gerechnet. »Nein, das wusste ich nicht.«

»Und Orlow war nur einer von vielen. Sie alle leben vom Leid der unteren Klasse.« Gundorov stieß den Rauch in großen Kreisen aus.

»Aber das ist doch nun vorbei. Die Leibeigenschaft wurde aufgehoben.«

»Ach, Mylady, denken Sie das tatsächlich? Glauben Sie, dass die Privilegierten auch nur einen Quadratzentimeter ihres Landes freiwillig abtreten? Das hat Zar Alexander I. versucht. Lassen Sie mich kurz nachdenken, ja, vor über fünfzig Jahren hat er ein Gesetz über die freien Bauern erlassen, in der Hoffnung, dass der Adel die Bauern von sich aus freilässt. Was ist geschehen?«

Jane schluckte. »Nichts.«

»Sehr richtig. In den baltischen Ostseeprovinzen haben die deutschen Großgrundbesitzer die Bauern aus ihren Abhängigkeiten entlassen und das Land wurde neu verteilt. Aber hier in Russland war das nicht vorstellbar! Erst unsere Niederlage im Krimkrieg hat mit aller Deutlichkeit die Schwächen unseres rückständigen Landes gezeigt und unser Zar hat gehandelt, weil er handeln musste.«

Hinter ihnen wurde der gelenkige Tänzer mit Applaus bedacht und Gundorov rief: »Bravo!« Dann sprach er an Jane gerichtet weiter: »All diese Leute hier stammen aus begüterten Familien, ihre Väter sind Fürsten, Generäle, Anwälte oder Ärzte. Aber sie haben irgendwann aufgehört, mit Scheuklappen durchs Leben zu gehen.«

»Wird es denn jetzt nicht besser? Es muss sich doch nun etwas ändern.« Jane nippte an ihrem Tee und beobachtete, dass Blount mit Krylow sprach.

»Wodka?« Gundorov stand auf, um gleich darauf mit zwei kleinen Gläsern und einer Flasche an den Tisch zu kommen.

Jane hob tapfer ihr Glas und prostete ihm zu, trank jedoch nicht alles aus. Gundorov, der ihr wie ein Raubtier vorkam, der sich an sein Opfer heranpirschte, fuhr sich über seinen Bart und sagte: »Die Bauern sind nun also frei, aber sie haben kein Land. Das muss man ihnen zuteilen. Was bedeutet, dass die Landbesitzer gezwungen sind, Land abzugeben. Natürlich geben sie nur so wenig Land ab, wie sie müssen, zu wenig, damit eine Familie davon leben kann, und …«

Er machte eine bedeutsame Pause und sah sie an. »Die Bauern bekommen nicht nur zu wenig Land, sondern müssen dem Staat die Entschädigung, die den Grundbesitzern gezahlt wurde, zurückzahlen. Neunundvierzig Jahre hat ein Bauer nun Zeit, um aus der winzigen Parzelle, die ihm jetzt gehört, genügend herauszupressen, um seine Familie zu ernähren und seine Schulden zu zahlen. Ein gerechter Start in die Freiheit? Eine neue Art der Versklavung nenne Ich das.«

»Das kann nicht gut gehen …«, murmelte Jane und trank den Rest des Wodkas aus.

Gundorov nickte. »Sie sagen es. Das kann nicht gut enden. Aber Sie sind nicht hier, um die Probleme meines Landes zu lösen. Obwohl ich Sie gern zu den Unseren zählen würde. Sie haben das Herz einer Revolutionärin, Mylady!« Er lachte.

Der Alkohol wärmte ihre Kehle und verbreitete sich wohltuend in ihrem Magen, wo er die Anspannung auflöste, die sie seit Wochen in ihrer Umklammerung hielt. »Sie wissen doch, warum ich hier bin.«

Er hob eine Augenbraue. »Weil Ihr Gatte in einem Duell

verwundet wurde? Krylow ist der Doktor, ich bin von der Universität geworfen worden, bevor ich überhaupt einen Abschluss in irgendeinem Fach machen konnte.«

Jane verdrehte die Augen, was Gundorov mit einem überheblichen Grinsen quittierte. »Nichts ist umsonst, Mylady.«

»Krylow hat Ihnen gesagt, dass ich Sie im Hyde Park mit diesem … diesem Mann gesehen habe«, wagte sie sich vor.

»Diesem Mann? Ich kenne viele Männer, Mylady.« Er goss erneut Wodka in die Gläser.

»Ich habe viel Geduld, aber langsam geht mir Ihr selbstgefälliges Spiel auf die Nerven!«, fauchte sie.

»Oh, Sie haben mich herausgefordert, nicht umgekehrt, vergessen Sie das nicht, Mylady. Nastrovje!«

»Der Mann mit der aufgeschlitzten Nase, ich habe ihn auch hier gesehen, genau vor dem Mord an Fürst Belevsky. Er hatte einen Komplizen, der mit mir im Postamt war. Er ist mir aufgefallen, weil ich mich beobachtet gefühlt habe.« Sie hielt inne, denn plötzlich hatte sie seine ungeteilte Aufmerksamkeit.

»Fahren Sie fort, Mylady.«

»Nun, ich ging mit David in die Isaakskathedrale, und als wir wenig später heraustraten, war es geschehen. Fürst Belevsky lag erstochen vor dem Postamt. David hat die Wunde gesehen. Der Stich war in derselben Manier ausgeführt worden wie bei den Morden an den Prostituierten in London und auch beim Mord an Orlow.«

»Und Sie sind sicher, dass es derselbe Mann war, den ich im Hyde Park getroffen habe? Wieso haben Sie mich überhaupt …? – Lassen wir das.« Fragend und mit einer gewissen Bewunderung sah er sie an.

»Absolut.«

»Dann arbeitet er also auf eigene Rechnung. Verdammter Kerl …«, knurrte Gundorov.

»Wer ist der Mann?«

»Sie werden es nicht gern hören, aber er ist ein Berufsverbrecher, jemand, den man bezahlt und der Aufträge ausführt, ohne zu fragen. Ich hatte ihn für den Diebstahl der Orlow-Diamanten engagiert, nicht für einen Mord.« Der Russe hob die Schultern. »Aber wie sich herausstellte, waren seine speziellen Fähigkeiten nützlich.«

»Dann hat er in Ihrem Auftrag die beiden unschuldigen Frauen getötet, nur, weil sie womöglich etwas gesehen haben?«

»Er hat sich nicht an den ursprünglichen Plan gehalten und ich bedaure, dass die Dirnen sterben mussten.«

Jane schnaufte ungläubig. »Und Belevsky? Warum hat er den Fürsten getötet? War das auch Ihre Idee? Wollen Sie meinen Mann ruinieren? Ich verstehe das nicht! Wenn nicht Sie, wer will David ruinieren, ihn zerstören? Und wie zum Henker heißt der verdammte Mörder?«

»Weiß Ihr Mann eigentlich, wie viel Glück er hat?«

Wütend erwiderte sie: »Lenken Sie nicht ab. Den Namen, bitte!«

»Jewdokim Janowitsch. Wadja wird er genannt, aber das wird Ihnen nichts nutzen. Erstens werden Sie ihn nicht finden und zweitens würde ich Ihnen davon abraten, ihn finden zu wollen, denn er wird Sie drittens einfach abstechen, wenn Sie ihn bedrängen.«

Sie musste ihn etwas perplex angesehen haben, denn er fügte hinzu: »Was er natürlich nicht tun wird, weil Sie ihm keinen Grund dazu geben werden.«

»Werde ich nicht?« Es dauerte ein wenig, bis die Bedeutung seiner Worte ihre volle Wirkung entfaltete. Sie schnappte nach Luft, sah zu, wie er ihr Wodkaglas füllte, und leerte es in einem Zug.

»Nein. Es täte mir leid um eine so ungewöhnliche Frau wie Sie, Mylady. Außerdem …« Er warf einen kurzen Blick zu seinen Freunden, die jedoch mit Reden oder der Musik beschäftigt waren.

»Ja?« Neugierig wartete sie auf seine Erklärung.

Gundorov schien es sich anders überlegt zu haben, denn er sagte: »Wie geht es dem Captain? Krylow sprach von einer tiefen Wunde.«

»David hat das Schlimmste überstanden.« Ein tiefer Seufzer entfuhr ihr und Gundorov lächelte mitfühlend.

»Er hat schon Ärgeres durchgestanden und damals hatte er niemanden, der sich so für ihn eingesetzt hat wie Sie.«

»Wo sind Sie ihm begegnet? Auf der Krim? Haben Sie gegeneinander gekämpft?« Der Wodka verströmte eine schwindelerregende Wärme in ihr, und sie biss in eins der kleinen süßen Gebäckstücke.

Gundorov zögerte kurz. »In gewisser Weise. Nicht auf dem Schlachtfeld, wenn Sie das meinen. Wir waren beide für den jeweiligen Geheimdienst unseres Landes tätig und es gab eine Frau. Nun ja, das ist lange her.«

Jane klopfte sich die Krümel von ihrem Rock. »Jelena? Die Tochter des Fürsten Kurakin?«

Erstaunt erwiderte er: »Sie wissen von ihr? Er muss großes Vertrauen in Sie haben, Mylady. Ja, Jelena spielte eine Rolle, für eine kurze Zeit in unser beider Leben.«

Ein Krümel blieb in Janes Hals stecken und sie hustete. »Eine Ménage-à-trois?«

Seine Züge wurden hart. »Nein, Mylady. So war es nicht. Aber Sie sollten jetzt gehen. Man wird Sie bereits vermissen.«

»Aber ich kann nicht gehen! Sie müssen mir helfen, Sergej! Ich habe Geld, bitte, ich flehe Sie an, es muss doch einen Weg geben, Davids Unschuld zu beweisen. Er hat doch mit Orlows Tod nichts zu tun! Sie können doch nicht zulassen, dass man ihn zerstört!« Ihre Augen schimmerten feucht und sie griff nach seiner Hand.

Er führte sie an seine Lippen und hielt ihren Blick fest. Rau flüsterte er: »Wie weit würden Sie gehen, um Ihren Mann zu retten, Mylady?«

Darüber hatte sie nicht nachgedacht und doch hätte sie vorhersehen müssen, dass er etwas viel Persönlicheres von ihr verlangen könnte als Geld. Gefasst erwiderte sie: »Alles, nur würde ich ihm nichts verschweigen und vielleicht wäre mein Opfer dann umsonst, denn ich würde verlieren, was ich am meisten liebe.«

Eine Träne löste sich aus ihren Wimpern und rollte über ihre Wange. Gundorov ließ ihre Hand los und erhob sich. Die eisblauen Augen ruhten nachdenklich auf ihr. »Ich werde sehen, was ich tun kann, Mylady. Und nun fahren Sie zurück zu Ihrem Mann.«

24

David stand in seinem Hausmantel am Fenster und starrte mit düsterem Blick auf die Straße. Sie hatte ihn belogen! Warum hatten sie überhaupt miteinander gesprochen, wenn sie ihn immer wieder aus ihren Plänen ausschloss? Nicht einmal auf Blount konnte er sich verlassen. Der Mann hatte ihn in dem Glauben gelassen, dass er Jane lediglich zur Apotheke begleiten würde.

»Hettie!«, brüllte David wütend, hörte, wie in der Küche Geschirr zu Boden ging, und versuchte, seine Wut zu zähmen.

Das junge Mädchen kam kurz darauf vorsichtig in den Salon und blieb an der Tür stehen. »Captain?« Ihre Stimme zitterte.

»Jetzt komm schon her, Hettie, ich beiße nicht. Aber du weißt genau, warum ich wütend bin. Wo ist meine Frau?«

»Ich weiß es nicht«, flüsterte sie kaum hörbar und machte einen Schritt in den Raum hinein.

»Keine Lügen, verstanden?! Ich bin nicht gerade bester Stimmung und die Wunde schmerzt. Wo ist sie mit Blount hin?«

Hetties Augen weiteten sich. »Ich schwöre bei allem, was mir heilig ist, ich weiß es nicht. Und ich würde es Ihnen sagen,

Sir, ganz sicher. Sie sollten sich wieder hinlegen. Der Doktor hat Ihnen nicht erlaubt, aufzustehen, und Mylady wird sehr böse, wenn sie sieht, dass Sie hier herumlaufen.«

David knurrte und tastete nach dem Verband. Der rechte Arm lag in einer Schlinge, um die Schulter ruhig zu halten. Er musste sich eingestehen, dass der Doktor gute Arbeit geleistet hatte. So mancher Arzt hätte ziellos in der Wunde herumgewühlt und mehr Schaden angerichtet als Nutzen. Krylow, was hatte Jane ihm noch erzählt? Der Arzt war mit Gundorov befreundet. Morgen würde er aufstehen, weder der Arzt noch Jane konnten ihn zwingen, weiter das Bett zu hüten.

Hettie schien auf etwas zu warten, denn sie stand immer noch an der Tür.

»Kennst du dich mit dem Samowar aus?«

Hettie nickte eifrig. »Aber ja. Soll ich Ihnen Tee aufbrühen und möchten Sie etwas zu essen? Es sind noch Teigtaschen und ein kalter Salat da.«

»Gern, danke.« Er holte sich ein Blatt Papier und setzte sich damit an den Tisch. Zum Schreiben musste er die Hand aus der Schlinge nehmen. Mit einem Bleistift begann er, ein Geflecht der Informationen und Ereignisse aufzuzeichnen. Der Mord an Orlow in London war der Ausgangspunkt. Todesursache war ein Messerstich, ausgeführt in professioneller Manier. Ein Berufsmörder. Vielleicht ein von Gundorov gedungener Mörder, der Mann aus Sibirien. Gundorovs Motiv durfte eng mit den Bestrebungen der hiesigen Revolutionäre verbunden sein. Sie brauchten Geld. Andere Motivation? David dachte an die attraktive Witwe und das, was sie über ihren Stiefsohn, Nikita, erzählt hatte. Nikita hatte Spielschulden bei Gundorov. Orlows Witwe behauptete, dass Gundorov falschgespielt hatte. Der Attaché hatte ein Duell verhindert. Fragezeichen.

Die Prostituiertenmorde verband David mit der Tatnacht. Augenzeuginnen? Der Tote im Park, Zufall? David dachte an das erste Gespräch, das er mit Rooke geführt hatte. Sir Bethell war zu jener Zeit der leitende Staatsanwalt, Rutherford konnte noch nicht einmal wissen, dass er die Ermittlungen leiten würde. Zudem konnte er sich beim besten Willen nicht vorstellen, aus welchem Grund Rutherford eine derartige Intrige gegen ihn anzetteln sollte. In ihrer Vergangenheit gab es keine bedeutenden Berührungspunkte.

»Bitte, Captain. Der Tee und eine kleine Auswahl an …« Hettie stellte ein Tablett auf den Tisch und horchte auf. »Oh, ich glaube, Mylady kommt zurück.«

Die Zofe verließ eilig den Salon und lief zur Wohnungstür. David hörte, wie sie mit Jane sprach. Als die Zimmertür wenig später aufgestoßen wurde und Jane mit geröteten Wangen und einem aufgewühlten und gleichzeitig besorgten Ausdruck in ihren grünen Augen auf ihn zuging, verflog sein Ärger für eine Sekunde. Er war froh, dass ihr nichts zugestoßen war. Dass sie sich überhaupt in Gefahr und ihn dazu gebracht hatte, sich zu sorgen, ließ den Zorn wieder auflodern.

»Sieh sich das jemand an! Du gehörst ins Bett! Kaum drehe ich dir den Rücken zu, setzt du deine Gesundheit aufs Spiel! David!« Seine finstere Miene ignorierend küsste sie ihn, strich über seinen Arm und zeigte auf den Tisch. »Was machst du? Gibt es Neuigkeiten? Ein Telegramm?«

»Wo warst du, Jane?«, knurrte er. »In deinem Haar hängt der Geruch von Tabak und du wirkst, als hättest du getrunken.«

Eine Strähne hatte sich aus ihren aufgesteckten Locken gelöst und ringelte sich an ihrem Hals entlang. Sie war wunderschön, wie sie vor ihm stand, ohne Schmuck auf ihrer samtigen Haut, die vom Dekolleté des schlichten Kleides freigegeben wurde.

»Bevor du dich zu Unrecht aufregst und mir Vorwürfe machst – ich war mit Blount in der Nähe des Bahnhofs Zarkoskoje Selo. Doktor Krylow hatte eine Nachricht geschickt.«

»Ach, wenn der liebe Doktor ruft, dann machst du dich auf den Weg, mitten in der Nacht und ohne mich zu fragen?«

»Mein Lieber, du bist verletzt und nicht in der Lage, Ausflüge zu unternehmen.« Jane sprach mit sanfter Stimme, was ihn nur noch wütender machte.

»Was wollte der Doktor von dir?«

»Nun, ich hatte ihn darum gebeten, ein Treffen mit Gundorov zu arrangieren, denn wie es aussieht, stecken wir in einer Sackgasse.« Jane nahm seine Teetasse und trank einen Schluck. »Hm, Wodka ist stärker, als ich dachte.«

»Du hast Wodka mit Gundorov getrunken?« Er trat dicht vor sie und wollte ihre Schultern packen, doch der Schmerz in seinem Arm hielt ihn davon ab.

»Siehst du? Die Wunde ist noch viel zu frisch. Setzen wir uns doch«, schlug sie vor und nahm sich eine kleine Teigtasche aus der Schüssel. »Ich war nicht allein mit Gundorov. Blount war dabei, Krylow und ein Haufen junger Intellektueller.«

Fassungslos zog er sich einen Stuhl heran und ließ sich ihr gegenüber nieder.

»Es wurde Musik gespielt und getanzt. Ich finde Balalaikaklänge herrlich, und dann diese Lieder! Hach, da klingt so viel Herzblut mit.« Jane beugte sich vor und legte ihre Hände auf seine Oberschenkel. »Und ich verstehe jetzt auch, warum diese jungen Aristokraten sich gegen die alte Gesellschaftsordnung wehren.« Mit leuchtenden Augen gab sie ihm eine Zusammenfassung dessen, was Gundorov über die Bauernbefreiung gesagt hatte.

David nickte müde. »Gut, gut, Jane. Es herrscht eine himmelschreiende Ungerechtigkeit auf dieser Welt. Lass diese jungen Hitzköpfe ihre Haut zu Markte tragen. Es ist nicht dein Kampf.«

»Es sollte unser aller Kampf sein, David. Aber du hast ja recht. Andererseits wurden wir in diesen Klassenkampf mit hineingezogen, als Orlow ermordet wurde. Du kannst nicht abstreiten, dass deine familiären Verbindungen eine nicht unbedeutende Rolle in diesem verworrenen Netzwerk aus Morden und Lügen spielen.« Sie nahm ihre Hände von seinen Beinen und er vermisste ihre Wärme.

»Ihr habt doch nicht nur über die hehren Ideale einer Revolution gesprochen. Ich kenne ...« Er zögerte.

»Ja, genau, du kennst ihn. Das hat er mir gesagt. Ich hätte es lieber von dir erfahren. Er hat mir von eurer ... hm, Geschichte mit dieser Jelena erzählt.«

»Was?!« David schlug mit der flachen Hand auf den Tisch.

»Nicht im Detail, nur eben, dass die Frau in eurem Leben eine Rolle spielte. Aber das ist vorbei und geht mich nichts an. Viel wichtiger ist, dass Gundorov mir den Namen des möglichen Mörders genannt hat. Der Mann mit der aufgeschlitzten Nase heißt Jewdokim Janowitsch und wird nur Wadja genannt. Er ist von Gundorov für den Raub der Diamanten angeheuert worden, der Mord war nicht geplant. Das hat er ausdrücklich betont. Und ich glaube ihm das.«

»Du glaubst ihm das.« David lehnte sich zurück, schloss die Augen und zählte bis fünf. Als sein Herzschlag sich ein wenig beruhigt hatte, sagte er kühl: »Warum hat er dir das erzählt? Gundorov tut nichts umsonst. Er ist berechnend.«

»Vielleicht täuschst du dich in ihm. Ich habe ihm Geld angeboten, das er abgelehnt hat.«

Er beobachtete genau ihr Minenspiel, als er sagte: »Dann hat er etwas anderes verlangt.«

Ihre Augenlider flatterten kurz nervös. »Es gibt nichts, was ich ihm vorwerfen könnte.« Sie fügte hinzu: »Er will uns helfen, David. Und wir können jede Hilfe gebrauchen, oder hast du während meiner Abwesenheit etwas Neues erfahren?«

Langsam schüttelte er den Kopf. »Wo ist Blount?«

Sie stand auf und auch David erhob sich. »In der Küche,

nehme ich an. Ich gehe jetzt zu Bett. Soll ich noch einmal nach deiner Wunde sehen?«

»Danke, es geht schon.«

Jane wurde von einem Schrei aus dem Schlaf gerissen. Im ersten Moment dachte sie, es wäre ein Albtraum gewesen, doch dann hörte sie zusammenhangloses Gestammel und drehte sich zur Seite. David lag auf dem Rücken und sprach im Schlaf. Auf seiner Stirn standen Schweißperlen und sie nahm ein Tuch und tupfte ihm sanft die Haut trocken.

»David, du träumst«, murmelte sie sanft, um ihn nicht zu erschrecken.

Nachdem er mit Blount gesprochen hatte, war er kommentarlos zu Bett gegangen und sein Schweigen sprach deutlicher als jedes Wort. Jane hatte mit seiner wütenden Reaktion gerechnet, doch gehofft, dass er die Notwendigkeit ihres Handelns einsehen würde. Es tat ihr beinahe körperlich weh, ihn leiden zu sehen, und sie streichelte seine Wange, bis er ruhiger wurde und die Augen öffnete.

»Du hattest einen Albtraum. Sagst du mir, warum du geschrien hast?«

Er sah sie aus dunklen Augen an und hob seinen gesunden Arm. »Komm zu mir.«

Jane kuschelte sich vorsichtig an seine Seite und legte ihren Arm über seinen Bauch.

»Ich habe dir doch erzählt, dass ich Jelena Kurakin geholfen habe, mit ihrem Cousin zu fliehen, und dass ihr Cousin eigentlich ihr Geliebter war. Nun, dieser Geliebte war Gundorov. Sie hat es nie zugegeben, aber ich habe es geahnt. Bei der Flucht gab es eine Situation, in der ich Gundorov hätte erschießen können.« Er spielte mit ihren Haaren. »Ich habe die Angst und das Flehen in ihren Augen gesehen und nicht geschossen.«

»Du hast sie geliebt?« In ihrem Magen bildete sich ein schmerzhafter Knoten.

»Mit Jelena verband mich eine kurze Affäre. Wir waren im Krieg, sie war schön und geheimnisvoll, eine Fürstentochter. Aber sie war auch kapriziös und unberechenbar und für ihre Pläne opferte sie jeden, der ihr im Weg stand, eiskalt.« Er strich über ihren Nacken. »Jane, sieh mich an, bitte.«

Sie stützte sich auf ihren Ellenbogen und ließ ihre freie Hand über seine Brust gleiten, bis sie auf seinem Herzen lag.

Seine Stimme war rau und warm. »Jane, ich habe gar nicht gewusst, was es heißt, einen Menschen bedingungslos zu lieben, bis ich dir begegnet bin.«

Der Knoten in ihrem Magen begann sich zu lösen und sie fühlte sich wie von einer tonnenschweren Last befreit. Zärtlich küsste sie seine warme Haut direkt unterhalb des Schlüsselbeins.

»Ich wollte das nicht, Jane. Ich, ich habe mich dagegen gewehrt, weil … Liebe bringt nur Leid und Schmerz. Meine Mutter …« Er suchte nach Worten und Jane erwiderte leise: »Nicht, David, du musst nicht darüber sprechen. Ich liebe dich, dagegen kannst du einfach nichts tun.«

Sie spürte, wie ein Lachen in seinem Brustkorb aufstieg. »Nein, ich kapituliere.«

»Eine ehrenvolle Niederlage, findest du nicht?«

»Wenn es mir besser ginge, würde ich dir demonstrieren, wie wenig ehrenhaft ich verliere, aber jetzt sollten wir schlafen. Wer weiß, was morgen auf uns wartet.«

Am nächsten Morgen hatten sie ihr Frühstück gerade beendet, als es klingelte und Hettie wenige Minuten später den Grafen von Seebach in den Salon führte.

»Einen wunderschönen guten Morgen wünsche ich, Mylady und mein lieber Captain. Wie geht es Ihnen heute?«

David wirkte ausgeruht, frisch rasiert und schien sich mit der Schlinge für seinen rechten Arm arrangiert zu haben. »Danke. Was haben Sie für uns, Graf? Sie haben meine Nachricht gestern Nacht erhalten?«

Der Diplomat nickte. »Mein Kompliment, Mylady. Gundorov muss große Stücke auf Sie halten, dass er Ihnen den Namen des Mörders verraten hat.«

Jane registrierte, dass David leicht ungehalten den Mund verzog, während Seebach fortfuhr: »Ich habe meinen Kontakt bei russischen Polizei benutzt, um mehr über diesen Janowitsch zu erfahren. Der Mann ist ein Berufsverbrecher. Als Kind gehörte er in Moskau einer Bande von Dieben an und arbeitete sich hoch bis zum Auftragsmörder und Betrüger. Vor zehn Jahren wurde er nach einem Mord gefasst und lebenslang nach Sibirien verbannt. Wie es ihm gelungen ist, aus einem Gulag in Ostsibirien zu fliehen, weiß niemand. Durch die Verstümmelung ist ihm eine Eingliederung in die Gesellschaft unmöglich geworden. Er hat nichts zu verlieren und tötet für Geld. Wadja, der mörderische Schatten, wird er genannt.«

Jane schauderte. »Die Prostituierten in London. Er beseitigt jeden, der ihn beobachtet hat. Aber Belevsky, warum ihn?«

»Jemand hat ihn dafür bezahlt. Jemand, der nicht will, dass ich entlastet werde«, überlegte David düster. »Und wenn einer aus Markows Kreis ihn beauftragt hat?«

»Dein Onkel hat angeblich einen Brief an Markow geschrieben, in dem du als Befürworter und Kontaktperson in London erwähnt wirst. Was ist damit zu gewinnen? Markow kann es doch egal sein, er ist so oder so in die Nihilistenszene verwickelt. Sein Haus in Holborn wird doch als Treffpunkt der Revolutionäre genutzt. Ist Rooke nicht schon an ihm dran?« Jane reichte dem Grafen eine Teetasse.

Der spielte mit seinem Gehstock, der einen hübschen goldenen Knauf hatte. »Danke, Mylady. Ich wollte Ihnen nahelegen, Sankt Petersburg zu verlassen. Wenn Wadja erfährt, dass Sie mit Gundorov gesprochen haben, wird er nichts unversucht lassen, Sie zum Schweigen zu bringen. Und ich kann offiziell nichts für Sie tun. Wären Sie Landsleute, aber so …«

»Nein!«, rief Jane. »Wir fahren nicht ohne einen Beweis für Davids Unschuld!«

»Mein Onkel ist tot, Jane. Es ist vorbei. Vielleicht müssen wir das einfach akzeptieren.«

»Niemals! Wir sind nicht quer durch den Kontinent gefahren und verstecken uns hier unter falschem Namen, nur damit wir jetzt aufgeben und nach Hause zurückkriechen. Und was dann? Lässt du dich verurteilen oder willst du mit deinem ruinierten Ruf weiterleben?«

»Wir könnten in ein anderes Land ziehen. In Italien lebt es sich angenehm«, meinte David.

»Und unsere Freunde, unser Leben in England? Mary? Mulberry Park und Floyd und Rufus?« Jane vermisste den alten Butler ihres verstorbenen Onkels und ihren Hund und sehnte sich nach Ruhe im ländlichen Cornwall.

»Verzeihung.« Blount trat zu ihnen und brachte den Geruch von Regen und See mit sich. Von seinen Hosen perlten Regentropfen und seine Stiefel waren mit Schlammspritzern übersät. Er reichte Jane einen Brief und gab David zwei Umschläge. »Ich komme eben vom Hauptpostamt. Diese Beamten sind mitunter sehr störrisch, was das Aushändigen von Briefen angeht. Aber der versilberte Zarenadler hatte große Überzeugungskraft.«

Der Graf lachte. »Mit ein paar Rubeln erreicht man mehr als mit dem schönsten Dokument …«

»Danke, Blount.« David wandte sich den Briefen zu.

»Oh, sieh sich das einer an! Was ist denn nur in diese Zeitungsmenschen gefahren? Dürfen die das?« Anklagend legte Jane den Zeitungsausschnitt, den Ally ihr per Eilpost geschickt hatte, auf den Tisch.

Der Artikel war dem *Daily Telegraph* entnommen und vier Tage alt. »Erneute Eiszeit zwischen Russland und dem Empire? Mord und Juwelenraub im Hause des russischen Attachés Orlows geben Anlass zu ernsten Spekulationen. Inwieweit ist ein hochdekorierter englischer Offizier in die anarchistischen Bestrebungen gewisser russischer Kreise verstrickt? Der unter Hausarrest gestellte Verdächtige ist flüchtig. Die offizielle Einweihung des Krimkriegdenkmals wurde durch diese Ereignisse empfindlich getrübt, da es sich bei dem Offizier um einen der Anwärter auf das Viktoria-Kreuz handelte.«

David starrte mit versteinerter Miene auf den Artikel und Jane konnte nur ahnen, wie sehr ihn diese verleumderischen Zeilen treffen mussten.

25

Seit er den Zeitungsartikel gelesen hatte, war David mürrisch und schweigsam. Er brütete über den Berichten, die Blount ihm vorlegte und die ihm nicht weiterhalfen.

»Kurakin ist gestern in Sankt Petersburg eingetroffen, Jane«, sagte er und trat neben ihren Sessel.

Um ihre eigene Nervosität und Unruhe zu bändigen, hatte sie sich ein Buch zur Hand genommen. Doch schon seit geraumer Zeit hatte sie keine Seite mehr umgeblättert, denn selbst die unterhaltsame Lektüre von Thackerays *Jahrmarkt der Eitelkeiten* vermochte nicht, ihre Sorgen zu vertreiben. Sie klappte das Buch zu und sah zu David hoch. »Wirst du dich mit ihm treffen?«

Alles war besser für ihn, als hier tatenlos herumzusitzen, dachte sie.

»Er ist hier, um meiner Tante einen Kondolenzbesuch zu erweisen. Gefreut hat er sich nicht direkt, von mir zu hören. Immerhin trage ich eine Mitschuld daran, dass seine Tochter mit Gundorov durchgebrannt ist.«

»Was ist aus Jelena geworden? Gundorov hat nicht weiter über sie gesprochen.«

David drückte sanft ihre Schulter und ging zum Fenster.

Sein Arm lag noch in der Schlinge, doch er erholte sich nun, da die Wunde zuheilte, zusehends. »Wenn ich es wüsste, aber ich habe damals die Kurakins verlassen und bin nach Sewastopol, und kurz darauf fand dieser unsägliche Angriff bei Balaklawa statt. Ein Wahnsinn …« Er stützte sich mit seinem freien Arm am Fensterkreuz ab und sah nach unten. »So viele tapfere Männer mussten für die Eitelkeit und Dummheit zweier bornierter Generäle sterben.«

Plötzlich wandte er sich zu ihr um. »Jeder von ihnen hätte das Viktoria-Kreuz mehr verdient als ich.«

Jane stand auf und trat zu ihm. »Sag das nicht, David, du weißt, dass das nicht stimmt.«

»Nun, es spielt keine Rolle mehr. Die Toten haben die Schlachtfelder mit ihrem Blut getränkt und die Überlebenden müssen mit dem leben, was sie gesehen und getan haben. Kein Denkmal, kein Orden kann den trauernden Müttern, Vätern und Witwen ihre Söhne zurückgeben.«

»Aber das Bewusstsein, dass ihre Söhne ehrenvoll gefallen sind, kann ein Trost sein.« Sie sah ihm seine Zerrissenheit und den Schmerz über den Verlust seines Ansehens, seiner Ehre an. Eine tiefe Furche hatte sich über seiner Nase eingegraben. Er konnte sich ja nicht einmal selbst etwas vormachen. »Wann wird Kurakin dich empfangen?«

Ein schwaches Lächeln stahl sich in seine Mundwinkel. »Du gibst nicht auf, nicht wahr, Jane?«

»Nicht, solange es Hoffnung gibt.«

Am späten Nachmittag machten sich David und Blount zum Palais der Kurakins am Newskij-Prospekt auf. Jane hoffte inständig, dass der Fürst zumindest mit David sprechen würde. Und wenn Kurakin hinter allem steckte? Wenn er sich für den Verlust seiner Tochter rächen wollte? Andererseits wussten sie nicht, was aus Jelena geworden war. Und wenn Kurakin Rache üben wollte, wäre Gundorov seine erste Adresse gewesen.

Sie musste sich noch einmal mit dem Russen treffen. Er war der Einzige, der wusste, wer Orlow umgebracht hatte, und die Szene in Holborn kannte. »Hettie, leg mir das braune Kleid heraus.«

Ihre Zofe machte große Augen. »Aber, Ma'am, Mr Blount ist nicht da. Wir sollten nicht ohne ihn ausgehen.«

»Es lässt sich nicht ändern und wir fahren nicht weit.«

Jane suchte ihren kleinen Revolver aus den Tiefen ihres Koffers hervor und verstaute die zierliche Waffe in ihrem Rock. Der einzige Vorteil der sperrigen Kleider waren zahlreiche Taschen unter den Stofflagen.

Als sie ihr Wohnhaus verließen, konnte sich Jane des Eindrucks nicht erwehren, dass sie beobachtet wurden, aber vielleicht wurde sie durch die bedrückende Situation langsam paranoid und vermutete deshalb in jedem Straßenhändler oder Schatten einen Verfolger. Die ersten Gaslampen waren bereits entzündet, als sie mit einer Kutsche die Nikolaibrücke überquerten. Jane hatte dem Kutscher die Adresse von Krylows Praxis im Stadtteil Liteinij gegeben. Sie ging davon aus, dass der Arzt noch dort anzutreffen war. Wenn nicht, nun ja, dann würde sie umdisponieren müssen.

Doch sie hatten Glück. Die Arztpraxis befand sich im ersten Stock eines bürgerlichen Hauses. Im Erdgeschoss brannte in den Fenstern eines Musikalienhandels noch Licht. Jane bat den Kutscher zu warten und ging mit Hettie direkt hinauf in die Praxis. Das Wartezimmer, ein schlichter zur Hälfte holzgetäfelter Raum mit einem halben Dutzend Stühlen, war leer. Es roch nach Alkohol und Essig. Hinter einem Tresen klapperte es und jemand fluchte, zumindest hörten sich die russischen Worte so an.

»Dobry djen ... äh ... Doktor Krylow?« Für ein »Guten

Tag« reichten ihre neu gewonnenen Russischkenntnisse.

Eine stämmige Frau mittleren Alters in Schwesterntracht tauchte hinter dem Tresen auf und musterte Jane verärgert. »Minutku paschalusta!«

Die resolute Schwester verschwand im Dunkel des Flures hinter ihr. Eine Tür knarrte, Jane erkannte Krylows Stimme und die Schwester kam zurück und winkte Jane energisch, ihr zu folgen.

»Ich bleibe hier nicht allein, Ma'am«, flüsterte Hettie und folgte Jane in dichtem Abstand.

Krylow stand in seinem Behandlungszimmer, einem Raum kaum so groß wie der Salon ihrer jetzigen Wohnung. Ein Schreibtisch befand sich vor dem Fenster, an einer Wand eine Liege, und in einer Ecke gab es einen Paravent zum Auskleiden. Auf einem Tisch vor einem Arzneischrank lagen medizinische Instrumente, Schalen und Verbandszeug.

»Mylady, was führt Sie zu dieser Stunde zu mir? Ich hoffe, Ihrem Gatten geht es gut. Bei meinem letzten Besuch machte er einen stabilen Eindruck«, begrüßte der Arzt sie.

»Danke, mit dem Captain ist alles in Ordnung. Nur … Hettie, schließ doch bitte die Tür.«

Krylow winkte ab. »Meine Krankenschwester ist zuverlässig und versteht kein Wort Englisch.« Eine Tür fiel laut knallend ins Schloss. »Und sie ist jetzt weg. Sie arbeitet noch im Hospital. Dorthin werde ich ihr gleich folgen.«

»Ich will Sie auch gar nicht aufhalten, Doktor. Sagen Sie, ist Gundorov noch in der Stadt? Ich muss ihn unbedingt sprechen! Bitte, es ist sehr dringend. Ich weiß nicht, wie lange wir noch bleiben können, und ich bin verzweifelt und weiß einfach nicht weiter.«

Der Mediziner griff nach seiner Arzttasche. Während er verschiedene Unterlagen und Instrumente hineinlegte, sagte er: »Er ist noch hier. Ich habe ihm geraten, abzureisen, doch er bestand darauf, noch etwas erledigen zu müssen.«

Krylow klappte seine Tasche zu. »Es sollten nur die Diamanten gestohlen werden, Mylady. Von einem Mord war nie die Rede. Das war nicht Sergejs Schuld. Die Orlow-Diamanten haben großen symbolischen Wert, verstehen Sie? Dieser kostbare Schmuck verkörpert alles, was wir verachten und abschaffen wollen – Dekadenz, Versklavung, Klassenunterschiede.«

»Es ist nur Schmuck, Doktor. Und jetzt klebt an diesen Diamanten das Blut unschuldiger Menschen. Und zwar auch jener Menschen, die Ihnen so wichtig sind. Oder zählen Prostituierte nicht zu denen, die gerettet werden sollen?« Jane konnte den Sinn all der gewaltsamen Taten, die von Revolutionären im Namen der Freiheit begangen wurden, nicht einsehen. Mord war Mord, egal aus welchem Grund.

Krylow strich sich über den Schnurrbart und sah von Hettie, die verlegen errötete, zu Jane. »Natürlich, Mylady. Allerdings müssen für große Ziele große Opfer gebracht werden. So war es immer. Das ist in der Medizin genauso. Oder wie, glauben Sie, gelangen wir an neue Forschungsergebnisse?«

Jane schauderte. Die Klinik, von der Gundorov in London gesprochen hatte. Was Krylow dort tat, wollte sie nicht im Einzelnen wissen, Opfer bringen zum Wohle der Wissenschaft.

»So ist es wohl«, sagte Jane leise. »Aber wie kann ich meinem Mann helfen, der unschuldig in diese ganze unselige Geschichte verwickelt wurde? Wir müssen uns verstecken und unter falschem Namen leben. Das will und kann ich nicht für den Rest meines Lebens!«

Krylow zog seinen Mantel an. »Nein, dafür sind Sie nicht geschaffen, Mylady. Sergej hat viel aufgegeben für seinen Traum von einem besseren Russland. Und es liegt noch ein langer Weg vor ihm. Viele Freunde der ersten Stunde sind bereits abgesprungen, als sie merkten, wie gefährlich es sein kann, wenn man den Machthabenden widerspricht. Mylady, fahren Sie zurück zu Ihrem Mann. Er wird auf Sie warten und sich Sorgen machen.«

»Er versucht sein Glück bei Kurakin«, sagte Jane.

»Dass er von dieser Seite Hilfe erwarten kann, bezweifle ich. Bitte, Mylady, lassen Sie uns gehen. Und ich dürfte es Ihnen nicht sagen, aber seien Sie voller Hoffnung.« Der Arzt packte seine Tasche und bat sie zur Tür hinaus.

Im Gehen fügte er hinzu: »Und lesen Sie morgen die Tagespresse.«

Erstaunt wartete sie auf weitere Erklärungen, doch er lächelte nur höflich und sperrte seinen Praxisraum ab. Unten auf der Straße tippte er sich an seinen Zylinder und sagte: »Alles Gute, Mrs McKenzie!«

Jane und Hettie sahen dem Arzt nach, der mit schnellen Schritten in der Dämmerung verschwand.

»Du hast es gehört, Hettie, wir können nichts mehr tun, also fahren wir zurück.« Im Grunde war Jane erleichtert, denn sie hatte kein gutes Gefühl bei ihrem überstürzten Ausflug gehabt, und wenn sie jetzt führen, waren sie sicher vor David wieder in der Wohnung.

In der Kutsche sagte Hettie bedauernd: »So ein netter Arzt. Aber er hat mich gar nicht angesehen.«

Jane lachte und tätschelte die Hand ihrer Zofe. »Und das ist auch gut so. Oder wolltest du hier in Sankt Petersburg bleiben? Die Winter sind lang und im Hochsommer wimmelt es hier von Mücken und die Menschen sterben wie die Fliegen am Fieber.«

»Uh, nein, das ist schrecklich. Er sah nur so furchtbar gut aus.« Hettie lehnte ihren Kopf an das Fenster und sah verträumt auf die dunklen Wasser der Newa, die sie gerade auf der Nikolaibrücke überquerten.

Die Kutsche bog in das Künstlerviertel ein, in dem sie nun wohnten. Auf den Straßen war nicht mehr viel Betrieb, denn die Läden hatten inzwischen geschlossen, doch in den Cafés herrschte reges Treiben. Die Kutsche hielt einen Block vor ihrem Haus. Mit klopfendem Herzen eilte Jane hinauf in die Wohnung und stellte erleichtert fest, dass David und Blount noch nicht zurück waren.

»Rasch, Hettie, hilf mir beim Umziehen und lass ein Bad ein.«

Kichernd half ihr die Zofe aus dem Kleid, versteckte den Revolver wieder im Koffer und bereitete das Badewasser vor. Jane hatte sich gerade in das heiße Wasser begeben, als David den Kopf zur Tür hereinsteckte.

Er sah enttäuscht und desillusioniert aus. »Kurakin hat mit mir gesprochen, Jane, aber ich erspare dir die Einzelheiten. Es war keine angenehme Begegnung. Zu allem Übel war auch meine Tante dort.«

»Hast du kondoliert?«

»Sie hat meine Beileidsbekundung angehört. Ich weiß nicht, ob der Tod meines Onkels ihr tatsächlich nahegeht oder ob sie sich mehr um ihre finanzielle Zukunft sorgt. Ich glaube, sie hat auch wegen Grigorij mit dem Fürsten gesprochen. Wenn ihr reizender Sprössling weiter seiner Spielleidenschaft frönt, kann er sie um ihre Witwenrente bringen.« David zog sein Jackett aus und nahm den Schwamm, den Jane ihm reichte.

Während er ihr den Rücken wusch, fragte er: »Hattest du wenigstens einen ruhigen Nachmittag?«

Jane nieste. »Der Schaum. Äh, ja, zu ruhig. Was hast du nun vor?«

Er ging neben der Badewanne in die Hocke und ließ den Schwamm ins Wasser fallen. »Wir sind noch am Bahnhof gewesen und haben Fahrkarten für morgen Mittag gekauft. Ist dir das recht, Jane? Ich werde hier verrückt, kann nichts tun, die Leute wollen nicht mit mir reden. Oh, und Rooke hat etwas über Markows Haus in Holborn und über Constable Skelley herausgefunden. Blount hat ein Telegramm abgeholt. Das scheint mir ein Fortschritt zu sein.«

Erfreut hörte Jane ihm zu und beugte sich vor, um ihm etwas Schaum auf die Nase zu tupfen. »Und dann machst du so ein Gesicht? Das ist großartig. Ich bin mir sicher, dass sich das Blatt von jetzt an wendet!«

David schüttelte den Kopf. »Deinen Optimismus möchte ich haben.«

Sie grinste. »Keine Sorge, er reicht für zwei.«

In aller Frühe waren sie aufgestanden, hatten die restlichen Sachen in die Koffer gepackt und nahmen nun ein letztes Frühstück in der kleinen Wohnung ein, die ihnen der Graf als Zuflucht organisiert hatte. David hatte Seebach über ihre Reisepläne informiert und der Graf wollte sie abholen und zum Bahnhof bringen.

»Weißt du, wenn die Umstände anders gewesen wären, hätte ich dieser Stadt viel abgewinnen können. Und ich bedaure sehr, dass ich nicht einmal zu einer Soiree von Panajew gegangen bin.« Jane schob sich einen aufgerollten Pfannkuchen in den Mund.

»Darüber, meine Liebe, bin ich nun wieder ausgesprochen froh!« David goss etwas Milch in sein Teeglas und sah auf, als es klopfte.

Jane kaute schneller, schluckte den Bissen hinunter und sah Blount erwartungsvoll an. »Haben Sie die Zeitung bekommen?«

Blount hielt die *Petersburger Nachrichten* in die Luft. »Ja, Mylady. Ausländische Tageszeitungen waren noch nicht zu haben.«

»Nein, nein, das reicht völlig aus. Bitte, David, lies doch. Vielleicht gibt es noch etwas Neues.« Gespannt beobachtete Jane, wie David die Zeitung aufschlug, wobei er ihr einen skeptischen Blick zuwarf.

»Warum bist du so erpicht auf eine Tageszeitung? Was hat das ...« Sein Blick flog über die Schlagzeilen. Ungläubig und mit immer stärker gekräuselter Stirn las er den darunter stehenden Artikel. Endlich schaute er auf.

»Haben Sie das gelesen, Blount?«

»Aber ja, Captain. Die Schlagzeile sprang mir förmlich ins Auge. Und auf der Straße spricht man von nichts anderem.«

»Was denn? Jetzt sag doch, was dort steht!« Jane war aufgesprungen und lief um den Tisch, um David über die Schulter zu sehen. »Ah, ich kann's nicht lesen!«

David legte die Zeitung sehr sorgfältig auf den Tisch. »Du wusstest davon.« Keine Frage, eine kühle Feststellung.

»Wovon denn, zum Henker?! Bitte, Blount, übersetzen Sie es für mich, wenn David es nicht tut!«, bat sie den Diener, der ihr einen anerkennenden Blick schenkte.

Licht im Fall der verschwundenen Orlow-Diamanten. Am späten Abend wurde der Leichnam des gesuchten Verbrechers Jewdokim Janowitsch unweit des Armenhauses am Wolkowskij-Friedhof aufgefunden. Eine Schusswunde in seinem Brustkorb gilt als Todesursache. Der Mann trug einen Diamanten aus dem berühmten Orlow-Collier bei sich. Zur Tatzeit war ein junger Arzt in der Nähe, der die Angreifer vertreiben, dem Sterbenden jedoch nicht mehr helfen konnte. Der Arzt, ein angesehenes Mitglied der Sankt Petersburger Gesellschaft, blieb bis zum Eintreffen der Polizei bei dem Sterbenden und konnte das Raubgut aus dem Orlow-Überfall in London übergeben. Der Sterbende soll sich seiner Tat gebrüstet haben

und zeigte keine Reue. In politischen Kreisen ist
man über die Aufklärung des Mordes an Attaché
Orlow erfreut, bedeutet es doch eine Entspannung
in den angestrengten Beziehungen zur englischen
Krone.

Jane hatte atemlos zugehört und rief mit Tränen in den Augen: »Großartig! Ist das nicht wundervoll, David?«

Doch David zeigte sich wenig begeistert. »Ein Arzt, hm? Und ganz zufällig war er in der Nähe. Und ein Diamant wurde gefunden. Und du musstest ausgerechnet heute die Tageszeitung lesen.« Er schlug mit der flachen Hand auf den Tisch. »Verkauf mich nicht für dumm, Jane!«

»Ich muss noch packen.« Sie drehte sich auf dem Absatz um und verließ den Salon.

26

Es herrschte ein großes Durcheinander am Bahnhof. Der einlaufende Fernzug stieß einen durchdringenden Pfeifton aus und die Dampflock spuckte Dampfschwaden in die Halle. Jane hatte sich bei David untergehakt und hielt ihre Tasche fest, denn die hin- und hereilenden Menschen schubsten sie, sodass Taschendiebe ein leichtes Spiel hatten. Allerdings liefen russische Wachmänner über den Bahnsteig und hielten die Bettler und Schaulustigen in Schach. Kofferträger schoben ihre Wagen zu den Abteilen und über allem hing die Geräuschglocke aus Rufen, Lachen, Weinen und aufgeregtem Geplapper, die Jane an Bahnhöfen liebte.

Heute jedoch war sie ein wenig wehmütig, denn sie hatte Menschen in Sankt Petersburg zurückgelassen, die sie wahrscheinlich nie wiedersehen würde. Menschen, die auf dramatische Weise in ihr Leben getreten waren und einen Kampf um Freiheiten führten, die selbstverständlich sein sollten.

David neigte sich ihr zu. »Ein paar Tage und wir sind wieder in London. Teepartys und Sommerfeste.«

Sie zog eine Grimasse. »Darauf freue ich mich das ganze Jahr. Und ich glaube, wir haben andere Sorgen.«

Der Zug, der sie von Sankt Petersburg über Warschau und

Minsk und weiter nach Berlin bringen würde, hielt zischend und fauchend neben ihnen am Bahnsteig. Plötzlich wurden sie von hinten angerempelt. Ein Junge drückte David einen Brief in die Hand und sagte etwas auf Russisch. Bevor David etwas erwidern konnte, war der Junge in den Dampfschwaden und dem überfüllten Bahnsteig verschwunden.

Er steckte den Brief in die Tasche und sah sich um. »Lass uns einsteigen, bitte.«

Jane ließ sich von ihm in ein Abteil der ersten Klasse helfen. Als sie alle in den gut gepolsterten Sitzen Platz gefunden hatten und das Gepäck verstaut worden war, setzte sich der Zug langsam unter dröhnendem Rütteln und Stampfen in Bewegung. Hettie vertiefte sich in einen romantischen Roman und Blount hatte verschiedene Zeitungen gekauft, in denen er nach weiteren Berichten über den toten Janowitsch suchte.

Erst jetzt zog David den Brief aus seiner Tasche und öffnete ihn.

»Sagst du mir, von wem er ist?« Jane sah die kyrillischen Buchstaben. »Russisch, hm.«

»Von deinem Freund Sergej.« David vertiefte sich in die Lektüre und ließ die verblüffte Jane warten.

»Er ist nicht mein Freund!«

»Gleich«, brummte David und wendete den beidseitig beschriebenen Briefbogen.

Jane zupfte ungeduldig an ihrem perlenbestickten Beutel. »Haben Sie noch etwas Neues entdeckt, Blount?«

Der Zug ratterte inzwischen gleichmäßig über die Schienen und das Zugpersonal bereitete Tee und eine Mahlzeit vor.

»Nein, Mylady. Es scheint ganz so, als gäbe es nur die eine Version des Vorfalls.« Die Zeitung knisterte und Blount las weiter.

Als ein Kellner in Uniform zu ihnen kam, bestellte Jane Tee und Gebäck.

»Dinner wird im Speisewagen serviert, Mylady«, sagte der Mann auf Englisch. »Möchten Sie reservieren?«

»Sehr gern.«

Endlich hob David den Kopf und sah sich kurz nach allen Seiten um. Ihre Sitze befanden sich am Ende des Wagens und die anderen Gäste, ein älteres russisches Paar und eine Französin mit ihrer Tochter, waren mit sich selbst beschäftigt.

Leise sagte David: »Du hast ja wirklich großen Eindruck auf Gundorov gemacht, Jane.«

»Es gibt nichts, dessen ich mich schämen müsste.« Sein leicht vorwurfsvoller Ton missfiel ihr.

David deutete ein Lächeln an. »Ich verdanke dir so viel, Jane. Und Sergej bestätigt es noch einmal ausdrücklich. In gewisser Hinsicht sind wir uns anscheinend ähnlich.«

»Was die Frauen betrifft?«

»Nun, da liege ich weit vorn, meinst du nicht?«

Jane lachte leise. »Und was schreibt er nun?« Ernst fügte sie hinzu: »Er hat den Tod von diesem Wadja inszeniert, nicht wahr?«

»Ich habe ihn unterschätzt. Ja, genau das hat er getan, den Diamanten platziert. Krylow ist über den Toten gestolpert und hat dafür gesorgt, dass der Diamant gefunden und gemeldet wurde. Sergej hat sich auf unbestimmte Zeit ins Ausland abgesetzt.«

»Ob er ein neues Leben beginnt?«

David schnippte gegen den Brief. »Sicher nicht. Er steckt voller Hass auf das zaristische System und bereitet sich vor. Anschläge werden folgen. Ich kann solch ein Vorgehen nicht gutheißen. Der Krieg hat mich vieles gelehrt, Jane, vor allem eines: Mit Blut ist noch nie ein dauerhafter Frieden gewonnen worden.«

Sie sah in seine umschatteten Augen, die jedoch völlig klar waren. »Und was ist aus Jelena geworden?«

»So viele Fragen, Jane.«

»Und wirst du mir antworten?« Sie beugte sich zu ihm und berührte mit den Lippen sanft seine Wange.

Er schloss kurz die Augen. »Sie ist tot. Gundorov ist damals mit ihr nach Ungarn geflohen. Bei den dortigen Revolutionären haben sie ein halbes Jahr gelebt. Er hat die Türken ausspioniert und seine Informationen den Russen verkauft. Dann wollten sie nach Wien, aber Jelena ist auf der Reise schwer krank geworden und gestorben. So ein Leben ist nichts für eine Frau. Nicht einmal für einen Mann ist es einfach, dauernd auf der Flucht zu sein, draußen zu nächtigen, Hunger zu leiden und sich oft nicht waschen zu können.«

David gab ihr den Brief. »Er hat auch etwas an dich geschrieben.«

Erstaunt nahm Jane den Bogen aus einfachem Papier entgegen. Unter dem russischen Text stand ein Postskriptum mit dem Vermerk »Verehrteste Lady Allen, es war mir eine Ehre, Ihre Bekanntschaft gemacht zu haben, und mein Freund Panajew bedauert, dass Sie keine Zeit für eine seiner Soireen hatten.«

Jane sah David schmunzelnd an. »Ich bedaure es auch. Sehr interessante Leute, aber vielleicht sehen wir sie bei anderer Gelegenheit wieder.«

»Ich hoffe nicht!«

Sie verfielen in einträchtiges Schweigen und hingen eine Weile ihren Gedanken nach, bis David plötzlich in ihr Ohr flüsterte: »Wadja hat meinen Onkel ermordet, auch das wird Krylow zu Protokoll geben. Nur den Hintermann in Holborn kennt selbst Gundorov nicht.«

Jane lehnte ihren Kopf an seine Schulter. »Ich habe Angst, David. Was wird uns in London erwarten?«

»Sobald wir in Berlin sind, telegrafiere ich Rooke, und Seebach hat versprochen, mir dort eine Nachricht zu hinterlegen.« In seiner Stimme lag eine Zuversicht, die Jane hoffen ließ.

In Berlin hatten sie mehrere Stunden Aufenthalt und gingen direkt zum Telegrafenamt, wo tatsächlich eine Nachricht von Seebach auf David wartete.

Die ersten Maitage brachten Wärme und ließen die Linden an der großen Allee in zartem Grün erwachen. David beobachtete, wie Jane die frische Luft einsog und die prächtigen Bauten der preußischen Stadt bewunderte.

»Jetzt sind wir schon so weit westwärts gefahren – und schau dir die Fassaden an. Als wären wir in Sankt Petersburg«, sagte sie.

»Potsdam würde dir gefallen, aber dafür haben wir keine Zeit. Jane, Graf von Seebach hat leider noch nicht herausgefunden, mit wem Markow zusammenarbeitet, aber er hat veranlasst, dass Krylows Bericht nach London gelangt. Komm, lass uns noch einen Kaffee trinken, bevor es weitergeht.«

Er ging mit ihr in ein elegantes Café am Boulevard unter den Linden und suchte unter den Gästen nach bekannten oder auffälligen Gesichtern. Doch es schien sich niemand für sie zu interessieren. In London würde sich das ändern. Aber sie kehrten unter veränderten Vorzeichen zurück. Zumindest ein Verdacht hatte sich aufgelöst. Er konnte seine Unschuld in der Orlow-Affäre beweisen. Nur der Brief von Belevsky an Markow bereitete ihm noch immer Kopfzerbrechen.

»David?« Jane hatte ihn beobachtet.

Er sah seine schöne eigensinnige Frau an und lächelte. »Möchtest du noch etwas essen?«

»Nein, danke. Hast du Nachricht, ob Sir Bethell wieder im Amt ist? Er müsste doch langsam wieder genesen sein!«

»Wir werden es spätestens morgen wissen, Jane.«

»Ich wünsche mir nichts mehr, als dass diese unselige Geschichte endlich ein Ende hat und ...« Entgeistert starrte Jane aus dem Fenster. Ihre Wangen verloren jegliche Farbe. »Das ist doch nicht möglich«, flüsterte sie.

»Was denn, um Himmels willen?« David folgte ihrem Blick, konnte jedoch nur fremde Menschen auf dem Trottoir entdecken.

Preußische Offiziere stolzierten mit arroganten Mienen vorbei, während kichernde junge Frauen ihnen kokette Blicke zuwarfen. Geschäftige Herren in dunklen Anzügen und mit gebürsteten Zylindern gingen gemessenen Schrittes ihren Tätigkeiten nach. Und Bauchladenverkäufer, Betteljungen, Kutschen und andere Gefährte vervollständigten das Straßenbild. Doch nichts daran erregte Davids Argwohn.

»Oh, ich dachte, ich hätte jemanden erkannt … Aber das ist zu albern. Es kann nicht sein.« Jane atmete tief ein und aus und setzte ein wenig überzeugendes Lächeln auf.

»Bitte, sag mir, was oder wen du gesehen hast. Du hast eine gute Beobachtungsgabe«, ermunterte er sie.

Jane beugte sich vor und flüsterte: »Devereaux. Ich dachte, ich hätte ihn dort auf der anderen Straßenseite gesehen.«

Ein eisiger Schauer erfasste David. »Du musst dich täuschen, Jane. Das kann nicht möglich sein. Oder doch?«

Sie griff nach seiner Hand. »Und wenn er …? Die russischen Schauermänner damals, die hatte doch Devereaux angeheuert. Der tote Junge.« Ihre Augen weiteten sich ängstlich und er drückte ihre Hand.

»Jane, nein. Denk nicht daran. Wir fahren jetzt nach London, aber vorher werde ich noch ein Telegramm aufgeben. Komm!«

Am Abend des folgenden Tages erreichten sie King's Cross Station in London, wo sie unbehelligt ausstiegen. David ging davon aus, dass sie nicht von Polizeibeamten erwartet wurden, weil sie ihre Fahrkarten auf den Namen McKenzie gelöst und die Kontrolleure an entscheidenden Stellen bestochen hatten.

Feuchte Nebelschwaden zogen durch die Straße, als sie zu ihrer Kutsche gingen.

David sah sich immer wieder um und hatte Blount angewiesen, auf verdächtige Gestalten und Bewegungen zu achten, denn er tat Janes Beobachtung keineswegs als absurd ab. Sollte Devereaux in Berlin gewesen sein, war es durchaus möglich, dass er ihnen auch bis nach London gefolgt war. Ein Gedanke, der David wenig behagte. Charles Devereaux war ein Mann mit vielen Gesichtern und einem langen Atem. Das hatte er bewiesen, indem er den unschuldigen kleinen Straßenjungen hatte umbringen lassen, dem David im vergangenen Winter Unterkunft in seinem Haus gewährt hatte. David half Jane beim Einsteigen in die Kutsche, die sie zu ihrem Haus in der Seymour Street bringen sollte.

Jane schenkte ihm einen warmen Blick und raffte ihre Röcke zusammen, damit auch Hettie in der Kutsche Platz fand. Es gab Begegnungen, die vergaß man nicht, weil sie schicksalhaft waren. Nie würde er den Ball bei Janes verstorbenem Onkel Henry, dem Marquess von Pembroke, vergessen. In Devereaux hatte er sofort einen ernsthaften Rivalen um Janes Gunst gesehen und sich Gedanken gemacht, wie er neben dem finanziell und gesellschaftlich besser gestellten Geschäftsmann bestehen könnte. Doch Jane hatte ihm mit ihrem überraschend unkonventionellen Heiratsantrag diese Sorge abgenommen. Damals hatte niemand ahnen können, welche Abgründe sich hinter der charmanten Fassade Devereaux' verbargen. Der Kopf eines Menschenhändlerrings! Und dieser Mann verfolgte sie seit jenen Tagen mit seinem Hass.

»Wir sind gleich da, Hettie, was sagst du dazu?«, hörte er Jane sagen.

»Oh, ich freue mich, Ma'am! Dieses Russland ist nichts für mich, nein, die Sprache, und das Land ist so unendlich weit und leer! Da mag ich doch lieber unsere grünen Hügel und Dörfer mit Cottages.« Hettie stützte sich am Fenster ab, als die Kutsche abrupt zum Halten kam. »Nur der Doktor hat mir gefallen …«

David schmunzelte. Ihm war nicht entgangen, dass Janes Zofe den Doktor angehimmelt hatte. »Aber Hettie«, begann er, wurde jedoch von Blount unterbrochen, der energisch die Tür öffnete.

»Captain, kommen Sie, schnell!«

»Was gibt es denn, Blount?« David nahm seinen Hut und sprang aus der Kutsche auf das nasse Pflaster vor seinem Haus.

Zwei Polizisten traten aus dem Schatten einer Gartenmauer. »Captain Wescott? Wir verhaften Sie im Namen Ihrer Majestät.« Einer der Männer war Constable Skelley, und er zielte mit einer Pistole auf David.

Jane war ebenfalls ausgestiegen. »Das war ja zu erwarten gewesen. Aber Sie verhaften den Falschen! Herrgott, wie kann denn die englische Polizei so dumm sein!«

»Ma'am, gehen Sie zur Seite und lassen Sie uns unsere Arbeit machen!«, befahl Skelley barsch und packte David am Arm.

»Blount, wo bleibt denn Rooke? Haben Sie ihn nicht erreicht?« David wehrte sich nicht, denn er wollte Skelley keinen Grund geben, von seiner Waffe Gebrauch zu machen. War es das? Wollte man ihn provozieren, um sich seiner durch einen inszenierten Kampf zu entledigen? Aber dann hätte man ihn einfach aus dem Hinterhalt erschießen können. Nein, jemand wollte ihn ruinieren, seinen Ruf zerstören, ihn zerbrechen. Endlich hörte er lautes Rufen und ein Hansom kam in halsbrecherischem Tempo um die Ecke gefahren. Martin Rooke und Sergeant Berwin sprangen aus dem offenen Wagen und Rooke rief: »Lassen Sie sofort den Mann los, Sie Gimpel!«

Constable Skelley blieb unbeeindruckt. »Nehmen Sie Ihre Handschellen, Tom …«

»Hören Sie schon auf. Hier!« Rooke hielt dem übereifrigen

Constable ein Schreiben mit amtlichem Siegel vor die Nase. »Sir Bethell persönlich hat den Hausarrest von Captain Wescott aufgehoben. Der Captain ist ein freier Mann!«

Jane seufzte erleichtert auf und griff nach Hetties Hand. »Was für ein Segen, Ma'am!«

»Was starren Sie? Lesen werden Sie ja wohl noch können!« Rooke, der größer und muskulöser als Skelley war, stellte sich dicht vor den sturen Polizisten und hielt ihm das Schreiben hin. Mit seinem Bowler und dem Wollmantel im Stil der Seeleute sah er zwar nicht wie ein Polizeibeamter aus, strahlte jedoch eine große Autorität aus und seine Miene ließ keinen Zweifel daran, dass er seine Anordnungen durchsetzen würde. Sergeant Berwin schlug plötzlich auf Skelleys Arm, die Pistole fiel zu Boden und ein Schuss löste sich. Sergeant Berwin bückte sich nach der Waffe und nahm sie an sich.

Der jüngere Polizist steckte die Handschellen zurück in seinen Gürtel und trat zur Seite.

»Feigling!«, zischte Skelley ihn an. »Ich habe meine Befehle von Lord Rutherford!« Grimmig starrte er von Rooke zu David, den er widerwillig losgelassen hatte.

»Nun, dann sollte Ihnen bewusst sein, dass Rutherford lediglich der stellvertretende Staatsanwalt ist. Sir Bethell ist seit heute offiziell wieder im Amt.« Rooke faltete die Weisung des Staatsanwaltes zusammen und steckte sie in seine Tasche.

Der Schuss hatte einige Passanten angelockt und aus dem Nachbarhaus kam der Butler auf den Gehweg. Sergeant Berwin scheuchte die Leute zurück. »Es ist nichts passiert, nur ein Schuss, der sich gelöst hat. Bitte, gehen Sie weiter!«

Der Butler des Nachbarn, ein ehemaliger Mitarbeiter der Ostindienkompanie, verzog echauffiert das Gesicht. »Dann hat es wohl endlich ein Ende mit der Polizeipräsenz hier in unserer Straße. Die Leute reden ja schon!«

Blount warf dem Butler einen durchdringenden Blick zu.

»Was beschweren Sie sich eigentlich? Seien Sie doch froh, dass hier aufgepasst wird, oder wollen Sie, dass Ihre Herrschaft endet wie der russische Attaché?«

Entsetzt riss der Butler die Augen auf, machte auf dem Absatz kehrt und verschwand durch das Gartentor seines Arbeitgebers. Sergeant Berwin hielt noch immer die Pistole des Constables in den Händen und sah Rooke an, der eine Kopfbewegung in Richtung Skelleys machte.

»Passen Sie besser darauf auf, Skelley. Sonst passiert noch ein Unglück«, meinte Berwin. »Wieso tragen Sie überhaupt eine Waffe? Haben Sie eine Sondergenehmigung?«

Skelley steckte die Pistole ein und selbst im schummrigen Licht der Straßenlaterne konnten sie sehen, wie seine Lippen unter dem Schnurrbart wütend zitterten. »Ich sollte einen flüchtigen Straftäter verhaften und war bevollmächtigt, alles Notwendige zu tun, um den Flüchtigen festzunehmen.«

»Darüber werden wir noch sprechen, Skelley. Damit kommen Sie nicht so einfach durch. Da nicht Rutherford, sondern ich Ihr direkter Vorgesetzter in diesem Fall bin, hätten Sie zuerst mich konsultieren müssen.«

Der Constable stieß ein verächtliches Schnaufen aus, sagte jedoch: »Ja, Sir.«

»Und jetzt verschwinden Sie und melden Sie sich morgen früh sofort bei mir in Brompton.«

David schüttelte sich und strich seinen Ärmel glatt. »Du kamst gerade noch rechtzeitig, Martin. Ich weiß nicht, was ich getan hätte. Der Kerl treibt mich zur Weißglut! Komm mit rein. Berwin, Sie auch. Einen Schluck Tee oder ein Bier können wir alle vertragen.«

Seine Frau und ihre Zofe gingen bereits zum Tor ihres Hauses, in dessen Fenster Licht brannte. Blount hatte die Dienerschaft über ihre Ankunft in Kenntnis gesetzt. Nichts war ernüchternder, als kalte Räume und klamme Bettwäsche nach einer langen Reise.

Jane wartete vor der Haustür auf ihn und gemeinsam betraten sie ihr Londoner Stadthaus. Ruth und Agnes begrüßten sie freudig, wenn auch etwas verhalten.

Die Köchin knickste artig und zupfte an ihrer weißen Haube. »Es gibt kalten Braten, Karotten und Reis, Käse und Pudding.«

Jane nahm ihren Hut ab. »Das klingt wundervoll, liebe Ruth. Hatten Sie irgendwelche Probleme während unserer Abwesenheit?«

Die ältere Frau sah sie unsicher an. »Nein, ja, nun, wegen Levi. Seine Sachen sind noch hier und einmal kam ein Russe vorbei und wollte irgendetwas abholen, aber ich habe ihm gesagt, dass er sich zum Teufel scheren soll. Sachen von einem Toten, der noch dazu im Gefängnis seine arme Seele der Verdammnis übergeben hat.« Entrüstet schüttelte Ruth, die jeden Sonntag zur Messe ging, den Kopf.

»Was war das für ein Mann, Ruth?«, wollte David wissen, der Mantel und Hut ablegte und sich umsah.

Ruth kratzte sich am Kopf und kräuselte die Nase. »Nicht sehr groß, nicht sehr klein. Schwarzer Anzug und ein Hut so wie Ihrer, Captain, aber nicht so hoch. Graue Haare, grauer Bart und ein Benehmen, als wäre er ein Gentleman.«

»Das könnte Markow gewesen sein«, meinte Martin Rooke.

»Gehen wir in mein Arbeitszimmer«, schlug David vor, und zu Jane sagte er: »Ich bespreche mich kurz mit Martin. Dann hast du noch etwas Zeit vor dem Essen. Ist dir das recht?«

Jane wirkte blass und erschöpft von der Reise. »Aber ja.« Sie zögerte einen Moment, bevor sie leise sagte: »Es ist merkwürdig ohne Levi. Trotz allem. Er fehlt mir.«

»Mir auch, Jane.«

27

Jane stand im kleinen Salon des ersten Stocks und betrachtete die vertraute Umgebung, die ihr plötzlich seltsam fremd
erschien. Nachdem sie sich von der Reise erfrischt und umge-
kleidet hatte, war sie die Zeitungen durchgegangen. Der Fall
Orlow beschäftigte zwar nicht mehr die Schlagzeilen auf der
Titelseite, doch es fanden sich noch immer reißerische Artikel
in den großen Tageszeitungen, die sich in Spekulationen zu
Davids Verstrickung in die Umstände rund um den Tod des
russischen Attachés ergingen.

Wie sollten sie diese Gerüchte jemals aus der Welt schaffen? Und, vor allem, wer steckte hinter all dem? Sie ließ die
Zeitung, die sie gerade gelesen hatte, auf den Tisch gleiten und
schloss die Augen, um sich an den Moment in Berlin zu er-
innern, in dem sie Devereaux' Gesicht in der Menge gesehen
hatte. Tausendmal hatte sie seitdem darüber nachgedacht, ob
er es tatsächlich gewesen sein könnte oder ob sie sich getäuscht
hatte. Er war ihr etwas dünner vorgekommen, der Hut war tief
in die Stirn gezogen und ein Vollbart hatte die untere Gesichtshälfte verdeckt. Aber seine Augen konnte er nicht verstecken.
Nie würde sie den stechenden Blick vergessen, diese unheim-
liche Mischung aus Bewunderung und Bedrohung, die sie von

Anfang an abgeschreckt hatte.

»Jane, hier versteckst du dich!« David kam in den Salon, sah den Stapel Zeitungen und verzog den Mund. »Rooke hat Markow und zwei andere Russen festgenommen. Morgen Vormittag verhören wir sie gemeinsam und dann spreche ich auch mit Sir Bethell. Verfluchte Bande, einer von ihnen hat den Brief meines Onkels gefälscht. So muss es einfach sein!«

Jane ging zu ihm und schlang ihre Arme um seinen Körper. »Wenn das doch endlich vorbei wäre!« Sie vergrub ihr Gesicht im weichen Wollstoff seines Jacketts. »Wie geht es deiner Schulter?«

Er hielt sie fest an sich gedrückt. »Ich habe kaum noch Schmerzen.«

»Haben wir vielleicht etwas in Levis Zimmer übersehen?« Sie hatten zwar vor ihrer Abreise die wenigen Habseligkeiten des Musikers nach Hinweisen auf seine revolutionären Umtriebe durchsucht, doch nichts gefunden.

»Ich bezweifle es. Aber wir können es nachher noch einmal versuchen. Martin wartet unten auf uns. Er hat wirklich gute Arbeit geleistet und jeden russischen Immigranten, der sich in Holborn herumtreibt, auf Herz und Nieren überprüft. Der morgige Tag wird mit Sicherheit mehr Licht in die Sache bringen.«

Sie hob den Kopf. »Vielleicht war es ein Fehler, dass Gundorov Janowitsch getötet hat. Der Kerl hätte vieles aufklären können.«

»Aber das hätte er niemals getan. Jewdokim Janowitsch hat für seine Auftraggeber getötet, und er beseitigte jeden Zeugen, der ihm gefährlich werden konnte. Sollte er jemals so etwas wie Mitgefühl oder ein Gewissen gehabt haben, so hat er beides in Sibirien verloren. Nein, Jane, ich bin froh, dass er tot ist.«

Sie erschauerte bei seinen Worten. »Und er wusste, dass ich ihn an der Post gesehen hatte.« Sie seufzte. »Ob er mich töten wollte?«

»Vielleicht hat er es vorgehabt, Jane, nur ist Gundorov ihm zuvorgekommen.«

»Er hat sich die Diamanten verdient.«

David erwiderte düster: »Lass uns essen gehen.«

Rooke war ein überraschend unterhaltsamer Gast, der äußerst interessante Begebenheiten aus seinen Erfahrungen als privater Ermittler zu erzählen wusste. Sobald sie das Mahl mit einem schlichten Brotpudding beendet hatten, verabschiedete sich Rooke.

»Die Reise war sicher lang und ermüdend und morgen haben wir einiges vor, David. Es war mir eine Freude, Mylady.« Mit seinem kantigen Gesicht und den intelligenten hellen Augen wirkte Rooke trotz seiner oft verschlossenen Art attraktiv. Doch Jane wusste von David, dass Rooke unverheiratet war.

»Danke, Mr Rooke, dass Sie zu meinem Mann stehen.« Sie reichte ihm die Hand, die er drückte, anstatt einen Handkuss anzudeuten. Jane empfand das als Ausdruck von Respekt und lächelte.

»Ohne Ihre Initiative wären wir nicht so weit mit unseren Ermittlungen, Mylady. Und es tut mir sehr leid, dass Ihr Diener, Levi Atalay, an dem Raubmord beteiligt gewesen war. Ich denke, morgen werden wir mehr über die Umstände erfahren. Ihr Mann und Mr Blount sind des Russischen mächtig und werden die Inhaftierten eher zum Sprechen bringen als wir.«

»Das wäre wünschenswert.« Jane wartete, bis David von einer kurzen Unterredung mit Rooke zurückkehrte und mit ihr in die Kammer des verstorbenen Levi ging.

Der schmale Raum war während ihrer Abwesenheit verschlossen gehalten worden und es sah nicht so aus, als wäre irgendetwas verändert oder entwendet worden. Der Geigenkasten lag auf dem Tisch, daneben verstreut ein paar Notenblätter und Bücher von russischen Dichtern. Jane öffnet den Geigenkasten und berührte die Saiten, die leicht verstimmt waren.

Mit belegter Stimme sagte sie: »Wie traurig, David. Ein so begabter Mann wie Levi wirft sein Talent, seine Zukunft fort. Für was, frage ich mich? Für was …«

David klappte die Bücher auf und schüttelte sie. Aus einigen fielen Notizzettel, die er rasch überflog. Sie waren mit kyrillischen Schriftzeichen bedeckt. Er grummelte unwillig. »Hm?«

Jane nahm das alte Musikinstrument, das einige angeschlagene Stellen aufwies, aus dem Kasten, der mit Papier ausgeklebt war. Das Instrument wurde zum Schutz vor Erschütterungen in ein Tuch gewickelt, das zusammengeknüllt in einer Ecke steckte. Als Jane das Tuch herauszog, löste sich die Verkleidung des Kastens und die Ecke eines gefalteten Papieres kam zum Vorschein. Neugierig zog Jane das Blatt heraus und faltete es auseinander. Es schien eine Art Flugblatt zu sein. Sie reichte ihrem Mann das Papier. »Schau, kannst du damit etwas anfangen? Das war im Geigenkasten versteckt.«

David las zuerst die bedruckte Seite. »Das ist von Alexander Herzen. Hat Panajew ihn dir gegenüber erwähnt?«

Jane nickte. »Panajew schien große Stücke auf ihn zu halten, nannte Herzen einen Visionär und wurde von Krylow in seiner stürmischen Begeisterung gebremst. Wäre ich auf diese Soiree von Panajew gegangen, hätte ich diese Awdotja kennengelernt. Eine Schriftstellerin.«

»Bin ich froh, dass es dazu nicht gekommen ist, Jane! Herzen musste schon vor Jahren aus Russland fliehen. Seit den frühen Fünfzigern ist er hier in London und schart einen Kreis politischer Emigranten mit explosiven Ideen um sich. Louis Blanc und Giuseppe Mazzini sind darunter, wenn ich mich richtig erinnere.« David schwenkte das Blatt Papier. »Hier wendet er sich gezielt an seine russischen Landsleute. Er ist radikal in seinem Denken, Jane. Herzen idealisiert die Bauernschaft und fordert eine Revolution, die sich auf die kollektiven Ansätze der traditionellen russischen Dorfgemeinschaft stützt. Die Aufhebung der

Leibeigenschaft ist nicht genug.«

»Ist es ja auch nicht!« Jane dachte an das, was Gundorov ihr über die ungerechte Neuverteilung des Landes erzählt hatte.

David hob die Augenbrauen. »Und zu dieser Überzeugung bist du sicher aufgrund der Ausführungen eines gewissen Herrn gelangt, der es für legitim hält, einen Diamantenraub in Auftrag zu geben und auch vor Mord nicht zurückschreckt.«

Jane biss sich auf die Lippen. David hatte ja recht. Nur durch Gundorov waren sie letztlich in diese missliche Lage gekommen, auch wenn der Russe die Folgen seines Handelns nicht beabsichtigt hatte. Sie strich über den Geigenkasten. »Warum ist alles immer so schrecklich vertrackt? Es scheint nie eine klare Antwort zu geben, wenn es um Änderungen des Bestehenden geht.«

Davids Blick wurde weicher. »Die Interessen sind zu unterschiedlich. Und daran wird sich meiner Meinung nach nie etwas ändern, jedenfalls nicht im Kern der Dinge. Aber bleiben wir konkret. Dieses Flugblatt ruft ganz eindeutig zum aktiven Widerstand gegen das zaristische Regime auf. Hierfür würde man den Verfasser in Russland nach Sibirien schicken oder sofort hinrichten lassen. Und was da auf die Rückseite gekritzelt wurde, sind Anweisungen, wann Levi sich am Haus von Orlow einzufinden hat. Hier dieser Buchstabe, ähnelt einem B, steht für Levi. Unterzeichnet ist es mit einem kyrillischen J. Das, was wie ein umgedrehtes N aussieht, ist ein J.«

Jane betrachtete die ungewohnten Zeichen. »Ein J? Oh! Jeremaj Markow. Das könnte ein Beweis sein!«

»Tja, nun, es gibt sicher einige Immigranten mit Namen Jeremaj, aber wir könnten uns morgen von ihm eine Schriftprobe geben lassen und das hier durchaus als Druckmittel verwenden. Außerdem können nicht allzu viele schreiben.« David steckte das Papier ein und schob Jane zur Tür.

»Du musst doch todmüde sein. Lass uns zu Bett gehen.«

Ihre Röcke raschelten über den Holzboden, doch in der Tür drehte sie sich um. »Nimmst du mich morgen mit nach Brompton? Immerhin habe ich den Zettel entdeckt.«

»Das war eine rhetorische Frage, nehme ich an. Für alles andere habe ich jetzt keinen Sinn.« Er klang leicht ungehalten, doch in seiner Stimme schwang ein Hauch von trockenem Humor mit.

Direkt nach dem Frühstück waren David und Blount zum Revier in Brompton gefahren. Vor ihnen hockte ein Häuflein Unglück auf dem Schemel im Verhörraum des Revieres. Rooke nickte David zu, der sich dem jungen, schmächtigen Russen zuwandte. Seine Hände waren auf dem Rücken gefesselt und er sah sie ängstlich an. Die Handschellen waren nicht notwendig, denn Artjom Gussew, so hieß der junge Weißrusse, machte keine Anstalten zu fliehen. Markow wartete in der Arrestzelle auf seine Anhörung. Anders als sein Mitarbeiter Gussew gebärdete sich Markow arrogant und forderte einen Strafverteidiger und eine öffentliche Verhandlung.

Blount stand breitbeinig in einer Ecke des Raumes und verzog keine Miene. Gussew konnte die Situation anscheinend nicht einschätzen, denn er schaute immer wieder um sich und zog ein weinerliches Gesicht.

»Was ist mit Ihnen, soll ich Ihnen ein Taschentuch geben?«, begann David auf Russisch. »Und Sie wollen eine Revolution vorantreiben? Ich muss lachen, verzeihen Sie, aber wenn das russische Volk auf solche Waschlappen wie Sie angewiesen ist, dann sollte es lieber in seinen Hütten verharren und weiter hübsch dem Zaren dienen.«

Die Provokation verfehlte ihre Wirkung nicht. Farbe strömte in das blasse Gesicht des jungen Mannes. Die dunklen Augen verengten sich und musterten David böse. Wütend spuckte Artjom Gussew aus und verfehlte David nur um Haaresbreite. Sofort war Blount zur Stelle und bestrafte die Respektlosigkeit mit einem harten Schlag ins Gesicht. Der junge Russe leckte sich schnaubend die blutende Unterlippe. Sein Brustkorb hob und senkte sich sichtbar unter angestrengtem Atmen.

»Gewürm!«, zischte er. »Dreckiges Imperialistenpack!«

David zog sich einen Stuhl heran und setzte sich dicht vor den aufgebrachten Gefangenen. »Haben Sie weitere Beleidigungen loszuwerden oder können wir uns unterhalten?«

Gussew schob den Unterkiefer vor und nickte.

»Na schön. Mich interessieren Ihre abstrusen Ideen von einem besseren Russland nicht. Von mir aus können Sie den Zaren in die Luft sprengen und die gesamte Aristokratie dazu.«

Verblüfft schaute Artjom ihn an. Der junge Mann hatte ein schmales Gesicht und trug eine runde Brille, die in der Brusttasche seiner Jacke steckte. Dunkles Haar fiel ihm in dünnen Strähnen in die Stirn.

»Mich interessiert nur der Mord an Attaché Orlow. Was wissen Sie darüber?«

Kurz blitzte es wissend in seinen Augen auf, dann senkten sich die Lider, als wolle er seine Gedanken verbergen. »Nichts.«

»Kommen Sie, ich habe wenig Zeit und Blount hier hat wenig Geduld.« David rückte seinen Stuhl zurück und stand auf. Blount trat näher und flüsterte Artjom etwas ins Ohr.

Entsetzt schrie der Russe auf. »Nein, nein, ich sage, was ich weiß, aber es ist nicht viel, nicht viel, wirklich. Sie müssen mir glauben!«

Blount trat zurück und David setzte sich erneut auf den Stuhl, während Martin Rooke das Geschehen verfolgte. Sergeant Berwin stand vor der Tür und verhinderte ungebetenen Besuch.

»Sie haben unsere volle Aufmerksamkeit, Gussew. Wurde der Raubmord in Holborn im Haus von Markow geplant?«

»Was? Nein!« Die Entrüstung klang so überzeugend und die Überraschung echt, dass David ihm Glauben schenkte.

»Was genau wissen Sie denn?«

»Wir, nun, wir treffen uns regelmäßig bei Markow. Ich bin sowieso jeden Tag da, weil ich im Gasthaus arbeite. Ich lasse die Gäste herein, organisiere die Abende für die Emigranten. Das sind arme verlorene Seelen, verstehen Sie? Die sehnen sich nach Musik und Gerichten aus der Heimat. Das geben wir ihnen und wir zeigen, dass es ein besseres Leben geben kann.«

»Nur hat das bessere Leben einen hohen Preis.« David klang bitter.

Gussews Augen glühten. »Natürlich wollen wir für unsere Zukunft kämpfen. Die Freiheit fordert Opfer. So war es in Frankreich und das Volk hat sich befreit! Hat sich die aristokratischen Zecken aus dem Pelz gebissen.«

»Tausende unschuldiger Menschen fielen der Guillotine zum Opfer. Tausende Menschen wurden überall im Land geschlachtet, aus Gründen, die wenig ehrenhaft waren. Haben Sie über diese Auswüchse Ihrer hehren Revolution nachgedacht?«

Doch Gussews Miene blieb kalt und abweisend.

»Müssen Sie auch nicht. Wir sprechen uns wieder, wenn man Ihre Mutter oder Ihre Schwester auf die Straße zerrt und sich an ihnen vergreift. Solche Dinge geschehen in Kriegen und in Revolutionen.«

Blount stieß den Gefangenen mit dem Fuß an. »Was ist jetzt mit Orlow?«

Gussew knurrte widerwillig. »Rein zufällig habe ich gehört, wie Markow mit Gundorov darüber gesprochen hat. Die Orlow-Diamanten sind ein Symbol des zaristischen Systems. Sie dem Volk zu geben bedeutet viel mehr, als Sie sich vorstellen können. Wissen Sie, wie lange ein Bauer arbeiten muss, damit er sich einen neuen Pelzmantel kaufen kann? Wissen Sie, wie viele Unschuldige nach Sibirien verbannt werden?«

»Kommen Sie, das weiß ich alles, ich brauche Daten, Namen, Orte.«

Plötzlich erhellte der blanke Hohn sein Gesicht. »Damit kann ich dienen. Levi, der Geiger aus dem Kaukasus, der hat sich Markow quasi aufgedrängt. Unbedingt wollte er etwas tun für die Befreiung Russlands. Aber eigentlich ging es ihm um Rache. Russische Soldaten haben sein Dorf zerstört und seine Familie getötet. Und Markow hat ihn mit Gundorov bekannt gemacht. Die haben sich dann woanders getroffen und dann kam der ...« Erschrocken biss er sich auf die Zunge.

»Wadja kam dazu. Ich weiß. Wadja ist tot. Und Wadja hat alle Zeugen hier in London beseitigt. Die Huren in Holborn haben ihn gesehen, nicht wahr?«

Gussews Anflug von Überheblichkeit war verflogen. Kleinlaut sagte er: »Das war schlimm. Wir alle wussten, dass der Wadja die armen Frauen umgebracht hat. Jeder hier hatte Angst vor ihm und keiner hat sich mit ihm angelegt. Er war schnell mit dem Messer. Wir kennen solche Männer wie ihn, Captain.«

Es war das erste Mal, dass Gussew David mit seinem Titel anredete, und das zeugte von einem gewissen Respekt. Vielleicht wurde ihm auch nur langsam bewusst, wie viel besser es ihm in einem hiesigen Gefängnis gehen würde als in seiner Heimat.

»Was ist mit der Schankwirtschaft, dem Black Horse? Das ging doch in Flammen auf. Wissen Sie darüber etwas? Eines der Mädchen ist dabei umgekommen, Elli.«

Das Mädchen hatte den Bobby vor Listers Bäckerei dabei beobachtet, wie er sich über die tote Prostituierte gebeugt hatte.

»Elli? Kenn ich nicht. Nein, darüber weiß ich nichts. Ehrlich!«

Blount trat ein wenig näher und dehnte seine Arme.

»Hey, ich weiß wirklich nichts darüber. Da müssen Sie Markow fragen. Ich halte nicht länger meinen Kopf für ihn hin. Der

Gundorov ist einer von uns, dem würde ich nichts nachsagen. Aber der Wadja, der hat für Geld alles gemacht, und Markow ist da nicht viel besser …« Er hielt inne. »Der bringt mich um, wenn er erfährt, dass ich ihn verraten habe. Hören Sie? Bitte, sperren Sie uns nicht zusammen in eine Zelle! Dann will ich lieber gleich den Strick.«

David zog das Flugblatt aus seiner Tasche, das Jane in Levis Geigenkasten gefunden hatte. »Sagen Sie mir, ob Markow das geschrieben hat, und wir lassen Sie gehen.«

Ängstlich schaute Gussew zuerst auf das Handgeschriebene und dann zu David. »Wo ist Markow jetzt?«

»Er wartet in seiner Zelle. Noch.«

Als Gussew zögerte, meinte Blount lapidar: »Wir können Sie zu ihm bringen und bemerken, dass Sie uns sehr geholfen haben.«

»Aber das habe ich ja gar nicht!«

Blount zuckte mit den Schultern. »Na dann, kommen Sie, gehen wir.«

»Nein!«, schrie Gussew und der Schweiß rann ihm über Stirn und Hals. »Er hat das geschrieben. Markow hat den Zettel an Levi geschrieben. Und Markow hat viel Geld von einem englischen Gentleman bekommen. Fragen Sie ihn nach dem Brief aus Russland.« Gussew wandte sich an David. »Da hat er seine Finger drin. Markow hat oft falsche Dokumente für Flüchtlinge ausgestellt. Mit so was kennt er sich aus. Ich hab den Brief bei ihm auf dem Schreibtisch gesehen. Der Brief war vom Grafen Belevsky. Komische Sache, habe ich damals gedacht. Warum manipuliert er was an einem russischen Brief, der an ihn selbst gerichtet ist? Aber jetzt verstehe ich.«

David hielt den Atem an.

»Er hat Ihren Namen eingefügt, Captain.«

»Verdammt!«, fluchte Blount.

»Würden Sie das vor einem englischen Gericht bezeugen?«,

fragte David, nachdem er kurz für Martin Rooke übersetzt hatte.

Gussew schüttelte den Kopf. »Markow hat seine Leute. Ich würde keinen Tag im Gefängnis überleben. Hören Sie, jetzt haben Sie doch genug in der Hand gegen ihn. Ich gebe Ihnen alles schriftlich und Sie lassen mich gehen. Dann buche ich eine Passage nach Übersee und Artjon Gussew ist Geschichte. Was sagen Sie? Bitte, ich flehe Sie an. Ich bin kein schlechter Mensch!«

»Der Name des Gentleman?«

»Den weiß ich nicht. Ich schwöre beim Leben meiner Mutter, bei allem, was mir heilig ist, ich weiß ihn nicht! Markow hat ein großes Geheimnis um seine Treffen mit dem Unbekannten gemacht. Nur kam er danach mit viel Geld zurück.«

David übersetzte für Martin Rooke und der warf Blount einen Schlüssel zu, damit er die Handschellen öffnete. »Lasst ihn gehen und dann knöpfen wir uns den anderen vor.«

Es klirrte, als Blount die eisernen Handschellen aufschloss. Gussew rieb sich die Handgelenke und stand auf. »Und Sie haben nicht gelogen? Wadja ist tot?«

»Wir lügen nicht.« Mit vor der Brust verschränkten Armen stand David neben Blount und musterte den jungen Revolutionär, der gerade seinen Landsmann verraten hatte.

Gussew holte tief Luft und wischte sich den Schweiß von der Stirn.

»Wäre dieser Wadja noch am Leben, hätte Gussew nichts gesagt«, bemerkte Rooke, nachdem Sergeant Berwin den Russen hinausgebracht hatte.

Natürlich hatte David das Haus am nächsten Morgen ohne Jane verlassen. Sie kümmerte sich um häusliche Belange und besprach mit Ruth, wie sie die personelle Lücke, die das Ausscheiden von

Levi und Josiah gerissen hatte, schließen konnten. Ruth empfahl einen jüngeren männlichen Diener, der auch als Butler arbeiten konnte, sich aber nicht zu schade war, auch in anderen Bereichen auszuhelfen. Josiah hatte leichte Arbeiten und Botengänge erledigt und Jane fand, dass solch eine Position genau das Richtige für ein Mädchen oder einen Jungen aus einem der Waisenhäuser sein könnte. Sie wollte das später mit David besprechen.

Nach dem Frühstück zog Jane sich mit der liegen gebliebenen Post in Davids Arbeitszimmer zurück. Eine Nachricht von Ally war darunter. Ihre Freundin bat sie um einen baldigen Besuch. Schmunzelnd griff Jane nach dem nächsten Brief, der interessant aussah, denn sie kannte die Handschrift nicht.

»Ach nein, von Myrtle Molineaux! Wenn das keine Überraschung ist …« Es handelte sich um die Einladung zu einem Dinner, die vor zweieinhalb Wochen abgeschickt worden war. Jane schaute auf das Datum.

»Das ist ja heute Abend!«

Sofort setzte Jane eine Nachricht für Myrtle auf, in der sie sich für ihre verspätete Zusage entschuldigte und versicherte, dass sie sich auf den Abend freute. Und das war nicht einmal übertrieben, denn Jane hoffte, bei dieser Gelegenheit die neuesten Gerüchte über die Orlow-Affäre zu erfahren. Außerdem bedeutete die Einladung, dass Myrtle, die sehr auf Etikette bedacht war, Jane noch immer für gesellschaftsfähig hielt.

Den Tag über sorgte Jane für die Durchlüftung und anschließendes Heizen aller Räume im Haus. Die Diener hatten zwar Staub gewischt, doch Feuchtigkeit zog schnell in die kalten Ecken und verursachte einen muffeligen Geruch. Nachdem sie die notwendigsten Dinge geregelt und auf den Weg gebracht hatte, las sie die übrige Post und freute sich besonders über einen Brief von Mary. Das Mädchen klang glücklich und erzählte von neuen Freunden an ihrer Schule und dem aufregenden Leben im Mädcheninternat. Die Sommerferien konnte Mary nun bei ihnen in Cornwall verbringen, dachte Jane, der nicht mehr der Sinn nach einer Indienreise stand. Zudem mussten sie den aktuellen Aufenthaltsort von Devereaux ohnehin erst feststellen.

Ein Brief mit vielen Briefmarken und ihr unbekannten Stempeln, der in einer steilen akkuraten Schrift an sie adressiert war, fiel ihr als Nächstes auf.

»Wenn das nichts Amtliches ist …«, murmelte Jane und schlitzte den Umschlag auf. Tatsächlich nahm sie ein Schreiben heraus, dessen Verfasser in einem Büro der kolonialen Verwaltung von Perth saß. »Australien!«

Nach all der Zeit, dachte Jane und wischte sich die Augen. Nervös las sie, was der Beamte, ein gewisser Mr Joseph Marloh, über ein rothaariges Mädchen berichtete, das vor etwa einem Jahr mit einem Schiff aus England gekommen war.

Sehr verehrte Lady Allen,
bei der Durchsicht der Unterlagen meines Vorgängers bin ich auf eine Suchanfrage gestoßen, die noch aus dem vergangenen Winter stammt. Soweit ich weiß, geht es um ein Waisenmädchen mit Namen Fiona, Familienname unbekannt, das auffallend rote Haare hat. Besagte Fiona sei im Frühjahr des Jahres 1860 von Menschenhändlern nach Australien verbracht worden.

Leider, muss ich sagen, besteht dieser illegale Handel noch immer. Die Kolonie Westaustralien hat nie Strafgefangene aus dem englischen Königreich aufgenommen, doch an billigen Arbeitskräften und jungen englischen Frauen herrscht hier noch immer ein Mangel. Mein Amtsvorgänger, Mr T. L. Pellerton, ist aufgrund verschiedener Vergehen, vor allem wegen

Korruption, entlassen worden. Zu meinem tiefsten Bedauern fiel die Ankunft des von Ihnen gesuchten Mädchens in seine Amtszeit.

Aus den spärlichen Unterlagen geht hervor, dass die Gesuchte auf eine Farm in Queensland vermittelt wurde. Ich habe sogar den Namen des Farmers, der für das Mädchen bezahlt hatte: Tom Patmore. Auf meine Nachfrage hin stellte sich allerdings heraus, dass die Farm verlassen wurde und die Familie Patmore nach Victoria gezogen ist. Victoria ist das Territorium im Nordosten von Melbourne. Dort herrscht seit einigen Jahren der Goldrausch.

Ich habe die dortige Bezirksverwaltung angeschrieben und warte auf Antwort. Es gibt eine Meldepflicht für Goldsuchende, die sich niederlassen. Darauf setze ich eine gewisse Hoffnung und schreibe Ihnen, damit Sie vielleicht Ihrerseits Kontakte in der Region aktivieren können.

Hochachtungsvoll
Joseph Marloh

Jane ließ den Brief sinken. Nicht nur für Mary bedeutete diese Nachricht neue Hoffnung und mit ein klein wenig Glück fanden sie Fiona nun tatsächlich. Hettie schäumte über vor Freude, als Jane die Nachricht vom anderen Ende der Welt mit ihr teilte.

»Oh, Ma'am, was können wir denn tun, um Fiona zu finden? Vielleicht sollten wir selbst nach Australien reisen. Goldrausch!« Die junge Frau schlug die Hände zusammen und drehte sich im Kreis. »Ha, dann finde ich einen Goldklumpen und kaufe mir ein Haus.«

»Und was würdest du mit deinem Haus machen, Hettie?«

Hettie zog an einer Locke und dachte angestrengt nach. »Vielleicht eine Schule für Mädchen. Ja, ich denke, das wäre eine gute Idee.«

»Möchtest du denn Lehrerin sein?«

»Ich möchte mich um die Mädchen kümmern, damit sie lesen und schreiben lernen. Und das Lehren kann ein hübscher junger Lehrer übernehmen, den ich dann gleich heirate.« Sie lachte und bürstete eines von Janes Kleidern aus. »Welches Kleid wollen Sie heute Abend tragen, Ma'am?«

»Gedeckte Farbe, nicht zu auffällig, das dunkelblaue vielleicht.«

28

Gussew war keine fünf Minuten zur Tür hinaus, da stürmte Constable Skelley in den Raum.

»Was erlauben Sie sich? Sie haben einen wichtigen Zeugen einfach laufen lassen! Ich werde diese unerhörten Vorgänge melden!«

Der Constable trug die dunkle Uniform der Polizisten, war heute jedoch unbewaffnet.

Rooke lehnte gelassen am Fenster und wischte einen imaginären Fussel von seinem Ärmel. »Sie sollten sich besser bedeckt halten, Constable, nach dem, wie Sie sich gestern Abend aufgeführt haben.«

»Lord Rutherford ...«, hob Skelley an.

Doch Rooke schnitt ihm das Wort ab. »Sie sind mir unterstellt. Im Übrigen habe ich bereits mit Lord Rutherford Rücksprache gehalten und er kann sich nicht entsinnen, Ihnen freie Hand in dieser Sache gelassen zu haben.«

Der Constable griff an seinen Gürtel und nahm Haltung an, was darauf hindeutete, dass er einmal gedient hatte. »Sir, ich verstehe. Bitte verzeihen Sie, Captain Wescott. Darf ich mich entfernen?«

Superintendent Rooke entließ ihn mit einer Handbewegung.

»Ich kann den Kerl nicht leiden«, murrte Blount.

Rooke hob die Schultern. »So loyale und fähige junge Beamte wie Berwin sind rar. Ah, da kommt er mit Markow. Bitte, ich überlasse euch das Feld und bedaure einmal mehr meine mangelnden Sprachkenntnisse.«

Sergeant Berwin führte den Leiter des russischen Gasthauses in Holborn herein. Markow war größer als Gussew, in den Fünfzigern, hatte dichtes silbergraues Haar und trug einen Spitzbart. Sein Auftreten war trotz der Handschellen würdevoll und seine Miene überheblich. Hatte Gussew einen an Ellbogen und Knien abgewetzten Anzug getragen, so sprach der perfekte Schnitt von Markows Gewand von einem ausgezeichneten Schneider. Der Einwanderer schien lukrative Geschäfte zu pflegen und sich einen Platz in der neuen Heimat erkämpft zu haben.

Markows Hände waren sauber und schmal und gehörten einem Mann, der eher am Schreibtisch arbeitete als im Gastraum. Als er David erblickte, huschte ein Schatten über sein Gesicht, doch er ließ sich zu keiner Reaktion hinreißen und setzte sich beherrscht auf den ihm zugewiesenen Schemel.

David musterte den Mann, der aller Wahrscheinlichkeit nach den Brief seines Onkels gefälscht und ihn damit seiner Reputation beraubt hatte. »Kennen wir uns?«, wollte David auf Russisch wissen.

Jeremaj Markow streifte David mit einem kühlen Blick. »Nein.«

»Warum haben Sie dann mit einem gefälschten Brief meine Existenz zerstört?« Er hielt die direkte Konfrontation für das Beste, denn Markow war zu intelligent, um sich auf Wortklaubereien einzulassen.

»Sprechen Sie ruhig Englisch, damit auch der Superintendent versteht, was wir sagen. Und im Übrigen weiß ich nicht, worauf Sie hinauswollen.«

Rooke trat zu ihnen und packte Markow am Revers.

»Benehmen Sie sich, mein Freund, sonst schaue ich weg und überlasse unserem Verhörexperten hier das Feld und das könnte sehr schmerzhaft für Sie werden. Verstehen wir uns?«

Markow verzog den Mund, warf aber einen vorsichtigen Blick in Blounts Richtung, denn der hatte ganz nebenbei einen Schlagring aus seiner Hosentasche geholt und prüfte dessen Sitz.

»Sie sprechen mit Captain Wescott, Markow. Und bevor Sie weiter lügen und leugnen, lassen Sie sich gesagt sein, dass Ihr Mitarbeiter, Artjom Gussew, sehr mitteilsam war. Er hat Sie beim Fälschen eines Briefes beobachtet.«

Alarmiert riss Markow die Augen auf und schnappte nach Luft.

»Es handelte sich um den Brief des Grafen Belevsky. Selbiger fiel in Sankt Petersburg einem heimtückischen Anschlag zum Opfer«, sagte Rooke.

»Ich habe davon gehört und es sehr bedauert, denn Graf Belevsky war ein guter Freund und Unterstützer unserer Landsleute. Er hat jedes Jahr für unser Haus hier in London gespendet und Passagen für Emigranten bezahlt, die in die Heimat zurückkehren wollten.« Markow blinzelte nervös und wirkte sichtlich erschüttert.

»Warum haben Sie diesen Brief gefälscht?« Rooke stand neben Markow, sodass dieser sich von drei Seiten bedrängt sah.

»Ich habe nichts dergleichen getan. Von welchem Brief sprechen Sie? Ich habe nur gelegentlich mit Belevsky korrespondiert und dann ging es um die Emigranten«, wehrte sich Markow.

Rooke hatte den belastenden Brief mittlerweile von Sir Bethell erhalten und holte eine Mappe von seinem Schreibtisch. Aufgeklappt hielt er sie Markow vor die Nase. »Von diesem Brief!«

Markow erbleichte und überflog die Zeilen, die Belevsky

vor Wochen an ihn gerichtet hatte. Hinzugefügt worden war ein Satz, in dem Belevsky seinen Neffen im Zusammenhang mit revolutionären Umtrieben als Kontaktmann empfahl.

»Nein, davon weiß ich nichts. Der Brief kam so bei mir an und Sie können mir das Gegenteil nicht beweisen«, behauptete Markow.

»Sie werden sehen, dass wir genau das können. Wir haben Schriftproben von Ihnen und einen Beweis, dass Sie Levi instruiert haben, sich mit Gundorov zu treffen. Der Experte für Sprachen und Schriften hat sich die Schriftproben angesehen und ist zu einem eindeutigen Ergebnis gekommen. Ich erspare Ihnen die Details, aber ein Richter würde sich durchaus für diese neue Methode der Beweisführung interessieren.« Rooke schlug die Mappe zu und knallte sie auf den Tisch hinter sich. »Und jetzt sagen Sie uns, warum Sie es getan haben! Hegen Sie einen persönlichen Groll gegen den Captain?«

»Nein!«, rief Markow. »Nein, ich kenne den Mann nicht. Er ist mir egal!«

David ballte die Hände zu Fäusten und suchte, seine Beherrschung zu bewahren. »Dann wurden Sie dafür bezahlt, aber von wem?«

Markow senkte den Blick. »Sie haben ja keine Ahnung, wie schwer man es als Einwanderer hat, mit welchen Anfeindungen wir hier leben.«

»Bitte, ersparen Sie uns Ihr Selbstmitleid. Niemand zwingt Sie, in London zu bleiben«, kam es scharf von Rooke. »Wer?«

Man konnte sehen, wie es in Markow arbeitete, wie er mit sich rang. Schließlich antwortete er: »Ein einflussreicher Gentleman. Wenn ich ihn verrate, wird er mich töten lassen.«

»Wenn Sie Angst vor Janowitsch haben, den Sie sicher kennen, kann ich Sie beruhigen …«, begann Rooke, doch Markow unterbrach ihn harsch.

»Denken Sie, ich weiß nicht, dass er tot ist? Und glauben

Sie, es gibt nicht noch mehr von seiner Sorte? Mein Auftraggeber zahlt und der nächste Meuchelmörder ist zur Stelle. Nein, von mir erfahren Sie nichts.«

»Handelt es sich um Charles Devereaux?« Davids Stimme klang rau.

»Um wen? Noch nie gehört, den Namen. Ich sage nichts, da können Sie kommen, mit wem Sie wollen. Von mir erfahren Sie kein Sterbenswort.« Markow bewegte seine Hände, sodass die eisernen Handschellen klirrten.

»Was habe ich verbrochen? Ich habe etwas unter einen Brief geschrieben? Ach ja? Die Beweislage ist dünn.« Er schnaufte.

»Sie gewähren gefährlichen Agitatoren Unterschlupf und hetzen das Volk auf. Illegales Glücksspiel findet ebenfalls in Ihrem Haus in Holborn statt. Das reicht für einige Jahre in Newgate«, fasst Rooke kühl zusammen.

Markow zuckte mit den Schultern und David verließ den Raum und winkte Rooke zu sich außer Hörweite des Gefangenen.

»So kommen wir nicht weiter. Vielleicht ist es besser, ihn laufen zu lassen und zu beobachten.«

Rooke nickte. »Ich kümmere mich darum. Geh nach Hause, David, es ist spät geworden.«

»Ich treffe mich noch mit Sir Bethell.«

»Das ist gut. Ich bin wirklich froh, dass er wieder im Amt ist. Rutherford kann ich nur schwer einschätzen.«

»Aber er würde nicht …«

Rooke schüttelte entschieden den Kopf. »Nein, ich habe mich umgehört. Er ist in keine einschlägige Affäre verwickelt gewesen. Es ist eher so, dass sein sturer Gerechtigkeitssinn und seine Arroganz viele vor den Kopf stoßen.«

»Devereaux?«

»Hm, meine Leute konnten ihn hier in London nicht ausfindig machen. Das heißt, wenn er überhaupt hier ist und wenn deine Frau sich nicht geirrt hat in Berlin. Wenn du mich fragst, ich denke immer noch eher an jemanden, den du auf der Krim kanntest.«

David rieb sich die Stirn. »Jeder Krieg ist grausam. Im Feld herrschen andere Gesetze, das wissen die Soldaten.«

Rooke sah ihm in die Augen. »Ja, aber akzeptieren das auch alle?«

Das Haus des Earl of Bronham lag am St. James Park und war ähnlich beeindruckend, wenn auch nicht ganz so groß wie das Anwesen des Duke of St. Amand. Jane und David standen im Vestibül von Bronham House und gaben ihre Mäntel dem Butler, der sie an ein Dienstmädchen weiterreichte.

Die Gesundheit des Hausherrn war angeschlagen und sein Sohn Vernon hatte bereits die Führung der Geschäfte übernommen. Es wunderte daher nicht, dass Vernon und seine Frau in das Haus gezogen waren, das ihnen bald gehören würde. Jane sah sich die Porträts der Familie in der Halle an.

»Ist das Vernons älterer Bruder Henry?« Sie schaute zum Bildnis eines jungen Mannes in der Uniform der britischen Husaren. Unter dem Uniform-Hut sahen intelligente dunkle Augen den Betrachter an. Ein leichtes Lächeln umspielte den Mund des gut aussehenden Offiziers, der wenig Ähnlichkeit mit seinem jüngeren Bruder auswies.

David nickte. »Ja, das ist Henry. Ein feiner Kerl. Sehr tragisch, sein Tod. Ich glaube, der Earl hat den Verlust nie verkraftet. Henry war nicht nur ein guter Offizier, er hatte auch einen unbestechlichen Charakter und war sehr intelligent. Er hatte das Auftreten und die Qualitäten eines zukünftigen Staatsmannes.«

Jane ging langsam an Davids Seite weiter die Treppen hinauf. Der Butler wartete geduldig auf dem Treppenabsatz.

»Vernon muss eifersüchtig auf seinen Bruder gewesen sein, oder nicht?«, überlegte Jane leise, während sie die prachtvolle Ausstattung des Hauses registrierte.

»Kann schon sein. Unter Geschwistern herrscht oft Rivalität. Aber Henry hat nie schlecht über Vernon gesprochen und ihn immer unterstützt. Einmal war ich dabei, wie er einen Brief an seinen Vater geschrieben hat, in dem er um Verständnis für Vernons Entscheidung bat, nicht in den Militärdienst eintreten zu wollen«, sagte David mit verhaltener Stimme.

»Sonst hätte der Earl vielleicht beide Söhne verloren.« Sie drückte seinen Arm und dachte für einen kurzen Moment über die schreckliche Möglichkeit nach, wie ihr Leben ohne David ausgesehen hätte, wäre er seinen Wunden erlegen.

»Heute sieht der Earl das sicher so, aber damals war er enttäuscht, dass Vernon sich nicht gemeldet hat.«

»Aber Anwalt zu sein ist doch eine ehrenvolle Beschäftigung.« Sie erreichten den Treppenabsatz und hörten munteres Geplauder und Gelächter im ersten Stock.

»Eine Beschäftigung, genau das ist der springende Punkt. Bronham denkt traditionell und hält jegliche Art von Arbeit für seinesgleichen für nicht standesgemäß.«

»Wird er heute Abend dabei sein? Oje, ich hoffe, wir sind überhaupt noch erwünscht. Ich habe doch viel zu spät auf die Einladung geantwortet«, flüsterte Jane und überflog neugierig die anwesenden Gäste in dem Salon, in den der Butler sie eben geführt hatte.

Zu ihrer Erleichterung entdeckte sie Ally und Thomas und Myrtle Molineaux kam freudestrahlend zu ihnen.

»Wie wundervoll, dass Sie kommen konnten! Ich hatte gar nicht mehr mit Ihnen gerechnet. Liebste Lady Jane und mein lieber Captain. Vernon wird sich freuen, mit Ihnen über die Entwicklungen in dieser schrecklichen Orlow-Geschichte sprechen zu können. In den vergangenen Wochen gab es kaum ein anderes Gesprächsthema.« Myrtle sah in ihrem erdbeerroten Kleid aus Seide und duftigen Rüschenbordüren zart aus und der Rotton hatte etwas Erotisches.

»Ich denke, Sie alle kennen sich. Miss Lydia Weymouth und Miss Dot Ponsby, Lady Alison und Lord Thomas, aber was rede ich«, Myrtle lachte und ging mit Jane und David weiter in den eleganten Salon. »Lady Flora und ihr Gatte Lord Horatio Flandringham.«

Jane lächelte Flora zu, die zu einer mauvefarbenen Robe ein funkelndes Collier trug. Selbst ihre Ohrringe strahlten im Licht der Gaslampen. Lord Flandringham war kaum größer als seine Frau und wog dank seines erheblichen Leibesumfangs nicht nur schwer an diplomatischem Gewicht. Seine grauen Haare waren so dicht und struppig wie sein Backenbart und er strahlte eine würdevolle Gemütlichkeit aus.

Vernon Molineaux war in ein Gespräch mit einem Mann vertieft, den David als Merrill Woodward bei Sir Bethell kennengelernt hatte.

»Mister Woodward ist Ihnen ebenfalls bekannt?«, erkundigte sich Myrtle und wartete, während ein Diener ihnen ein Tablett mit Sherrygläsern anbot.

»Ja, danke, wir sind uns bereits begegnet.« David nahm ein Sherryglas und reichte es Jane.

»Danke.« Kaum hatten sie einen Schluck getrunken, kam schon Ally zu ihnen.

Die Begrüßung der Freundinnen fiel innig aus und Myrtle zog sich diskret zurück. »Oh, meine liebe Jane, es ist so schön, dich gesund wiederzusehen, und dich natürlich auch, David!«

David lachte und wandte sich Thomas zu. »Mein Lieber, ich hätte dich morgen aufgesucht. Lass mich dir erzählen, was ich heute erfahren habe.«

Die beiden Männer steckten die Köpfe zusammen und entfernten sich langsam, während Ally Jane noch einmal an sich drückte und sie auf die Wange küsste.

»Oh Jane, ich platze vor Neugier!« Ally hakte sich bei Jane ein und hörte gespannt zu, was ihre Freundin zu erzählen hatte.

Als Jane von ihrer heimlichen Unterredung mit Gundorov berichtete, kicherte Ally. »Wirklich, Jane, das bringst auch nur du fertig! Brichst Männerherzen wie andere Brot.«

»Nein, aber so war es doch nicht. Er findet meinen Geist faszinierend«, erwiderte Jane leise und sah sich nach David um, der jedoch mit Thomas und Vernon sprach.

»Ich habe Gundorov selbst gesehen. Der hätte sich keine zwei Sekunden mit Miss Ponsby unterhalten. Und Myrtle und Flora waren ganz vernarrt in ihn. Ich wette, dass David schrecklich eifersüchtig war.«

»Er hatte keinen Grund«, sagte Jane bestimmt. »Und ohne Sergejs … ähäm … Mr Gundorovs Hilfe – er hat diesen Wadja aus dem Weg geschafft und den Orlow-Diamanten platziert – wären wir nicht hier und David nicht vom Verdacht der Mittäterschaft befreit.« Auf dem Weg zum Dinner hatte David ihr von seinem Gespräch mit Sir Bethell berichtet. Der Tenor war durchweg positiv gewesen, denn Sir Bethell hatte David nie für einen Sympathisanten der russischen Untergrundbewegung gehalten. Im Gegenteil, der Generalstaatsanwalt hatte sein Vertrauen in die unbestechliche Integrität von Wescott bestätigt. Nur gegen die aufgeworfenen Gerüchte konnte auch er nichts tun.

Es klingelte und der Butler bat die Gäste zum Dinner in den angrenzenden Salon. Nach dem ersten Gang klopfte Vernon gegen sein Glas und erhob sich.

»Meine lieben, verehrten Freunde, es war der Wunsch meiner Frau, dass wir Sie heute teilhaben lassen an einem glücklichen Umstand.« Der zukünftige Earl machte eine Pause.

Jane ahnte, was folgen würde, und sah David an, der ihr gegenübersaß. Der hob erstaunt die Augenbrauen und verzog fragend den Mund.

»Wir dürfen Ihnen mitteilen, dass wir guter Hoffnung sind und uns auf unser erstes Kind freuen.« Vernon strahlte glücklich und hob sein Champagnerglas. Die Diener hatten inzwischen die Gläser aufgefüllt und ein zustimmendes Raunen und Tuscheln ging durch die Anwesenden.

»Hört, hört, wir gratulieren!«, rief Flora Flandringham und alle fielen in ihren Toast ein, als die Tür aufgestoßen wurde und James Emmett Rutherford hereintorkelte.

Der junge Rutherford war offensichtlich betrunken, denn er stierte aus glasigen Augen in die Runde. Seine Krawatte hatte sich gelöst und die Haare hingen ihm wirr ins Gesicht. Der Butler eilte hinterher und wollte den ungeladenen Gast am Arm fassen, doch James Emmett riss sich los und steuerte auf Myrtle zu, die neben ihrem Gatten am Kopfende der Tafel saß. Myrtle erbleichte und hielt mit zitternden Händen ihre Serviette fest.

»Du!«, sagte James Emmett und schien erst jetzt zu bemerken, dass sie nicht allein waren. »Ha, eine ehrenwerte Gesellschaft ist das! Und mitten unter ihnen sitzt eine Ehebrecherin! Jawohl, eine Ehebrecherin!«

Vernon ließ sein Glas fallen und legte seinen Arm um Myrtles Schultern. »Sie sind ein infamer Lügner! Verlassen Sie sofort mein Haus!«

Der Butler hatte James Emmett Rutherford erreicht und forderte höflich, aber mit lauter Stimme: »Sir, wenn Sie mir bitte folgen würden.«

»Ach, lassen Sie mich doch zufrieden!« James Emmett stieß den Butler grob zur Seite, sodass der stolperte und rücklings gegen eine Kredenz fiel. Klirrend gingen Gläser und Schüsseln zu Bruch und Splitter verteilten sich über die Kredenz und den Boden.

Das alles ereignete sich hinter Janes Rücken und David sprang auf, rannte um die Tafel herum und packte den Betrunkenen fest am Arm. Thomas eilte ihm zu Hilfe, ergriff den anderen Arm und gemeinsam zerrten sie den fluchenden und tobenden Mann aus dem Speiseraum.

»Reißen Sie sich doch am Riemen, Mann!«, knurrte David ihn an.

Aus dem Treppenhaus eilten zwei kräftige junge Diener hinzu und warteten auf Anweisungen.

Thomas und David winkten beinahe gleichzeitig ab. »Wir machen das schon, kümmern Sie sich um den Butler, er könnte sich verletzt haben.«

Rutherford wehrte sich vergebens gegen den eisernen Griff von David, der sich bei jeder Gegenwehr verstärkte. »Sie brechen mir den Arm, verdammt!«

»Dann hören Sie auf, sich aufzuführen wie ein tollwütiger Hund.« David lockerte seinen Griff ein wenig und Rutherford schnaufte. Schweißtropfen liefen seine Stirn hinunter.

»Was ist denn nur in Sie gefahren, James?«, fragte Thomas, Baron Latimer, der ihm das Handgelenk auf den Rücken gedreht hielt.

»Verdammtes Weibsbild! Hat mich ganz verrückt gemacht, auch wenn sie es leugnet, die feine verheiratete Dame. Sie ist eine Hure, nichts weiter, und sie trägt mein Kind. Vernon wird einen Bastard großziehen!«

»Es gibt keinen Beweis für ihren Fehltritt. Außerdem ist Ihr Verhalten schändlich! Ein Gentleman genießt und schweigt.« Thomas verzog angewidert das Gesicht und drängte James mit Davids Hilfe die Treppen hinunter.

James Emmett lachte rau und brutal auf. »Ich strebe nicht danach, ein sogenannter Gentleman zu sein. Dieses zweifelhafte Privileg gebührt meinem Vater. Der selbstherrliche unfehlbare Lord Rutherford!« Er spie Namen und Titel seines Vaters mit Verachtung aus.

»Mann, Sie wissen ja nicht mehr, was Sie sagen. Fahren Sie

nach Hause, nehmen Sie ein kaltes Bad und dann entschuldigen Sie sich bei Vernon und seiner Frau«, wies David ihn an.

Sie hatten den Fuß der Treppe erreicht und nur noch wenige Schritte trennten sie vom Haupteingang. An den Seiten huschten aufgeregte Dienstmädchen hinter den Säulen hin und her. So viel Aufregung gab es anscheinend selten im Hause Bronham.

»Sie haben mir gar nichts zu sagen, Captain. Wundert mich, dass man Ihnen Ihren Rang nicht aberkannt hat. Mein Vater ist zu lasch und der alte Bethell ein Trottel«, kam es nuschelnd aus dem Mund von Lord Rutherfords Sohn.

»Öffnen Sie uns die Tür!«, befahl Thomas einem Diener, der sofort einen Flügel der massiven Eingangstür aufzog. »Setzen wir dieses degenerierte Subjekt an die Luft.«

David ließ den nach Zigarrenrauch und Alkohol stinkenden Mann los und verkniff sich einen Kommentar.

»Sehen Sie zu, dass Sie nach Hause kommen!« Thomas gab James Emmett einen Schubs nach draußen, doch der Mann torkelte, drehte sich um und kam wieder zurück.

»So einer wie Sie bekommt das Viktoria-Kreuz nicht! Niemals! Nicht mal ein Engländer sind Sie …bah …«« James spuckte aus, wischte sich den Mund und wankte die Stufen von Bronham House hinunter.

Davids Atem verschnellerte sich bei der aufkeimenden Wut und er ballte die Fäuste, denn das war eine Beleidigung zu viel gewesen. Thomas hielt ihn zurück.

»Nicht, David!«, bat Thomas. »Er ist es nicht wert.«

»Ich will ihm nur eine Abreibung verpassen, was ist daran verkehrt?«

»Er ist betrunken und du im Vollbesitz deiner Kraft. Es wäre ein unfairer Kampf.« Thomas sah seinen Freund bittend an. »Tu es nicht, David.«

James Rutherford wankte pöbelnd den Weg zur Straße hinunter.

»Hm«, brummte David und trat ins Haus zurück, wo er sich einem besorgt dreinschauenden Merrill Woodward gegenüber fand.

»Was ist denn nur mit Rutherford los? Eine äußerst unangenehme Szene. Sie haben sich vorbildlich verhalten, Gentlemen. Seine Lordschaft hat eine Menge Ärger mit ihm.« Woodward begleitete David und Thomas durch das Vestibül zum Treppenaufgang.

»Es gab einige unschöne Zwischenfälle, derer ich Zeuge wurde, während Sir Bethell rekonvaleszierte. Meist in Zusammenhang mit Alkohol und dem Kartenspiel. Nun, das ist das Laster vieler junger Adliger.« Woodward war selbst kaum älter als James Emmett und klang doch so abgeklärt und vernünftig wie ein lebenserfahrener Anwalt in mittleren Jahren. »Constable Skelley hatte mehrfach in der Gegend zu tun, in der Rutherford auffällig wurde. Sein Glück, würde ich sagen.«

»Skelley?«, meinte David zweifelnd. »Der hat sich das Wegsehen sicher gut bezahlen lassen.«

»Tja, nun, es ist das Geld seines Vaters, das der junge Rutherford verspielt, und der kann bekanntermaßen auf ausreichende finanzielle Mittel zurückgreifen.« Woodward hob die Schultern und das Thema war für ihn erledigt.

»Ob es ihm gefällt, wage ich zu bezweifeln, aber er hat nur den einen Sohn. Ich hoffe, dass ich meine Kinder besser erziehen kann …« Thomas lachte, doch David klopfte ihm auf die Schulter.

»Daran zweifle ich nicht eine Sekunde, mein Freund. Und was dir nicht gelingt, das vollendet deine reizende Gattin.«

»Oh, bevor wir wieder zu den Übrigen stoßen, möchte ich Ihnen noch etwas Erfreuliches mitteilen, Captain«, begann Woodward und verlangsamte seine Schritte. »Sie wissen sicher, dass die Enthüllung des Krimkriegdenkmals am St. James Square bald stattfindet. Es wurde von dem Bildhauer John Bell entworfen.«

Thomas nickte. »Die Königin ist eine große Bewunderin seiner Werke.«

»Sir Bethell hat Sie ausdrücklich zum feierlichen Festakt eingeladen. Die offizielle Einladung wird Ihnen noch zugestellt.« Woodward sah David erwartungsvoll an.

»Das ist sehr freundlich, aber ich kann diese Einladung nicht annehmen. Zu viele Leute würden sich durch meine Anwesenheit beleidigt fühlen, nach dem, was in den vergangenen Wochen in den Zeitungen stand … Die Angehörigen der auf der Krim Gefallenen sehen in mir jetzt einen Verräter. Jeder weiß von meiner russischen Verwandtschaft, von der Sympathie meines verstorbenen Onkels für die Nihilisten, seine Unterstützung der Emigranten hier in London. Nein, so leid es mir tut, leider muss ich absagen«, entschied David.

»Ich denke nicht so, Captain, und auch aus meiner Familie sind Männer im Krieg geblieben. Aber es ist ja noch etwas Zeit bis dahin. Man sucht nach uns!« Der Anwalt winkte Jane zu, die aus dem Speisezimmer kam.

Trotz des unschönen Zwischenfalls verlief der Rest des Abends angenehm. Myrtle und Vernon schienen völlig unbeeindruckt von James Rutherfords Anschuldigungen. Vernon betonte wiederholt, dass er sich auf sein Kind freue, und wischte jegliche Zweifel an der Vaterschaft beiseite.

Es war kurz vor Mitternacht, als Jane in ihrem Schlafzimmer stand, ihre Haare bürstete und zu einem losen Zopf flocht.

»Sie gefallen mir offen besser.« David trat zu ihr und löste den Zopf wieder.

Er trug Hemd und Hose und seine Füße steckten bereits in weichen Lederslippern.

Jane stand neben dem Bett und schloss die Augen, während er durch ihre Haare fuhr und ihren Nacken massierte.

Aber sie konnte sich nicht auf seine Zärtlichkeiten konzentrieren. Zu viel war heute geschehen. Vor allem James Emmetts Auftritt ging ihr nicht aus dem Kopf. »David, abgesehen davon, dass ich diesen James Emmett nicht mag und an Myrtles Geschmack zweifle, finde ich es seltsam, dass er ausgerechnet Constable Skelley kennt. In welchem Revier ist Skelley noch tätig?«

Seine Hand ruhte auf ihrer Schulter. »Soho.«

»Ah, das ist doch nicht weit von Holborn entfernt, oder?«

Er drehte sie zu sich um und strich ihr die Haare aus dem Gesicht. »Worauf willst du hinaus?«

»Sein dunkler Schnauzer, die hellen Haare. Du hast gesagt, dass das Mädchen aus dem Gasthaus in Holborn einen solchen Polizisten bei der Leiche der Prostituierten gesehen hat. Der merkwürdige Zettel mit deinem Namen. Und wenn er das war? Skelley? In Rutherfords Auftrag?«

»Aber warum? Ich sehe kein Motiv für James Rutherford. Wir sind nie aneinandergeraten.«

»Aber du hast doch gesagt, er hat heute Abend das Viktoria-Kreuz erwähnt. Warum beschäftigt ihn das, wo es ihm doch gleichgültig sein könnte? Wo spielt er Karten? In Holborn? Vielleicht sogar bei Markow?«

Er beugte sich vor und küsste sie, um weitere Fragen zu ersticken.

»Hm, David, du musst zugeben, dass …« Sie gab es auf, denn er zog sie an sich und die Wärme seines Körpers durchflutete sie.

Als sie jedoch gegen Morgen erwachte und sich auf die Seite drehte, um ihn nach dem Constable zu fragen, war der Platz neben ihr leer. David war schon gegangen.

29

Der Butler der Latimers öffnete mit leicht indignierter Miene die Tür, denn Besuche noch vor dem Frühstück waren entgegen den Gepflogenheiten.

»Ein Notfall, Corke, bitte melden Sie mich Lord Latimer. Er ist doch noch im Hause?«, begrüßte David den Butler seines Freundes.

»Ja, Captain. Bitte, nehmen Sie im kleinen Salon Platz. Darf ich Ihnen Kaffee oder Tee servieren lassen?« Corke brachte den frühen Gast in einen hellen Besuchersalon, in dem bereits ein Feuer im Kamin brannte. Angesichts des wohl temperierten Raumes und der Umsicht des geschulten Butlers dachte David an die Lücke im Personalstab seines Hauses, die Levis Tod hinterlassen hatte. Ganz würde er die Beweggründe des Tscherkessen nie verstehen. Er konnte nur ahnen, was den anscheinend zutiefst verzweifelten Mann zu seinem extremen Handeln bewogen hatte.

»Kaffee, danke.« David ging durch den Raum, der mit Blumentapeten und Zimmerpflanzen eher einem Wintergarten glich, und schaute vom Fenster auf den Grosvenor Square. Langsam erwachte die Stadt zum Leben, vertrieb die Schatten der Nacht, wenn auch nicht den allgegenwärtigen Nebel, der heute wieder einmal in unangenehmer Dichte durch die Straßen zog.

»Guten Morgen, mein Lieber!« Thomas kam zur Tür herein, als David gerade seine zweite Tasse Kaffee leerte. Er lächelte und wischte sich einen Fleck vom Revers. »Die Kinder. Sie bestehen darauf, dass ich mich von ihnen verabschiede, wenn ich morgens das Haus verlasse.«

David schüttelte seinem Freund die Hand. »Tut mir sehr leid, dich so früh schon belästigen zu müssen, aber eine Sache lässt mir einfach keine Ruhe und ich weiß nicht, wen ich sonst fragen kann, ohne schlafende Hunde zu wecken.«

Thomas goss sich ebenfalls eine Tasse Kaffee ein. »Ich bin ganz Ohr.«

»Es geht um James Emmett Rutherford. Wir hatten gestern nur kurz über ihn gesprochen und im Beisein der anderen wollte ich keine vagen Verdächtigungen aussprechen. Jane hat es später ausgesprochen. Sie vermutet, er hat Markow beauftragt, Belevskys Brief zu fälschen. Ich tue mich schwer damit, denn ich wüsste einfach nicht, was ihn dazu bewegen sollte. Daher meine Frage an dich: Hat er in deiner Gegenwart irgendwann einmal eine Äußerung gemacht, die nahelegt, dass er einen Groll gegen mich hegt? Mehr als einen Groll, er müsste mich regelrecht hassen. Eventuell hat er Wadja ja auch für den Mord an meinem Onkel bezahlt. Nur …« Ratlos hob er die Arme. »Das Motiv.«

Thomas war über den Stand der Ermittlungen im Bilde und wusste über alle Details Bescheid. Nachdenklich gab er einen Löffel Zucker in seinen Kaffee. »Das wäre mir nicht entgangen, David. Er weiß natürlich, dass wir befreundet sind, und hätte sich in meiner Gegenwart vorsichtig verhalten. Andererseits trinkt er oft zu viel und nimmt selten ein Blatt vor den Mund. Er streitet sich häufig wegen Kleinigkeiten und wird auch schon mal handgreiflich. Allzu oft kreuzen sich unserer

Wege nicht. Wenn ich darüber nachdenke, habe ich öfter mit seinem Vater zu tun als mit ihm.«

»Als Rooke mich kurz vor meiner Abreise nach Indien benachrichtigte, hatte ich für einen Moment den alten Rutherford in Verdacht. Ich hatte mal einen Fall zu bearbeiten, in dem ich gegen seinen Bruder Edmund ermittelt habe.«

»Ach, du meinst die Steinhoff-Affäre? Ich entsinne mich. Eine hässliche Sache. Margarete Steinhoff, eine preußische Spionin, attraktiv und sehr intelligent. Als Mann hätte sie das Zeug zum Staatsrat gehabt.« Thomas lachte trocken. »Sie hat einige hochgestellte Herren zu Fall gebracht und Rutherford hatte alle Mühe, seinen Bruder rechtzeitig außer Landes zu schaffen. Wolltest du ihn nicht vor Gericht bringen?«

»Verdient hatte er es. Edmund hat geheime Staatspapiere an seine Geliebte weitergegeben. Graf von Seebach hat mir damals bei der Aufklärung der Affäre geholfen.«

»Guter Mann, ich erinnere mich. Und in Sankt Petersburg konnte er euch ebenfalls behilflich sein. Wir sollten ihn bei den demnächst anstehenden Verhandlungen mit den Russen hinzuziehen«, überlegte Thomas. »Aber zurück zu Rutherford.«

David nickte. »Seinem Bruder hat er schnell einen Posten in den Kolonien verschafft. Mit seinen Beziehungen und seinem Einfluss beseitigt er Probleme innerhalb seiner Familie diskret.«

»Und deshalb passt es nicht zu ihm, dass er sich erst jetzt und auf diese Weise an dir rächen soll. Er weiß ja selbst, was für ein instabiler Charakter sein Bruder ist. Und nun auch noch sein Sohn. Das muss ihn schwer treffen.« Thomas trank von seinem Kaffee. »Wurde James Emmett damals eigentlich unehrenhaft aus der Armee entlassen?«

»Nein, er war verwundet und wurde mit ordentlichen Papieren nach Hause geschickt. Ich habe sein Gesuch, weiter im Dienst zu bleiben, abgelehnt. Seine Verletzungen waren schwer und er war traumatisiert. Ihn nicht zu entlassen, wäre verantwortungslos gewesen.«

»Lord Rutherford kann dir also dankbar dafür sein, dass du seinen Sohn von der Front abgerufen hast«, schlussfolgerte Thomas. Unter seinem dunklen Anzug sah eine beigefarbene Weste hervor, an der eine goldene Taschenuhrkette blitzte.

»Ich denke, das tut er. Das Verhältnis zwischen Rutherford und seinem Sohn ist besser als das von meinem Vater und mir ... Für den Duke macht es kaum einen Unterschied, ob ich lebe oder sterbe«, bemerkte David mit hörbarer Verbitterung.

»Sag das nicht, David.«

»Es spielt auch keine Rolle mehr. Mit dem Tod meines Onkels hat sich ein Kreis geschlossen, zu dem ich keinen Zutritt mehr habe und wünsche. Jane ist meine Familie und ich werde alles tun, damit sie ihr Leben unbehelligt führen kann. Ein dunkler Fleck auf meinem Ruf würde ihren gesellschaftlichen Stand beeinträchtigen. Du weißt, wie sie sind.«

»Zumindest steht Sir Bethell hinter dir. Das ist viel wert. Gundorov hat dir einen großen Dienst erwiesen, indem er den sibirischen Mörder, Janowitsch, aus dem Weg geschafft hat«, sagte Thomas und David kannte ihn gut genug, um zu wissen, dass er mehr hinter diesem Gefallen vermutete.

»Er schuldete mir noch etwas«, war alles, was David dazu sagte. Zumindest für jetzt würde Thomas sich mit der knappen Erklärung begnügen müssen. Irgendwann würde er ihm von Jelena Kurakin erzählen.

»Was hältst du von Woodward? Der Mann steht sich gut mit Lord Rutherford und hätte es gern gesehen, wenn Bethell nicht in sein Amt zurückgekehrt wäre.« Thomas wog stets alle Möglichkeiten gegeneinander ab. Eine Strategie, die ihm in seiner parlamentarischen Funktion durchaus zuträglich war.

Die unbefriedigende Situation machte David nervös. »Woodward, schwer zu sagen, ich kann ihn nicht einschätzen. Thomas, ich danke dir, aber ich komme so nicht weiter. Vielleicht hat Rooke Neuigkeiten.«

»Hoffen wir es. Verdammte Geschichte.« Thomas Latimer begleitete seinen Freund zur Tür. »Sehen wir uns später im Club? Du solltest dich nicht verstecken, David. Du hast viele Freunde.«

»Und der Rest zerreißt sich hämisch das Maul und freut sich darauf, mich diskreditiert zu sehen. Eher knöpfe ich mir jeden Verdächtigen einzeln vor, angefangen mit James Emmett.«

Thomas stand in der offenen Tür und legte David die Hand auf den Arm. »Tu das nicht. Lass Rooke seine Arbeit machen und gib den Ermittlungen Zeit.«

»Ich bin nie einem Kampf ausgewichen, Thomas. Und es scheint, dass ich in die Offensive gehen muss, wenn ich meinen Feind aus der Deckung locken will.« David lief die Treppen hinunter und winkte auf der Straße nach einem Hansom.

Jane war noch einmal in Levis Zimmer gegangen und hatte die Sachen des Verstorbenen mit Hetties Hilfe zusammengepackt. Wenn demnächst ein neuer Butler bei ihnen einziehen sollte, würden sie das Zimmer benötigen. Levi hatte keine Angehörigen. Nur Josiah würde sich über das eine oder andere Buch in seiner Muttersprache freuen. Jane verschloss den Geigenkasten.

»So ein Jammer, wie konnte er das nur tun, Ma'am?« Traurig räumte Hettie einen dünnen Stapel Hemden in eine Kiste. »Und was machen Sie mit der Geige?«

»Auf dein Warum habe ich leider keine vernünftige Antwort, Hettie. Aber für die Geige wüsste ich etwas. Ich würde sie gern einer Schule geben. Musik ist etwas Wundervolles und die wenigsten Schulen haben anständige Instrumente.«

»Eine gute Idee, Ma'am. Oh, da ist jemand gekommen.« Hettie lief in den Flur und ein Stück die Treppen hinunter und Jane hörte einen kurzen Wortwechsel, bevor ihre Zofe atemlos wieder ins Zimmer lief.

»Ma'am, kommen Sie schnell, da ist einer aus dem Gefängnis, der Ihnen was Wichtiges sagen will!«

»Aus dem Gefängnis? Um Himmels willen!« Jane verspürte eine nervöse Angst in sich aufsteigen und nahm die Stufen so schnell es ihr Kleid erlaubte.

Blount erwartete sie am Treppenaufgang. »Mylady, machen Sie sich keine Sorgen!«

Die Nervosität musste ihr ins Gesicht geschrieben stehen.

»Es handelt sich um den Wärter aus Newgate, Mr Buchan. Er hat Ihnen etwas mitzuteilen und wartet im Salon auf Sie.« Blount wirkte ruhig und beherrscht.

»Bitte, begleiten Sie mich, Blount.«

»Sehr wohl, Mylady.«

Buchan, der ehemalige Soldat, stand neben dem Sessel, den Blount ihm angeboten hatte, und wirkte trotz seiner gestandenen Erscheinung leicht verunsichert. Als Jane eintrat, machte er einen Schritt auf sie zu, wobei er sein Bein nachzog. Das zerfurchte Gesicht des Kriegsveteranen wirkte angespannt.

»Mr Buchan, bitte, nehmen Sie Platz. Darf ich Ihnen etwas anbieten? Kaffee?«, schlug Jane vor und ließ sich in einem Sessel nieder.

»Danke, gerne.« Sehr vorsichtig, als könne er das Möbel zerbrechen, setzte sich der stämmige Mann in den Sessel ihr gegenüber.

Blount warf ihr einen fragenden Blick zu und verließ den Raum, als sie zustimmend nickte.

»Was verschafft mir die Ehre Ihres Besuches, Mr Buchan? Ich bin Ihnen zu großem Dank wegen des Jungen verpflichtet ...«

Doch der Mann winkte sofort ab. Er trug einen dunkelbraunen Anzug aus grobem Wollstoff. Die Ärmel waren geflickt, doch der Stoff gebürstet und seine Stiefel geputzt. »Das habe ich gern für Sie gemacht, Mylady, für Sie und für den Captain. Das müssen Sie nicht erwähnen und nicht, dass Sie denken, ich komme, weil ich Geld will. Das nicht, das dürfen Sie nicht denken!«

Wie erleichtert sie war, zeigte Jane nicht, sondern lächelte ihn ermunternd an. »Was kann ich für Sie tun, Mr Buchan?«

Ein Säbelhieb hatte die eine Gesichtshälfte Buchans entstellt und ließ ihn grimmig aussehen, auch wenn er lächelte, was er jetzt tat. »Nein, es ist so, dass ich Ihnen helfen kann. Das denke ich zumindest.«

Blount kam wieder zur Tür herein und stellte sich mit auf dem Rücken verschränkten Händen daneben.

»Mylady, ich habe Zeitung gelesen und im Gefängnis die Ohren aufgesperrt, wenn die Herren Anwälte durchkamen, manchmal mit hohen Herren und manchmal mit den Bobbys. Es wurde viel über den Captain und Orlow und den Tscherkessen geredet. Ein verdammter illoyaler Mistkerl war dieser Atalay, das will ich Ihnen sagen!«

Buchan streckte sein verletztes Bein aus, das ihm offenbar zu schaffen machte. »Ich mag so was nicht, wissen Sie. Die guten Männer gehen immer vor die Hunde, weil sie nicht beißen wie die schlechten, die …« Er schien sich einen derben Ausdruck zu verkneifen und fuhr fort: »Wenn Sie wüssten, was die alles geredet haben, während Sie in Sankt Petersburg waren. Feigling, Verräter und Schlimmeres, aber ich habe mir gedacht, dass der Captain wieder herkommt, um die ganze schändliche Sache aufzuklären. Aber ich muss sagen, dass ich dem Lord Rutherford nicht zugetraut hätte, wie er sich verhalten hat. Wir haben alle gedacht, dass er jetzt die Geheimpolizei nach Ihnen schickt und Sie zurückholen lässt. Aber das hat er nicht. Und der Skelley, wie hat der sich aufgeführt! Der wollte am liebsten selbst hinterherfahren!«

Ein Laut des Erstaunens entfuhr Blount, doch in diesem

Moment wurde vorsichtig die Tür aufgeschoben und Sally brachte ein Tablett herein, das Blount ihr abnahm, um es selbst auf den Tisch zu stellen. Buchan trank einen Schluck Kaffee und sagte auch zu einem Glas Portwein nicht Nein, bevor er den Faden wiederaufnahm. Ein leichter Schweißfilm bildete sich auf seiner Oberlippe und er nestelte an seinem steifen Hemdkragen.

»Constable Skelley, Sie wissen, wen ich meine?«

Jane und Blount nickten gleichzeitig. »Ja!«

Buchan schnaufte. »Der will die ganz schnelle Karriere machen. Das lässt er jeden spüren, der unter ihm steht. Bin froh, dass ich nichts mit ihm zu tun habe. Wissen Sie, so Leute, die selbst von ganz unten kommen und sich hochbeißen und dann nach unten treten, wenn sie was erreicht haben, das sind die Schlimmsten! Und genau so einer ist der Skelley. Wenn er besser vor seinem Vorgesetzten glänzen kann, dann lügt er dem glatt ins Gesicht. Gefälschte Beweise, Zeugen, die Falschaussagen für ihn machen, und wenn es nicht anders geht, schlägt er auch selbst zu.«

Jane hielt den Atem an. »Ausgerechnet dieser Mensch hat uns observiert.«

Der Veteran rieb sein Bein. »Ich wusste nicht, dass er in was Bösem drinsteckt. Anfangs fand ich es nur schlimm, wie Skelley sich da wegen dem Captain aufgeführt hat. Kein Respekt vor Gedienten. Erst gestern Abend habe ich eine Unterhaltung von Skelley mit einem Herrn angehört und mir meinen Reim darauf gemacht.«

Blount beugte sich gespannt vor.

»Ich habe ein Zimmer Ecke Hatton Garden und Holborn Hill. Das ist nicht weit vom Haus des Russen, wo auch Ihr Diener hingegangen ist. Von Holborn Hill habe ich es nicht weit nach Newgate und unten bei mir im Haus ist eine Schankwirtschaft, der Black Swan. Da esse ich günstig und spiele Karten.

Gestern Abend war ich etwas später als sonst dort und es war noch recht voll, als Skelley hereinkam. Ich weiß gar nicht mal, ob er mich beim Namen kennt, jedenfalls hat er sich umgeschaut, mich nicht gesehen und mit dem Wirt gesprochen. Der hat ihm eine Ecke, direkt hinter meinem Tisch, gezeigt, da sitzt man von einer Holzwand verdeckt vor den Blicken der übrigen Gäste. Skelley verschwand und ich dachte schon, dass er weggegangen ist, da hörte ich hinter der Trennwand leise Stimmen. Mit wem er auch sprach, die beiden sind durch den Hintereingang rein und haben sich dann dort hingesetzt.« Buchan rutschte auf seinem Sessel nach hinten. »Tut mir leid, aber manchmal plagt mich das Bein. Hätten Sie noch einen Schluck für mich?«

Sofort schenkte Blount ihm Portwein ein und gab dem Veteranen das Glas, das er genüsslich leerte. »Danke. So, wo war ich stehen geblieben?«

»Der Name des Mannes, Sie haben uns noch nicht gesagt, mit wem Skelley gesprochen hat.« Jane knetete ungeduldig ihre Hände im Schoß.

»Hm, ja, dazu komme ich gleich. Passen Sie auf. Skelleys Stimme kannte ich, die des Fremden nicht, und sie sprachen sehr leise. Und ich habe auch erst richtig hingehört, als der Name des Captains gefallen ist. Skelley hat sich beschwert, dass man den Captain nicht ins Gefängnis gesteckt hat wegen der Verletzung des Hausarrestes. Er meinte, dass da jemand von oben seine Hand über den Captain hält. Da könne er nichts machen. Und der andere hat geflucht und gemeint, dass Ihr Mann ihm nicht so davonkäme. Skelley meinte, er könne nicht mehr tun, weil sie ihm schon draufgekommen wären und er Angst hätte, seine Stellung zu verlieren. Und da meinte der Fremde, dass er ihm genug gezahlt hätte und er ihn auffliegen lassen würde, wenn er nicht täte, was er von ihm verlange. Und dann hat Skelley gesagt, und da bekam ich eine Gänsehaut …« Buchan fingerte ein Taschentuch aus seiner Hosentasche und trocknete sich die Stirn.

»Ich weiß ja, dass er bestechlich ist und schon mal Beweise verdreht … Jedenfalls sagte Skelley, dass er nicht noch einmal einer Leiche was zustecken und schon gar nicht ein Feuer legen würde. Betrug wäre eine Sache, aber Mord eine andere.«

Jane und Blount wechselten einen erschrockenen Blick.

»Der andere redete wie verrückt auf Skelley ein. Weil doch der Sibirer tot sei, müsse er jetzt tun, was nötig sei. Aber das war Skelley zu viel. Er ist aufgestanden und hat gesagt, dass er sich jemand anderes für seine blutige Drecksarbeit suchen soll. Der Fremde hat gezischt, dass er sich nur vorsehen solle, so tief, wie er drinstecke. Skelley hatte Angst vor dem, das war zu hören, aber töten wollte er nicht für ihn.«

»Der Fremde, Mr Buchan, so sagen Sie doch, wer das war!«, rief Jane.

»Mylady, wenn ich das nur so genau wüsste. Sehen Sie, zuerst ist der Constable gegangen, und als der andere aufstand, bin ich hinterher, um zu sehen, wer das war. Der Mann war groß und schlank, gut gekleidet, ein Gentleman. Glänzende Lederstiefel, teurer Mantel und der Hut aus feinstem Biber. Es war dunkel in den Gängen und draußen schlug er den Kragen hoch und zog sich den Hut ins Gesicht. Aber als er nach einem Hansom winkte, da sah ich sein Profil im Licht der Gaslaterne. Und er erinnerte mich sofort an Lord Rutherford. Aber es war nicht der Lord!«

»Sein Sohn, das kann nur sein Sohn James Emmett gewesen sein. Blount, was meinen Sie?« Jane schaute zu Davids treuem Diener.

Selten hatte sie ihn so erschüttert gesehen.

»Blount, wo ist mein Mann? Sie wissen es, nicht wahr?«

»Er wollte zu Lord Latimer und zu Mr Rooke und wenn alles nicht … Mylady, bitte entschuldigen Sie mich.« Blount neigte den Kopf.

»Ich komme mit! Warten Sie, Blount! Mr Buchan, wollen Sie uns begleiten? Sie könnten den Mann identifizieren, falls es sich tatsächlich um Rutherfords Sohn handelt, wie ich befürchte.« Jane erhob sich und Buchan hievte sich aus dem Sessel.

Er richtete sich auf und nickte. »Mylady, verfügen Sie über mich. Ich bin nicht mehr der Jüngste und Schnellste, aber ich kann mit den Fäusten und einem Stock umgehen.«

30

Der Nebel war so dicht, dass man die Gestalten auf den Gehwegen nur als unförmige Schatten wahrnehmen konnte. Rufe, Stimmen und das Rattern und Klopfen, das sich in den Straßen abspielte, wurde von den Nebelschwaden gedämpft. David schrak vor einer plötzlich aus dem Dunst auftauchenden Kutsche zurück, deren Räder für Augenblicke laut auf den Pflastersteinen klapperten, bevor der Nebel sie erneut verschluckte. Rooke war nicht im Revier gewesen, sondern zu einer Unterredung in Sir Bethells Büro gerufen worden.

Kurz entschlossen hatte David seinem Kutscher die Adresse von James Emmett Rutherfords Wohnung in der Upper Brook Street am östlichen Ende des Hyde Park genannt. Ein privates Gespräch unter Männern konnte unter Umständen mehr bewirken als eine offizielle Ermittlung. Außer auf der Krim hatte er nie direkt mit James Emmett zu tun gehabt und womöglich steckte etwas ganz anderes hinter all dem. Der junge Rutherford schien ihm ein zutiefst unglücklicher junger Mann. Als sie die Ecke Upper Grosvenor Street und Park Lane erreichten, klopfte David mit seinem Stock gegen die Rückwand des Hansom.

Der Wagen hielt und David stieg aus und entlohnte den Kutscher. Er wollte noch ein Stück zu Fuß gehen, um seine

Gedanken zu sortieren. Unter den überhängenden Ästen der Buchen und Ulmen lichtete sich der Nebel ein wenig und David schritt an den prächtigen Bauten der Aristokratie und des neureichen Bürgertums vorüber.

Nach wenigen Gehminuten erreichte David die Upper Brook Street und stand bald darauf vor dem repräsentativen zweistöckigen Gebäude, in dem James Emmett eine Wohnung bezogen hatte. Lord Rutherford legte jedenfalls großen Wert darauf, dass sein Sohn standesgemäß lebte. Der Portier begrüßte David höflich und fragte nach seinem Anliegen. David reichte ihm seine Karte.

»Bitte melden Sie mich James Emmett Rutherford.«

Bedauernd schüttelte der Portier den Kopf. »Es tut mir leid, Captain Wescott, der junge Herr ist nicht im Hause. Aber vielleicht erreichen Sie ihn noch. Er hat sich gerade eben erst sein Pferd satteln lassen und ist in den Hyde Park hinüber, um dort auszureiten. Für gewöhnlich nimmt er das Grosvenor Gate.«

»Tatsächlich? Haben Sie vielen Dank!« David drückte dem Mann einen Shilling in die Hand und lief auf die Straße.

Das vom Portier erwähnte Eingangstor zum Park lag schräg gegenüber auf der anderen Straßenseite und da entdeckte David auch schon einen Reiter, der sein Pferd im Schritt gehen ließ. David packte seinen Gehstock und lief hinterher. Es war früher Nachmittag und die Sonne kämpfte sich stellenweise durch Wolken und Nebelbänke. Gegen den dichten braunen Londoner Nebel konnte jedoch auch die Maisonne nur wenig ausrichten. Lediglich unter den belaubten Walnussbäumen, die sich zu beiden Seiten der Park Lane und weiter in den Hyde Park erstreckten, war die Sicht besser.

Eine Gruppe von drei Reitern näherte sich und David musste sich beeilen, um die Gestalt, die er für James Emmett Rutherford hielt, nicht aus den Augen zu verlieren. Sobald die Reiter durch das Tor in den Park gelangten, hätte er zu Fuß keine Chance mehr, sie einzuholen. Die Wunde an seiner Schulter heilte zwar gut, doch David spürte die Anstrengungen der vergangenen Wochen noch deutlich und musste kurz stehen bleiben, um zu Atem zu gelangen. Doch der junge Rutherford hielt ebenfalls an und tauschte sich mit den anderen Reitern aus, was David Zeit gab aufzuholen. Kurz vor der Lodge zum Park schaffte David es und packte den Reiter, bei dem es sich tatsächlich um den Gesuchten handelte, am Steigbügel.

»Was ...« Rutherfords Sohn drehte sich um und sein Gesicht verzerrte sich zu einer hässlichen Fratze, als er David erkannte. »Sie!«

Mit seiner Reitgerte hieb er auf David ein, doch der griff in die Zügel des Pferdes und stellte sich außer Reichweite des wütenden Mannes.

James Emmett rief: »Was soll das? Was wollen Sie von mir? Lassen Sie los!«

David winkte den drei Reitern, zwei Herren und einer Dame, zu. »Wir sind alte Bekannte, oh, schön Sie zu sehen, Miss Ponsby, genießen Sie Ihren Ausritt!«

Die Dame lächelte. »Captain!«, gab ihrem Pferd die Sporen und sagte zu ihren Begleitern: »Kommt, das ist nicht unsere Sache.«

James Emmett bewahrte Haltung und klopfte seinem nervös tänzelnden Pferd den Hals. »Ruhig, ist ja gut. Also, Captain, was wollen Sie von mir?«

»Antworten, James Emmett. Es gibt eine Menge Dinge, die für mich keinen Sinn ergeben, und ich kann nur hoffen, dass Sie daran keinen Anteil haben.«

»Wirklich? Nun, ich weiß zwar nicht, wovon Sie reden, aber grundsätzlich ist es mir egal, was die Leute von mir denken. Im Übrigen habe ich gestern nicht gelogen. Myrtle Molineaux trägt mein Kind unter dem Herzen!«

»Vernon steht zu seiner Frau, Ihr hässlicher Auftritt war umsonst.«

James Emmett versuchte, sein Pferd aus Davids Griff zu befreien, doch der hielt die Zügel direkt unter dem Pferdekopf fest und strich dem edlen Tier über die Nüstern.

»Halten Sie doch den Mund und ersticken Sie an Ihrer Selbstgerechtigkeit! Damit haben Sie mir mein Leben zerstört!«, schrie Rutherford und riss so heftig an den Zügeln, dass sein Pferd panisch aufstieg und David zur Seite taumeln ließ.

In einiger Entfernung vernahm David Rufe und glaubte, Janes Stimme zu erkennen. Er spürte, dass James Emmett derart in Rage war, dass er sich zu weiteren Äußerungen hinreißen lassen würde, und griff wieder nach den Zügeln. Diesmal hieb sein Gegner sofort auf ihn ein.

»Jemand wie Sie soll die höchste Ehrung erhalten, die unsere Königin zu vergeben hat. Sie, der Bastard einer russischen Hure!«

Ihr Gerangel hatte inzwischen die Aufmerksamkeit der Passanten auf sich gezogen und David führte das Pferd ein Stück weiter. Zwei ausladende Walnussbäume schirmten sie leidlich vor den Augen der Neugierigen ab.

»Allein für diese Beleidigung der Ehre meiner seligen Mutter sind Sie mir Satisfaktion schuldig!« Davids Stimme wurde unbeherrscht. »Aber da ist mehr, nicht wahr, James Emmett?« Er versuchte, den Steigbügel des Mannes zu ergreifen, um seinen Gegner aus dem Sattel zu reißen, doch Emmett schlug wie von Sinnen auf ihn ein und das Pferd tänzelte und schnaubte nervös.

»Sie wussten gar nicht, wie Ihnen geschah! Ha, der ehrenhafte Wescott, diskreditiert, eingesperrt, plötzlich zum Klatschgegenstand der Gesellschaft. Wie fühlt es sich an, wenn die Leute einen schneiden? Wenn man sich in seinen Clubs nicht mehr sehen lassen kann, wenn die Einladungen plötzlich ausbleiben, wenn die eigene Frau sich seiner schämt? Wenn die Polizei vor der Tür steht und man abgeführt wird wie ein räudiger Hund?«

Überrascht von diesem Ausbruch lockerte David kurzzeitig den Griff an den Zügeln und wurde von einem Schlag mit der Reitpeitsche am Kopf getroffen. Sein Hut flog zu Boden und David fühlte eine feuchte Wärme an seinem Ohr, die seine Wut entfachte. »Warum das alles?«

Rutherfords Sohn drängte sein Pferd mit den Schenkeln an David heran und erwischte ihn erneut mit der Peitsche. Alles ereignete sich innerhalb weniger Augenblicke und David packte die Zügel, ungeachtet der Gefahr, die von dem mittlerweile ängstlich äugenden Pferd und dem um sich schlagenden Reiter ausging. Er wollte hören, was James Emmett zu sagen hatte, denn es konnte sein, dass dies der einzige Moment war, in dem er sich hinreißen ließ.

»Sie haben wahrscheinlich nach einem logischen Grund gesucht, sich das Hirn zermartert, wem Sie ein Unrecht getan haben könnten, was natürlich nicht möglich ist, weil Sie doch so verdammt ehrenhaft sind. Nein, Captain, Ihr Befehl, mich damals auf der Krim nach Hause zu schicken, hat mein Schicksal besiegelt. Das verstehen Sie nicht, warum auch? Sie haben einen Entlassungsschein unterzeichnet und gedacht, dass Sie damit einem Offizier einen Gefallen getan haben, sein Leben gerettet. Ha! Angefleht hatte ich Sie, mich nicht zu entlassen!« Emmett brüllte nicht, aber seine Stimme war heiser und voller unterdrückter Wut.

»Sie waren schwer verwundet und litten unter einem Schock! Ich hätte jeden in Ihrer Situation zurückgeschickt!«, rief David.

Die Augen von Rutherfords Sohn waren gerötet und Tränen liefen über seine Wangen, als er seine Antwort ausspie: »Für meinen Vater war ich ein Versager, einmal mehr. Dass ich Offizier war, hat ihn noch mit meinem Unvermögen an der Universität versöhnt, aber selbst im Krieg entpuppte ich mich als nutzloser Kadaver. Nie werde ich sein Gesicht vergessen, als ich nach meiner Rückkehr in sein Haus trat. Was willst du hier?, fragte er mich. Es gibt Männer, die ohne die erstklassige Ausbildung, die du genossen hast, Großes für unser Land vollbringen. Du bist nichts als ein Schmarotzer, sagte mein eigener Vater zu mir. Ich wäre gern stolz auf meinen Sohn gewesen. Ein Orden wäre das Mindeste gewesen, was du deiner Familie geschuldet hättest. Aber ich habe nur Verachtung für dich übrig. Komm wieder, wenn du etwas vorzuweisen hast.«

»Aber es war doch nicht meine Schuld, dass …«

»Nein, aber Sie verkörpern all das, was mein Vater bewundert. Wissen Sie, wie oft er von Ihnen gesprochen hat? Und als über das Monument zu Ehren der Gefallenen im Krimkrieg gesprochen wurde, da schlug man Sie sofort für das Viktoria-Kreuz vor. Ausgerechnet Sie, der Sie der Sohn einer Russin sind, welch eine Ironie!«

David ließ die Zügel los und starrte James Emmett Rutherford fassungslos an. »Sie hatten alles und haben nichts daraus gemacht.«

James beugte sich vor, grinste herablassend und sagte leiser: »Ich habe entdeckt, worin ich gut bin.« Er lachte kalt auf. »Das hätte mir niemand zugetraut. Der gefälschte Brief war meine Idee und es hätte funktioniert, wenn Ihre überschlaue Frau nicht mit Gundorov angebändelt hätte.«

»David!«, rief Jane plötzlich von hinten.

David drehte sich um, konnte sie jedoch nicht sehen, die schwachen Sonnenstrahlen waren hinter einer dicken Wolkenwand verschwunden und die Nebelschwaden umhüllten das Tor. Selbst die Baumkronen waren nur noch schemenhafte Inseln im Londoner Dunst.

James Emmett sah sich kurz um, zog einen Revolver aus seinem Mantel und richtete ihn auf David. »Mit Geld erreicht man viel mehr, als Sie denken, und wissen Sie was? Es macht mir Freude, Menschen zu manipulieren. Man muss sich die Leute nur genau ansehen und nach ihren Schwächen aussuchen. Der sibirische Mörder hatte seinen Preis und erbrachte seine Leistung in Perfektion. Constable Skelley ist ein äußerst williges Instrument, beschränkt in seinem Denken, und wird mir noch …«

David überlegte fieberhaft, wie er Jane davon abhalten konnte, zu ihnen zu stoßen, denn Emmett war wahnsinnig und würde sie einfach niederschießen. Doch er durfte den Verrückten nicht aus dem Rhythmus seines Redeflusses bringen, den er zelebrierte, weil er dann sofort schießen würde. Zu weiteren Überlegungen kam David nicht, denn hinter ihm knirschte der Kies unter Stiefelsohlen und dann knallte ein Schuss. Emmetts Pferd wieherte, scheute, stieg auf und warf seinen Reiter ab, bevor es davongaloppierte.

David stellte sich hinter den Baumstamm und wartete auf einen zweiten Schuss, doch der Nebel teilte sich und Jane kam gefolgt von Blount zu ihm gelaufen.

»David! Oh Gott, du blutest!« Sie zog ein Taschentuch aus ihrem Rock und legte es David ans Ohr, wo Emmetts Peitsche ihn verletzt hatte. »War das der Schuss? Bist du sonst noch verletzt?« Angstvoll legte sie ihre Hände auf seine Brust und ihre Augen füllten sich mit Tränen.

»Nein, mein Herz, ich bin unversehrt.« Er drückte sie kurz an sich. »Aber was ist mit Emmett und wer hat den Schuss abgefeuert? Sie, Blount? Und wer ist das?«

Der Wärter aus Newgate trat humpelnd zu ihnen. »Captain, wir haben uns im Gefängnis getroffen. Buchan, 23rd Fusiliers, Adjutant von Somerville. Ich bin froh, Sie gesund vorzufinden.«

»Ja doch, Buchan. Aber was machen Sie alle hier?« David schob Jane hinter sich und ging zu James Emmett, der wenige Schritte entfernt rücklings auf dem Boden lag.

»Blount, geben Sie auf Jane acht.«

Inzwischen kamen mehr und mehr Menschen näher und drängten sich durch den Nebel. Doch eine energische Stimme hielt die Schaulustigen auf Abstand. »Bleiben Sie dort stehen. Wir kümmern uns um alles. Nein, Sir, bitte kommen Sie nicht näher.«

David war erleichtert, die Stimme von Sergeant Berwin zu hören. »Berwin, zum Teufel, es tut gut, Sie zu hören!«, rief er und kniete neben James Emmett nieder, dessen Augen blicklos in den grauen Nebel starrten.

Durch den Sturz hatte er eine Wunde am Kopf erlitten, doch tödlich war der Schuss gewesen, der ihn in den Rücken getroffen hatte. David hatte den Toten angehoben, um das Einschussloch zu finden. Das weiße Hemd von James Emmett Rutherford leuchtete unschuldig im schmutzig grauen Dunst der Stadt. Seine Gesichtszüge wirkten im Tode weich und entspannt und es schien beinahe, als lächle er.

»Von hinten direkt in die Lunge, keine Chance«, konstatierte Blount.

David strich die Augenlider des Toten herunter und erhob sich. »Wer?«

Sergeant Berwin trat zu ihnen. »Captain, wenn ich mir kurz erlauben darf ... Der Superintendent und ich waren Constable Skelley auf der Spur und sind ihm bis hierher gefolgt. Er hatte eine Verabredung mit Lord Rutherfords Sohn hier im Park. Und Skelley hat geschossen. Der Superintendent und zwei unserer Leute sind dabei, ihn zu fassen. Kann nicht lange dauern.«

»Skelley hat Rutherfords Sohn erschossen?«, fragte Jane und umklammerte Davids Arm.

»Ja, Mylady. Ich weiß nicht, ob es Absicht war. Es ging alles sehr schnell. Wir dachten, Skelley wolle zu Rutherford, und wollten das Gespräch belauschen, konnten im Nebel nicht sehen, dass der Captain dort stand, und dann zog Skelley plötzlich einen Revolver und schoss.« Berwin überlegte kurz. »Doch, ich würde sagen, Skelley hat absichtlich auf Rutherford geschossen. Der Constable war in Zivil, deshalb haben wir ihn nicht sofort entdeckt.«

Der junge Sergeant schickte die Schaulustigen, die sich den Toten aus der Nähe betrachten wollten, zurück. »Gehen Sie weiter! Das ist doch kein Anblick für Kinder und Frauen. So gehen Sie schon weiter.«

David drückte sich das Taschentuch auf sein Ohr, das jedoch zu bluten aufgehört hatte, und zog Jane an seine Seite. »Was machst du hier?«

Jane gab ihm einen kurzen Bericht und David sog scharf die Luft ein. Blount und Buchan ergänzten Details und dann ertönten laute befehlsgewohnte Stimmen und Pferdehufe.

»Platz da, Leute, aus dem Weg. Wer hier weiter gafft, wird verhaftet!«

Rooke kehrte mit seinen Leuten und Constable Skelley in Handschellen zurück. »David, schön dich zu sehen«, sagte Martin Rooke und gab Skelley einen unsanften Schubs, sodass er neben dem Toten zum Stehen kam.

Der Constable trug einen dunklen Anzug, eine grüne Weste und einen Bowlerhut, unter dem verschwitzte Haarsträhnen an seiner Stirn klebten. Auch sein Hemdkragen war feucht und die Stiefel verklebt und staubig.

»Wollte die Biege machen, unser lieber Constable hier. Nun, im Polizeidienst sind Sie die längste Zeit gewesen, Skelley. Eine Schande für unseren Berufsstand sind Sie«, sagte Rooke mit abschätzigem Ton.

Skelley musterte sie trotzig und fixierte sie aus kleinen Augen. »Ich habe dem Captain das Leben gerettet. Ich habe gesehen, wie Rutherford eine Waffe auf ihn gerichtet hat, und der Captain war unbewaffnet. Da habe ich geschossen! Das wird man mir ja wohl zugutehalten!«

»Und warum waren Sie hier? Sie wollten sich doch heimlich mit Rutherford treffen. Wissen Sie, wie ich das sehe?« David musterte den korrupten Polizisten kritisch. »Sie haben Rutherford erschossen, weil er dabei war, Sie ans Messer zu liefern und weil er Sie beleidigt hat.«

Skelley zog die Nase hoch und spuckte aus. »Das können Sie nicht beweisen. Ich sage nichts weiter.«

Rooke schüttelte den Kopf und gab einem der anderen Polizisten einen Wink. »Nehmt ihn mit und sperrt ihn weg. Wir bleiben hier, bis der Leichenwagen kommt. Oh, verdammt, was für ein Schlammassel. Und ich muss es Lord Rutherford sagen.«

»Darum beneide ich dich nicht«, meinte David. Dann sah er sich in der kleinen Runde um und sagte: »Danke. Ohne euch, meine Freunde, wäre ich nicht mehr hier.«

Blount räusperte sich verlegen, Buchan scharrte mit seinem Stock im Sand und Rooke vergrub die Hände in den Taschen.

»Na los, was steht ihr hier noch rum? Wir kümmern uns um das hier«, sagte Rooke, dessen Anzug ebenfalls staubig war und Kampfspuren aufwies. »Mylady, vielleicht nehmen Sie Ihren Mann mit auf eine lange Reise, damit in London endlich wieder Ruhe einkehrt.«

David sah, wie Jane leicht errötete, und drückte aufmunternd ihre Hand. Wer hätte voraussehen können, dass ein Diamantenraub die Ermordung so vieler Unschuldiger nach sich ziehen würde? Die beiden Prostituierten in Holborn und das Mädchen im Gasthaus waren zur falschen Zeit am falschen Ort gewesen. Wadja, der sibirische Mörder, hinterließ keine Spuren und ging keinerlei Risiko ein. Im Grunde war Gundorov für die Morde mitverantwortlich, denn er hatte den Auftragsmörder bezahlt, der dann eigenständig agiert hatte. Oder war es doch seine eigene Schuld? Immerhin kannte er Gundorov vom Krimkrieg her, genau wie den unseligen Sohn von Lord Rutherford. Hätte er bessere Menschenkenntnis beweisen und James Emmett Rutherford nicht aus dem Dienst entlassen müssen?

Andererseits hätte niemand verhindern können, dass sich das russische Volk gegen das zaristische Regime erhebt. Sie standen am Vorabend einer Revolution. Und dass Revolutionen grausam und blutig verliefen, hatte die Vergangenheit mehrfach bewiesen.

»David?« Jane sah ihn erwartungsvoll an.

»Ja, mein Herz. Eine Reise. Ich halte das für eine gute Idee.«

31

LONDON, JUNI 1861

Die Fassaden der prächtigen Häuser am Waterloo Place strahlten an diesem späten Vormittag hell in der Junisonne. Es schien, als hätte sich ganz London herausgeputzt und auf die Beine gemacht, um die tapferen Männer zu ehren, die im Krimkrieg ihr Leben für ihr Land gelassen hatten. Wimpel und Blumengirlanden grenzten den Bereich für die geladenen Gäste rund um das noch verhüllte Denkmal ab. Ein Podest mit einer Ehrentribüne war errichtet worden, auf dem Honoratioren und Redner bereits Platz genommen hatten. Die Königin selbst war noch nicht anwesend, doch sie hatte zugesagt, bei der Enthüllung der neuen Skulptur des Bildhauers John Bell zugegen zu sein.

Vor wenigen Monaten erst war Königin Viktorias Mutter gestorben. Ihr Tod hatte die Regentin in eine tiefe persönliche Krise gestürzt. Prinz Albert, der königliche Gemahl, hatte seither viele Termine für seine trauernde Gattin übernommen. Die Enthüllung dieses besonderen Kriegsdenkmals jedoch lag der Königin am Herzen. Sie hatte darauf gedrängt, ein Denkmal für alle Gefallenen des Krieges zu errichten, nicht nur für die Offiziere, sondern auch für die Soldaten. Bei dieser Gelegenheit wollte sie ihre Wertschätzung für die Männer, die das Empire schützten und groß machten, durch die Verleihung des von ihr geschaffenen Viktoria-Kreuzes zum Ausdruck bringen.

Das Viktoria-Kreuz stellte nun die höchste Kriegsauszeichnung des Vereinigten Königreiches dar und rangierte vor dem Order of Bath und sogar vor dem prestigeträchtigen Hosenbandorden. Die Träger des Viktoria-Kreuzes erhielten einen Ehrensold und wurden von allen Soldaten der britischen Streitkräfte unabhängig von Rang oder Dienstgrad zuerst gegrüßt.

»Ma'am, stimmt es, dass sie das Viktoria-Kreuz aus den russischen Geschützen gießen, die bei Sewastopol erobert worden sind?« Hettie stand neben Jane in der Umfriedung für die Angehörigen der Ehrengäste. David saß in seiner Paradeuniform neben einem halben Dutzend Ehrengästen, allesamt Anwärter auf die besondere Auszeichnung.

Jane war an diesem warmen Junimorgen froh über jeden Windhauch, der durch ihren mit Federn geschmückten Hut wehte. »Blount, Sie wissen das sicher viel besser als ich.«

Der Diener und ehemalige Soldat stand neben ihnen und nickte. »Ja, das ist richtig. Die Medaille des Viktoria-Kreuzes ist aus Bronze und die wurde aus den russischen Geschützen geschmolzen. Übrigens ist auch das Denkmal, das sie uns gleich zeigen werden, aus der Bronze erbeuteter Geschütze gefertigt worden.«

»Mr Blount, ich kann Ihnen gar nicht sagen, wie froh ich bin, dass die Dinge sich so entwickelt haben. Ich mag mir nicht vorstellen, wie der Captain mit dem Schatten auf seinem Ruf weitergelebt hätte«, sagte Jane leise zu Blount, damit die Umstehenden sie nicht hörten.

»Sehen Sie dort oben, Mylady, der Grauhaarige mit dem buschigen Backenbart?« Blount deutete auf die Tribüne, wo in der zweiten Reihe ein hochdekorierter ehemaliger Offizier saß. »Das ist Georg Bingham, Earl of Lucan. Und bemerken Sie seinen missbilligenden Gesichtsausdruck? Das freut mich persönlich am meisten. Lord Lucan hat durch sein Unvermögen und persönliche Querelen mit seinem Schwager, dem Earl of Cardigan, das Leben vieler guter Männer auf dem Gewissen und dennoch den Order of Bath erhalten. Und wenn der Captain heute das Kreuz erhält ...«

Jane klappte ihren Fächer auf und betrachtete den herablassend nach vorn schauenden Lord Lucan, der für niemanden auch nur einen freundlichen Blick, geschweige denn ein Nicken übrighatte. »Sie haben recht, Blount, das gefällt ihm ganz und gar nicht.«

Weitere Unterhaltungen wurden durch das Einsetzen der Dudelsäcke unterbrochen, die das Eintreffen der Königin ankündigten. Königin Viktoria erschien gern hoch zu Ross, so auch heute.

Sir Bethell hielt die Begrüßungsrede, dann trat der Bildhauer zu seinem Werk und die Königin enthüllte das Denkmal, indem sie an der Kordel zog, welche das Tuch zusammenhielt. Wie die schwarzen Schwingen eines riesigen Vogels bäumte sich das Tuch einmal auf, bevor es sanft zu Boden sank. Ein Raunen ging durch die Menge und die Leute klatschten begeistert, als sie erkannten, dass dieses Monument auch für sie und die Ihren stand.

Das Kunstwerk zeigte drei Guardsmen in Husarenuniform. Neben ihnen stand eine weibliche Figur, der Allegorie der Ehre. Jane verfolgte die festliche Zeremonie durch einen Schleier aus Tränen. Die Ereignisse der vergangenen Wochen stürzten heute mit aller Heftigkeit auf sie ein.

Plötzlich war ihr bewusst, was alles hätte geschehen können, wenn sie nicht auf die selbstlose Hilfe und Freundschaft einiger Menschen hätte bauen können, von denen sie bis dahin nicht einmal gewusst hatte, dass sie existierten. Hettie hatte ebenfalls ein Taschentuch hervorgeholt und drückte es sich immer wieder verschämt gegen die Augen.

Schließlich war es so weit und die Königin, noch in schwarzer Trauerkleidung, begann mit der Verleihung des Ordens. Die kleine rundliche Frau strahlte eine strenge Würde und Hoheit aus, während sie den verdienten Männern ihres Reiches ein huldvolles Lächeln schenkte. Als David an der Reihe war und langsam die Stufen zu seiner Monarchin hinaufstieg, vor ihr auf die Knie sank und sie ihm das dunkelrote Seidenband mit der bronzenen Medaille an die Brust heftete, schluchzte Jane auf.

Es war nicht nur die Ehrung, die sie stolz machte auf diesen ungewöhnlichen Mann, den sie schätzen und lieben gelernt hatte. Es waren seine Loyalität, sein unerbittlicher Gerechtigkeitssinn und seine Güte, die in unerwarteten Momenten zum Vorschein kam. Sie dachte an den Straßenjungen, den er im letzten Winter aufgenommen hatte, an Josiah und Levi, der ihn so bitter enttäuscht und dem er dennoch vergeben hatte. Und sie musste nur Blount oder den Veteranen Buchan ansehen, der ebenfalls zugegen war, um die rückhaltlose Wertschätzung und Achtung für ihren Mann auf den Gesichtern dieser Männer zu lesen.

Als die Zeremonie beendet war, brandete Jubel auf und die königlichen Dudelsackpfeifer spielten eine Hymne. Jane lachte und tupfte sich die Augen trocken. Ihr Blick glitt über die Umstehenden und blieb an einer ihr bekannten Gestalt hängen. Ganz in der Nähe des Denkmals stand ein hochgewachsener älterer Herr, einen Schritt hinter ihm sein Butler, Rumford. Der hohe Hut des Duke of St. Amand ragte aus der Menge und der Knauf seines Gehstocks blitzte golden in der Sonne. Er schien zu spüren, dass sie ihn entdeckt hatte, denn er nickte ihr fast unmerklich zu, drehte sich abrupt um und verschwand zwischen den Gästen.

Hettie war ihrem Blick gefolgt. »Ma'am, kannten Sie den Herrn?«

»Oh ja, Hettie, und ich denke, wir werden ihn in absehbarer Zukunft vielleicht öfters sehen.« Jane lächelte und beobachtete, wie David die Hände der Gratulanten schüttelte. Der stolze Ausdruck in Davids Gesicht, den Jane unter anderem so an ihrem Mann liebte, war zurückgekehrt.

Zeitfracht Medien GmbH
Ferdinand-Jühlke-Straße 7
99095 Erfurt, Deutschland
produktsicherheit@kolibri360.de

Druck:
CPI Druckdienstleistungen GmbH
im Auftrag der
Zeitfracht Medien GmbH
Ein Unternehmen der Zeitfracht - Gruppe
Ferdinand-Jühlke-Str. 7
99095 Erfurt